VINUM MYSTERIUM

AF630396

Kartographie: U. Beha, U. Baaser

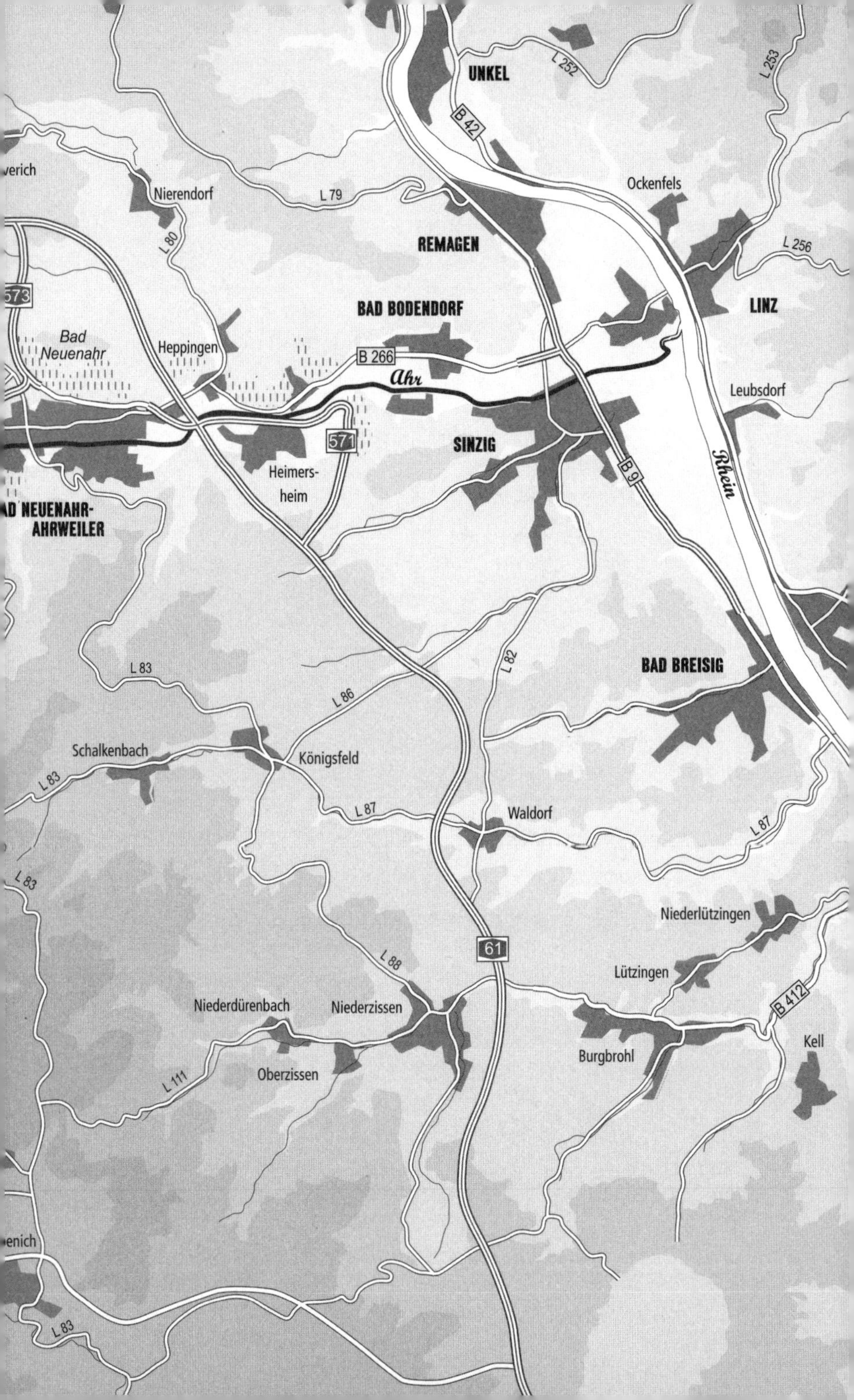
UNKEL
L 252
L 253
B 42
Nierendorf
L 79
Ockenfels
L 80
REMAGEN
L 256
573
LINZ
BAD BODENDORF
Bad Neuenahr
Heppingen
B 266
Ahr
Leubsdorf
571
SINZIG
Heimersheim
B 9
Rhein
AHRWEILER
BAD BREISIG
L 82
L 83
L 86
Schalkenbach
Königsfeld
L 83
L 87
Waldorf
L 87
L 83
Niederlützingen
61
L 88
Lützingen
B 412
Niederdürenbach
Niederzissen
Kell
Burgbrohl
L 111
Oberzissen
L 83

Dieses Buch ist ein Roman. Handlungen und Personen sind frei erfunden. Ähnlichkeiten mit lebenden oder toten Personen sind nicht gewollt und rein zufällig.

Carsten Sebastian Henn

VINUM MYSTERIUM

Kulinarischer Kriminalroman

Der vierte Fall für Julius Eichendorff

emons:

Lust auf mehr? Laden Sie sich die »LChoice«-App runter, scannen Sie den QR-Code und bestellen Sie weitere Bücher direkt in Ihrer Buchhandlung.

Bibliografische Information der Deutschen Nationalbibliothek
Die Deutsche Nationalbibliothek verzeichnet diese Publikation in der Deutschen Nationalbibliografie; detaillierte bibliografische Daten sind im Internet über http://dnb.d-nb.de abrufbar.

MIX
Papier aus verantwortungsvollen Quellen
FSC® C083411

© Emons Verlag GmbH
Alle Rechte vorbehalten
Die Erstausgabe erschien 2006
Umschlagmotiv: iStockphoto.com/81arctic;
shutterstock.com/Mateusz Liberra
Umschlaggestaltung: Nina Schäfer
Druck und Bindung: CPI – Clausen & Bosse, Leck
Printed in Germany 2019
ISBN 978-3-7408-0705-4
Kulinarischer Kriminalroman
Neuausgabe

Unser Newsletter informiert Sie
regelmäßig über Neues von emons:
Kostenlos bestellen unter
www.emons-verlag.de

Für meine Familie – dass sie weiter wächst
und gedeiht wie ein strunzgesunder Ahrtaler Rebstock

»Vom Urbeginn der Schöpfung
Ist dem Wein eine Kraft beigegeben,
Um den schattigen Weg
Der Wahrheit zu erhellen«
(Dante)

»Das Leben ist voller Leid, Krankheit, Schmerz –
und zu kurz ist es übrigens auch …«
(Woody Allen)

1. Kapitel

»Auf einen guten Bissen gehört ein guter Trunk«

Es wird behauptet, Katzen würden Gefahr spüren. Sie würden einen Buckel machen, die Ohren anlegen oder sich in eine dunkle Kellerecke verkriechen. Instinktiv.

Julius Eichendorffs Katzen mussten kaputt sein.

Herr Bimmel putzte sich die Pfoten, als der Anruf kam, und Felix prüfte, wie oft er gegen den Geranientopf schlagen musste, bis dieser von der Fensterbank fiel. Julius selbst drapierte Serranoschinken so auf ein frisches Stück Ciabatta, dass es komplett bedeckt war und nichts überhing. Das erforderte professionelle Origami-Fertigkeiten.

Das Wetter hatte auch keine shakespearische Qualität. Der Herbst war schatzkammergolden, der Himmel sonnig mit drei malerischen Wölkchen, die sich wie leckere Baisers am Firmament türmten. So war es nun schon seit Tagen. Julius hatte außerdem nicht schlecht geträumt, keine düsteren Vorahnungen mit großen, roten Spinnen gehabt, keine Visionen strömenden Blutes oder wandelnder Leichen.

Es war also ein verteufelt herrlicher, ausgeschlafener Morgen mit der Aussicht auf ein baldiges Frühstück inklusive eines Flugtees Darjeeling FTGFOP 1 Garden Orange Valley First Flush oder »der Superleckere«, wie Julius ihn nannte, für den das Wasser bald kochen würde.

Das Telefon klingelte wie immer, und es hörte nicht auf damit, obwohl Julius sich missachtend der Zubereitung des Frühstücks widmete. Das war seiner Meinung nach schließlich die wichtigste Mahlzeit des Tages. War die verpfuscht, konnte man denselbigen vergessen. Als der Geranientopf klirrend auf dem Boden landete, das Parkett gleichmäßig mit Blumenerde bedeckend, entschloss sich Julius, zum Telefon zu gehen, um wenigstens eine Sache zu ändern, die ihn störte. Felix schaute sich interessiert das Ergebnis seines Experiments an und tapste zwei Schritte weiter zum nächsten Geranientopf.

»Eichendorff. Ich frühstücke!« Warum hatte er nur den Anrufbeantworter aus dem Haus entfernt? Weil es ihn nervte, ständig jemanden zurückrufen zu müssen. Aber war drangehen zu müssen während eines Serranoschinken-Frühstücks nicht noch viel schlimmer?

In diesem Fall mit Sicherheit.

Die Stimme im Hörer war nicht menschlich. Sie klang wie ein sprechender Thunfisch. Aus der Dose. Blechern und ölig.

»Julius, ich habe Nachrichten aus dem Totenreich für dich. Bald wird jemand sterben, dem die Natur nicht genügt.«

Herr Bimmel machte einen Buckel. Die Stimme fuhr ohne Pause fort.

»Eigentlich solltest du diese Nachricht vierundzwanzig Stunden vor seinem Tod bekommen, aber da ich dich gestern Abend nicht erreicht habe, sind es jetzt deutlich weniger. Tja, Pech.«

Julius vergaß sein Ciabatta. Er wollte den Anrufer nach seinem Namen fragen und danach, was diese Drohung sollte, ob es vielleicht der miserable Scherz eines der unzähligen vermeintlich lustigen Radio-Telefonterroristen war, aber er kam nicht dazu. Die Stimme am anderen Ende der Leitung fuhr bereits fort:

»Du wirst heute eine Flasche mit Wein erhalten, die dir einen Hinweis auf das Opfer gibt. Doch ich ahne schon, dass du ihn nicht erkennen wirst, Meisterdetektiv. Du wirst nichts am Lauf der Dinge ändern.«

Der Anrufer legte auf.

Julius sah sich selbst als einen Mann mit dem Gemüt eines frisch gesuhlten Nilpferds. Doch die angeborene Zufriedenheit war ihm auf einen Schlag abhanden gekommen. Er hielt den Hörer lange in der Hand, bevor er ihn so sachte zurücklegte, als könne er dabei zerbrechen.

Der Appetit war ihm jedoch nicht vergangen, da brauchte es mehr als einen anonymen Telefonanruf. Essen verkommen zu lassen war eine Sünde. Zudem hatte er sich diesen wohlgeformten Bauch nicht über Jahre hart erfuttert, um nun wertvolle Gramm zu verlieren. Und vor allem: Nur ein gefüllter Magen dachte gut. Und zu denken gab es nun einiges.

Doch sein Serranoschinken-Ciabatta, auf dem nur noch der Rucola gefehlt hatte, war verschwunden. Allerdings nicht spurlos. Herr Bimmel und Felix hockten wie zwei Geier um die Überreste ihrer Beute auf dem Boden. Julius hasste Unordnung. Das bekamen seine Katzen jetzt zu spüren.

»Abendessen ist gestrichen! Und es hätte Leberpaté gegeben. Das habt ihr jetzt davon. Denkt da mal drüber nach!« Wütend stapfte er in die Küche, um mit dem zweiten Gang der Frühstückszeremonie zu beginnen.

Ein normaler Mensch wäre von dem Anruf so verschreckt gewesen, dass er sofort die Polizei angerufen und atemlos berichtet hätte. Doch Julius war, nur zu einem Teil zum eigenen Bedauern, keiner dieser Menschen mehr. Er hatte zu viele Leichen gesehen und zu oft in die Augen von Mördern.

Es waren Menschen wie du und ich.

Sie waren erschreckend normal.

In jedem Menschen schien ein Ungetüm darauf zu lauern, entfesselt zu werden.

Bevor er jemandem von dem Anruf erzählte, wollte er sich erst selbst darüber klar werden, was da gerade eigentlich passiert war. Dann würde er darüber reden. Mit FX, der eigentlich Franz-Xaver hieß und nicht nur der österreichische Maître d'Hôtel der »Alten Eiche« – also Oberkellner, was er nicht gern hörte – war, sondern auch sein ältester Freund. Und erst dann mit Anna, die als Kommissarin bei der Polizei arbeitete. Sie war mehr als eine Bekannte und mehr als eine Freundin. Lebensabschnittsgefährtin klang Julius zu bürokratisch, Partnerin zu sehr nach einem Tanzwettbewerb, Geliebte nach einer auf die fraglos angenehmen körperlichen Seiten konzentrierte Beziehung. Sie war Anna, und sie gehörte zu ihm.

Wenn er mit ihr sprach, würde die Morddrohung offiziell werden, wo er die Sache doch lieber ins Reich der Phantasie abschieben wollte. Doch etwas in ihm ließ Julius bereits jetzt spüren, dass der Anruf kein übler Scherz war.

Sein Hauptberuf hatte mit diesem eigentümlichen Gespür nur bedingt etwas zu tun. Er war Besitzer und Koch des Ahrtaler Renommierrestaurants »Zur alten Eiche«, doch über die Jahre hatte er sich einen Ruf als »kulinarischer Detektiv« erworben. Es war ihm gelungen, einige Morde aufzuklären, und der Presse war kein besserer Name eingefallen. Damit musste er leben. Und das ging besser, indem er nun ein Weckchen, darauf Quark und Mirabellenkonfitüre mit Tahiti-Vanille, verspeiste.

Der saure Flaum und der süße Wohlgeschmack jagten ihm Schauer mit kleinen Fingern über den Rücken.

Doch in seinem Kopf ertönten die Worte des anonymen Anrufers.

Der Garten der »Alten Eiche« war für Julius eine Insel der Selbstvergessenheit gleich neben dem mühsam organisierten Chaos, das eine Sterneküche nun mal bedeutete. Hier wuchsen Rosen, hier zwitscherten Vögel, hier standen seine geliebten wurzelechten Rebstöcke, gehegt und gepflegt von Julius' Restaurantpersonal, damit sie selbst an diesem schlechten Standort ein paar richtig gute Trauben produzierten. Die Reblaus hatte den einheimischen Rebstöcken vor Jahren den Garaus gemacht, sodass nun europäische »Oberteile« auf amerikanische Unterlagsreben gepfropft wurden, weil diese gegen die Biester resistent waren. Ein wurzelechter Rebstock war zu hundert Prozent europäisch und deshalb leider nicht vor Rebläusen gefeit. Er war ein Wagnis. Doch viele Experten behaupteten, er bringe die größeren Weine hervor. Anlass genug für Julius, es darauf ankommen zu lassen.

Er nahm seine zwölf Schätzchen nun genau unter die Lupe. Simon Petrus stand in vollem Saft, aber Jakobus wirkte irgendwie bedrückt, und seine Farbe war auch ungesund, viel zu gelblich. Jetzt, wo Julius genau hinsah, wirkte Jakobus geradezu verkümmert. Warum hatte ihm niemand der Brigade davon berichtet? Wahrscheinlich hatten sie das, und er hatte nicht genau hingehört wegen dieser einen anderen Sache. Diesem großen Auftrag, wahrscheinlich dem wichtigsten seines Lebens. Der würde ihn noch mehr in Hektik stürzen. Immer nur drauf auf den großen Dicken mit dem luftigen Haar, dachte Julius. Der Bursche kann's ja vertragen.

Jakobus ließ den Kopf hängen wie ein altes gramgebeugtes Mütterchen. So kannte er ihn nicht. Da konnte was nicht stimmen. Julius holte Taschentücher aus seiner Jacke, drapierte sie im Quadrat auf den Boden und kniete sich darauf. Fast zärtlich hob er eines von Jakobus' Blättern an, um zu schauen, ob sich darunter eine verräterische Färbung zeigte, ein hinterlistiger Belag oder ein heimtückisches Insekt. Doch das kleine Blatt war nur gelb und träge, als habe jemand den Saft abgestellt, als gelange nichts mehr hinein aus dem nährstoffreichen Boden.

Das hieße ja dann, Julius ließ das Blatt zurückwitschen, dass etwas an den Wurzeln nicht in Ordnung war!

Konnte es so schlimm sein?

Warum kennt er meinen Namen?, schoss es Julius plötzlich wie ein Blitz durch den Kopf.

Warum hat er mich informiert?, folgte der zweite aus heiterem Himmel.

Was für eine Flasche werde ich bekommen?, donnerte es dann.

Und was hat es mit der ungenügenden Natur auf sich?, fragte er in die laute Stille nach dem Gewitter.

Doch die geistige Wettererscheinung brachte keine Klärung. Im Gegenteil, sie zeigte nur, wie viele Risse der Himmel hatte.

Julius hatte nicht gemerkt, wie sich seine Hände Maulwürfen gleich in den Boden um den Rebstock gebuddelt und Dreck auf den Taschentüchern und seiner sauberen Hose verteilt hatten. Wenn er jemals eine seiner Notfallpralinen gebraucht hatte, dann jetzt – aber er konnte die Schokolade doch nicht mit seinen erdverschmutzten Händen anpacken! Nein, er musste jetzt weiterbuddeln und Jakobus' Wurzeln betrachten. Seine rechte Hand bekam eine zu packen – es war eine starke, knollenartige.

So sollte sie sich nicht anfühlen.

Knollen sollten da überhaupt nicht dran sein. Die hatten da nichts zu suchen. Das waren ja schließlich keine Kartoffeln!

Herr Bimmel erschien neben Julius, Felix im Schlepptau. Beide setzten sich auf ihre bepelzten Katzenhintern und schauten interessiert zu, wie ihr Mitbewohner hundegleich und mit rotem Kopf Dreck schaufelte. Echtes Katzenfernsehen.

Julius buddelte so lange, bis er Wurzeln sehen konnte, drei an der Zahl. Die beiden jungen Wurzeln hatten knollenförmige Wucherungen, die alte wies abgestorbene Verdickungen auf.

Julius' Hände zitterten.

Das war der Rebstock-Supergau.

Es hätte die eiförmigen, nur einen mickrigen Millimeter großen braun-gelb-grünen Bestien gar nicht gebraucht, die er ebenfalls zutage gefördert hatte. Julius wusste auch so, welche Plage einen seiner zwölf Apostel befallen hatte. Es war die Reblaus. Sie war in *seinen* Garten vorgedrungen und hatte Jakobus in Besitz genommen wie ein unbarmherziger Eroberer. Der Rebstock musste raus, sofort, er musste aus der Erde, bevor er die anderen elf anstecken konnte. Er musste weg. *Jetzt!*

Der großzügig dimensionierte Julius stand so rasch auf, dass er dabei einige Gesetze der Physik brach, und riss dann wie ein Irrer an Jakobus.

Der Rebstock brach entzwei.

Julius landete, eine Pirouette drehend, auf dem Rasen.

Sein Bein gab ein komisches Geräusch von sich, als es aufschlug.

Konnte dieser Tag noch schlimmer werden? War es nicht sowieso schon der schlimmste Tag seines Lebens? Wenn man mal jene in tödlicher Gefahr ausklammerte, die sich in den letzten Jahren unerwartet gehäuft hatten. Doch dies heute war ein echtes All-inclusive-Paket der Unannehmlichkeiten: ein irrer Anrufer, ein kranker Weinstock und ein Bein, das sich jetzt entschieden weniger funktionstüchtig anfühlte als sonst. Er konnte es nicht bewegen.

Es war im Übrigen sein Lieblingsbein. Mit ihm stand er immer zuerst auf.

Jetzt begann es auch noch zu regnen.

Nein, schlimmer konnte es wirklich nicht kommen.

FX beugte sich über ihn und lächelte. »Schau an, da liegt ein dicker Käfer auf dem Rücken! Putzig samma heut!«

Er hätte es nicht beschreien sollen …

Auf FX' Mitleid konnte er gut verzichten. Wenn er jetzt eine Schwäche zeigte, würde er es monatelang aufs Brot geschmiert bekommen. »Ich schau mir den Himmel an.«

FX hatte seinen Zwirbelbart zu geradezu architektonischer Meisterschaft gebracht, er glänzte in dem wenigen Sonnenlicht, das den Regenwolken noch entkam.

»Da liegt der Maestro mitten im Dreck und kann net hoch. Wie tief sinken doch die Mächtigen.«

»Geh in die Küche und tu was für dein Geld!« Der ganze Rücken brannte nun, als würde er auf großer Flamme geröstet. Julius presste die Lippen aufeinander.

»Für um fünf sind die großkopferten Weinbauern bestellt, vielleicht ist es dem Herrn bis dahin genehm, sich aufzuraffen. Zwickt es vielleicht irgendwo, schmerzt es gar?«

»Ach wo!« Der Schmerz zog nun den Hals hinauf und verschlang Julius schließlich wie eine Schlange mit Haut und Haaren. Er bäumte sich auf.

»Des schaut aber anders aus, Herr Käfer! Ich mach mir jetzt doch Sorgen. Ich geh mal besser die Sanitäter rufen.«

»Nix wirst du! Ich komm schon wieder hoch.«

»Ja, freilich, aber net allein. Ich geh jetzt telefonieren – oder kannst du mich etwa zurückhalten?«

Und weg war er, und schnell kam der Krankenwagen. Doch Julius dachte nur noch an die Rebläuse. Und daran, dass er Jakobus ausreißen musste, sobald sein Körper wieder instand gesetzt war.

Der Wein funkelte wie flüssiger Edelstein im Glas. Mit sicherer Hand wurde er genau bis zu dem Punkt eingegossen, an dem es sich verjüngte. Jeder der Anwesenden wusste, dass dies die größte Duftentfaltung ermöglichte. Fünf Augenpaare beobachteten, wie Glas um Glas gefüllt wurde und tiefrot zu glänzen begann.

Und es waren nicht irgendwelche Augenpaare.

Nicht dass sie besonders schön gewesen wären. Aber sie saßen in Köpfen, die man in der Weinwelt kannte. Und sie gehörten zu Nasen, die zu den feinsten der Republik zählten. Ihre Besitzer machten Wein, verkauften oder sammelten ihn wie kostbare Gemälde. Jeder ernsthafte Weinconnaisseur hätte eine Hypothek aufgenommen, um Teil dieser Runde zu sein.

Zurzeit fiel sie über alles Essbare in Julius' Küche her wie ein Schwarm Heuschrecken. Ihre Aufgabe war eine außergewöhnliche, nicht nur mit nationaler, sondern mit internationaler, ja geradezu kosmischer Bedeutung.

Wolf Kiefa sah nach vollbrachtem Einschenken hoch, kaute fröhlich ein großes Stück Weinbrötchen weiter und nahm den Faden der Diskussion wieder auf.

»Also der Bourgignon erzählt doch bloß Quatsch. Das ist eine ganz riskante Sache mit den wurzelechten Rebstöcken, wegen den verdammten Rebläusen. Die machen nur Ärger – seht ihr ja an Julius!«

Kiefa war nicht der Erste, der auf Julius' Kosten einen Spaß machte und ihm danach freundschaftlich über sein bandagiertes und geschientes Bein strich, das wie ein großer Elefantenstoßzahn wirkte.

Wolf Kiefa setzte zur allgemeinen Belustigung nach: »Warum hast du nicht einfach eine Gartenbaufirma angerufen, die hätte ihn mit dem Bagger rausgeholt? Oder hat ein Bagger nicht genug Kraft dafür – im Gegensatz zu dir?«

Alle lachten. Julius schwieg.

»Warum sagt er denn jetzt nichts?«, fragte Kiefa gespielt überrascht. »Ist ›die Nase‹ etwa verstopft? Hat der Besitzer des exzellentesten Riechkolbens nördlich und südlich der Milchstraße etwa einen Kolbenfresser?«

Da war heute ja jemand richtig witzig, dachte Julius.

Um sich weiteren Spott dieser Kategorie zu ersparen, erzählte er eine peinliche Geschichte aus der Vergangenheit, die seine Gewaltaktion erklärte. Sie war für den Ordnungs- und Reinlichkeitsfanatiker Julius allerdings so beschämend, dass er inständig hoffte, niemand würde einen Scherz darüber machen. Nicht Wolf Kiefa, der hochgewachsene Öko-Schlaks aus Bacharach mit dem Schalk in den Augen, der immer so spitzbübisch schaute, als habe er gerade jemandem einen Knallfrosch in die Hose gesteckt.

Nicht Hermann Horressen aus Bingen, der Großwesir des deutschen Weinjournalismus, Besitzer einer wohltönenden Stimme, eines gewaltigen Egos und eines prachtvollen Weinguts. Er kritisierte die Tropfen anderer und produzierte selbst einige der besten des Landes. Gerade strich er sich zärtlich über seine Glatze, als wäre sie mit Samt bespannt. Er war fraglos der am häufigsten fotografierte Kahlkopf der Weinwelt.

Auch nicht Gerdt Bassewitz, der barocke Besitzer des Walporzheimer Restaurants »Sanct Paul«, der guten Stube des Tals, welcher sich gerade ein ordentliches Stück Lukanisches Würstchen einverleibte, das Julius als kleinstgestreifte Suppeneinlage gedacht hatte. Die zwei weiteren in die Küche der »Alten Eiche« eingeladenen Koryphäen des vergorenen Rebensaftes tuschelten gerade nahe der Wildschweinkeule über die Toastung bei amerikanischen Barriques und die Luftdurchlässigkeit von Plastikkorken.

Der eine redete nur über das eine, der andere ausschließlich über das andere.

Sie verstanden sich prächtig.

Der Ältere, eleganter Gekleidete der beiden hieß Oliver Fielmann, bewegte sich wie ein Storch und hatte seine gewaltige Nase tief im Glas stecken, als wolle er den Wein mit seinem riesigen Rüssel einsaugen. Fielmann war der Einzige, der in der heißen Küche nicht schwitzte. Das war vermutlich unter der Würde eines Weinaristokraten. Der jüngere, Harald Uhlen, genannt Django, sah mit Oberlippenbart und seiner vor zwanzig Jahren für fünf Monate modernen Brille zwar aus wie ein Fußballtrainer der Kreisklasse, war aber einer der Vordenker des deutschen Weins. Django war der lebende Beweis, dass auch ausgesprochen kleine Männer große Weine machen konnten.

Ihnen würde Julius jetzt erzählen.

Von seinen Untermietern.

Damit sie nicht dachten, er neige grundsätzlich zu Gewaltaktionen wie mit dem armen Jakobus. Das konnte nämlich schlecht für den Ruf sein. Hitzköpfigen Köchen gingen viele lieber aus dem Weg.

Es war Jahrzehnte her, doch wenn Julius daran dachte, kam es ihm wie gestern vor, und er war wieder fünf. Diese verdammten Mistviecher!

»Ihr erzählt es keinem! Noch nicht mal euren Frauen, gerade nicht euren Frauen. Und auch sonst keinem. Nicht den Kindern, euren besten Freunden oder im Suff. Und falls ihr gefoltert werdet, beißt ihr euch die Zunge ab. Für den Fall, dass –«

Django Uhlen streichelte Julius über den Kopf. »Wenn du jetzt aufhörst, bin ich sogar bereit, mein Schweigen mit Blut vertraglich zu fixieren. Und ich wette eine Magnumflasche Röttgen, allen anderen geht es genauso.«

Ein Nicken machte die Runde im Raum, der plötzlich wirkte, als wäre er voll von Wackeldackeln.

»Gut«, sagte Julius und kratzte sich am Kopf. Die Geschichte hatte er noch nie jemandem erzählt, aber nun ging es nicht anders. »Ich hatte als Kind, also ich konnte natürlich nichts dafür, ich hatte sie mir im Urlaub eingefangen, trotz regelmäßiger Kopfwäsche, so was passiert einfach, also ich hatte … Läuse. In den Haaren. Damals gab es auf meinem Kopf noch etwas, in dem sie wie die Fürsten wohnen konnten. Die haben mich wahnsinnig gemacht! Und alle Haare mussten ab. Ich war das Gespött der Schule. ›Da kommt der Junge mit der fleischfarbenen Badekappe‹, haben sie gerufen oder ›Schalt doch mal an, Glühbirne‹. Es war peinlich, es war richtig erniedrigend. Seit der Geschichte habe ich eine besondere Beziehung zu allen Arten von Läusen. Ich *hasse* sie. Ob am Kopf oder an meinen Rebstöcken. Ich hasse sie, ich hasse sie, ich hasse sie. Diese schmutzigen krabbelnden Viecher müssen weg. Versteht ihr doch, oder?«

Das Nicken ging in die nächste Runde. Besonders Horressen zeigte Mitgefühl.

»Und jetzt hört bitte auf, meine Lukanischen Würstchen wegzufuttern, und sagt mir endlich, welcher eurer Weine zu der Sau passt.«

Hermann Horressen löste seinen Blick mit viel Anstrengung von der einkochenden Wildschwein-Sauce und zog eine Flasche Rotwein aus dem Karton nahe seinen Füßen. »Meine ›Stéphanie‹ passt da perfekt. Ein samtiger Spätburgunderriese mit Biss. Müsst ihr probieren! Ich sage nichts, aber müsst ihr probieren.« Er entfernte mit dem Kapselschneider das Stanniol vom Flaschenhals.

»Hermann, du gehst die Sache leider vollkommen falsch an.« Uhlen legte seine Hand auf Horressens, der das Kellnermesser mit dem Korken nun extra heftig herauszog. Uhlens Hand wurde hochgeschossen. »Julius ist für diesen besonderen, man kann schon sagen historischen Anlass auserwählt worden, weil er altrömisch kochen kann. Da müssen die Weine auch Geschichte atmen. Deine ›Stéphanie‹ ist klasse, aber eben nicht klassisch. Zum Wildschwein gehört ein traditioneller Riesling, ein richtig kräftiger. Zu der Sauce kann ich mir was Halbtrockenes vom Wolf vorstellen oder einen dicken Roth Lay von mir.«

Julius wandte sich an die letzte Instanz in Sachen Wein-Speisen-Kombination, Oliver Fielmann, dem der Tod seiner Frau vor einem knappen halben Jahr immer noch im Leib steckte wie Feuchtigkeit in klammen Pullovern. Er sprach nicht gern darüber, und niemand hatte ihn heute danach gefragt. Sie war an einem anaphylaktischen Schock, einer starken allergischen Reaktion, gestorben. Kein Thema für ein geselliges Beisammensein.

»Was meinst du, Oliver?«

»Nimm einen großen Frühburgunder vom Gerdt, der ist würzig, der balsamiert die Sau im Mund, das fließt zusammen.«

Hermann Horressen hob den Zeigefinger und stieß einen kurzen Pfiff aus. »Ich hab da eine Idee! Wir sollten zu jedem Gang zwei Weine stellen, und jeder am Tisch wählt selbst.«

Uhlen schlug ihm auf den Rücken wie einem kranken Gaul. »Das würde mir gefallen, die Truppe nach dem zweiten Gang besoffen zu sehen. Grandios, Hermann!«

Und so kämpften sie sich durch die Gänge, die Julius' Sous-Chef unter seiner Anleitung kochte.

Keinem hatte Julius von dem anonymen Anruf erzählt, es war auch nicht die richtige Runde dafür. Dies war nicht wirklich ein Freundeskreis, sondern eine Zweckgemeinschaft. Die Burschen waren ständig damit beschäftigt, sich gegenseitig Fettnäpfchen vor die Füße zu stellen. Aber das Kölner Erzbistum hatte sie sich für dieses besondere Menü ausdrücklich gewünscht. Julius war froh, als sie beim Dessert ankamen. Die illustre Runde hatte so viel probiert, dass sich jeder einen Stuhl aus dem Restaurant genommen hatte, um den gefüllten Wanst nicht mehr allein gegen die Schwerkraft verteidigen zu müssen. Hermann Horressen öffnete mit großer Geste eine Flasche, schenkte ein und brummte dabei mit seiner tiefen Stimme genussvoll wie ein honigschleckender Grizzly.

»Mein Eiswein«, hob er an, wohl wissend, dass ihm nun niemand widersprechen würde, »und dies möchte ich in aller Bescheidenheit sagen, wird die Krönung des Menüs für den Papst sein.«

Der Papst, dachte Julius, den schickte tatsächlich der Himmel.

Und zwar zur rechten Zeit. Julius verschwieg es, aber der »Alten Eiche« war es, wie vielen Sterneküchen im Land, schon einmal besser gegangen. Geiz war plötzlich geil, und es wurde lieber wenig Geld für Gammelfleisch gezahlt als etwas mehr für gute handwerkliche Produkte. Seine Sterneküche wollte er nicht opfern, niemals, aber ein zweites Restaurant zu eröffnen, ein gutbürgerliches, das sich auch an den schmaleren Geldbeutel wandte, ohne Kompromisse bei den Zutaten zu machen, das musste doch möglich sein. »Eichenklause« sollte es heißen, mehr als einen kleinen Anbau bräuchte es nicht, gekocht würde in der Küche der »Alten Eiche« vom selben Team. Alles kein Problem. Julius hatte sich bereits jedes Detail ausgemalt, in sattestem Technicolor mit lauter lächelnden Menschen. Seit der Gründung der »Alten Eiche« hatte er sich nichts mehr so gewünscht wie diese Erweiterung, wo er der heimischen Ahrtaler Küche in ihrer ganzen Ursprünglichkeit frönen könnte. Es würde wunderbar werden.

Wenn endlich die finanziellen Mittel zur Verfügung stünden.

Gelänge das Papstessen, winkte ein Beratervertrag mit den Küchen des Erzbistums. Sicheres Geld. Ganz zu schweigen vom Imagegewinn. Das Menü wäre eigentlich ein Auftrag für einen der zwei Schloss-Magier von der anderen Rheinseite gewesen oder für Dieter Kauffmann von der Grevenbroicher »Traube«, dem Eleganz und Eigengeschmack seiner Zutaten über alles ging. Aber Julius' altrömisches Menü hatte bei den richtigen Kirchenmännern Eindruck hinterlassen. Eine Kölner Bistumsdelegation war extra zum Probeschlemmen zu ihm gekommen – sie hatte die »Alte Eiche« pappsatt und breit grinsend wieder verlassen.

Julius hatte das altrömische Menü während der Ermittlungen um die ermordete Weinkönigin entwickelt. Sie hatte sich vor ihrem Tod eingehend mit der Geschichte des Tals befasst, was Julius dazu inspirierte, dies auf seine eigene kulinarische Weise ebenfalls zu tun.

Das altrömische Menü hatte ihm nun eine unerwartete Möglichkeit eröffnet.

Und die galt es zu nutzen.

Das Treffen katholischer Jugendlicher aus aller Welt in Köln stand kurz bevor, es galt ein Menü zu kreieren, das bei einem gemeinsamen Mittagessen des Papstes mit zwölf Auserwählten von fünf Kontinenten aufgetragen würde. Die Presse würde die Menüfolge aufsaugen wie ein knochentrockener Schwamm.

Dieses Essen musste wahrhaft paradiesisch werden.

Als Julius sich nach dem Probeessen auf den Weg zum nächsten Termin machte, packte er die mysteriöse Flasche einfach ein. Sie hatte plötzlich vor der Küchentür des Restaurants gestanden, die raus in den Garten führte. Da kam jeder rein, der wollte. Der Zaun war nur hüfthoch, und keiner der Nachbarn würde sich was dabei denken, wenn einer drüberstieg, weil Julius' Köche es ab und an so machten, wenn sie zu spät kamen und heimlich in die Küche schleichen wollten.

Es war eine antikgrüne Burgunderflasche. Das Etikett war abgelöst worden. Sie hatte auf einem weißen Umschlag gestanden, teures Büttenpapier mit Wasserzeichen, darin eine Blanko-Karte mit zwei Worten: »Vinum Mysterium«.

Julius hatte sie zuerst mit einem Kochlöffel angestoßen, ein amateurhafter Test auf Plastiksprengstoff, aber ihm war nichts Besseres eingefallen. Sie war umgefallen. Und nicht explodiert. Da die Zeit drängte, nahm er sie mit zu August Herold, der nicht nur ein Freund war, sondern auch eine der schillerndsten Winzerpersönlichkeiten des Tals. Er kannte die hiesige Weinszene besser als den Motor seines Porsches – das konnte sich als hilfreich erweisen. Herold thronte in einem Seitental der Ahr, als wäre sein Gut der Familiensitz eines uralten Adelsgeschlechts im Herzen Burgunds.

Da der anonyme Anrufer, was die Flasche betraf, Wort gehalten hatte, stieg das Risiko, so fürchtete Julius, dass er es auch mit dem angekündigten Mord tun würde.

Andererseits gab es weiterhin die Möglichkeit, dass es nur ein dummer Scherz auf seine Kosten war. Mit einer nicht etikettierten Flasche konnte man seinen mittlerweile legendären Geruchssinn am besten auf die Probe stellen.

Und aufs Glatteis führen.

Das würde es sein. Ganz sicher.

FX hatte Julius zum Weingut Porzermühle gefahren, da dieser sich mit seinem Bein nicht hinters Steuer setzen wollte. Die anschließenden Schritte in den Keller waren schmerzhaft gewesen, aber nun saß Julius dort auf einem Hocker und übergab die sicherheitshalber ordentlich in einen Kaschmirpullover gehüllte Bouteille zur Begutachtung an August Herold. Obwohl Boden und Decke des Weinkellers aus kaltem Beton bestanden und der Raum mit keinerlei Utensilien der Winzerromantik geschminkt war, stellte sich mit dem ersten Atemzug der kaltfeuchten Kellerluft Magie ein. Denn in den kleinen französischen Barrique-Eichenholzfässern, die Hüfte an Hüfte lagen und unmerklich feinsten Wein ausatmeten, reiften Schätze. Es war, als würde man Kohle dabei zusehen, wie sie zu Diamanten wurde.

»›Vinum Mysterium‹, sagst du? Das interessiert mich aber jetzt. Die mach ich sofort auf! Was meinst du, Rolli, sollen wir Schutzbrillen aufsetzen?«

Rolli war auch da. Der krumm und schief gewachsene Rolli, wie ein alter Rebstock sah er aus. Und Rolli war nicht unbedingt Julius' bester Freund. Er gehörte zu jenen Zeitgenossen, die nur zu den Menschen freundlich waren, von denen sie sich etwas versprachen. Das konnte Julius auf den Tod nicht ausstehen. Rolli Löffler kelterte Weine, die einen entweder dazu brachten, erfreut die Augenbrauen hochzuziehen oder sich äußerst unerfreut über einem Brückengeländer seines Mageninhalts zu entledigen. Wieso das so war? Das war eines der Geheimnisse, die nie jemand gelüftet hatte, und Julius lag nichts daran, sich noch eines aufzubürden. Immerhin war es kein tödliches Geheimnis, und damit fiel es nicht in seinen Zuständigkeitsbereich. So hatte es sich in den letzten Jahren nun mal entwickelt.

Herold setzte furchtlos das Kellnermesser an, bohrte die Spindel tief ins Fleisch des Korkens, zog ihn schwungvoll heraus und hielt ihn Julius zum Schnüffeln unter die Nase.

»Mal gucken, wann du tot umfällst!« Herold begann zu kichern, und Julius merkte erst jetzt, dass sein Freund bereits tief in einige Fässer geschaut hatte. Aber das war auch nötig gewesen, denn es war Melchior-Tag. Heute wurde das Top-Cuvée des Hauses kreiert. Die besten Fässer mussten herausgesucht und das Mischverhältnis der edlen Spätburgunder von Spitzenlagen festgelegt werden. Das hieß schauen, schnüffeln, schlürfen. Und ab und an einen Schluck, eigentlich musste natürlich immer gespuckt werden, aber wenn er doch so gut schmeckte?

Rolli lächelt debil wie ein zu groß geratenes Honigkuchenpferd. Er hatte Mühe, sich gerade zu halten.

Der Korken roch, wie gute Korken riechen – nach nichts. Es gab keine Prägung, die den Namen des Weingutes verriet. Vermutlich war die Flasche neu verkorkt worden. August Herold goss einen großen Schwall des Weins in einen der stets im Keller bereitstehenden Burgunderkelche und reichte ihn Julius.

»Ist deine Flasche, der erste Schluck steht dir zu!«

Rolli musste sich vor lauter Lachen gegen ein Fass lehnen, um nicht umzukippen.

Die Flasche gehörte ins Labor, das wusste Julius. Sie musste auf Gift untersucht werden. Aber wenn der Telefonanruf kein übler Scherz gewesen war, tickte die Uhr bedrohlich. Der Anrufer hatte von deutlich weniger als vierundzwanzig Stunden gesprochen und dass er ihn schon gestern Abend erreichen wollte. Die Uhr zeigte zwanzig nach acht. Wann hatte er ihn gestern wohl anrufen wollen? Gab es schon eine Leiche, die er hätte verhindern können? Oder blieb noch Zeit? Er musste sich dem einzigen Hinweis auf die entscheidende Weise nähern. Mit seinem Geruchssinn. Der würde mehr in Erfahrung bringen können als die polizeilichen Labore, da war sich Julius sicher. Wenn die Morddrohung echt war, würde er nun das einzig Richtige machen.

»Also, wenn ich so ein cleverer Mörder wäre, würde ich Gift in den Wein geben und *dich* damit binnen vierundzwanzig Stunden umbringen«, sagte Herold, nachdem er aus einem Barrique mit einem Plastikschlauch Wein angesaugt hatte. »Ich wäre mir absolut sicher, dass du ihn probieren würdest. Weiß doch jeder, dass deine Neugier vor nix Halt macht.« Er zog ein breites Grinsen in sein drei-Tage-bärtiges Gesicht.

Julius atmete tief durch. Riskierte er wirklich sein Leben?

War es nur ein Trick, um ihn dazu zu bringen, vergifteten Wein zu trinken? Aber das hätte der Täter doch viel einfacher in die Wege leiten können, oder?

Julius sah auf seine Uhr, beschloss mit dem Nachdenken aufzuhören und schnüffelte am Wein – amüsiert beobachtet von den beiden Winzern. Schwarze Kirsche, Cassis, dann noch reife Erdbeere und ein Hauch Schiefer.

Nichts an dem Wein roch nach Gift. Aber wie roch Gift eigentlich?

Julius wurde auch nicht schwindlig.

Er musste nachdenken. Was hatte er im Glas? Es war ein Burgunder, und er stammte von der Ahr. Sonst gab es diese besondere Duftkombination nirgendwo. Heimat konnte er riechen, ohne groß nachdenken zu müssen. Heimat hatte er schon im Mutterleib aufgenommen, da seine Erzeugerin fest an die stärkende Kraft des Ahrrotweins in der Schwangerschaft geglaubt hatte. Wie Obelix den Zaubertrank hatte Julius Spätburgunder in den Adern.

»Kommt aus dem Tal«, sagte er deshalb und reichte das Glas an

Herold weiter, der es nur zögernd nahm. »Was meinst du, August? Untere Ahr?«

»Ich muss das Cuvée für meinen ›Melchior‹ zusammenstellen, weißt du doch. Ich hab jetzt keine Zeit für so was.«

»Nur riechen«, sagte Julius. »Siehst doch, dass ich noch stehe.«

Herold schnüffelte aus gehöriger Entfernung an dem Glas, und als er nicht direkt tot umfiel, näherte er sich der ziegelroten Flüssigkeit, ab und an zögerlich einatmend.

»Kann schon hinkommen, so floral, wie der ist. Wenig Schiefer in der Nase, kommt nicht von hier, eher aus Rollis Gegend. Müsste so zwei Jahre alt sein.«

»Eher vier«, erwiderte Julius. »Schau dir doch die Ränder an. Schon gut orange.«

Herold nickte und reichte das Glas an den bereits ordentlich angesäuselten Rolli weiter. Der roch nicht dran, sondern trank direkt. Wozu der Alkohol die Menschen doch machen konnte, dachte Julius. Goethe zum Dichterfürsten und Rolli zum Versuchskaninchen.

»Kommt mir irgendwie bekannt vor, den hab ich schon mal wo getrunken. Aber überzeugt mich nicht, ist irgendwie so aufgesetzt. So gewollt. Wüsste nicht, wer so was macht. Vielleicht hat eine Genossenschaft mal mit irgendwas rumexperimentiert.«

Julius beschloss, den Wein an der Luft stehen zu lassen. Er würde sich entwickeln und weitere Geheimnisse preisgeben. Einen Wein konnte man nicht hetzen, er musste sich stets die Zeit nehmen dürfen, die er brauchte. Morddrohung hin oder her.

Die drei Nasen trotteten nun gemeinsam von Fass zu Fass. Jedes wurde verkostet, jeder Tropfen analysiert. Eine Pilgerreise zum perfekten Cuvée. Was musste vermählt werden, um einen komplexen, ausgewogenen und typischen Porzermühle-Wein zu kreieren?

»Ich begreif nicht, wie die alle immer so unterschiedlich ausfallen können«, sagte Rolli fassungslos und trank das nächste Glas. »Alles dieselben Fässer vom selben Küfer. – Aber hinten das macht den Wein ruppig, und das hier gibt ihm das gewisse Etwas«, er klopfte auf eines der Alliereiche-Fässer, »der Tropfen muss unbedingt mit in den ›Melchior‹!«

August Herold füllte etwas in eine Karaffe ab und stellte sie zu den anderen auf einen schlichten Holztisch, dann goss er den Wein der besten Fässer zusammen. »Der muss es jetzt sein!«, sagte er hoffnungsvoll, denn vier Stunden Verkosten schlauchten Gaumen und Hirn.

Aber sein Gesicht verriet: Der ist es wieder nicht. »Ich bin es leid, dann gibt es dieses Jahr eben keinen ›Melchior‹. Ich mach mir meinen Namen nicht durch einen Wein kaputt, der einfach nicht gut genug ist.«

Rolli hatte das Probeglas leer getrunken. »Aber der ist doch super! Beim nächsten Mal nimmst du noch mehr neues Holz, dann wird er noch besser, und der Horressen gibt dir eine Wahnsinnspunktzahl, glaub es mir!« Rollis Handy klingelte, das heißt, es spielte polyphon einen Top-Ten-Dancetrack.

»Weinvernichtungsstelle Mayschoss. – Ach, du bist es! – Nein, ich bin beim August, weißt du doch. – Was? Wirklich? – Ja, klar, da komm ich direkt. – Natürlich kann ich noch fahren, kling ich etwa schon so besoffen? – Du fängst gleich eine! Bin direkt da. Bis gleich!« Er blickte Herold an. »Muss leider weg, die Pflicht ruft. Ruhm und Ehre winken. Aber ich darf nichts verraten. Man sieht sich!« Er verabschiedete sich noch nicht einmal von Julius, der in einer weit entfernten Ecke des Kellers vor sich hinwerkelte.

Herold sank auf den Boden, die Luft war raus.

Neben ihm tauchte nach einigen Minuten Julius auf, der unbemerkt an einem Fass gezapft hatte, das bereits in der ersten Runde aussortiert worden war. Während Herold den Boden anstarrte, als würde dort gleich in brennenden Lettern die Lösung auftauchen, stellte Julius ein neues Cuvée zusammen. Doch er nahm nicht nur Anteile der besten Fässer, sondern auch aus dem mit dem »kleinen« Wein, den er gerade ausgewählt hatte.

Das so gefüllte Glas reichte er Herold.

»Lass es gut sein, Julius. Ich will nicht mehr. Und ich dachte, dieses Jahr wird's besonders einfach. So ein Superjahrgang, wahnsinnig reif und gesund, die Trauben, hohe Analysewerte, alles passt. Tja, Satz mit X!«

Julius schnippte mit dem Fingernagel an das Glas, sodass es hell erklang. »Probier mal deinen neuen ›Melchior‹.«

Herold lächelte schwach und trank den Wein.

Innerhalb von Sekunden war er auf den Füßen.

Und stand wieder wie gewohnt unter Starkstrom.

Er strahlte, und Julius strahlte zurück.

»Wie hast du das gemacht?«

»Ein Koch denkt wie ein Koch. Man muss manchmal das Profane mit dem Feinen kombinieren, um Aha-Erlebnisse zu schaffen. In einem heißen Jahr fehlt es den Weinen an Säure, deshalb hab ich deine kleinste Spätlese mit reingemischt, die ist jetzt das Gegengewicht zu den dicken Krachern. Nun ist alles im Lot. Und dafür krieg ich zwölf Flaschen von dem Zeug, sonst erzähl ich überall rum, dass du so verzweifelt warst und sogar Rolli um Hilfe gebeten hast.«

»Vierundzwanzig!«, rief Herold. »Und eine Wildschweinsalami obendrauf, und wenn ich eine Tochter hätte, würdest du sie zur Frau bekommen, Schwiegersohn!« Er gab Julius einen Schmatzer auf die Stirn. »Wahnsinn, bist du also doch zu was zu gebrauchen. Muss ich direkt der Christine erzählen. Bin sofort wieder da.«

Julius konnte sich gerade noch in den Weg stellen, um Herold am Hochsprinten zu hindern. »Mach dir mal einen schönen Abend mit deiner Frau, ich muss jetzt sowieso weg, Bein hochlegen.«

»So machen wir das. Werd schnell wieder gesund, mein Lieber!«, sagte Herold und verschwand.

Julius nahm wieder den mit »Vinum Mysterium« gefüllten Burgunderkelch in die Hand, der nun ausgiebig Zeit zum Atmen gehabt hatte. Zeigte der Wein jetzt sein wahres Gesicht?

Er hängte seine Nase ins Glas.

Untere Ahr, keine Frage.

Vier Jahre alt, auch da kein Zweifel.

Zu viel Holz, aufgesetzt, da hatte Rolli Recht.

Hier hatte einer prahlen wollen. So ein Wein bekam hohe Wertungen. Wer hatte die vor vier Jahren eingeheimst? August Herold natürlich, das Weingut Schultze-Nögel wie immer, Ninnat, Bassewitz hatte einen guten Jahrgang gehabt, und Rolli. Sein Heimersheimer Burggarten Spätburgunder war so ein Bodybuilder gewesen. Aber der hätte seinen legendären Wein wohl erkannt. Er musste François hinzuziehen, den Sommelier der »Alten Eiche«, vielleicht hatte der eine Idee. Vielleicht war es aber auch vollkommen egal. Es war nach elf, und kein Mord war geschehen, sonst hätte sein Handy längst geklingelt. So war das eben, wenn die Freundin in der Mordkommission arbeitete.

Julius kraxelte umständlich die steilen Stufen ins Flaschenlager hinauf und stahl sich dann durch das große Eichentor nach draußen. Irgendetwas knackte klirrend unter seinen Füßen, doch in der Düsternis konnte er nicht erkennen, was es war. Der Mönchberg wurde vom Mond beschienen und hatte das wunderbare tiefe Blau eines Chagall-Bildes.

Gott, konnte es hier schön sein.

Julius humpelte Richtung Weinberge, um Empfang für sein Handy zu bekommen, damit er ein Taxi rufen konnte. Auf dem großen Weingutsparkplatz stand nur ein einziger Wagen. Bei dem Grand Cherokee, einem elenden Angeberauto, wie Julius fand, brannte innen noch Licht. Er konnte seiner Neugier nicht widerstehen und riskierte einen Blick.

Rolli saß auf dem Fahrersitz.

Es sah aus, als sei er eingenickt.

Doch überall war Blut.

Als hätte man eine Sau geschlachtet.

Und die große Wunde an Rollis Hinterkopf klaffte eine gute Hand breit auf.

2. Kapitel

»Aus andern Schüsseln schmeckt es immer besser«

»Ich sag jetzt nicht, dass man dich nicht allein lassen darf, okay? Und dafür hab ich was bei dir gut!«

Anna von Reuschenbergs fein gezeichnetes Gesicht wurde flackernd vom Blaulicht der Polizeiwagen erhellt. Sie wirkte erstaunlich ruhig in dem wahnsinnigen Trubel vor dem Weingut Porzermühle, fand Julius. Aber sie blickte ihn vorwurfsvoll an.

Sämtliche Hunde der Nachbarschaft heulten jetzt wie ein riesiges Wolfsrudel, nachdem der Rauhaardackel eines Proktologen begonnen hatte, sich ordentlich in die Brust zu werfen. Ganz Mayschoss war auf den Beinen, genauer auf den Zehenspitzen, um auch ja nichts zu verpassen. Ein bärtiger Nachbar, dem man die Abstammung vom Affen deutlich ansah, hatte es so eilig gehabt, dass er nur eine dünne Jacke über seinem abgewetzten beige-rosa Schlafanzug trug.

Julius ertappte sich dabei, wie er die Menge nach bekannten Gesichtern absuchte, während der Tatort mit Kamera und Blitzlicht dokumentiert wurde. Rollis Grand Cherokee auf dem Parkplatz. Blitz. Nahaufnahme: Alle Scheiben hoch, die Türen zu. Blitz. Die Umgebung des Wagens von jeder Seite, keine Fußspuren im Kiesbett. Blitz. Das Wageninnere: Rollis Kopf vornübergebeugt, die Arme schlaff am Körper. Blitz. Die Wunde am Hinterkopf. Blitz. Blut auf der seitlichen Fensterscheibe. Blitz. Blut auf Armaturenbrett und Frontscheibe. Blitz.

Die Bilder hatten sich längst auf Julius' Netzhaut eingebrannt. Und sie schmerzten. Rolli war sicherlich kein besonders liebenswerter Mensch gewesen, aber so etwas war niemandem zu wünschen.

Anna schob Julius in die Einfahrt zur Kelterhalle, stellte sich vor ihn und verschränkte die Arme. Ihre Haare waren vom Wind zerzaust, weswegen Julius sie notdürftig zurechtstrich. Dabei stellte er wieder einmal fest, wie gut ihre katzenhaften Züge zur Nacht passten.

»Wie kommt es, dass ich dich hier treffe?«, fragte sie. »Ich bekomme langsam wirklich den Eindruck, du ziehst Morde an wie ein Kuhfladen Schmeißfliegen«

Julius war zu durcheinander, um Anna eine angemessene Retourkutsche zu geben. »Ich muss dir was erzählen …« Und er berichtete von dem anonymen Anruf und der rätselhaften Flasche. Allerdings nicht, dass er sie verkostet hatte. Bevor Anna etwas erwidern konnte, schob er ein »Du hättest die Sache sowieso nicht ernst genommen, gib's doch zu!« hinterher.

Anna blickte unruhig zum Tatort, wo sie jetzt eigentlich sein sollte. »Wir müssen von Berufs wegen jeder Spur nachgehen.«

»Hör doch auf!«

Ihr Name wurde gerufen. »Wir reden gleich weiter …« Sie rannte mehr, als dass sie ging, in Richtung des abgesperrten Parkplatzes. Neben Julius erschien August Herold.

»Julius, ich bin nüchtern. So stocknüchtern war ich mein ganzes Leben nicht. Der gute, alte Rolli vor meinem Weingut ermordet. So was gibt's doch gar nicht.«

»Lass uns reingehen, hier ist es mir zu ungemütlich. Außerdem könnte ich jetzt gut was vertragen.«

Julius humpelte, sein bandagiertes Bein nur vorsichtig aufsetzend, neben August Herold zum Wintergarten, der wie eine riesige durchsichtige Schmuckschatulle an den Weingutsturm grenzte.

Herold sah ihn fragend an. »Was passiert da jetzt bei Rolli?«

Julius öffnete die Wintergartentür und ließ sich rasch auf einen der Korbstühle mit den blauen Hussen fallen. Es knackte vernehmlich.

»Die suchen Zeugen, klingeln an allen Nachbarshäusern. Andere Beamte packen alles, was am Tatort nicht niet- und nagelfest ist, in kleine Tütchen, wieder andere fotografieren, und erst wenn das erledigt ist, bist du sie los.«

Herold ging zum mannshohen Kühlschrank, der im Gang zum Büro stand. Eine Flasche bereits in der Hand hielt er inne. »Meinst du, wir sollten den gerade komponierten Wein zum Gedenken an ihn …?«

»›Rolli‹ nennen? Klingt nicht gut. ›Melchior‹ ist viel besser, August. Du fühlst dich doch nicht etwa schuldig?«

»Ich hätte Überwachungskameras einbauen lassen sollen.«

»Tot wäre er trotzdem«, sagte Julius, obwohl er sich dabei nicht sicher war. Doch was brachte es, August Herold ein schlechtes Gewissen zu machen?

Der Winzer kam und goss Julius den kühlen Wein in ein schlankes Weißweinglas, das sofort beschlug. Plötzlich kam Anna hereingeschossen.

»Herr Herold, könnten Sie mich und Herrn Eichendorff bitte einen Moment allein lassen. Zu Ihnen komme ich später.«

Herold hob abwehrend die Hände empor – er sprach gern mit vollem Körpereinsatz – und verschwand in den Wohntrakt. Julius bekam einen Kuss auf die Stirn und einen Klaps auf den Hinterkopf, bevor Anna sich ihm gegenübersetzte.

»So, jetzt wissen die Kollegen, was zu tun ist. – Julius, ich ahne schon, ich brauche dich nicht darum zu bitten, nicht auf eigene Faust zu ermitteln.«

»Mit doppelten Verneinungen habe ich so meine Probleme. Ich sag's mal so: Nein, du musst mich nicht bitten.«

Anna blickte ihm tief in die Augen. Julius versuchte, so unschuldig zu gucken wie ein Welpe. Ein Lächeln erschien auf Annas rosa Lippen.

»Sehr clever! Ich muss dich nicht bitten, weil du es sowieso machst.«

»Jetzt hatte ich mich gerade an doppelte Verneinungen gewöhnt. Du überforderst mich!«

Anna griff sich sein Glas. Das war eine ihrer schlechten Angewohnheiten, wie Julius fand. Immer trank sie ihm seinen Wein weg, auch wenn sie vorher gesagt hatte, sie wolle keinen. Dann meist sogar noch mehr.

»Der tat mir jetzt gut.« Sie blickte Julius an und nickte. »Ich weiß, was du von mir hören willst: Informationen. Viel gibt es aber noch nicht. Roland Löffler ist wohl gerade mal eine Stunde tot, aber das weißt du ja selbst. Er wurde mit einem stumpfen, keulengroßen Gegenstand erschlagen. Und wer immer das gemacht hat, er wusste genau, wo die Sollbruchstelle am Kopf ist. Was für eine Waffe es war, werden wir erst nach den Laboruntersuchungen wissen. Vielleicht finden sich ja Partikel davon in der Kopfhaut, mal schauen.« Sie lehnte sich über den Tisch und sprach nun leiser. »Eine Sache ist allerdings merkwürdig. Das, was überall im Auto klebt, an den Scheiben, auf dem Lenkrad, am Polster, an der Kopflehne, ist kein Blut. Das ist Wein.«

Ein Treppenlift, das wär's jetzt, dachte Julius, als er sich am nächsten Nachmittag Stufe um Stufe in den Weinkeller der »Alten Eiche« hinunterquälte. Ein Knopfdruck, und er wäre unten, könnte auf dem Weg sogar noch die Aussicht genießen. Wunderbar. Aber nein, er hatte ja keinen und musste sich deshalb mit Krücken an FX vorbeischleichen, damit der ihn nicht wie einen gebrechlichen älteren Herrn stützte, der nicht mehr allein zu seinen geliebten Flaschen kommt. Der Arzt hatte Julius heute einen unpraktischen Gipsverband verpasst, und je schneller der wieder abkam, desto besser. Und wenn er sich dafür schonen musste, dann würde er sich schonen, wie sich noch nie ein Mensch zuvor geschont hatte. Er würde sich schonen, bis der Rücken wund wurde vom Liegen. Keinen Zentimeter würde er sich mehr bewegen. Und nur noch Multivitaminsaft trinken. Selbst entsaftet natürlich. Sein Hausarzt würde Augen machen. Das Wunder von Heppingen, das würde er werden.

Aber erst nach einem Besuch im Weinkeller.

Flaschen angucken.

Als er unten ankam und sich endlich wieder auf beide Krücken stützen konnte, atmete er erst einmal durch. Und noch einmal. Dann erst fragte er sich, wie er je wieder hochkommen würde.

Er wäre bepackt mit Flaschen.

Das würde den Schwierigkeitsgrad noch etwas steigern.

Aber das war, beschloss Julius, etwas, worüber er nach seinem Besuch im Keller nachdenken konnte. Da gab es nämlich Gläser. Und die halfen, richtig gefüllt, beim Denken ungemein. Allein im Weinkeller, das war wie Kurzurlaub.

Er öffnete die unverschlossene Tür.

Ein erschrecktes Kieksen erklang.

François zog seine Hände vom Flaschenregal, als habe er eine Bouteille unsittlich berührt. Als Sommelier der »Alten Eiche«, als Verantwortlicher für alles, was mit Wein zu tun hatte, durfte er natürlich hier sein. Zur Kontrolle der Bestände, zur Auswahl der offenen Weine, es gab viele gute Gründe. Aber Julius hatte das Gefühl, dass es keiner davon war, der den Sommelier hierher geführt hatte. Sein südafrikanischer Angestellter mit der schlanken und hochgewachsenen Figur eines Dressman würde sonst nicht rot anlaufen. Und das kleine Schüsselchen mit dem Wasser und der Seife auf dem Eichentischchen ergab auch keinen Sinn.

»Hast du mir was zu sagen, Herr van de Merwe?«, fragte Julius.

»Ich dachte, du könntest mit deinen Krücken nicht hier runterkommen! Schön, dass es dir schon besser geht.«

»Ist der Keller jetzt dein privates Badezimmer, oder wie darf ich das verstehen?«

François stellte den Kellerhocker vor Julius und half ihm beim Hinsetzen. »Möchtest du vielleicht einen Schluck trinken?«

»Ist es so schlimm, dass du mich erst besoffen machen musst, bevor du es mir erzählst?«

François blickte nervös auf die Uhr. Und dann noch einmal. Er schien zerstreut. »Was? Ach, du meinst das Wasser? Nein. Du dürftest, also solltest, Julius, du musst dich wirklich schonen, das Bein hochlegen. Du solltest jetzt zu Hause sitzen, wirklich.«

Julius schubste mit einer Krücke die Wasserschüssel an. »Treibst du hier irgendwas Amouröses? Hat sich da irgendwo noch jemand versteckt?«

Der Sommelier schien erst jetzt zu begreifen, dass es Julius mit der Frage ernst war. »Das ist für die Flaschenmassage. Weißt du, Weine sind wie Perlen. Sie werden ausdrucksstärker, je häufiger man sie berührt. Sie müssen sich geliebt fühlen. Wer mit Pflanzen spricht, der bringt sie zum Blühen. Aber auch Weine sind lebendige Wesen, deshalb zeige ich ihnen, wie gern ich sie habe. – Aber natürlich nur mit sauberen Händen! Die muss ich halt ab und an waschen, weil sich doch einiger Staub auf die Schätzchen gelegt hat.«

Julius stieß François neckisch mit seiner Krücke gegen die Brust. So langsam bekam er Übung darin. »Und jemanden wie dich bezahl ich jeden Monat. Ich muss genauso verrückt sein wie du!«

Sie tranken etwas und streichelten danach liebevoll gemeinsam die wertvollste Flasche des Kellers, den gerade in Amsterdam ersteigerten 1727er Rüdesheimer Apostelwein. Er galt als ältester trinkbarer Wein der Welt. Wann würde es wohl eine Gelegenheit geben, ihn zu öffnen, fragte sich Julius. Er bekam keine Möglichkeit, länger darüber zu sinnieren, denn François wurde hektisch.

Er schmiss ihn geradezu aus dem Weinkeller und schubste ihn mehr die Treppe hinauf, als dass er ihm dabei half, immer wieder nervös auf seine goldene Armbanduhr blickend.

»Du solltest jetzt wirklich nach Hause gehen, dich so richtig entspannen. Und ich bring dich hin. Das ist Teil meines Jobs.«

»Wenn du jetzt sagst, weil du dich um alle Flaschen des Hauses kümmern musst, fliegst du auf der Stelle!«, brachte Julius hervor.

»Ich wollte eigentlich von den Schätzen des Hauses sprechen, aber wenn du es so ausdrücken willst …«

Sie kamen in die Küche.

Ein Koch merkt, wenn sich in seinem Reich etwas ändert. Wenn er so ordentlich, ja geradezu krankhaft penibel ist wie Julius, dann braucht er gar nicht erst hinzuschauen. Dann spürt er es. Als die Tür sich öffnete, wusste Julius, dass etwas falsch war.

Und dann hörte er es.

»Da ist ja der Chef!« Seine Hand wurde ergriffen und gepresst. »Ich wollte Ihnen noch einmal ganz herzlich danken, dass ich bei Ihnen kochen darf. So eine tolle Küche, der Abzug arbeitet hervorragend. Richtig gutes Klima. Soll ich mich direkt wieder an die Ravioli begeben, ja? Mach ich sofort!« Julius' Hand wurde losgelassen, und Blut floss wieder hinein.

Die Neue fing heute an, das hatte er im Trubel ganz vergessen. Ihm war Roswitha Trenkes, genannt Rosi, von seinem Bacharacher Kollegen Andreas Stüber empfohlen worden, als Ersatz für einen nach Dubai abgewanderten Koch. Er hatte sie erstmals beim Vorstellungsgespräch getroffen und sofort gedacht: Ein so höflicher Mensch passt hervorragend in die Küchenbrigade. Ein kleines Mäuschen, allerdings im Körper einer russischen Hammerwerferin. Die muskulösen Unterarme waren angsteinflößend.

»Weitermachen, weitermachen«, ordnete Julius an, obwohl Rosi bereits die aufwendigen Genovese-Füllungen auf der linken Hälfte einer neuen Bahn Pastateig aufbrachte.

Eine Hand in seinem Rücken signalisierte ihm, dass François weiterwollte. Warum hatte er es nur so eilig? Oder wollte er ihn einfach nur aus der Küche haben? Das fragte sich Julius zumindest, bis sie raus waren und François vor der Tür des Hinterausgangs elend langsam seinen Schuh zuband. Danach konnte er sich die Frage aber wieder stellen, denn der Sommelier trieb ihn wie eine Herde Büffel bis zu seinem Haus vor sich her. Gott sei Dank waren es nur wenige Schritte.

François schloss für Julius auf und half ihm bis ins merkwürdigerweise dunkle Wohnzimmer.

Auch hinter dieser Tür wartete eine Überraschung.

Der Tag war fast wie ein Adventskalender.

»Warum machst du nicht das Licht an?«, fragte Julius.

Es war nicht François' Stimme, die antwortete: »Oh, ich Dummchen, habe ich doch glatt vergessen …«

Es war Annas.

Dann ging das Licht an.

»Überraschung!«

Da standen Anna und anscheinend jeder, den sie im Moment im Restaurant entbehren konnten. Inklusive der neuen Köchin. Sie mussten durch den Haupteingang zu seinem Haus gerannt sein, als François seinen Schuh geschnürt hatte. Clever. Wo früher sein alter, leicht abgewetzter Ohrensessel gestanden hatte, befand sich nun ein ledernes Monstrum, das aus einem englischen Herrenklub entsprungen sein musste. Er hatte große goldene Nieten und sogar ein passendes Fußbänkchen.

Anna kam strahlend zu Julius, und gemeinsam mit François wuchtete sie ihn hinein.

»Wir haben alle zusammengelegt. Gute Besserung!«, sagte Anna und gab ihm einen Kuss.

»Ihr anderen bitte nicht!«, sagte Julius, als François es Anna nachtun wollte. »Vielen, vielen Dank für das tolle Geschenk. Das habe ich nicht verdient!«

»Stimmt, aber du kriegst es trotzdem«, sagte Anna. »Und falls du versuchen solltest aufzustehen, um zu kochen oder Morde zu untersuchen, die dich nichts angehen«, sie holte etwas hinter ihrem Rücken hervor, »haben wir diese Kette!«

Aber die Kette brauchte es gar nicht. Der Sessel war so bequem, dass Julius nie mehr aufstehen wollte. Doch als Anna von Morden sprach, musste er plötzlich an Rolli denken. Wie er in seinem Wagen gesessen hatte, als wäre er gerade erst eingestiegen, um loszufahren. Sie hatten noch zusammen Wein verkostet, und nur kurze Zeit später atmete er nicht mehr. Er hatte sie so gut gelaunt verlassen …

emons: verlag Tel. 0221-56977-0 · info@emons-verlag.de

☐ Bitte senden Sie mir das aktuelle Verlagsprogramm zu

☐ Ich möchte den Newsletter von emons: per E-Mail erhalten

☐ Ich habe Interesse an Krimis aus folgender Region:

Besuchen Sie uns auch auf www.facebook.com/EmonsVerlag

Name

Straße

PLZ/Ort

E-Mail

Ich bin damit einverstanden, dass meine hier angeführten Daten zu dem folgenden Zweck »Versand von Kundenprospekt« erhoben, verarbeitet und genutzt sowie unter Umständen an unseren Dienstleister zum Versand des angeforderten Kundenprospektes weitergegeben bzw. übermittelt und dort ebenfalls zu dem folgenden Zweck »Versand von Kundenprospekt« verarbeitet und genutzt werden. Hier werden die Daten unmittelbar nach dem Versand gelöscht. Im Fall des Widerrufs werden mit dem Zugang meiner Widerrufserklärung meine Daten gelöscht.

ISBN 978-3-7408-0636-1

emons: verlag
Cäcilienstraße 48

50667 Köln

BESTSELLER
»Die Uhren beginnen zu flüstern. Tick. Mami hat. Tack. Uns lieber. Tick. Als dich. Ticktack.«
porzellankind
MYRIANE ANGELOWSKI
THRILLER
emons:
Myriane Angelowski
PORZELLANKIND
Thriller
ISBN 978-3-7408-0607-1
(D) 12,95 € (A) 13,30 €
MICHAELA KASTEL
WORÜBER WIR SCHWEIGEN
emons: thriller
Der neue Thriller von Michaela Kastel
Michaela Kastel
WORÜBER WIR SCHWEIGEN
Thriller
ISBN 978-3-7408-0643-9
(D) 20,00 € (A) 20,60 €
emons:
www.emons-verlag.de

»Gefällt er dir wirklich?«, fragte Anna und riss ihn aus seinen Gedanken.

»Natürlich! Wo habt ihr den bloß so schnell aufgetrieben?«

»FX hat exquisite Verbindungen zu einer jungen Antiquitätenhändlerin in Neuenahr. Eine ganz reizende Dame, wie er sagt, die wohl ausgesprochen froh war, ihm einen kleinen Gefallen erweisen zu können.«

»Ich frag nicht weiter …«, sagte Julius und lümmelte sich tiefer in den Sessel. Er fühlte sich wie in Mutters Schoß und hatte plötzlich unheimlich Durst. Er wollte passenderweise Milch.

Doch leider öffnete sich das nächste Adventskalendertürchen, und FX kam herein, ein Fax in der Hand, das offensichtlich bereits zerknüllt und wieder glatt gestrichen worden war.

»Schöner Sessel, net wahr, Maestro? Und gut, dass du jetzt drinsitzt! Die Erzdiözese hat sich gemeldet. Des Essen passt dem Papst net. Er wünscht nix Römisches, sondern etwas klassisch Deutsches. Also alles auf Anfang, bittschön!«

Er hatte es doch geschafft, aus dem Sessel aufzustehen. Nicht nur, um in sein Behelfsbett zu gehen, das im ebenerdig liegenden Arbeitszimmer aufgeschlagen worden war. Sondern auch, um am nächsten Morgen aus dem Haus zu kommen und sich von FX hierher kutschieren zu lassen. Zu den roten Äpfeln. Mein Gott, waren das viele. Er hatte sicher schon einige Äpfel in seinem Leben geschält, geviertelt, gekocht, aber so viele auf einen Schlag in Kreisform zu sehen, das war doch etwas anderes.

Der Herr der vierunddreißigtausend Zieräpfel kam mit großen Schritten herein, als müsste er Pfützen überqueren. Seine Haare waren blond wie Stroh und sein Mittelscheitel mit einer Akkuratesse gezogen, dass er wie gemalt aussah. Er war die erste Wahl gewesen, als es für Julius darum ging, jemanden zu finden, der Rolli überhaupt nicht leiden konnte. Bei der Todesmeldung würde er eher eine Magnum-Flasche Champagner geöffnet haben, als aus Trauer nichts mehr runterzubekommen.

Julius wollte diesem Mord auf die Spur kommen, in den er so abrupt per Telefon hineingezogen worden war. Und als Erstes machte er sich auf die Suche nach einem Motiv. Rollis problematischer Charakter reichte da nicht aus. Wenn so etwas als

Mordmotiv genügte, gäbe es kein Problem mehr mit Überbevölkerung.

Maximilian Löffler hauste in einer alten, unscheinbaren Gärtnerei an der Nordstraße. Von innen war sie jedoch ein floristisches Paradies. Der Hausherr hatte nicht nur die Apfelskulptur an der Ostseite geschaffen, sondern auch andere vibrierende und teilweise noch lebende Kunstwerke.

»Jules, mein Lieber, ich grüße dich! Hältst du Zwiesprache mit meinen Äpfeln?«

Maximilian nannte ihn immer Jules, weil es ihm gefiel. Ohne jemals gefragt zu haben, ob es Julius gefiel. Er setzte sich schwungvoll an seinen Acrylschreibtisch.

»Fällt der Apfel weit vom Stamm?«, fragte Julius sich selbst. Es war eigentlich nur ein kurzer philosophischer Schluckauf.

Maximilian zog seine randlose Brille ab und nahm ein Ende in den Mund.

»Hast du heute deinen Tiefgründigen, Jules? Fällt der Apfel weit vom Stamm … Nun ja, manchmal rollt er sogar den Hügel runter und landet im Matsch. Wenn man meinen Bruder Rolli nimmt, zum Beispiel.«

Da hatte er, ohne es zu wissen, schon das Thema angeschnitten, dachte Julius.

»Eigentlich wollte ich ja so tun, als bräuchte ich einige Blumengestecke, und dann durch die Hintertür nach ihm fragen. Aber das geht ja so viel besser!« Julius nahm sich einen Drahtstuhl und setzte sich Maximilian gegenüber. »Du weißt sicher, dass du mit deinen Pflanzen reden musst, damit sie besser gedeihen.«

»Das macht Yvonne für mich, morgens um halb sieben und abends um acht. Sie trägt ihnen Gedichte vor. Deutsche Romantik.«

Bei jedem anderen hätte Julius das für einen Scherz gehalten, bei Maximilian nicht. Seine floralen Arrangements, die wie mathematische Grafiken in Blatt und Blüte wirkten, wie chinesische Tuschezeichnungen in Stiel und Borke, waren ein Vermögen wert. Das wusste jeder, und so sollte es auch sein.

Das Stichwort Deutsche Romantik bewegte Julius zur Rezitation. *»Wie in einer Blume himmelblauen / Grund, wo schlummernd träumen stille Regenbogen, Ist mein Leben ein unendlich Schauen, / Klar durchs ganze Herz ein süßes Bild gezogen.«*

»Ich schätze deinen Vorfahren, Jules, genauso wie ich dich schätze. Du kaufst immer gut bei mir ein. Darf ich so neugierig sein und frei heraus fragen, was du an Blumen benötigst?«

»Ach so, ja, also benötige ich doch etwas? Wenn es sein muss ... Selbstverständlich kann ich dich nicht verlassen, ohne etwas bestellt zu haben. Sagen wir zwölf exorbitant teure Floralkunstwerke für meine Restauranttische?«

Maximilian schlug zur Bestätigung nur kurz die Augenlider nieder.

»Danke für dein Beileid zum Tod meines Bruders. Ich weiß natürlich, dass du ihn genauso geschätzt hast wie ich.« Maximilians Gesicht zeigte keine Regung, als er dies sagte.

»Du als Bruder müsstest doch eine Ahnung haben, wer einen Grund hatte, ihn umzubringen.«

»Gehst du wieder einmal deinem kriminellen Hobby nach, Jules? Mir soll es recht sein. Jedem das seine und Blumen für alle – du kennst ja mein Motto.«

Eine langmähnige Frau in lederner, hautenger Rockerkluft betrat den Raum, stellte einen Cocktail vor Julius und ein Glas stilles Wasser vor Maximilian.

»Rolli hatte sicher Feinde. Er war ein ... Individualist mit sehr genauen Vorstellungen, wie Dinge zu sein haben. Damit eckte er an. In der Weinbruderschaft zum Beispiel, die er umkrempeln wollte, *modernisieren*.«

»Er wollte, dass sie ihn zum Ordensmeister machen«, sagte Julius.

»Sagte ich ja, modernisieren, von Grund auf. Er war von Grund auf modern.«

»Du kannst jetzt aber nicht seine Weine meinen, Maximilian. Die waren manchmal doch richtig altbacken. Übrigens gut, der Mai Tai.«

»Macht sie hervorragend, ja. Nein, nicht alle Weine. Er experimentierte halt, wie seine großen Vorbilder in den USA. Vor fünf Jahren war er dort zu einer Bildungsreise, wie er es nannte. Er hat seinen Körper voll in den Dienst der Sache gestellt, seine Leber nicht geschont. Und als er zurückkam, war er verändert. Yvonne, noch einen Mai Tai für unseren Gast, aber diesmal mit Schirmchen bitte.« Yvonnes Bestätigung drang aus einem anderen Raum zu ihnen, und Maximilian fuhr zufrieden fort. »Die Beziehung zu meinem Bruder wurde nach dieser Reise noch *besser*. Er suchte mich häufiger auf und lud mich ein, bei ihm zu investieren. Was ich tat, Mutter hätte es so gewollt. Dabei spielte es keine Rolle, dass er meiner floristischen Arbeit ... konstruktiv kritisch gegenüberstand und meine Vorliebe für die schönen Dinge nicht teilte. Ist das nicht das Schöne an Geschwistern, dass sie so vollkommen anders sind als man selbst? Ich *liebte* meinen Bruder, wie ich nur ... meinen einzigen Bruder liebte. Das weißt du ja.« Maximilian konnte ein süffisantes Lächeln nicht verbergen.

»Wie war es in letzter Zeit? Ich meine, die USA-Reise liegt lange zurück, wenn sie mit einem Mord zu tun hätte, wäre er schon vor längerer Zeit geschehen. Das Motiv für die Tat muss in etwas zu finden sein, das erst vor kurzem passiert ist.«

Maximilian stand auf und goss sein Glas Wasser in einen Blumenkübel. »Zum Wohl, meine Liebe.« Dann drehte er sich wieder zu Julius um. »Nun ja, Jules, es ist sicherlich kein Mordmotiv, aber Rolli«, der Name ging ihm merklich schwer über die Zunge, als sei er aus Lebertran, »hatte in den letzten Monaten einen handfesten Streit, da er sich ungerecht behandelt fühlte. Wegen einer Bewertung im Michelin. Böse Briefe wurden geschrieben, schlimme Worte gesagt, über Leichen im Keller geredet. Doch sein Feind, ja, so nannte mein kleiner Bruder ihn, blieb hart. Daraufhin kam es wohl zu Drohungen, Rolli wollte irgendeine Information an die Medien weiterleiten, aber ich habe die Sache dann nicht mehr verfolgt. Er war alt genug.«

Julius saugte seinen zweiten Mai Tai leer und faltete das Schirmchen ordentlich zusammen. »Und mit wem hat er so heftig gestritten?«

»Hatte ich das nicht gesagt? Mit Hermann Horressen natürlich.«

Ein Besuch bei Maximilian hatte immer etwas Surreales, dachte Julius, als FX ihn abholte. Sollte er tippen, wer auf Erden von einem anderen Planeten stammte, so würde er auf Maximilian tippen – noch vor Michael Jackson.

»Hat der Maestro irgendwelche fabelhaften Ideen für des Menü heut Abend? Ich bin gern bereit, dein verlängerter Arm zu sein, deine stahlharte Faust sozusagen. Während du dich a bisserl erholst. Des ist Ehrensache für mich.«

Julius schaltete das elende Radiogedudel aus und genoss das warme Brummen des Wagens. »Wie viele Tische haben wir belegt?«

»Nur fünf, davon eine Gesellschaft. Mau ist es zurzeit halt schon.«

»Du weißt ja, dass wir heute den ersten Mittwoch im Monat haben, also Zahl-was-du-willst-Tag. Sag unserem guten Sous-Chef, er soll die Neue ausnahmsweise an einem Tisch allein ranlassen. Mal schauen, was die Gäste für ihre Gerichte zahlen. Ab ins kalte Wasser mit ihr. Wenn sie die ersten beiden Gänge versaut, muss natürlich übernommen werden.«

Julius liebte den Nervenkitzel, was an einem solchen Abend rumkommen würde. Er liebte die Herausforderung und das sportive Moment. Kochen als Abenteuer.

»Ich richt's aus, aber erwart für den Schmarrn keinen Applaus. Wenn die Rosi es verbockt, ist's deine Schande. Aber mir soll des egal sein. Wer achtet schon auf den Maître d'Hôtel?«

Julius war nicht in der Stimmung, etwas Nettes zu sagen. Ihm ging Hermann Horressen durch den Kopf, und außerdem musste man FX manchmal schmoren lassen. Sonst wurde er übermütig.

Schweigend lud dieser Julius vor dessen Haus ab und half ihm bis in den altenglischen Ohrensessel. Julius fiel hinein wie eine Boule-Kugel in den Sand. Wieder war da dieses Gefühl: Hier möchte ich nie wieder weg. Und da FX ihm auch noch einen Tee und saftige Super Triple Chocolat Explosion Cookies gebracht hatte – eine Erfindung von Julius, die regelmäßig in der Küche frisch gebacken werden musste –, gab es auch erst mal keinen Grund, den ledernen Himmel zu verlassen.

FX war gegangen und hatte das Telefon griffbereit neben Julius gelegt. Hoffentlich meldete er sich bald. FX würde heute Julius' Augen und Ohren sein und der guten Rosi auf die Finger schauen. Vereinbart war eine Standleitung. FX würde anrufen und das Telefon dann nicht mehr ausmachen. Er würde es in der Küche nahe Rosis Station liegen lassen und ab und an einen Lagebericht durchgeben, unbemerkt ins Telefon sprechend.

Das würde Julius natürlich etwas kosten. Aber immerhin war es seine Küche, und dort wurden seine Gäste bekocht.

Julius schrie erschreckt auf.

Jemand hatte ihm eine Hand über die Augen gelegt und etwas vor die Nase gehalten.

Trotz rasendem Puls und einem Hektoliter Adrenalin im Körper musste er nur kurz schnuppern, um zu wissen, was sich da vor ihm befand. Sein Körper entspannte sich auf wundersamste Weise.

So wirkt halt wahre Medizin.

Diese, wusste Julius, war eine Vollmilchschokolade Selection No. 9 »Grand Cru Java« mit handgeschöpftem Meersalz. Eine seiner liebsten, wegen des wunderbaren Geschmacksgegensatzes, bei dem das Salz die Schokolade leicht und frisch erscheinen ließ.

»Zum Verwöhnen«, sagte Anna liebevoll, nahm die Hand von Julius' Augen und steckte ihren Haustürschlüssel ein. Dann fuhr sie ernster fort: »Aber auch für die Nerven. Deine und vor allem meine.« Sie öffnete die Packung und brach sich ein Stück ab.

Es klingelte. In Julius' Kopf. Nur dort. Warum klingelte es da?

Das Telefon klingelte. Jetzt in echt. Es war FX. Hatte Julius nun schon Vorahnungen? War es schon so weit mit ihm gekommen?

»Sekunde«, sagte er zu Anna. »Ich höre«, zu FX.

»Hier Horchposten Alpha. Des Subjekt hat angefangen zu kochen. Ordentliches Mis en Place. Over.«

Anna brach sich ein weiteres Stück ab. Es knackte wundervoll satt. »Hast du jetzt schon einen Überwachungsstaat en miniature errichtet? Ich dachte, du ruhst dich mal richtig aus?« Sie schob sich einen Wohnzimmersessel vor Julius zurecht.

»Kümmer dich einfach nicht drum. Was gibt es Neues?«

»Dass ich sauer auf dich bin und du die Schokolade nicht verdient hast. Aber ich kenne diesen ganz besonderen Eichendorff'schen Wahnsinn mittlerweile. Bin ja lernfähig. Hast du einen Wein offen? Ich hab Lust auf was Rotes.«

»Bedien dich. Aber sag mir vorher, was ich verbrochen habe.«

»Nee, erst der Wein, sonst muss ich zu lange drauf warten.«

Sie kam schnell wieder, auch ein Glas für Julius haltend. »Passt der zur Schokolade?«

Julius sah sich den Chianti Classico Riserva von Felsina an. »Aber zuerst den Wein trinken und dann ein Stück Schokolade auf der Zunge zergehen lassen. Nicht umgekehrt.«

Die meisten Wein-Schokoladen-Kombinationen machten überhaupt keinen Sinn. Es waren fast ausschließlich Süßweine, die der sündigen Süßigkeit zu einem noch größeren Auftritt verhalfen. Diese Paarung zwischen einem trockenen Roten und einer Spitzenschokolade war eine der seltenen Ausnahmen.

»Meine Güte! Hier darf man nicht mal essen, wie man will.« Anna biss in die Schokolade und nahm einen Schluck. »So!«, sagte sie mit vollem Mund. »Das ist die Rache.«

Das Telefon rauschte. *»… des ›Beste vom Kalbskopf mit Wurzelgemüsesalat‹ geht jetzt raus – ich beobacht die Gäste. – Nein, liebe Rosi, ich sprech net mit jemandem! Und des geht dich auch überhaupt nix an!«*

»Ich lass mich davon jetzt nicht irritieren«, sagte Anna. Herr Bimmel kam herein und strich um ihre Beine. »Ja, du bist ein Guter! Du würdest nicht einfach einen unserer Hauptverdächtigen besuchen, ohne deiner Freundin von der Katzenpolizei Bescheid zu sagen.«

»Maximilian ist einer eurer Hauptverdächtigen?«

»Sind enge Familienangehörige doch erst mal immer. Also wird er observiert. Meine Kollegen wundern sich schon gar nicht mehr, dich zu sehen. Hast du was Brauchbares rausbekommen? Wir nämlich nicht. Nur dass er seinen Bruder nicht besonders gut leiden konnte.«

»Die beiden verband eine ganz eigene Art der Liebe, so kann man das sagen. Ich muss mir erst noch mal durch den Kopf gehen lassen, was er mir so erzählt hat. Zumindest war keine direkte Spur dabei.«

Er verschwieg Horressen. Das wollte er selber regeln. Der würde zum nächsten Testessen eh wieder antanzen. Und das musste bald stattfinden. Er würde für morgen einladen und sich die Nacht wegen Rezepten um die Ohren schlagen.

Wieder klingelte es in seinem Kopf. Wollte ihm sein Unterbewusstsein etwas sagen, oder war das ein besonders exaltierter Tinnitus?

»Und noch was, mein lieber Julius: Du hast völlig vergessen, mir zu erzählen, dass du den ›Vinum Mysterium‹ auch probiert hast! So was erfahre ich erst vom Kollegen der Spurensicherung, der mir mitteilte, die Flasche, die du ihm übergeben hast, wäre nicht ganz voll gewesen. Trinkst du alles, was plötzlich vor deiner

Tür steht? Soll ich mal mein Spülwasser da deponieren? Das hat mit Mut nichts mehr zu tun, sondern nur mit Blödheit! Viele Gifte kann man weder riechen noch schmecken, aber du musst probieren. Sag jetzt bloß nicht, du wolltest einen Mord verhindern. Das rechtfertigt nicht, sich selbst ins Unglück zu stürzen.«

Julius wollte etwas erwidern, doch Anna fuhr dazwischen. »Kein Wort! Sonst überlege ich mir das mit meiner Großmut noch mal. Bei den Ermittlungen sind wir übrigens noch nicht viel weiter. Am Kopf von Roland Löffler gab es keine Spuren von Holz oder Metall oder Porzellan oder sonst irgendwas. Nur ein bisschen Wein. Wir vermuten, dass er mit dem Mörder gerade ein Glas trank, als dieser ihn erschlagen hat. Das hat der Täter dann mitgehen lassen. Wir haben die ganze Gegend um das Weingut natürlich auch nach der Tatwaffe abgesucht, aber nichts gefunden.« Sie kraulte den Kater an den Öhrchen, und plötzlich stand ein eifersüchtiger Felix neben ihr, der maunzend dieselbe Spezialbehandlung verlangte. »Eh ich's vergesse. Ich hab eine Abhöranlage für dich bestellt, hab richtig Druck gemacht. Aber die Mühlen des öffentlichen Dienstes mahlen langsam. Ich sag nur: Genehmigung. Mittlerweile bin ich schon so weit, dass es mich nicht mehr wundert. Erschreckend, oder?«

Wieder kam etwas aus dem Telefon. *»... kümmer du dich bittschön um dein Essen, und ich kümmer mich um die Gäste. Dafür dass du erst einen Tag hier bist, kommst ganz schön frech daher, des sag ich dir. So wird man hier net alt!«*

Es klingelte wieder in Julius' Kopf. Was sollte das nur bedeuten? Und jetzt roch es wie in Augusts Weinkeller bei der Cuvée-Probe mit Rolli.

Telefon.

Rolli.

Natürlich!

»Habt ihr Rollis Telefon gefunden? Also bei der Leiche?«

Anna nickte. »Das war dabei.«

»Ist festgestellt worden, mit wem er telefoniert hat?«

»Wird routinemäßig durchgeführt. Ist das kleine Einmaleins. Wieso fragst du?«

»Weil Rolli doch wegen eines Anrufs die Probe verlassen hat. Wenn der Mörder ihn allein rauslocken wollte, dann war das die sicherste Methode. Ansonsten hätte es auch passieren können, dass wir gemeinsam rauskommen. Der letzte Anrufer könnte also der Täter sein.«

»Ich muss los!«, sagte Anna und trank ihr Glas schnell leer, während aus dem Telefon wieder FX' Stimme zu hören war.

»*… die Lotte auf Artischockenragout mit Oliven-Kartoffelpüree wird aber anders angerichtet! Es ist mir herzlich wurscht, was der Sous-Chef gesagt hat, der muss es ja auch net den Gästen vorsetzen. Mach des jetzt bittschön anders! Nein? Na, des wird Konsequenzen haben! Meine liebe Rosi, da hast dir an deinem ersten Abend direkt einen guten Freund gemacht. Ich gratuliere!*«

Anna gab Julius einen weinfeuchten Schmatzer und zog sich gerade im Türrahmen, Verrenkungen machend, ihren Dufflecoat an, als ihr noch etwas einfiel.

»Wir haben übrigens schon ein Ergebnis zu deinem ›Vinum Mysterium‹. Giftig war er nicht. Aber gepanscht.«

3. Kapitel

»Wes Brot ich ess, des Lied ich sing«

Der Himmel über Heppingen hatte seine blauen Augen noch nicht geöffnet, da war Julius schon auf dem Weg zum Bahnhof. Das heißt: FX startete gerade den Wagen, um ihn zu kutschieren. Hermann Horressen wartete bereits auf dem Bahnsteig, denn heute stand das nächste päpstliche Probe-Essen auf dem Plan. Aber zuerst wollte Julius ein Schokoweckchen. Also musste es jetzt erst mal zur Steinofenbäckerei in Heppingen gehen, vor der Julius sich auf gar keinen Fall beim Aussteigen helfen lassen wollte. Wie hätte das denn ausgesehen? So weit war es ja nun noch nicht gekommen!

Also brauchte er drei Anläufe.

Um ausgesprochen unelegant auf seinen beiden Krücken zu landen.

Das intakte Bein zwickte jetzt auch. Egal, hier ging es um ein noch warmes, duftendes Schokoweckchen. Es dauerte nicht lange, bis Julius wieder aus dem Laden kam, mit hochrotem Kopf, als hätte man ihn gerade aus dem Ofen gezogen. Er wurschtelte sich wütend ins Auto, mit den Krücken fast eine Passantin umsensend, die laut fluchend weiterging.

»Sind aus! Ist das zu glauben! Schokoweckchen sind aus, um die Uhrzeit schon! Ja, so was weiß ich doch vorher, da back ich doch mehr. Jetzt hab ich eins ohne Schoko genommen, dabei ging es mir doch gerade darum. Aber ohne was wollte ich jetzt auch nicht gehen.« Er biss wütend ins unschuldige Weckchen. »Aber das ist unbefriedigend, merke ich schon beim ersten Bissen!«

»Dann iss halt nach jedem Happen eine deiner Notfallpralinen. Dafür sind's schließlich da, oder net?«

Immer noch sauer, jetzt auch noch darüber, dass FX diese gute Idee gekommen war, holte Julius die säuberlich in Alufolie eingepackten Notfallpralinen aus seiner Jackentasche. Drei hatte er eingepackt: eine Gianduja emballée, eine mit Melonencreme, umhüllt von Milchschokolade und – falls es ganz dick kommen sollte – eine Trüffel Cocos.

Hoffentlich würde er diese nie einsetzen müssen.

Noch bevor er in das Gianduja-Nougat beißen konnte, klingelte sein Handy. Er schob sich die Praline trotzdem genussvoll in den Mund. Sie begann sofort aufs wunderbarste zu schmelzen.

»Willst net rangehen?«

»Ich esse, siehst du doch. Das ist eine heilige Sache, da lass ich mich nicht hetzen!«

»Dann geh ich halt ran.«

»Nein, du fährst. Guck auf die Straße, sonst hast du bald auch einen Gips.«

FX hielt es fünf Klingler lang aus. »Des nervt mich jetzt mit dem dauernden Geklingele.« Er klaubte Julius' Handy mit einem Griff aus dessen Jacke.

»Pichler, Apparat von Herrn Eichendorff, wie kann ich behilflich sein? – Moment, bittschön, mit der Leitung kann was net in Ordnung sein, ich versteh Sie so schlecht. Sprechen S' bitte lauter. – Nein, der isst gerade. – Ja, dabei kann er net reden. – Zuhören müsst möglich sein.« Julius schüttelte vehement den Kopf, das nun butterweiche Nougat in seinem Mund genießend. FX reichte ihm das Handy. »Der Herr sagt, es sei dringendst.«

Julius wartete noch einige wertvolle Sekunden, bis das Nougat sich vollends aufgelöst hatte, und hielt sich das Handy ans Ohr, während FX die Abbiegung Richtung Bahnhof unnötig rasant nahm.

»Hier Eichendorff, was gibt es so Wichtiges, dass ich beim Essen gestört werde?«

»Nachrichten aus dem Totenreich«, sagte die blecherne Stimme, die Julius sofort wiedererkannte. »Der nächste Mord wird in rund vierundzwanzig Stunden geschehen. Morgen Vormittag wird die Leiche gefunden werden. Und du kannst wieder nichts dagegen unternehmen.«

Ein nächster Mord? Julius hatte so gehofft, es wäre nur um Rolli gegangen.

»Was ist das für ein krankes Spiel, das Sie da treiben? Warum rufen Sie ausgerechnet mich an? Melden Sie sich doch bei der Polizei!«

Aus dem Handy war ein amüsiertes Lachen zu hören. »Mach ich dich unruhig, Superhirn? Wer sich für so großartig hält wie du, kulinarischer Detektiv, der muss sich auch an seinen Leistungen messen lassen. Beim heutigen Rätsel gebe ich dir Lausejungen«, die Stimme machte eine kurze Pause und lachte trocken, »sogar eine richtig gute Chance: Als der Mond unterging, säte er im Weinberg des Herrn, wenn er aufgeht, wird er im Mittelpunkt der Welt speisen, und wenn der Mond wieder untergeht, wird der Rächer ihn erfüllen.«

Julius war schon aufgebracht wegen des blöden Weckchens, aber nun war er von Wort zu Wort noch wütender geworden.

»Das nennen Sie eine *reelle* Chance! Da hat sich das Orakel von Delphi ja deutlicher ausgedrückt! Und tun Sie bloß nicht so, als hätte ich Rolli und Ihr nächstes Opfer auf dem Gewissen! Nennen Sie mir seinen Namen, das wäre doch mal was. Aber Sie treiben ja ein feiges Spiel! Ihre Opfer haben so viel Chance auf Rettung wie eine Martinsgans im Oktober!«

»Reg dich doch nicht so auf, mein lieber Julius, ich mache das doch auch für dich. Du musstest auch unter den Taten des Mannes leiden. Er hat den Tod verdient, genau wie der gute Roland Löffler. Hast du das Geheimnis des Weines schon gelüftet?«

»Er war gepanscht – aber noch nicht mal auf illegale Art und Weise!« Anna hatte ihm das genaue Ergebnis der Laboruntersuchung zukommen lassen. »Tanninpulver ist erlaubt. Gibt dem Wein mehr Gerbstoffe und Röstaromen. Dafür braucht man normalerweise ein teures Holzfass. Ich finde solche Kellertricks zwar nicht gut, aber das ist doch kein Kapitalverbrechen.«

»Och, jetzt bin ich doch ein wenig enttäuscht. Du verstehst es wirklich nicht? Na ja, dir geht es halt nur ums Geschäft. Ich habe höhere Ziele als den profanen Mammon, das werden dir die anderen Todesurteile schon zeigen. Besonders das letzte, es wird auf alles ein neues Licht werfen.«

Er legte auf.

FX hatte den Wagen schon lange angehalten und blickte Julius fassungslos an. Mit Warnblinklicht stand er in der zweiten Reihe und wurde von ebenso wild wie unflätig gestikulierenden Autofahrern überholt. »Jetzt gibst mir deine Kokospraline, und dann erzählst mir bittschön, worum es da grad gegangen ist!«

Die Rückfahrt vom Bahnhof verlief sehr still. Horressen wagte nicht zu fragen, warum keiner ein Wort sprach. Die Anspannung im Auto war schnittfest. Julius kam das Motorengeräusch unfassbar laut vor, als treibe jemand eine Kettensäge mitten durch seinen Kopf. Immer und immer wieder ging er die Worte des Anrufers durch wie ein Mantra. Was sollten die Hinweise nur bedeuten? Er hatte Anna bereits angerufen und ihr alles erzählt. Die Soko war dran. Aber der Mörder hatte mit Julius gesprochen – hieß das, seine Chancen, die Lösung zu finden, standen besser?

Julius schloss die Augen, um die Fragen in seinem Kopf klarer zu sehen.

Der Mörder schien ihn persönlich zu kennen. Oder hatte das Duzen nichts zu bedeuten? Und was hatte es damit auf sich, dass ihm Geld egal sei? Er verfolgte ein höheres Ziel, schien gar auf einer Art Kreuzzug zu sein. Für was? Gegen wen?

Doch allmählich griffen einige Puzzleteile ineinander, den Rand bekam er nun zusammen. Der geheimnisvolle Wein war gepanscht. Rolli war das Opfer. War es zu viel vermutet, dass der »Vinum Mysterium« von Rolli stammte? Dass er der Panscher gewesen war? Nein, war es nicht. Julius hatte am gestrigen Abend noch eine Flasche des Weines aus dem Keller geholt, mit dem Rolli vor Jahren das »Assmannshäuser Zepter« gewonnen hatte. François hatte ihn damals für die »Alte Eiche« kaufen müssen. Ein solcher Gewinnerwein musste einfach auf der Karte stehen. Für Julius' Nase hatte es gestern keinen Zweifel gegeben. Die Weine waren identisch. Rolli hätte dann zwar seinen eigenen Wein nicht erkannt, aber er war ordentlich angetrunken gewesen, und so mancher Winzer erkannte seine flüssigen Kinder ohne Etikett nicht wieder. Julius würde Anna die angebrochene Flasche übergeben, um es amtlich bestätigen zu lassen. Der Mörder hatte Rolli dafür büßen lassen, dass ihm *die Natur nicht genügte*. Dass er beim Weingeschmack nachgeholfen hatte. Zwar war dieses Procedere legal, legitim war es aber noch lange nicht. Der Gebrauch von Tanninpulver war eine Schande. Wirklich geschadet, körperlich oder seelisch, hatte Rolli damit jedoch niemandem.

Was für ein Wahnsinn.

Vielleicht hatte er bald ein Ende. Die Polizei überwachte Julius' Restaurant. Wenn der Unbekannte die nächste Flasche »Vinum Mysterium« vor der Tür abstellte, würden sie ihn ergreifen.

Als der Wagen vor der »Alten Eiche« ankam, bat Julius den

überraschten FX, schon einmal vorzugehen, damit er mit ihrem Passagier alleine war.

»Hab ich irgendwas verbrochen?«, fragte Horressen und tupfte sich mit einem Stofftaschentuch über den Glatzkopf.

»Komm, setz dich nach vorn zu mir, sonst verrenk ich mir nur den Hals«, sagte Julius so aufmunternd, wie er konnte. Dann saßen sie nebeneinander.

»Wir sind doch alte Freunde, Hermann«, begann Julius.

»Mir schwant Schlimmes«, sagte Horressen. »Brauchst du etwa Geld, Julius?«

»Wie? Nein, nein, ich will dich nur warnen.«

»Mich warnen? Wüsste nicht, wovor.« Horressen nahm seine Brille ab und begann sie zu putzen.

»Von Rollis Tod weißt du ja. Ich hab zufällig erfahren, dass die Polizei von deinem Streit mit ihm weiß. Das macht dich natürlich für die Polizei verdächtig.«

Es knirschte, und Horressen hielt ein Brillenglas in der Hand. Er hatte es herausgedrückt. »Nimmst du mich auf den Arm, Julius? Das ist doch jetzt nicht dein Ernst!«

»Doch, leider ja. War der Streit denn so schlimm, dass sie dir was anhängen könnten, oder kann man die Sache vielleicht anders darstellen?«

»Ach was, nicht der Rede wert. Da war nix. Verletzte Eitelkeit, erlebe ich dutzendfach.«

»Er soll dir gedroht haben, ernsthaft gedroht.«

»Mein lieber Julius, was schert es die deutsche Eiche, wenn sich ein Wildschwein an ihr reibt? Der gute Rolli wollte eine höhere Bewertung im Michelin, aber die gab's nicht. Punkt. Da hat er angefangen rumzuspinnen, wollte mich doch tatsächlich mit Wein bestechen, als hätte ich seine Plörre freiwillig getrunken! Dann ging's weiter mit Geld, und als auch das nichts brachte, hat er mir gedroht. So ein Blödsinn von wegen, er würde die Leichen in meinem Keller kennen.«

»Und? Gibt's da welche?«

»Also Julius! Mein Keller ist quicklebendig. Mir sind schon mehr Leichen angedichtet worden, als auf dem Gemeindefriedhof liegen. Würde ich mich da jedes Mal drüber aufregen, ich käme zu gar nichts mehr.«

»Das heißt, Rolli hat dann irgendwann von selbst aufgehört?«

»Lass uns das Thema beenden, ja, Julius?« Horressen stieg aus.

Als sie die »Alte Eiche« betraten, waren schon fast alle da. Es fehlte nur der mit der kürzesten Anfahrt: Gerdt Bassewitz.

Julius' Sous-Chef hatte das Menü nach den Angaben seines Arbeitgebers zubereitet. Es war Legende in der »Alten Eiche«. Ein Gast hatte vor Jahren dafür Pate gestanden. Jacques Buergené war sein Name gewesen, Julius würde ihn nie vergessen. Eine ganze Woche Urlaub hatte sich der Feinschmecker genommen, um sich durch die komplette Karte der »Alten Eiche« zu futtern. Zum Abschluss bat er dann um ein »Menü der Erinnerung«. Nach all der Haute Cuisine hatte es ihn nach den Genüssen gelüstet, die der deutschen Spitzenküche abhanden gekommen waren, die kein Koch mit Anspruch und Verve mehr zubereitete. Die vergessenen Klassiker – weil die Zutaten zu profan waren, die Zubereitung zu schlicht, die Saucen zu mächtig, weil sie eben nicht der teuren, kunstvollen Akrobatikküche entsprachen, die heute durch die Restaurants wirbelte. Julius, der durchaus gerne kulinarisch turnte, hatte der Bitte entsprochen und ein einmaliges Menü kreiert. Ein Tisch war extra in der Küche für den Retro-Esser aufgebaut worden, und Julius hatte jeden Gang mit ihm verputzt.

Er hatte sich zwanzig Jahre jünger gefühlt.

Nach dem anonymen Anruf fühlte er sich nun gerade zwanzig Jahre älter.

Vielleicht würde das Menü es wieder ausgleichen.

FX hatte im Restaurant eindecken können, denn seit die Bonner Politiker zu Berliner Hauptstädtern geworden waren, gab es keinen Mittagstisch mehr. Julius nahm, ganz Familienoberhaupt, am Ende der Tafel Platz. Die von den Winzern mitgebrachten Weine wurden von François geöffnet und mit merklichem Widerwillen einfach in die Tischmitte gestellt. So konnte sich jeder bedienen und die Kombinationen ausprobieren. Kleine metallene Spucknäpfe standen an jedem Platz bereit sowie Wasser, um den Gaumen zwischen den Weinen zu neutralisieren. Dazu eine Batterie an Weinkelchen, die jedem Glasmusiker die Finger hätten feucht werden lassen.

Julius beschloss, ohne Bassewitz anzufangen, und sorgte für den Trinkspruch: »Auf Gaumen, Vaterland und den Papst!«

»Auf den Papst!«, antwortete die Runde.

Julius machte sich selbst in diesem Moment Sorgen wegen des anonymen Anrufs vorhin im Auto. Aber zumindest speiste keiner hier im »Mittelpunkt der Welt«, dachte er. Das konnte von der »Alten Eiche« wirklich nicht behauptet werden. Aus astronomischer Sicht lag der Mittelpunkt vermutlich irgendwo im luftleeren All – aber da gab es sicher keine warmen Speisen. Er musste also auf der Erde liegen. Julius' historisches Gedächtnis sagte ihm, dass Jerusalem während der Kreuzzüge als Mittelpunkt der Welt galt, dass Heinrich Himmler den »Mittelpunkt der Welt«, das ideologische Zentrum der SS, in der Wewelsburg geplant hatte. Aber konnte es das sein? Wie sollte er da einen Mord verhindern können?

»Maestro, bist noch da?«

Annette von Droste-Hülshoffs Gedicht »Das Ich der Mittelpunkt der Welt« half ihm auch nicht weiter: *»Jüngst hast die Phrase scherzend du gestellt: / »Wer Reichtum, Liebe will und Glück erlangen, / Der mache sich zum Mittelpunkt der Welt, / Zum Kreise, drin sich alle Strahlen fangen.«* Wenn man selbst der Mittelpunkt der Welt war, speiste man ja immer »in« diesem. Nein, es musste eine andere Antwort geben.

»Ist alles in Ordnung bei dir, Maestro?«

Um einen geologischen Mittelpunkt der Welt, also den Erdkern, konnte es auch nicht gehen. Wo also sollte er liegen? Und was gab es da zu essen?

»MAESTRO!«

»Was?«

»Soll ich dich net lieber ins Bett bringen?« In FX' Augen stand echte Sorge.

»Nein danke, ich sitze hier sehr gut. Bei welchem Gang sind wir?«

François erschien neben ihm und flüsterte: »Wir warten noch auf dein Zeichen für den ersten.«

Julius gab es mit einem Nicken.

Der »Kir Royal« wurde aufgetragen. Vor dem perfekt arrangierten »Ragout Fin in der Blätterteigpastete« verschwand Wolf Kiefa auf der Toilette, kam aber merklich erleichtert zum »Pochierten Schellfischfilet auf Estragon-Senfsauce mit dicken Bohnen« wieder. Die deftige »Gebratene Gänseleber mit Apfelringen, Zwiebelpüree und Kartoffelbrei« verlangte nach einem kräftigen Wein, und die Gemüter erhitzten sich darüber, welche Kreszenz die nötige Kraft hätte. Oliver Fielmann und Django Uhlen verließen die Gruppe danach kurz, um draußen zu rauchen, zur »Gefüllten Kalbsroulade auf Spitzkohltarte« traten sie wie Schulkinder tuschelnd wieder an den Tisch. Fielmann musterte das Gericht noch im Stehen kritisch.

»Das Menü willst du nicht wirklich dem Papst auftischen, oder? Der ist doch italienische Kost gewohnt. Meinst du, er verträgt solche Speisen noch?«

Julius genoss die sahnig-würzige Spitzkohltarte und ging den Hinweis des Mörders theologisch an. Nicht nur für die katholische Kirche war die Erde lange der Mittelpunkt der Welt gewesen, bevor Kopernikus die Sonne dorthin versetzte. Brachte ihn das weiter? Nein.

»Julius, hast du meine Frage gerade hören können? Was ist denn heute bloß los mit dir?«

FX flüsterte Julius die Frage zu.

»Lieber Oliver, das verlernt kein Magen, auch kein päpstlicher.«

Fielmann zog pantomimisch den Hut und griff mit seiner Hand quer über den Teller, um das Weinglas zu erreichen, dabei tauchte der linke Ärmel in Spitzkohlpüree. Er hielt ihn lachend hoch: »Hoffentlich passiert das nicht dem Papst!«

»Das wär mir völlig wurscht«, sagte Uhlen. »Was mich stört, ist, dass das hier zutiefst reaktionäre Speisen sind. Das Menü gewordene Nachkriegsdeutschland. Ist mir nicht europäisch genug. Du bist, was du isst, heißt es doch immer. Sind wir dann jetzt alle Adenauer?«

»Habe ich kein Problem mit, mein junger Freund«, sagte Horressen. »Würde uns allen gut tun, wenn wir wieder mehr von der Generation hätten.«

Julius ließ schnell den nächsten Gang auftischen: »Sauerbraten vom Rindertafelspitz auf Johannisbeer-Rotkohl und Kartoffelklößchen in Zimtbutter«. Der Papst wollte etwas »klassisch« Deutsches, bitte sehr. Und doch war es das nicht. Er hatte alles so raffiniert verfeinert, dass es nichts von der Schwere aufwies, welche die deutsche Küche platt gedrückt hatte. Auch war nichts durchgekocht worden, bis sämtliche Vitamine aus dem Gemüse geflohen waren. Es war neu aus alt. Der Papst würde es lieben. Der Nachtisch war auch eine sichere Nummer: »Baumkuchenspitzen mit Kompott-Variationen«. Herrlich!

Bassewitz erschien mit einem Flaschenkörbchen in der Tür. »Entschuldigt die Verspätung, ihr Lieben, aber *unser* Mittagstisch ist hervorragend besucht, und ich musste einfach die Runde machen.« Er stellte seine Weine einzeln auf den Tisch. »So, da ist bestimmt was Passendes dabei! Ach ja, den Wein hier muss einer von euch in der Diele stehen gelassen haben. Ist nur ein Schild drum, da steht«, er bückte sich zum Lesen: »Vinum Mysterium«.

Julius hatte die Truppe allein gelassen, wegen »eines dringenden Termins«. FX würde die Weinvorschläge für die letzten Gänge notieren.

Wie sich herausstellte, hatte die Polizei niemanden bemerkt, der die Flasche in der »Alten Eiche« deponierte.

So viel zum Thema Polizeiüberwachung.

Den »Vinum Mysterium« in der Hand war Julius in die Küche gehumpelt, François im Schlepptau. Der Korken wurde herausgerissen, der Wein eingeschüttet. François hielt sein Glas zitternd in der Hand. Rot und gefährlich schwappte der Hinweis im Glas.

»Musst dir keine Sorgen machen, François, der Mörder spielt nur mit mir. Umbringen will er mich nicht, dafür macht ihm die Sache viel zu viel Spaß. Ich probier auch zuerst.«

Julius schlürfte etwas Luft mit ein und ließ den Wein lange in seinem Mund kreisen, bis er sich erwärmt hatte und weitere Aromen freigab. Dann spuckte er ihn ins Spülbecken.

Auch François nahm nun einen Schluck, einen sehr kleinen, der den Mund direkt wieder verlassen durfte. »Guter Wein, keine Frage.«

Julius goss ihm einen größeren Schluck ein. »Riech wenigstens richtig, wenn du den Wein schon nicht ordentlich kaust.«

Er setzte sich auf einen Hocker und ließ das Glas kreisen. Julius spürte, dass er dem Wein näher kam, Nase für Nase. Plötzlich erschien neben ihm die neue Köchin.

»Er meinte, es sei zu thymianesk. So etwas habe ich noch nie gehört!«

»Wie meinen?«, fragte Julius.

»Herr Pichler meint, ich koche zu thymianesk.«

»Soso, meint er das? Ich geh der Sache nach, ja? Leider passt es gerade nicht.«

»Schon gut, mit der Neuen kann man es ja machen ...« Rosi Trenkes ging laut zu ihrer Station in der Küche. FX warf ihr einen vernichtenden Blick zu.

François begann zu nicken. »Der kommt nicht aus dem Tal, so viel ist sicher.«

»Du meinst, wegen der Eichennote?« Julius hatte es auch gerochen. Der Wein war in kleinen Holzfässern, den Barriques, gereift. Und zwar lange. Deshalb rief der Wein nun aus voller Kehle: »Holz! Holz! Holz!« Aber er tat es mit dem wohltönendsten Tenor. »Die Struktur ist komplex und fein verädert, wie das Blatt eines Baumes. Die Rebstöcke müssen alt, sehr alt, gewesen sein.«

»Genau. Teures Holz und ein alter Wingert«, bestätigte François, als sei ihm das direkt klar gewesen.

Julius senkte seine Nase tief ins Glas und sog den Duft kraftvoll in sein Geruchszentrum. Verdammt noch mal, erkenne den Wein endlich!

Er roch etwas Edelgraues mit scharfen Kanten.

Es glänzte.

Julius hatte ihn!

»François! Spürst du nicht auch ein mineralisches Kribbeln, das vom Schiefer stammen muss?«

»Na klar, das ist ja nicht zu überriechen.«

»Das ist ein Spätburgunder, von einem Magier des Holzes – und dieser Schiefer zeigt, dass er doch aus der Heimat kommt. Es gibt nur einen im Tal, der Rotwein so hinbekommt, dass selbst Franzosen ihn für ein Gewächs aus dem Burgund halten können.«

»Ich hab auch direkt dran gedacht: Paul Ninnat«, sagte François.

Julius sprang auf, vollkommen vergessend, dass sein Bein eingegipst war.

François fing ihn auf, sich absolut bewusst, dass Julius' gesamter Körper sonst Bodenberührung erfahren würde.

Julius bekam es kaum mit.

Jetzt kam er dem vermaledeiten Kerl zuvor!

In einem wahren Endorphin-Rausch trieb Julius den völlig verunsicherten François an, schneller nach Rech zu fahren, wo das Weingut lag. Dabei rief er Anna per Handy an und bellte kurz einen Befehl: »Komm zum Weingut von Paul Ninnat! – Es ist dringend, wir haben ihn! – Liegt direkt an der Hauptstraße, vor der Biegung – Kannst du nicht verfehlen!«

Die nächste halbe Stunde wurde eine der nervenzerfetzendsten seines Lebens. Er musste vor dem Weingut auf Anna warten, das hatte sie ihm abverlangt. Weitere Anrufe hatten nicht etwa dazu geführt, dass sie schneller fuhr, sondern nur, dass sie wütender wurde. François saß im Wagen und sah sich sein Gesicht intensiv im Rückspiegel an, zog die Tränensäcke nach unten und streckte die Zunge heraus. Offensichtlich war er auf der Suche nach ersten Vergiftungserscheinungen.

Julius humpelte auf dem Parkplatz auf und ab wie ein angeschossener Tiger. Eine Gruppe von vier vergnügungssüchtigen Wanderern und ein Ehepaar mit dem Michelin-Weinführer unter dem Arm hatten das Gut bereits betreten – und er musste hier warten!

Julius hatte das Handy schon wieder am Ohr, um Anna anzurufen, als ihr Dienstwagen anrollte. Ohne eingeschaltetes Blaulicht, wie er ärgerlich bemerkte.

»Da bist du ja endlich!«, begrüßte er sie.

»Sei jetzt bloß ruhig! Sonst erlebst du mich gleich von meiner unangenehmen Seite. Ich hoffe für dich, dass es etwas wirklich Wichtiges ist, sonst haben wir zwei ein Riesenproblem. Und deine Geheimnistuerei, dass du mir am Telefon nichts Konkretes sagen wolltest, finde ich absolut kindisch.«

Julius wusste, dass es das war. Aber er wollte den Überraschungseffekt. Er wollte Anna sehen, wenn er die Neuigkeit präsentierte. Ihre überraschten Augen, in denen das Feuer aufloderte, als würde ein Kübel Öl in die Flammen gegossen.

In der Probierstube stand Paul Ninnats Sohn Sascha bei der Männerrunde und schenkte Wein aus. Als er die neuen Besucher sah, entschuldigte er sich sofort, kam kopfschüttelnd auf Julius zu und reichte ihm die Hand.

»Hast du dich endlich getraut, reinzukommen? Ich hab dich draußen schon eine ganze Zeit rumstapfen sehen.«

Julius konnte an Ninnats Gesicht erkennen, dass es Mitte des Monats war. Sascha Ninnat war ein periodischer Rasierer, nur am Monatsersten. Jetzt hatte er einen Zweieinhalb-Wochen-Bart. Niemand machte eine Bemerkung zu dieser Eigenart, denn Ninnat hatte den Körperbau eines klassischen Zehnkämpfers. Er sah aus wie Jürgen Hingsen. Riesengroß, breite Schultern, muskulös. So jemanden versuchte man nicht wütend zu machen.

»Sascha, das ist Kriminalhauptkommissarin Anna von Reuschenberg, die den Mord an Rolli untersucht. Meinen Sommelier François kennst du ja bestens.« Schließlich trafen sich die beiden häufig zu gemeinsamen Proben mit begleitendem Pokerspiel. Julius merkte es immer daran, dass François am nächsten Tag kein Bargeld mehr hatte.

Die Gäste in der halb modernen, halb rustikalen Stube horchten auf, die Gespräche erstarben.

»Lasst uns lieber rüber in die Halle gehen, da sind wir ungestört«, sagte Ninnat und stellte seinen Gästen einige Flaschen aus dem Kühlschrank hin mit der Aufforderung, sich in den nächsten Minuten einfach selbst zu bedienen.

In die Halle des Gutes gelangte die kleine Gruppe durch eine Tür am Ende des Verkostungszimmers. Der große Raum war schmucklos und allein auf Kellerarbeit ausgerichtet. Kein Weinromantikschmuh, keine indirekte Beleuchtung. Ein kalter Betonboden und eine hohe Decke.

Aber Julius wusste, darunter lagerten die teuren Barrique-Fässer, in denen auch der zweite »Vinum Mysterium« herangereift war. Mit ihren hölzernen Babys ging die Winzerfamilie um wie liebende Mütter.

Sascha Ninnats Gesicht hatte gerade aber gar nichts Mütterliches. Er war aufgebracht und redete mit hochrotem Kopf. »Was hab ich mit Rollis Tod zu schaffen? Soll das ein Verhör werden oder was?«

»Quatsch, nein. Du und dein Vater, ihr seid in Gefahr! Hast du mal ein Glas?«

»Ist ja nicht so, als wären wir hier nicht auf einem Weingut«, sagte Ninnat und holte eines.

Schon wieder eine doppelte Verneinung, dachte Julius. War das irgendein skurriler Germanistenfluch, der auf ihm lag? Als Ninnat ihm das Glas reichte, füllte er es mit dem neuen »Vinum Mysterium« fachmännisch bis zur Verjüngung und reichte es zurück. »Kennst du den Wein?«

»Julius, ich weiß wirklich nicht, was das soll!« Ninnat roch daran. »Klar kenne ich den, ist unser Vieilles Vignes vom Recher Herrenberg. Das ist der aktuelle Jahrgang. Der Wein ist aber längst ausverkauft, falls du was davon willst. – Aber warum sind mein Vater und ich in Gefahr? Und was hat der Wein damit zu tun? Der ist doch top!«

Recher Herrenberg – natürlich! »Als der Mond unterging, säte er im Weinberg des Herrn«, hatte der Mörder gesagt. Der Weinberg des Herrn, der Herrenberg. Julius beobachtete Anna, die genauso verblüfft war, wie er es sich gewünscht hatte.

Es war an der Zeit, Ninnat über Rollis Fall und den anonymen Anrufer aufzuklären. Sie nahm es in die Hand.

»Aber warum sollte es der Mörder auf meinen Vater oder mich abgesehen haben? Wir haben keine Weine gepanscht! Bei uns läuft alles vollkommen sauber ab. Das wisst ihr doch!« Hilfesuchend sah er Julius und François an.

Julius tätschelte dem Riesen die Wange, dabei riskierend, das Gleichgewicht zu verlieren. »Es ist ein Hinweis. Nicht mehr und nicht weniger. Anna wird dir und deinem Vater bis morgen Polizeischutz zur Seite stellen.« Ein kurzer Seitenblick verriet Julius, dass Anna es weder mochte, dass er sie Ninnat gegenüber beim Vornamen nannte, noch dass er einfach über den Einsatz von Polizeibeamten entschied. »Ich bin mir zumindest sicher, dass Frau von Reuschenberg so vorgehen wird.« Er erntete ein flüchtiges Nicken und einen schmunzelnden Blick. »Hast du denn eine Idee, was es mit dem Wein auf sich haben könnte? Irgendetwas, das auf einen Mord deutet?«

»Das ist ein irre guter Wein, sonst nichts. Besonders daran ist nur, dass es unser einziger von richtig alten, wurzelechten Reben ist. Noch haben wir welche, und hoffentlich bleibt die Reblaus bei euch in Heppingen, Julius! Aber so weit, dass jemand für eine Flasche davon töten muss, ist es noch nicht.«

»Hast du vielleicht einen Mitarbeiter, der was mit dem Wein gemacht haben könnte? Oder könnte was mit den Fässern nicht stimmen?«

»Julius, wir haben den Laden hier unter Kontrolle, das kannst du mir glauben. Hier läuft alles, wie wir es wollen.«

Jetzt hatte er den Riesen doch wütend gemacht. Anna übernahm. »Niemand behauptet etwas anderes. Wie mein Hase, Entschuldigung, Herr Eichendorff, schon gesagt hat«, sie warf ihm einen Blick aus Raubtieraugen zu, »bekommen Sie und Ihr Vater Personenschutz. Bitte setzen Sie ihn unverzüglich davon in Kenntnis. Der Weinberg wird heute von Kollegen untersucht werden. Wundern Sie sich also nicht.«

»Können Sie das bitte alles unauffällig machen? Ich will kein Gerede.«

Anna sagte es zu. »Ich muss Sie noch fragen, in welcher Beziehung Sie zu Herrn Roland Löffler standen.«

»In gar keiner«, antwortete Ninnat.

»Sie oder Ihr Vater waren also nicht mit ihm befreundet?«

»Kann man wirklich nicht behaupten.«

François schaltete sich ein. »Erzähl es ihr schon, sie bekommen es sowieso raus.«

Sascha Ninnat nickte seinem Pokerpartner zerknirscht zu. »Löffler hat vor Jahren, als wir anfingen, die Weine länger als zwölf Monate im Barrique zu lassen – das machte damals noch keiner –, der Presse ein Interview gegeben. Unser Weg wäre der Tod des Ahrweins. So was hört man natürlich gern, wenn man sich was aufbaut. Später hat er seine Weine dann selber länger im neuen Holz liegen lassen. Entschuldigt hat er sich nie wegen der Geschichte. Aber wir sind nicht nachtragend.« Ninnat blickte auf den kahlen Boden. »Jetzt verstehen Sie, warum wir mit Löffler nichts zu tun hatten. Reicht das?« Er öffnete die Ausgangstür.

Sie verabschiedeten sich und verließen rasch das Weingut, während Ninnat seinen gespannten Besuchern erzählen durfte, warum eine Kommissarin bei ihm hereingeschneit war. Ihm würde sicher etwas einfallen, wusste Julius. Der Bursche hatte einiges in den Muckis, aber noch mehr im Kopf.

Anna riss Julius die Weinflasche aus der Hand. »Die nehme ich jetzt mit. Und beim nächsten Mal rufst du mich an, bevor du sie anfasst, damit wir Spuren sichern können. Vielleicht liegt der Hinweis nicht in der Flasche, sondern drauf. Weiter im Text: Die Abhöranlagen für dein Telefon und dein Handy sind jetzt endlich eingerichtet worden. Leider zu spät für den zweiten Anruf, aber wenn jetzt noch welche kommen, haben wir ihn. Läuft alles digital über eine Polizeidienststelle, sitzt also keiner bei dir im Haus rum. Du musst nur dreimal klingeln lassen, damit der Apparat sich einschalten kann.«

»Können die dann auch *unsere* Gespräche abhören? Ich meine, wenn wir uns was flüstern ... du weißt schon!«

»Geflüstert wird ab jetzt nicht mehr«, stellte Anna fest. »Zumindest nicht mehr am Telefon.«

François hatte sich höflicherweise in den Wagen gesetzt. Er las irgendetwas, wie Julius beruhigt feststellte, als Anna sich Brust an Bauch vor ihn stellte und seinen Kragen ergriff. »Übrigens gut gemacht, mein Dickerchen. Du hast wirklich eine Wahnsinnsnase. Ich spreche mal mit unserer Hundestaffel, ob sie noch jemanden in die Meute aufnehmen können.«

»Das hab ich jetzt davon«, sagte Julius. »Spott, Spott, Spott.«

»Du bekommst zusätzlich noch eine Information von mir«, erwiderte Anna. »Wir wissen mittlerweile, wer Rollis letzter Anrufer war.«

»Und?«

»Django Uhlen.«

»Nein!«

»Aber er sagt, das Handy sei ihm vor kurzem gestohlen worden. Da es bei so was wenig Aussicht auf Erfolg gebe, habe er es nicht der Polizei gemeldet. Und um bei seiner Telefonfirma Bescheid zu sagen, hätte ihm die Zeit gefehlt.«

»Glaubst du das?«

Sie zuckte die Schultern. »Wir haben uns eine Verbindungsübersicht von Uhlens Netzbetreiber kommen lassen. Seit dem Tag, an dem es ihm angeblich gestohlen wurde, ist nur ein einziges Mal damit telefoniert worden. Mit Rolli.«

Julius sah sich den sanft fließenden Himmel an.

In aller Ruhe.

Er schirmte seine Augen mit den Händen ab und blickte zu den Wolken über Bad Neuenahr. Die späte Sonne war hinter einer davon verschwunden. Aber sie schien durch das Weiß. Es sah aus wie ein Spiegelei für Götter. Die Wolke ließ sich Zeit mit dem Weitertreiben, und der Dotter bewegte sich behäbig zum Rand, um dann im Blau des Himmels zu zerlaufen.

Julius genoss den Anblick.

Das ließ er sich nicht nehmen, auch wenn die Uhr tickte.

So weit brachte ihn der Mörder nicht.

Es war nicht mehr weit bis zum Café, in dem seine Verabredung wartete, sein analytischer Denker, der unemotional an den Fall herangehen, ihn nur als intellektuelles Rätsel sehen würde. Professor Altschiff war Julius' Mann, um in einem Knäuel von Gedanken den roten Faden zu entdecken. Er hatte ihn auf diese Weise schon mehrmals auf die richtige Spur gebracht. Als Philologe mit Schwerpunkt Kriminalliteratur behandelte Altschiff das ganze Leben als Fiktion. Er lebte mit seinen Katzen, von denen eine besonders anmutige einst eine fruchtbare Liaison mit Herrn Bimmel eingegangen war, in einer Buchinsel. Ein Haus, das innen nur aus bedrucktem Papier zu bestehen schien. Die freigelassenen Gänge waren so eng, dass Julius sich dort regelmäßig wie ein voll gefressener Bücherwurm fühlte.

Altschiff stopfte gerade seine Pfeife, als Julius ihn bat, doch den Stuhl für ihn nach hinten zu ziehen.

»Ja, mach ich selbstverständlich. Lassen Sie mich nur zuerst mein Rauchwerkzeug zu Ende präparieren.«

Dafür hatte Julius Verständnis. Das war ein Akt der Muße. Da konnte er selbst sich noch etwas den Himmel anschauen.

»So, dann setzen Sie sich mal. Ich habe noch nicht bestellt.«

»Warten Sie schon lange?«

»Ich warte nicht, ich amüsier mich. Der Rheinländer sagt: Dat Schönste is Lück luure. Und hier kann ich mir wunderbar alle möglichen Leute anschauen. Die werden wie auf dem Fließband vorbeigeführt. Famos! Aber jetzt will ich natürlich über den Mord reden. Allerdings würde ich gerne etwas richtig Heißes trinken, während Sie mir berichten. Wenn man eine Serviererin braucht, kommt keine. Nachdem ich mich vorhin setzte, kam dreimal eine angeflogen. Aber ich wollte mit der Bestellung auf Sie warten.«

Julius hob den Arm. Also einen großen, auffälligen Arm. Aber er wurde übersehen. Auch Altschiff hob die Hand. Es war, als meldeten sich zwei übereifrige Schüler im Klassenzimmer.

Nichts.

»Ich fang schon mal an«, sagte Julius und fasste zusammen. Dass Roland »Rolli« Löffler Wein gepanscht und womöglich deshalb umgebracht worden war, schien neu für Altschiff zu sein. Die Polizei hatte der Presse bisher wohl keinen Einblick in Details gewährt. Als Julius von dem anonymen Anrufer und den unetikettierten Weinflaschen erzählte, entzündete Altschiff seine Pfeife, und seine Augenbrauen hoben sich vor Entzücken.

»Vinum Mysterium? Noch nie gehört. Gibt es da irgendwas Historisches zu? Ich kenne nur ›Divinum Mysterium‹ aus der klassischen Musik, Abteilung Choräle, aber da kann ich keinen Zusammenhang erkennen. – Ich würde jetzt aber wirklich gerne etwas trinken.«

Ein Kaffee-Engel rauschte an Julius vorbei, der sofort »Entschuldigen Sie!« sagte. Keine Reaktion. Julius rief: »Hallo, Fräulein!« Die junge Dame in Schwarz-Weiß deckte jetzt einen Tisch ab. Julius pfiff.

Sie drehte sich um und kam wütend zu Julius. »Darf ich Sie bitten, bei uns nicht zu pfeifen! Das ist hier kein Fußballstadion.«

»Darf ich Sie denn bitten, unsere Bestellung aufzunehmen? Denn wenn das kein Fußballstadion ist, warum laufen Sie dann ständig am Publikum vorbei?«

Sie zückte genervt Notizblock und einen angekauten Bleistift. »Was darf es sein?«

»Eine große Apfelschorle«, sagte Julius.

»Und für Sie?«

»Einen Kaffee«, antwortete Altschiff.

»Einen Cappuccino, einen Cappuccino spezial, einen Café au Lait, einen Mokka, einen Caffè Latte, eine Latte Macchiato, einen Café Crème, einen Rüdesheimer, einen Ristretto oder einen Doppio?«, fragte die Serviererin leiernd.

»Einfach einen Kaffee, bitte.«

»Mit Milch aufgeschäumt, mit Milch zum Einschenken, Vollmilch, fettarm, teilentrahmt, Magermilch oder Sahne? Kondensmilch haben wir nicht.«

»Schwarz, danke.«

»Rohrzucker, brauner Zucker, Kandis, Süßstoff, Honig? Wir haben auch Rapshonig.«

»Schwarz.«

»Vielleicht eine Prise Zimt oder einen Hauch Schokolade, oder –«

»ICH WILL EINEN SCHWARZEN KAFFEE! AUS GEMAHLENEN BOHNEN! MIT WASSER! HEISS! UND KEINEN KEKS DAZU!«

Sie knickste unwillkürlich. »Kommt sofort.«

»Fahren Sie fort, mein lieber Eichendorff.«

Julius wollte einen Schluck nehmen, bevor er antwortete. Aber vor ihm stand noch kein Glas. Er räusperte sich. »Die Polizei hat den Begriff ›Vinum Mysterium‹ geprüft, es gibt keinen Hinweis auf eine historische Verbindung. – Der Mörder hat übrigens noch einmal angerufen und eine weitere Tat angekündigt.«

»Hochinteressant, aber lassen Sie uns zuerst schön der Reihe nach über den ersten Fall reden. Er kann der Schlüssel zur Verhinderung des zweiten sein.«

Kaffee und Apfelschorle wurden vor ihnen abgestellt. »Geht aufs Haus«, sagte die Bedienung und zu Julius gewandt: »Unser Geschäftsführer bittet den Zwischenfall zu entschuldigen, Herr Eichendorff. Bitte, ja?«

Julius nickte.

»Sie sind ja eine echte Berühmtheit«, konstatierte Altschiff paffend.

»Es geht bergab. Früher wäre der Geschäftsführer selber rausgekommen«, sagte Julius grinsend. »Aber jetzt wieder zum Fall. Was mich nicht loslässt: Wem hat Rollis Kellertrick so geschadet, dass er deswegen ermordet wurde? Rolli hat mit dem gepanschten Wein zwar einen Wettbewerb gewonnen und unter anderem den guten Bassewitz um den Sieg gebracht, genau wie Horressen und August Herold, die sich zu dritt den zweiten Platz teilten.« Er bemerkte Altschiffs fragenden Blick wegen der zahlreichen Podestplätze. »So was ist nicht ungewöhnlich bei Weinwettbewerben. Aber wegen eines verpassten Sieges morden?«

»Wenn ich Sie richtig verstehe, hat er aber auch einen kleinen Weinskandal im Ahrtal riskiert?«

»Aber der Wein ist schon älter, und es ist keinem aufgefallen. Die Sache war gegessen.«

»Getrunken, mein lieber Eichendorff! Aber Sie haben Recht. Wollte vielleicht jemand ein Exempel statuieren? Die Weinbruderschaft des Tales, dieser indoktrinative Haufen, oder die damalige

Jury des Weinpreises, die ja schließlich betrogen und lächerlich gemacht wurde?«

»Das weiß die Jury vermutlich bis heute nicht. Und ich glaube, keiner von ihnen oder der Bruderschaft hätte wegen eines solchen Weins gemordet.«

»Wie genau wurde der Wein denn gepanscht?«

»Rolli hat Tanninpulver dazugegeben. Eine extrem billige Art, um die so beliebten Röstaromen in den Wein zu bekommen. Wird in Übersee viel gemacht, aber ist auch bei uns mittlerweile erlaubt. Redet nur keiner drüber, weil's enorm schlecht fürs Image wäre.«

Es war nicht der erste gepanschte Tropfen im Ahrtal. Bei den Weinköniginnenmorden war sogar ein Fall öffentlich bekannt geworden. Der Traum vom naturreinen Wein war nicht nur in der Neuen Welt, sondern auch in Deutschland längst ausgeträumt. Julius verabscheute es, aber Weine durften mostkonzentriert werden, Tanninpülverchen konnten zugesetzt werden, Enzyme lösten überall die Farbe aus den Beerenhäuten, extreme Filtrationen und Schönungen zerstörten das letzte bisschen Weinindividualität.

In Rollis Fall war Panscherei zwar nicht strafbar, aber trotzdem tödlich gewesen.

»Haben Sie denn schon Verdächtige?«

»Das wäre zu viel gesagt. Ich habe nur Verdächtigungen. Rolli hatte Streit mit Hermann Horressen. Und hat ihm gedroht, irgendwas über ihn an die Öffentlichkeit zu bringen. Aber ich glaube nicht, dass es etwas gibt, das Horressen aus dem Gleichgewicht bringen könnte. Dann ist da Rollis Bruder, der ihn gehasst hat. Aber Mord? Die Ninnats könnte manch einer für verdächtig halten, die sind nämlich auch nicht gut auf Rolli zu sprechen. Aber das trifft auf viele im Tal zu. Am ungewöhnlichsten ist noch Django Uhlens Rolle bei der Sache.« Und er berichtete Altschiff, der seinen Kaffee nicht angerührt hatte, von dem gestohlenen Handy.

»Nichts Handfestes, Herr Eichendorff. Da ist überall noch kein Fleisch dran. Solange wir kein zweites Opfer haben, können wir nicht nach dem Zusammenhang zwischen den Taten fragen, der uns zum Mörder führt. Sagen Sie mir doch bitte Wort für Wort, was der Täter Ihnen mitgeteilt hat.«

Julius wiederholte alles ganz exakt. Er musste sich nicht anstrengen, vermutlich würde er es nie vergessen.

»Ich halte formal fest: Es ist ein Mann, der seine Stimme technisch verstellt. Vermutlich weil Sie diese erkennen könnten. Zudem duzt er Sie. Er kennt Sie also?«

»Scheint so. Oder es ist ein Irrer, der es sich einbildet.«

»Auch das ist möglich, aber ich glaube nicht daran. Er sprach davon, dass Sie unter den Taten seines nächsten Opfers leiden mussten. Da müssen Sie doch wissen, worum es geht! Oder haben Sie so viel zu leiden?« Altschiff lächelte mit einem Mundwinkel, der andere hielt die schwere Pfeife.

»Darüber habe ich auch schon gegrübelt, aber mir ist einfach nichts eingefallen. Es gibt da einen Journalisten, der mir mal das Leben schwer gemacht hat. Aber mit Wein hatte der nichts zu tun.«

»Das muss er ja nicht! Sie sollten der Polizei seinen Namen nennen. Jetzt aber zu einem anderen irritierenden Aspekt: Ich verstehe nicht, wieso er so ein altertümliches Schmähwort wie Lausejunge für Sie gewählt und dann gelacht hat. Das klingt, als wäre er ein alter Mann, der Sie schon lange kennt. Aber warum sollte er über den Begriff lachen? Sind Sie denn früher ein Lausejunge gewesen? Hat Ihnen mal jemand richtig den Kopf wegen etwas waschen müssen?«

Lausejunge? Kopf waschen? Das konnte doch nicht wahr sein! Der Mörder hatte auf Julius' Kopfläuse angespielt …

Aber das hatte er doch nur dem päpstlichen Weinkreis erzählt.

Zuvor und nachher niemals jemandem.

Dann wäre ja einer von ihnen der Mörder.

Wolf Kiefa, Hermann Horressen, Django Uhlen, Gerdt Bassewitz oder Oliver Fielmann.

Das durfte doch nicht sein.

Das konnte doch nicht sein.

Doch.

Wenn sie es in den letzten Tagen nicht weitererzählt hatten, kamen nur sie in Frage.

Er trank seine Apfelschorle in einem Schluck leer. Sie hatte leider überhaupt nicht die beruhigende Wirkung von Wein.

Altschiff fuhr fort. »Denken Sie über die Läusesache mal in Ruhe nach.«

»Ganz bestimmt, Professor.«

Da waren es tatsächlich nur noch fünf Verdächtige.

Der Mörder hatte sich verraten.

»Lassen Sie mich nun zur letzten Drohung kommen«, sagte Altschiff. »Der Mittelpunkt der Welt, zumindest wenn wir diese als unsere Galaxie verstehen, ist die Sonne. Das Opfer muss dort speisen. Gibt es ein Lokal, das so heißt? Sie müssten das doch wissen, mein lieber Eichendorff!« Er stieß einen großen Rauchkringel aus, durch den die Sonne lugte. Pfirsich mit Sahnerand, dachte Julius, aber nur kurz, denn er dachte noch etwas anderes: Natürlich wusste er, dass es eine Gaststube gab, die »Sonne« hieß. Und die hatte ernsthaft mit Wein zu tun, und Wein war das Zentrum dieses Falles. Es war die Straußwirtschaft des Neuenahrer Weinguts Sonnehang.

»Danke, Professor! Ich muss los.«

Er rief François an.

»Ich bin dein Sommelier und nicht dein Chauffeur«, moserte der.

»Wenn du nicht gleich kommst, dann bist du nicht nur mein Chauffeur gewesen, sondern auch mein Sommelier.«

Doppelte Verneinung – es ging doch!

Die Nacht war wie ein Sack Kohle auf das Tal gefallen, und die Lichter von François' Wagen bohrten sich in satte Dunkelheit.

»Man kann das Gaspedal auch ganz durchtreten!«

»Aber nicht innerorts. Das ist mein Wagen, und ich fahre ihn. Kannst ja zu Fuß gehen.« Die Häuser Neuenahrs rauschten langsam vorbei. »Ruf ihn doch schon mal an.«

»Die Ampel schaffst du noch! – Er würde mir das doch nie glauben. Das muss ich ihm ins Gesicht sagen. – Da wärst du spielend rübergekommen!«

»Ich bin jetzt schon eine ganze Weile bei dir. Mich zieht es langsam an andere Gestade, zu neuen Aufgaben. Ich habe gute Angebote aus anderen Häusern – wenn du es mir leicht machen willst, bitte!«

Julius' Gesicht sah im Rot der Ampel geradezu diabolisch aus. »Das hier ist doch eine *neue* Aufgabe. Ich wüsste gerne, wer dir so was bieten kann.«

François grunzte völlig unelegant und fuhr ruckend an, als die Ampel umschlug. Danach zeigte er, was in seinem Peugeot Cabrio steckte.

Das Weingut Sonnehang war von innen erleuchtet, als fände dort der Wiener Opernball statt.

»Soll ich den Motor laufen lassen, bis du zurückkommst?«

»Wir sind hier doch nicht beim Banküberfall. Warte einfach.«

Julius konnte schon von außen hören, dass die Gäste bester Laune waren. Nachdem er das bockende Hoftor aufbekommen hatte, ging er in Richtung Gaststube, als er plötzlich Joachim Erlen, Winzer und Wirt des Hauses, vor sich sah. Groß gewachsen mit Schnauz und Schnauze, war er eine beeindruckende Erscheinung. Er reichte Julius nicht die Hand.

»Ach nee! Wer stört mich denn da in meiner Zigarettenpause? Mit dir hätte ich nun wirklich nicht gerechnet. Was willst du? Doch nicht etwa Wein holen?«

Gott, ja, dachte Julius, Erlen war sauer, weil er zurzeit keinen seiner Tropfen führte. François hatte das Angebot an Ahrweinen gestrafft, um eine Linie reinzubringen, nachdem Julius jahrelang von allen wichtigen Winzern mindestens einen Wein auf der Karte gehabt hatte.

»Nein, viel wichtiger.«

»Ich hab Gäste. Komm ein andermal wieder.«

»Einer deiner Gäste ist in Lebensgefahr! Lass mich rein!«

»Was soll der Blödsinn? Da drin sitzt eine quietschfidele Ausflugsgruppe aus Trier. Hast ja sicher den Bus auf meinem Hof gesehen, ein paar sind sogar extra mit dem eigenen Wagen angereist. Denen schmeckt es bei mir, und meinen Wein mögen sie auch, und in Lebensgefahr ist keiner von denen. Vielen Dank, auf Wiedersehen.« Er kam einen Schritt näher auf Julius zu und stand nun mit gekreuzten Armen vor ihm, betont über seinen Kopf hinwegschauend.

»Ich bin doch nicht aus Jux hier, Joachim! Es geht um den Mord an Rolli. Der Täter schlägt morgen wieder zu, und heute isst das Opfer hier bei dir. Hat mir der Mörder selbst gesagt.«

»So langsam schnappt der kulinarische Detektiv über. Du kommst hier heute nicht rein, mein Lieber. Und meine Gäste lässt du in Ruhe.«

Julius war nicht geschickt im Nahkampf. Doch Erlen eine Krücke zwischen die Beine zu rammen bekam er hin. Der unwillige Winzer landete fluchend auf dem Boden. Julius schaffte es bis zur

Tür, schaffte es, diese aufzustoßen, schaffte es zu rufen: »Einer von euch wird morgen früh ermordet. Der Mörder weiß, was im Recher Herrenberg geschehen ist!«, bevor er von Erlen gepackt, hinausgeschleift und auf den Hof geworfen wurde. Seine Krücken landeten unsanft auf ihm.

»Lass dich hier nicht mehr blicken! Und wegen Wein brauchst du bei mir nie mehr zu fragen!«

Die Tür wurde verriegelt. Dreifach.

Julius schmerzte der Körper nach dem unsanften Rauswurf. Noch mehr schmerzte ihn, dass er versagt hatte. Wenn er mit dem Opfer hätte sprechen können, wäre der Name des Täters vielleicht ans Licht gekommen. Drinnen saß die Antwort, und er kam nicht rein.

Julius rief Anna an.

»Setz dich jetzt brav in deinen Wagen, ich komme gleich vorbei«, sagte sie und klang dabei wenig enthusiastisch. Das war ihm egal, Hauptsache sie kam.

Zurück im Auto musterte François schmunzelnd Julius' schmutzige Kleidung. »Scheint nett gewesen zu sein.«

»Spar dir jeden Kommentar. Gleich kommt Anna, und dann bekommt er's zurück.«

François setzte sich in seinem Sitz auf. »Guck mal, da hat gerade einer die Tür aufgemacht, siehst du den Lichtschein im Hof?«

Julius sah ihn und auch den danach startenden Wagen, der an ihnen vorbei aus dem Gut schoss.

»Hinterher!«

François hängte sich dran. Und er fuhr wie der Teufel auf Kokain. Doch der Wagen vor ihm scherte sich nicht um rote Ampeln, ignorierte Überholverbote und hupte sogar ein Großmütterchen von der Straße, das gerade verkehrsgerecht über einen Zebrastreifen die Seite wechselte.

Da kam François nicht mit. In Rech verloren sie ihn.

Julius hatte am Abend noch mit Anna telefoniert. Doch alles, was sie so schnell in Erfahrung hatte bringen können, war der Name des flüchtenden Mannes: Agamemnon Despoupoulos.

Julius blieb die ganze Nacht wach.

Bis ihm kurz vor fünf die Augen zufielen.

Rund vier Stunden später wurde er vom metallischen Klingeln des Telefons geweckt. Herr Bimmel und Felix lagen mehr über- als nebeneinander auf seinem Schoß. Beim Atmen hoben und senkten sich nicht nur ihre Bäuche, es war, als würden die kompletten Katzen rhythmisch aufgepustet.

Im Telefonhörer erklang Annas müde Stimme.

Julius wusste, was kam.

Und es kam.

»Uns ist eben vom Gebietsförster ein toter Mann im Recher Herrenberg gemeldet worden. Und jetzt steh ich genau in selbigem. Das nenne ich mal eine ungewöhnliche Leiche.«

Es war passiert.

Er hatte es nicht verhindern können.

»Wieso, was hat der Mörder gemacht?«

Julius malte sich in Sekundenbruchteilen schlimmste Szenarios aus. Die Leiche gevierteilt, entbeint, püriert. Als Koch dachte er wie ein Amok laufender Metzger.

»Der Mann wurde im Weinberg ermordet, zwischen den Rebzeilen.«

»Was ist denn daran so ungewöhnlich?«

Julius hatte Angst vor der Antwort.

»Er ist ertrunken«, hörte er Anna sagen.

4. Kapitel

»Bloße Worte ernähren keine Familie«

Das Tal hatte eine ruhige Seele. Neben der tiefen Lust auf Leben, auf Reden und Wein gab es eine Sehnsucht nach Stille. Julius spürte sie im Winter, wenn die Besucher nur spärlich kamen. Dann atmete das Tal durch und wickelte sich zufrieden in eine dicke Decke ein. Er spürte sie auch an manchen Abenden, wenn die letzten Gäste weg waren und die Gedanken einsilbiger wurden.

Er spürte die ruhige Seele auch jetzt.

Unter ihm am Berg hatten sich die Geier schon um die Leiche des toten Mannes versammelt und untersuchten seine Reste. Anna war auch dabei.

Julius wollte nicht wissen, wer der Ermordete, dieser Agamemnon Despoupoulos, war, wollte nichts über dessen trauernde Familie hören, nichts von der Lücke, die sein Tod in das Leben anderer riss.

Aber er musste es. Er musste alles wissen, jedes widerwärtige Detail, jede nebensächliche Information. Denn wenn er das mörderische Spiel nicht gewann, verloren andere ihr Leben. Der anonyme Anrufer hatte ihn hineingezwungen, und dafür hasste ihn Julius ebenso sehr wie für seine Taten.

Anna hatte ihn entdeckt und einen Polizisten hochgeschickt, um Julius beim Abstieg in die älteste Parzelle des Recher Herrenbergs zu helfen. François, der ihn herchauffiert hatte, musste zurück, ein badischer Winzer wollte auf die Karte der »Alten Eiche« und hatte Proben mitgebracht.

Der junge drahtige Polizist stellte sich kurz vor, packte Julius dann wie ein Gabelstapler in den Armhöhlen und ging zügig mit ihm den steilen Hang hinunter, während die Sonne das Rot und Gelb der Blätter noch frischer und gesünder erscheinen ließ. Trotzdem war Julius erschöpft, als sie unten ankamen, und ließ sich auf einer Holzbank nieder, die verloren im Hang stand und die ihm noch nie aufgefallen war.

Anna kam aus der Rebzeile hoch, in der die Leiche lag.

»Du hattest ihn gewarnt, Julius. Mehr konntest du nicht tun.«

»Deine Zusatzausbildung zum Gedankenlesen war nicht umsonst«, sagte Julius kaum hörbar. Ihm war nicht nach Scherzen, aber sein Humorzentrum stand auf Automatik.

»Was hast du gesagt?«, fragte Anna.

»Nichts. Erzählst du mir bitte alles?«

Sie setzte sich zu ihm auf die Bank. »Ein wunderbarer Blick. Das Tal muss man von oben sehen, oder? Aus der Vogelperspektive sieht es immer aus, als –«

»– wäre es ein lustiges Spielzeugland, ich weiß. Wie ist er gestorben?«

»Nein, es sieht aus, als bewege sich alles in Zeitlupe. Als herrsche unten eine andere Zeit. Das finde ich so schön.« Sie blickte zu Julius, der leer ins Tal starrte. »Ich hab dir am Telefon ja schon gesagt, dass er ertrunken ist. Hier im Weinberg. Er wurde nicht bereits tot hierhin geschleppt oder Ähnliches. Die Spurensicherung hat festgestellt, dass er *im* Recher Herrenberg ertrunken ist. Der Mörder hat es sich nicht leicht gemacht. Er muss Despoupoulos an Händen und Füßen gefesselt, ihm die Nase mit einer Klammer zugehalten und die Lippen mit einer Maulsperre geöffnet haben. Und dann hat er ihm Wein eingeflößt. Immer mehr. Bis er starb.«

»Habt ihr die leeren Flaschen gefunden?«

Anna nickte. »Du willst es sicher genau wissen: Recher Herrenberg Spätburgunder ›Vieilles Vignes‹ Auslese trocken unfiltriert – also dein ›Vinum Mysterium‹, wenn ich mich richtig erinnere, und das tue ich bestimmt.«

»Was hat Despoupoulos nur verbrochen, dass er so sterben musste?«

»Wir wissen es nicht. Er stammt nicht aus dem Ahrtal, und mit Wein hatte er auch nichts zu tun. Gebrauchtwagenhändler war er und lebte in Trier, wo auch sein Geschäft ist. Zumindest war das sein offizieller Beruf. Inoffiziell scheint er sich als Kleinkrimineller etwas dazuverdient zu haben. Autodiebstahl, Einbruch, Schiebertätigkeit, die Liga. Sonderlich gut ist er nicht dabei gewesen, sonst wüssten die Kollegen das alles nicht, allerdings konnten sie ihm kaum je was nachweisen. Die Gruppe, mit der er hier zur Weinprobe war, kam von der VHS Trier, die bieten da tolle Kurse zum Thema Wein an.«

Tod inklusive, dachte Julius. *Erleben Sie das Ahrtal und seine romantischen Weinbergsterrassen – lassen Sie sich so richtig voll laufen!*

»Du hast alles getan, Julius. Du warst richtig gut. *Ich* müsste mir Vorwürfe machen. Und das tue ich auch.«

»Ich hätte bei Erlen warten sollen, bis du da bist. Und dann wären wir zusammen reingegangen.«

»Despoupoulos hätte dann längst weg sein können.«

»Natürlich.« Julius blickte auf den Boden.

»Der Mord geschah nahezu exakt vierundzwanzig Stunden nach dem Anruf. Das heißt, beim nächsten Mord – den wir hoffentlich verhindern werden –, wissen wir genau, wie viel Zeit uns bleibt.«

»Was willst du der Presse sagen?«

»Dass es keinen Zusammenhang zwischen den Fällen gibt. – So, ich muss wieder runter. Ruf mich, wenn ein Kollege dich fahren soll. Ich werde hier sicher noch einige Zeit bleiben.«

Julius nickte und blickte weiter auf den Boden. Dort lag ein kleines Häufchen Rosinen. Was man nicht alles im Weinberg fand. Immer noch besser als Trinktüten, Zigarettenschachteln oder Kondome. Julius setzte sich gerade hin und versuchte, die Aussicht zu genießen. Doch wo er seinen Blick auch hinwendete, im Tal bewegte sich nichts in Zeitlupe. Es bewegte sich alles viel schneller als sonst.

»Hast was von dieser drallen Sängerin aus Italien? So eine Dunkelhaarige mit kräftigen Schenkeln? Bertoli oder so ähnlich.«

FX zog ohne System eine CD nach der anderen aus der Regalwand, in der sich Julius' bevorzugte musikalische Ausflüge befanden.

»Hör auf zu suchen, so was gibt es bei mir nicht. Elend manieristisch singt sie, geschmäcklerisch, und Cecilia Bartoli heißt sie. Wenn schon eine sinnliche Sopranistin, die deinen *musikalischen* Gelüsten entspricht, dann doch lieber Anna Netrebko und ›La Traviata‹. Wir können aber auch sehr gerne La Stupenda als Lucia di Lammermoor hören, das würde deinen Horizont erweitern.«

»Uns Österreichern ist des Verständnis für die holde Klassik angeboren.«

»Nächtlich in dem stillen Grunde, / Wenn das Abendrot versank, /

Um das Waldschloss in die Runde / Ging ein lieblicher Gesang./ Fremde waren diese Weisen / Und der Sänger unbekannt, / Aber, wie in Zauberkreisen, / Hielt er jede Brust gebannt«, zitierte Julius seinen Vorfahren. »So trifft einen wahre Kunst, ganz unabhängig vom Dekolleté.«

FX nahm unbeeindruckt eine weitere CD aus dem Regal und klappte sie auf.

Julius wollte aus dem Ohrensessel aufstehen und ihn von der Anlage fern halten, aber er durfte ja nicht. Als er eben aufgestanden war, um eine Kerze anzuzünden, die ärgerlicherweise etwas weiter runtergebrannt war als die zwei neben ihr stehenden, hatte ihn FX aufs feinste zusammengefaltet. Ob er nicht endlich mal sitzen bleiben könne, ob er denn immer sein Bein bewegen müsse, ob er denn überhaupt nie gesund werden wolle, ob alle in der Küche wegen seines Fehlens also noch bis zum Jüngsten Tag arbeiten müssten?

Mozarts »Kleine Nachtmusik« erklang. Julius konnte das Melodie gewordene Zuckerschleckerli nur in ganz besonderen Momenten hören – wenn er Besuch zum Vernaschen hatte.

»Des ist wunderbar! Des Wolferl hat schon was von Musik verstanden.«

»Ein bisschen leiser, bitte.«

»Alles, wie der malade Maestro es wünscht.«

»Muss ich dich noch mal fragen, wie es mit der neuen Köchin läuft, oder übergehst du das dann zum dritten Mal?«

FX streichelte Herrn Bimmel, obwohl er Katzen nicht wirklich mochte und obwohl Herr Bimmel in diesem Moment lieber schlafen und von fetten, langsamen Mäusen träumen wollte. Aber FX war nervös, und irgendwas musste er mit seinen Händen machen.

»Ist ja gut, Maestro. Ich sag's dir. Obwohl ich dich in deinem Zustand ja schonen wollt. Ich setz grad einen offiziellen Beschwerdebrief an dich auf, in dem alles drinsteht.«

»Jetzt spinn aber nicht!« Julius konnte es nicht fassen. Draußen starben die Menschen reihenweise, und in der »Alten Eiche« grämte sich sein Maître d'Hôtel wegen einer neuen Angestellten. Da ging doch die Relation völlig verloren.

»'tschuldigung, aber sie führt sich auf, als gehöre ihr der ganze Laden. Also *dein* Laden! Sie herrscht mich ständig an, ich soll mich um meine Sachen kümmern. Außerdem kommandiert's die anderen Köche herum – des is *mein* Job! Und die depperten Batzis lassen sich des auch noch gefallen!«

»Weil sie gut arbeitet, wie mir berichtet wurde.«

»Aha!« FX richtete sich auf und drehte seinen Zwirbelbart wütend nach oben. »Hast also Spione in der Küche? Traust mir net mehr? Willst mich etwa abservieren? Was des Kriminelle angeht, hast ja jetzt den feinen François. Ich bin ja nur noch als Kindermädchen oder sagen wir lieber Altenpfleger gut genug. Ich bin übrigens nur hier, weil ich des kürzeste Streichholzerl gezogen hab.«

»Es spricht sich halt rum, wenn die Gäste beim Zahl-so-vieldu-willst-Menü ordentlich was auf den Tisch legen. Das ist alles. Und was François angeht, er hat einfach öfter Zeit gehabt als du.«

»Schon klar.«

Herrn Bimmel wurde die Atmosphäre zu angespannt, und er tapste müde in die Küche, um dort weiter von leichter Beute zu träumen.

»Aber jetzt brauch ich zum Beispiel *deinen* Rat, du alter Topfenstrudel«, sagte Julius und brachte FX auf den neuesten Stand. Er steigerte sich so in die Erzählung, dass er vor Wut fast aus dem Ohrensessel gesprungen wäre. »Rolli ist offenbar ermordet worden, weil er gepanscht hat. So sieht es doch aus, oder? Aber wenn dem Mörder Wein so wichtig ist, warum hat er dann *mit* Wein gemordet? Warum pervertiert er dieses wunderbare Getränk? Er hat Despoupoulos nicht mit Gift im Wein getötet, dann wäre ja das Gift der Killer. Nein, er nutzt den Wein selbst dafür!«

»Und auch noch so einen guten. Der kostet ja ein paar Euro. Aber Geld genug haben ja alle deiner Meinung nach infrage kommenden Herren der päpstlichen Weinrunde.«

Julius war sich mittlerweile sicher, dass der Täter in dieser zu suchen war. Einwände, dass die Läusegeschichte weitererzählt worden sein konnte, ließ er nicht gelten.

»Apropos Papst. Die Kölner Erzdiözese wird demnächst einen Abgesandten schicken, damit du die Sache net noch einmal versaust. Des Retro-Menü sei ihnen immer noch zu fein, haben s' pikiert gesagt.«

Jetzt bekam er schon einen Aufseher! Er würde noch den wichtigsten Auftrag des Jahres, ach was, des Jahrzehnts wegen dieses Falls verbocken.

Darüber durfte er jetzt nicht nachdenken. Es würde schon alles klappen. Es musste einfach alles klappen.

»Lass uns beim Mord im Weinberg bleiben. Wie kommt man auf eine solche Idee? Es geht doch viel einfacher. Warum der Aufwand, die ganzen Flaschen in den Steilhang zu schleppen, um dort dem gefesselten Opfer den teuren Wein einzutrichtern? Damit will er doch ein Zeichen setzen. Deshalb frage ich mich: Was hat die Mordmethode zu bedeuten? Ist er vielleicht darauf gekommen, weil er sich mit der Weinhistorie auskennt?« Julius hatte am Nachmittag, als FX noch nicht da war und er sich ungehindert dem Bücherregal nähern durfte, in einem weingeschichtlichen Werk aus dem vorigen Jahrhundert geblättert. »1478 wurde Herzog Georg, der Bruder des englischen Königs Eduard IV., wegen konspirativer Tätigkeit zum Tod verurteilt. Man überließ ihm die Wahl der Hinrichtungsart, und er entschied sich für den Tod durch Ertrinken in einem mit Madeira gefüllten Fass. Vielleicht war Despoupoulos auch der Konspiration schuldig?«

»Aber ich wage zu bezweifeln, dass er sich diese Todesart ausgewählt hat. Obwohl … ich würd auch einen Ahrwein gegenüber einem Madeira zum Ersaufen präferieren. Trotzdem, ich glaub, du setzt aufs falsche Pferd. Ein altes Sprichwort sagt: ›In Wein und Bier ertrinken mehr denn im Wasser.‹ Da brauchst nix über Historie zu wissen, da brauchst nur einen kranken Sinn für Humor zu haben.«

Sackgasse, dachte Julius und lauschte versonnen den letzten Takten der »Kleinen Nachtmusik«. FX ging grübelnd auf und ab, mit seinem polierten Autoschlüssel spielend.

Julius kam eine Idee. »Mein Lieber, du hast eben unmissverständlich klar gemacht, dass du gern stärker in die Ermittlungen eingebunden wärst. François macht seine Sache hervorragend, aber ich will dir eine Chance geben, der alten Zeiten wegen.«

»Nein, wie gönnerhaft! Siehst, wie mir die Tränen kommen?«

»Prüf doch mal den Laden des Gebrauchtwagenhändlers. Hör dich mit deiner charmanten Art um, vielleicht arbeitet da ja eine Dame, die du betören kannst. Gib dich als Interessent für einen teuren Gebrauchten aus. Wenn dich das überfordert, kann ich natürlich auch François fragen …«

»Halt bloß deine Goschen, der soll in seinem Keller verrotten.

Sieh die Sachen als erledigt an. So, und jetzt helf ich dir noch in dein Bett da drüben, und dann geht's wieder ab für mich ins Restaurant. Die Stammgäste vermissen mich sicher schon.«

In der Küche war Lärm zu hören. Das Geräusch von gerade entstehenden Scherben. Herr Bimmel schoss wie eine pelzige Kanonenkugel heraus, gefolgt von Felix.

»Du bleibst sitzen!«, sagte FX und flitzte in die Küche. »Die gute Nachricht: All deine geliebten Schoko-Cookies sind noch heil. Die schlechte: Dein Porzellantopf ist es net mehr. Du solltest dem Herrn Bimmel sein Futter rationieren.«

Das würde er machen. Auf Erbstückzerstörung stand Leckerli-Entzug nicht unter drei Tagen.

Während FX einen der Schokoladenkekse genüsslich verdrückte, fiel ihm noch etwas ein. »Hätt ich jetzt fast vergessen: Der Uhlen hat angerufen, will dich unbedingt sprechen. Hat gesagt, er bräucht deine Hilfe. Dringendst.«

Nein, er wollte die Zeitungen nicht lesen. Nicht hier im Garten, wo er seit einer Viertelstunde ruhig und langsam die morgendliche Luft tief in die Lungen einsaugte. Frische Luft, von den Rebstöcken ausgehaucht. Aber auch nicht im Haus, auch nicht im Restaurant, eigentlich nirgendwo wollte er sie lesen. Unabhängig davon lag vor ihm ein Stapel, den FX vorbeigebracht hatte. Die gesammelten Zeitungen des Tages. Sie waren Zeugnis eines Komplotts. Julius stellte es sich so vor: Abends in irgendeiner verrauchten Kneipe, die nur Bier ausschenkte, sitzen die Lokalredakteure und versuchen die beiden Morde irgendwie zusammenzubekommen. Denn über zwei Einzelmorde zu schreiben war bei weitem nicht so spektakulär wie über einen Serienmörder. Was sollen wir jetzt nur machen, fragen sie sich, unsere Leser erwarten eine Hammergeschichte. Es gibt doch immer einen Zusammenhang, wir müssen ihn nur finden! Und nach drei, vier weiteren Runden Bier sagt einer dieser Tintenkleckser: »Die haben doch beide vorher Wein getrunken! Der Mörder tötet alle Weintrinker! Bom-benstory!«

Anders konnte es nicht gewesen sein.

Die Überschrift in der obersten Zeitung lautete: »Wer trinkt, stirbt!«

Die Leser mochte so etwas ja faszinieren, die Urlauber nicht. Ein Lauffeuer war ein müdes Flämmchen gegen die Hölle, in die sich das Tal innerhalb nur eines Tages verwandelt hatte. Absagen über Absagen, auch in Julius' Restaurant. Denn an die Ahr kommen, ohne Wein trinken zu dürfen, das wollte keiner.

Julius atmete langsam wieder ein. Die Touristen konnten doch wegen der guten Luft kommen! In dieser lag nun der Duft von kalabrischer Bergamotte und Jasmin. Es war die Kopfnote von Annas Parfüm. Sie tauchte neben ihm auf, Herrn Bimmel wie eine große schwarz-weiße Leberwurst in den verschränkten Armen haltend.

»Tu die Zeitungen bloß weg, ich will sie nicht sehen!«, sagte Anna.

Julius stapelte sie ordentlich übereinander und legte sie außer Sicht. »Schön, dich mal wieder bei mir zu haben. Auch wenn es nur beruflich ist …«

Sie gab ihm einen Kuss und setzte sich stöhnend in den zweiten Korbsessel. »Prima Klima hier. Würde ich mir gern eintüten und mit nach Koblenz nehmen.«

»Oder du kommst häufiger mal her, falls es nicht zu viele Umstände macht. Pflegst deinen kranken Liebsten. Verbringst Zeit mit ihm.«

»Ach, Julius! Jetzt mach du mir nicht auch noch ein schlechtes Gewissen. Du weißt doch, wie viel zu tun ist. Oder bist du immer noch sauer, weil ich nicht wie gewünscht auf deine Lausspur reagiert habe? Du kannst doch nicht von mir erwarten, dass ich deswegen unbescholtene Männer des Mordes verdächtige? Guck mich nicht so an, ich erzähle ja keinem von den Viechern.«

Julius trank einen Schluck kühles Wasser. Er hatte für seinen Kurzkuraufenthalt im Garten nur Reinigendes gewollt.

Deshalb war er jetzt mürrisch.

Nicht nur deshalb.

»Um die Läuse geht es nicht, auch wenn du da einen großen Fehler machst. Ich hatte dich vor mir gewarnt. Ein Koch hat wenig Zeit und beziehungsunfreundliche Arbeitszeiten. Du hast dich darauf eingelassen, gesagt, du wärst ja flexibel. Merk ich nichts von. Als der Fall losging, hab ich mich zuerst gefreut, dich mal wieder von deiner professionellen Seite zu erleben, aber ausschließlich reicht mir die nicht.«

»Jetzt übertreib nicht! Ich komme, so oft es geht.« Sie fuhr sich mit dem Daumen über die Unterlippe, als wische sie Blut weg.

»Und wenn du kommst, trinkst du mir meinen Wein weg. Bloß gut, dass jetzt keiner hier ist.«

»Ihr Männer seid solche Jammerlappen. Emanzipation findet ihr natürlich gut – aber nur, wenn man euch weiter betütelt.«

»Ja, wenn du es doch weißt, warum passiert dann nichts?«

»Also bitte!« Ihr Kinn war entschlossen vorgereckt, wie Julius bemerkte. Zufrieden bemerkte.

»Wir, ausdrücklich wir beide, sind übrigens vom Landrat noch mal ausdrücklich zum hundertzwanzigsten Geburtstag eingeladen worden. Er wird fünfundsechzig, seine Frau fünfundfünfzig, wie du ja weißt. Du kannst natürlich auch in Koblenz bleiben und mich dumm aussehen lassen.«

Anna stand auf. »Ich komm besser ein andermal wieder. Wenn du mich so behandelst, brauchst du dich gar nicht zu wundern, dass ich seltener komme. Da park ich demnächst lieber irgendwo am Straßenrand und schlaf eine Runde im Auto, wenn ich bei Ermittlungen im Tal mal ein paar Minuten Leerlauf habe, als mich von dir anmeckern zu lassen.«

Endlich war sie wütend, dachte Julius. Gut so! Sie sollte wütend sein. Sonst begriff sie es ja nicht. Er saß die meiste Zeit im Haus und legte sein blödes Bein hoch, während sie den Fall lösen durfte.

Julius setzte noch einen obendrauf. »Du kannst nicht von mir verlangen, dass ich einfach den Mund halte. In einer guten Beziehung muss man über alles sprechen können!«

»Ist nur die Frage, *wie*!«, konterte Anna schnippisch. »Du hast es zwar nicht verdient, aber ich werde dir jetzt noch was erzählen. Sonst heißt es später, ich hätte Geheimnisse vor dir, und du machst mir wieder so eine Szene. Wir haben ein neues Ergebnis von der Spurensicherung. Der Wein in der ersten mysteriösen Flasche und der in Roland Löfflers Wagen verspritzte sind identisch. Damit lass ich dich jetzt allein, damit du in aller Ruhe nachdenken kannst. Ich will nicht stören.«

Der Abend zog wie eine träge Flut über das Tal und brachte für Julius die telefonische Entschuldigung eines zerknirschten und einsilbigen Joachim Erlen und erfreulichen Besuch. FX kam, stellte erst mal einige Teelichter auf den Gartentisch und brachte seinem Arbeitgeber eine warme Paisley-Decke sowie heiße belgische Trinkschokolade. Während Julius sich den süßen Schaum von den Lippen leckte, begann sein Maître d'Hôtel zu berichten.

Er hatte wie geplant die Geschäftsräume des verstorbenen Agamemnon Despoupoulos aufgesucht. Es handelte sich um eine ehemalige Tankstelle, mit bunten Plastikgirlanden überspannt und neongelben, sternförmigen Preisschildern hinter den Windschutzscheiben der knalleng geparkten Wagen. Übrigens sei auch ein Brezelkäfer drunter gewesen, wie Julius mal einen gehabt hatte, als ersten Wagen, von dem er doch heute immer noch schwärmen würde, weil er geschnurrt hätte wie eine voll gefressene Katze. Wie auch immer, im früheren Tankstellenkassenraum standen drei Schreibtische. Der gepolsterte Chefsessel hinter dem größten war leer. An den anderen beiden saßen ein Mann im grauen Zweireiher ohne Krawatte und eine Frau, Ende zwanzig, schätzte FX, ein enges, an zwei prominenten Stellen ausgebeultes hellblaues T-Shirt mit der Aufschrift »Hot Single«, Jeansrock und rosa Krawatte. FX wählte, wie er versicherte ohne jeden Hintergedanken, den nahe stehenden Tisch. Hinter dem zufällig die Frau saß. Wie sich herausstellte, war ihr Name Jelina Schultze. Ein perfekter Modelname, wie FX ihr direkt sagte. International würde der funktionieren. Er kenne sich da aus, er sei viel herumgekommen als … ähm … Hotel-Manager. Deshalb brauche er auch einen repräsentativen Wagen.

Julius konnte nicht glauben, dass FX es mit so einer plumpen Methode versucht hatte.

Die Autoverkäuferin zeigte FX einige »ganz spezielle Schnäppchen, für die wir schon mehrere Anfragen haben«, darunter ein silberner Speedster. Das sei ein ganz besonders gepflegter Jahreswagen, habe sie gesagt. FX fragte nach einer gemeinsamen Probefahrt.

Julius wusste, wie weltmännisch und charmant FX sein konnte. Jeden Abend testete er seine Fähigkeiten bei den unterschiedlichsten Gästen aus und hatte sie über die Jahre so verfeinert, bis er einen selbst für Julius beängstigenden Grad an Perfektion erreicht hatte. Die Trinkgelder waren manchmal unanständig.

FX fuhr mit Jelina Schultze in »Waldorffs Vinothek«, einen

schnieken Laden mit hohen Fenstern, imposanten Regalen aus dunklem Holz und vielen teuren Flaschen. Sie war beeindruckt. Sie kam ins Erzählen. Und bekam einen Wein nach dem anderen eingeschenkt. Schon nach kurzer Zeit vergoss sie Tränen über ihren verstorbenen Chef. Obwohl das Geschäft seit Monaten schlecht gelaufen sei, habe er ihr nicht gekündigt oder das Gehalt gekürzt. Der Laden braucht eine wie dich, hatte er ihr gesagt. Das hatte Jelina viel bedeutet. Und jetzt war dieser tolle Mann ermordet worden, wer tat so etwas Schreckliches? Nein, Feinde hätte er keine gehabt. Höchstens unzufriedene Kunden. Ob es denn auch bekannte Käufer gegeben hätte, fragte FX und bestellte noch ein Glas, diesmal Champagner, weil er wieder ein Lächeln auf ihren bezaubernden Lippen sehen wollte, wie er sagte. Ja, die hätte es schon gegeben. Ein Stadtrat hätte mal einen BMW bei ihnen gekauft, den Agamemnon Despoupoulos für diesen quasi über Nacht organisiert hatte: Der Lack wäre perfekt gewesen, das hätte der Kunde gleich gemerkt. Und ein Tennisspieler hätte mal einen TT erstanden, auch den hätte ihr Chef ganz kurzfristig organisieren können, mit seinen guten Verbindungen zu Kollegen in anderen Städten. Nein, da wäre nichts faul dran gewesen, was denn die Frage solle. Na gut, noch ein Glas, aber dann müsse sie zurück. In der Nähe von Trier gebe es doch auch berühmte Weingüter, hatte FX beiläufig bemerkt, ob von denen denn mal einer was gekauft hätte. Er, FX, würde die als Hotelmanager ja alle persönlich kennen. Ah, da komme ja auch das Essen, nur ein paar Kleinigkeiten, um den exquisiten Champagner zu begleiten. Ja, sagte Jelina und griff sich entzückt etwas vom Fingerfood, es hätte hochkarätige Winzer gegeben. Sie würde zwar nicht jeden Verkauf mitbekommen, da sie nur halbtags kam, aber zwei davon hätte sie selbst gesehen. Den Besitzer des berühmten Weinguts Eckhard Meier von der Saar, sie hatte sich den Namen merken können, weil so auch einer ihrer Nachbarn hieß, der würde sie ja immer belästigen, also aus komischen Gründen vorbeikommen, weil er Zucker brauchte, Pulver für die Geschirrspülmaschine, weil er sehen wollte, ob bei ihr noch alle Satellitenprogramme zu empfangen waren. Fast täglich käme der vorbei, und das würde sie ja so total nerven, das würde sie auch immer ihrer Maniküre erzählen, die hätte auch eine Freundin, deren Kusine genau dieselben Probleme hätte. FX hatte sie dann nach einigen Versuchen wieder auf das eigentliche Thema zurückgebracht. Der echte Eckhard Meier, also nicht ihr Nachbar, berichtete Jelina, hätte mal einen alten Porsche, einen 356 B, gekauft. Ein richtiger Klassewagen, schwärmte sie. Das Leder hätte sogar noch wie neu geduftet. Und ein Winzer vom Rhein sei mal da gewesen, ein schlaksiger Kerl mit Brille, der sei witzig gewesen. Der hätte allerdings nur einen Geländewagen für seinen Betrieb gekauft. Nein, an den Namen könnte sie sich jetzt nicht mehr erinnern, aber sie glaube, er hätte wie ein Baum geheißen.

FX beendete damit seinen Vortrag.

Wolf Kiefa, dachte Julius.

Verdammt.

Das angeknackste Bein war ein Glücksfall. Natürlich war es in erster Linie ein Fluch, dachte Julius, als FX ihm am Weingut Porzermühle die Beifahrertür öffnete. Es behinderte ihn beim Gehen, Stehen, Sitzen, sogar beim Liegen. Es machte ihn außerdem wahnsinnig, dass er mit der Hand nicht unter den Gipsverband kam, um etwas gegen das ständige Jucken zu tun, und langsam begann es von innerhalb des Verbands auch zu müffeln. Aber trotz und alledem, ohne den Verband wäre er jetzt nicht hier. Die Küche der »Alten Eiche« leiten, das Papstmenü zusammenstellen und gleichzeitig die Fährte des Mörders zu verfolgen wäre niemals machbar gewesen.

Natürlich hätte er sich den Gips lieber heute als morgen abgerissen. Wahrscheinlich war sein Bein darunter schon zu einem dünnen, blassen Ästchen abgemagert. Dafür waren seine eh schon nicht untermuskulierten Oberarme, dachte Julius in einem kurzen Anflug von Narzissmus, durch das Krückengehen noch ausdefinierter geworden, wie es die Fachleute nannten.

»Willst jetzt endlich den Tatort abgehen oder noch länger so debil vor dich hinschauen?«, fragte FX, eine Zigarette im Mundwinkel, aus dem Wagen.

»Gehört alles dazu, hast du Almdudler keine Ahnung von! Hätte ich doch bloß François mitgenommen …«

FX ließ das Seitenfenster hochfahren und schüttelte den Kopf.

Hier war Rolli ermordet worden.

Und Julius war endlich eine abstruse Idee gekommen, auf welche Art es hätte geschehen sein können. Er hatte gerade darüber nachgedacht, wie Wolf Kiefas Geländewagenkauf in den Fall passte, als die Idee aus einer dunklen Ecke seines Hirns nach vorne sprang. Auslöser dafür war eine volle Flasche Wein gewesen, die ihm entglitten und auf den Boden geknallt war, die Scherben in der ganzen Küche verteilend wie eine Splitterbombe.

Er hatte das Aufwischen verflucht – aber die Idee glich diese Mühe mehr als aus.

Nun brauchte er Beweise.

Er humpelte, so schnell es ging, zum hölzernen Flaschenlagertor, aus dem er am Abend der Tat gekommen war. Damals hatte es unter seinen Füßen klirrend geknackt, er hatte sich nichts dabei gedacht.

Bis eben seine Flasche auf dem Boden gelandet war.

Er musste nicht lange vor dem Weingut suchen.

Die Scherben waren auf einen kleinen, dunkelgrünen Haufen gekehrt worden, der nun wie gefrorenes Moos im Sonnenlicht glänzte. Julius bückte sich, eine Art langsames Auf-die-Knie-Fallen, abgestützt von den Krücken.

»Alles okay, Maestro?«, rief FX durch das geschlossene Fenster.

»Rauch du weiter«, sagte Julius und nahm das größte Glasstück in die Hand. Am unteren Ende war es gezackt gebrochen, die Kanten ungleichmäßig verlaufend, aber oben waren sie glatt und gerade wie bei feinster Schokolade. Er griff sich ein weiteres Stück aus dem kleinen Haufen und fand wieder diese gerade Kante, im rechten Winkel abfallend.

Wunderbar!

Sich an der Wand abstützend kam Julius ächzend auf die Füße, als eine vertraute Stimme über ihm ertönte.

»Julius, bist du das?« Über das Balkongeländer blickte die sonnengebräunte Christine Herold und rieb ihre blonden Haare mit einem roten Handtuch trocken. »Ist doch dein Auto da, oder?«

Julius trat einen Schritt vor, sodass sie ihn in vollem Umfang sehen konnte. »Nehmt ihr jetzt jeden ins Visier, der vor eurem Gut parkt?«

Christine Herold wickelte die Haare gekonnt ein, damit sie beide Hände zum Erzählen frei hatte. Sie war zweifellos ein Eifeler Urgestein, dachte Julius, aber bei ihr fiel ihm immer auch die Seelenverwandtschaft der Einheimischen mit den gefühlsbetonten

Italienern auf. Die Römer hatten mehr Spuren im Tal hinterlassen als Mauerreste und Tonscherben. Sie bildeten den Hauptbestandteil des Genpools.

»Wen soll ich denn ins Visier nehmen?«, fragte sie nun, die Hände zum Himmel gereckt. »Kommt doch keiner mehr seit dem Mord. Trauen sich alle nicht her! Der August hat kurzfristig Termine außerhalb festgemacht, um unsere Weine präsentieren zu können. Ich sag dir, ich bete jeden Abend, dass der Mörder bald gefasst wird, sonst seh ich meinen Mann nämlich nie wieder! Aber jetzt erzähl mal, was du hier machst. Und ist das FX in deinem Auto?« Sie winkte in dessen Richtung, FX zog einen nicht vorhandenen Hut.

»Ich versuche, deine Probleme zu lösen«, sagte Julius. »Dafür schau ich mir noch mal den Tatort an. Mir ist da eine Idee gekommen.«

»Sieh dich nur um, Julius. Aber die Polizei hat alles doppelt und dreifach untersucht. Ich muss jetzt rein, die Haare föhnen. Bis hoffentlich bald!«

»Grüß August schön von mir«, rief Julius. Die Polizei hatte sicher alles genau inspiziert, aber Glasscherben in einem Weingut waren halt zu normal, um sie eines zweiten Blickes zu würdigen.

Die Augen stets auf den Boden gerichtet, ging Julius langsam den Weg zum Stellplatz ab, den Rolli am Abend seines Todes benutzt hatte. Nur dunkler Kies fand sich, sonst nichts, verschwommene Abdrücke von Füßen, Reifenkuhlen. Dann stand er am Tatort, der wieder ein einladender kostenloser Parkplatz vor einem Spitzenweingut war, inmitten der atemberaubend steilen Kulisse des Mönchbergs, der seine unzähligen, prall gefüllten Rebstöcke wie ein Obststand feilzubieten schien.

Julius aber blickte in die andere Richtung, wo ein Weinberg in Flachlage die Einfahrt des Gutes säumte. Nur ein Steinwurf entfernt standen die Reben dort im fruchtbaren Boden. Julius ging hastig darauf zu, und er musste nicht lange suchen. Bereits in der zweiten Rebreihe fand er, was er erhofft hatte. Obwohl es seit der Tat nicht geregnet hatte, war zu seinen Füßen eine kleine Vertiefung, die von einer Pfütze herrühren musste.

Doch sie war länglich.

Und so wusste Julius es.

5. Kapitel

»Ein Gläschen in Ehren kann niemand verwehren«

Es war nur ein kurzer Weg bis Dieblich und doch der Sprung in eine andere Weinwelt. An der Mosel, ganz nah bei Koblenz, lag der Ort im Schatten der knapp einen Kilometer langen Moseltalbrücke mit ihren wuchtigen Betonstelzen. Julius erinnerte sich daran, wie sehr er als Kind beeindruckt gewesen war, als dieses Monument fertig gestellt wurde, damals Europas höchste Autobahnbrücke. Heutzutage konnte man bei der Straßenmeisterei Emmelshausen sogar Führungen durch sie buchen. Einst war sie Sciencefiction, dachte Julius beim Aussteigen, heute ist sie ein Museum.

Die Sonne stach wie durch ein Brennglas auf den steinernen Boden im Innenhof des Weinguts Röttgen. Es erinnerte Julius immer an das Haus in »Psycho« – allerdings in nett. Das verwinkelte Gebäude aus dem 19. Jahrhundert mit seinem angebauten Turm, dem vorgelagerten Balkon, der Sonnenterrasse mit imposantem Geländer und nicht zuletzt den hohen Fenstern, die wie aristokratische Augen zur Straße blickten, wirkte in seiner Noblesse ein wenig distanziert. Ganz im Gegensatz zum Besitzer, der nun eine Zeitschrift schwenkend auf Julius zukam. Das heißt, Django Uhlen schwenkte sie immer nur kurz, hauptsächlich schlug er damit gegen alles, was ihm im Weg stand. Oder wofür ein kurzer Ausfallschritt reichte.

»Werden bei dir Besucher jetzt mit Prügel begrüßt?«, fragte Julius und duckte sich scherzhaft.

»Das hier regt mich tierisch auf!« Django tippte auf die Titelseite. »Aber komm, wir gehen erst mal rein. Leberwerte aufbessern.«

Nach kurzem Anlauf warf er die Zeitschrift in hohem Bogen in Richtung Straße. Dann nahm er Julius in den Arm. Sein Schnauzbart wirkte massiv wie ein Schneepflug, seine Brille schien aus Panzerglas. Django Uhlen hatte fraglos ein wehrhaftes Gesicht. Der ganze Mann, dachte Julius, wirkte trotz seiner bescheidenen Größe wie ein menschliches Bollwerk. »Danke, dass du vorbeischaust. Ein bisschen früher wäre mir lieber gewesen. Aber ich kann mir vorstellen, dass du schon mal mehr Zeit im Leben hattest. Setz dich und nimm dir ein Glas. Wein kommt. Du musst raten. Wenn ich schon Julius ›die Nase‹ Eichendorff bei mir sitzen habe, dann will ich auch meinen Spaß.« Er ging in den Keller und kam mit vier gefüllten Weinkelchen zurück. Die Hälfte des ersten goss er in Julius' Glas.

Dieser schnupperte nur kurz daran. »Gut gelungen, dein neuer ›Scivaro-Schwalbennest‹, angenehm schlank, und trotzdem mit einem würzigen Kern. So was könnt ihr hier an der Untermosel ja.«

Uhlen hob den Zeigefinger und senkte den Kopf. »Terrassenmosel, mein lieber Bewohner der Unterahr!«

Julius hatte den Eindruck, dass er in dem kühlen Gemäuer zusammenschrumpfte – obwohl Wasser sich ja bekanntlich ausdehnt, wenn es gefriert. Das schien sein Körper allerdings nicht zu wissen.

»Was hat dich denn eben so aufgeregt?« Julius nahm einen großen, die Lebensgeister aktivierenden Schluck von Uhlens Basisriesling und ließ ihn gleichmäßig über die Zunge gleiten, dem Gebot der Gleichberechtigung für alle seine Geschmacksknospen folgend.

»Das Weinhandelsabkommen zwischen der EU und den Amis. Jetzt schreiben sie, wir hätten eine Flut gepanschter, künstlich hergestellter Weine aus Übersee zu erwarten. Das ist doch Kappes, Julius! Da gibt es nichts mehr zu fluten. Die Weine sind längst auf dem Markt! Jetzt wird das legalisiert, das ist alles. Unser Problem ist nicht die Invasion amerikanischer Industrieweine, sondern dass es uns nicht gelingt, einen Minimalkonsens zum Produkt Wein zu finden.«

Uhlen in Rage war wundervoll, fand Julius. Er konnte sich rasend schnell in etwas hereinsteigern. Leider vergaß der Winzer darüber sogar, Julius den zweiten Wein einzuschenken.

»Ich kann den großen Unterschied zwischen den USA und Europa nicht erkennen. Wir die Guten, die Amis die Bösen, das stimmt einfach nicht. Die Tränen, die da geweint werden, sind reine Marketingtränen, Julius. In Wahrheit sind die Europäer geil darauf, das alles machen zu dürfen, was die Amerikaner schon praktizieren. Selbst bei europäischen Ökoweinen ist der Einsatz von Zuchthefe erlaubt. Diese Scheinheiligkeit regt mich auf!«

Uhlen war Marx näher als Gates, das wusste Julius. Und dass einem Rebell wie ihm niemals das Pulver ausging, beruhigte ihn. Er goss sich selber etwas vom zweiten Wein ein und beschloss, Uhlens Streitsucht ein wenig zu kitzeln. Es war wichtig zu erfahren, was dieser über Panscherei dachte. Im Detail. Immerhin war mit Rolli ein Winzer umgebracht worden, der zwar im Keller getrickst, aber nach geltendem Recht nichts Illegales getan hatte.

»Jetzt lass aber die Kirche im Dorf, Django! In Übersee wird fraglos mehr manipuliert als bei uns. – Mineralisch tief, dazu Honig, das ist der Röttgen.«

»Sicher ist das der Röttgen, der Kröver Nacktarsch ist es bestimmt nicht! Egal. Es gibt auch Eingriffe, die bei uns erlaubt und in den USA verboten sind, zum Beispiel der Zuckerzusatz, das weißt du doch nur zu gut! Natürlich finde ich das ›Designen‹ des Weins mit der Spinning-Cone-Maschine furchtbar, die jeden Tropfen fein säuberlich in seine Einzelteile zerlegt. Deshalb sage ich ja: Was wir dringend brauchen, ist ein weltweiter Minimalkonsens für Wein. Das Handelsabkommen bringt das Fass nicht zum Überlaufen, es läuft schon seit Jahren über, auch in Europa.«

Die Frage kam Julius wie von selbst, als er den zornroten Django Uhlen vor sich sah. War dieser Mann zu einem Mord fähig? Er war ein Winzer, in dem Entschlossenheit, Kraft und Mut brodelten wie in einem Hexenkessel. Aber Enthusiasmus durfte nicht gleichgesetzt werden mit Unmoral. Uhlen hatte einen granitharten Ehrenkodex, was sein durfte und was nicht. Die Frage war nur, ob Mord zur ersten Kategorie gehörte.

»Erzähl mir nicht, du hättest keine Angst vor billigem Industriewein, Django.«

»Hab ich auch nicht! Wir sollten Schluss machen mit dieser Maschinenstürmerei. Meine Hose, die ich anhabe, ist auch industriell gefertigt.« Er stand auf und zeigte sie Julius, der sie beim Kommen eigentlich schon gut genug gesehen hatte. »Wichtig ist, dass der Weinkäufer die Chance bekommt, zu wissen, was er kauft. Ein industriell produzierter Wein, der nicht vorgaukelt, eine handwerklich hergestellte Auslese zu sein, hat seine Berechtigung. Ich glaube sogar, dass er beim Verbraucher die Lust weckt auf einen authentischen, individuellen Wein.«

»Wie den hier«, sagte Julius und goss sich den nächsten ein.

»Die ganze Debatte ist doch das Beste, was euch handwerklich arbeitenden Winzern passieren konnte. Je mehr Auseinandersetzung, desto klarer werden die Alternativen.« Er schnupperte kurz an dem Wein. »So, das hier ist dein stoffiger Roth Lay, und du sagst mir jetzt endlich, warum du mich hergebeten hast. Mich brauchst du nämlich nicht zu missionieren, was das Abkommen angeht.«

Uhlen schob die Schultern vor und zurück wie ein tänzelnder Boxer. Das spärlich hereindringende, aber grelle Sonnenlicht funkelte in seinen Augen wie in tintendunklem australischem Shiraz.

»Weiß ich doch, mein Lieber, weiß ich doch sowieso. Zur Sache: Du hast einen guten Draht zur Polizei, da läuft schließlich was zwischen dir und dieser schnuckeligen Kommissarin. Aber ich sag dir, dein Schätzchen kann ganz schön ihre Krallen ausfahren, dann ist die überhaupt kein Schmusekätzchen mehr. Die haben mich blöderweise in Verdacht wegen dem Löffler. Ich dachte mir, du könntest den Verdacht gegen mich prima entkräften.«

»Das mit deinem Handy ist halt … bemerkenswert.«

Uhlen nickte anerkennend. »Hatte mir schon gedacht, dass du auf dem Laufenden bist. Umso besser. Eine blöde Sache, die mich vor allem saublöd dastehen lässt. Ich war einfach zu faul, mich wegen dem verlorenen Ding zu kümmern. Irgendwie war ich sogar froh, plötzlich mal wieder *nicht* immer erreichbar zu sein. Nur bei langen Autofahrten bekam ich den Flattermann und dachte, wenn du jetzt liegen bleibst, ist die Kacke schön am Dampfen. – Hier kommt der nächste Wein, komm, trink schneller, sonst wird er schlecht. – Absurd, die Sache, oder? Warum sollte ich den Löffler umbringen? Ich kannte den doch gar nicht. Da gäb's ganz andere, die ich umlegen würde. Aber das ist nicht meine Art. Das muss mit dem Kopf gehen.«

»Und durch die Wand«, ergänzte Julius, hob das Glas und stieß mit einem grinsenden Uhlen an. Er nahm einen kleinen Schluck. »Endlich hast du mal deine dicke Trockenbeerenauslese rausgerückt. Diese fesselnde Würze von Wildkräutern und Weinbergspfirsich, dazu eine dicht gepackte, atemberaubende Frucht, und alles bei großartiger Balance. Wenn du mir den servierst, scheint dir mein Beistand ja wirklich wichtig zu sein. Für das Papstmenü hast du den noch nie mitgebracht.«

»Hör mir auf mit dem Papst! Für einen praktizierenden Heiden wie mich ist das sowieso ein unmoralischer Auftrag.« Er lehnte sich vor, die Gläser schroff beiseite schiebend. »Julius, wenn du so viel weißt, dann doch bestimmt auch, wie der Löffler jetzt genau umgebracht wurde. Die Zeitungen waren da ein bisschen indifferent.«

Das liebte er an Uhlen, das zwanglose Beieinander von Gossen- und Intellektuellensprache. Django Uhlen war nicht mal Dr. Jekyll und dann wieder Mr. Hyde. Er war beides gleichzeitig. Konnte er ihm die Wahrheit erzählen? Gab er damit nicht ein kostbares Blatt preis? Oder war es vielleicht sogar sinnvoll, mit der Information rauszurücken, da er dann Uhlens Reaktionen beobachten konnte? Wusste dieser wirklich nicht, wie es geschehen war? Oder war er der Mörder, der nur wissen wollte, wie weit ihm die Polizei auf die Schliche gekommen war?

Das Ergebnis von Julius' Überlegungen: Es ist eine Chance, nutze sie.

»Du weißt ja, dass er mit einem stumpfen Gegenstand erschlagen wurde?«

Uhlen nickte gelangweilt. »Ja, klar.«

»Aber die Polizei hat keine Tatwaffe gefunden und auch keine Hinweise, was es gewesen sein könnte.«

»Mhm.« Uhlen schien nun interessierter.

»Ich bin noch mal hingefahren. Schenk mir ruhig was nach von deinem Paradewein! Und habe Glasscherben gefunden.«

Uhlens Reaktion? Schweigen. Warten. Er begann mit dem Fuß zu wippen. Dann schenkte er nach.

Julius fuhr fort. »Viele Scherben waren an einer Kante sauber geschnitten. So was habe ich noch nie bei einer Flasche gesehen, die am Boden zerschellt ist. In Augusts Hausweinberg, nur ein paar Meter vom Tatort, ist eine Pfütze gewesen, die von Wein stammt. Kannst du dir denken, worauf es hinausläuft?«

»Jetzt mach es nicht so spannend! Scheint ja ein ausgebufftes Kerlchen zu sein, der Mörder. Klingt superraffiniert.«

»Es wird noch besser. Rollis Wagen war von innen nicht mit Blut voll gespritzt, sondern mit Wein. Einem von ihm gepanschten Wein. Daraus folgt ...?«

»Ja, was? Guck mich nicht so fragend an, Julius. Woher soll ich das denn wissen? Ich hab ihn schließlich nicht umgebracht.«

»Ich auch nicht«, sagte Julius. »Aber ich weiß jetzt, wie der Mörder es angestellt hat. Er brachte Rolli mit seiner eigenen Schande um. Er muss den Wein tiefgefroren haben, wahrscheinlich hatte er vorher extra etwas Wein aus der Flasche gegossen, damit ihm die Flasche nicht platzt.«

»Jetzt bin ich bei dir«, sagte Uhlen und schlug auf den Tisch, sein Glas fiel um, es störte ihn nicht. »Er schneidet die Flasche auf, lässt die Scherben fallen, geht zum Auto, zieht der armen Sau den gefrorenen Wein über die Rübe, wobei etliche Stücke abbrechen und sich im Wagen verteilen. Danach …«

»… schmeißt der Mörder den gefrorenen Burgunder in Richtung Weinberg, wo er sich von selbst binnen kürzester Zeit auflöst. Zurzeit ist es bei uns ja sogar nachts noch ordentlich warm. Der Täter war seiner Sache so sicher, dass er die Scherben nicht mal weggeräumt hat. Wenn es seitdem nicht trocken gewesen wäre, hätte ich die Pfützenreste auch nie gefunden. In Rollis Kopfwunde fand man natürlich keine Glasspuren – aber Wein.«

»Eiswein – extraordinär serviert!« Django schnaufte erheitert. »Man sollte immer an alles denken, auch an ein paar läppische Scherben, sonst ist man irgendwann dran. Und jetzt gehen wir in den Keller und machen Fassprobe!«

Von unten klang bereits Musik herauf, mittelalterliche Choräle.

Das tat den Weinen gut.

Sagte Django.

Wann immer Julius nichts Besseres zu tun hatte, briet er sich ein Hähnchen. Im Durchschnitt hatte er dreimal im Monat nichts Besseres zu tun. Er hatte gezählt, dass so über die Jahre gut eintausend Hähnchen und alles in allem über zwei Millionen Kalorien zusammengekommen waren. Julius war imstande, am Nachmittag ein Hähnchen zu braten, obwohl er nicht hungrig war, der Kühlschrank voll und er abends Gast bei einem festlichen Diner. Es war eine Art Steckenpferd.

Dabei durchlief er verschiedene Phasen. Inzwischen hatte er wohl jede erdenkliche Variante ausprobiert, jede Kombination von Temperatur und Zeit, hatte das Huhn deglaciert oder auch nicht – mit Wasser, Brühe oder Butter, heiß oder kalt, ja sogar die exotische Steingarten-Methode hatte er angewandt, die der gleichnamige Journalist so enthusiastisch in seinem Buch beschrieben hatte. Bisweilen hatte er die kleinen Vöglein im Ofen stets auf der Seite gebraten und war dann unvermittelt zur »Brust nach oben«- oder »Brust nach unten«-Schule gewechselt. Er hatte sie mit Kräutern, Gewürzen, Öl oder Butter eingerieben oder sie naturbelassen und ihnen Trüffel unter die Haut geschoben. Er hatte sie erst auf dem Herd angebräunt und dann in den Ofen verfrachtet, hatte es mit einem Gestell oder kleinen Drahttürmchen versucht. Er hatte Hühner aus Freilandhaltung gegessen, Bio-Hühner, amische aus Amerika und koschere Hühner und Supermarktgeflügel. Hühner von einem Pfund, drei Pfund oder fünf Pfund das Stück. Er hatte sie mit Zitronen gestopft. Die Möglichkeiten waren endlos.

Vom großen Gastrosophen Brillat-Savarin stammte der Ausspruch: »Koch sein kann man lernen, das Wissen ums richtige Braten jedoch ist angeboren.« Früher hatte Julius oft nachts wach gelegen und sich mit der Frage gequält, ob er zum Braten geboren sei.

Der Mann, der nun neben ihm in der Küche seines Hauses stand, hatte sich diese Frage nie gestellt. Ihn beschäftigte anderes: »Wollen Sie dem Papst Hähnchen vorsetzen? Na ja, einfach ist es zweifellos.«

»O nein. Es wirkt nur einfach. Die höchste Kunst ist es, Schwierigstes simpel erscheinen zu lassen. Wie ein Zirkusartist, bei dem alles leicht wirkt, auch wenn jede Faser seines Körpers angespannt ist. Zum Beispiel wenn er auf einem Drahtseil zwölf brennende Fackeln jongliert und dabei die Marseillaise pfeift. Sie können mir folgen? Der Papst will etwas Einfaches, das kann er gerne haben. Aber es wird aufs *grandioseste* einfach sein.«

Der hochgewachsene Mann, mit Sicherheit einen ganzen Kopf größer als der nicht eben kleinwüchsige Julius, lächelte mit perfekt weißen Zähnen, die in seinem sonnengebräunten Gesicht wie die des Kinderschokoladen-Jungen strahlten. Würde Julius jemals heiraten, Pfarrer Cornelius stünde nicht am Altar. Gegen so einen blendend aussehenden Priester wirkte doch der herausgeputzteste Bräutigam wie Staffage.

»Ich glaube, Sie verstehen da etwas falsch«, sagte Pfarrer Cornelius nun auf die denkbar höflichste Art und Weise. »Es geht nicht darum, den Papst zu täuschen und ihm etwas Kompliziertes als spartanische Kost vorzusetzen. Der Papst wünscht einen ... Wie soll ich es ausdrücken, damit Sie es nicht wieder missverstehen und einen weiteren misslungenen Menüentwurf präsentieren? Das passiert Ihnen natürlich in bester Absicht, das wissen wir alle wohl zu schätzen!« Er lächelte freundlich. »Der Heilige Vater wünscht keine Speisen der Hochküche. Unter einfachem, klassischem Genuss versteht er etwas Bäuerliches, eher ein Arme-Leute-Essen, etwas, das es jeden Tag gibt. Er sieht sich als bescheidenen Diener Gottes und wünscht keine Extrawürste.«

»Obwohl Würste natürlich schon drunterfallen würden. Also unter einfaches Essen, oder?«

Pfarrer Cornelius beugte sich nickend über das in einem Topf schmorende, von köstlichen Duftschleiern umwehte Hähnchen. »Ich wusste, Sie sind der Richtige für die Aufgabe, Herr Eichendorff! Wie sähe es denn aus, wenn der Papst Kaviar, Hummer und Gänseleber verspeiste? Wir sind nicht mehr im maßlosen Mittelalter. Gott sei Dank! Im Gegensatz zum Papst könnte ich mir aber gut vorstellen, etwas von diesem …«

»Normannischen Hähnchen.«

»Genau! Etwas davon zu essen. Tranchieren Sie es ruhig. Ich bin ja froh, dass ich mal einem echten Könner dabei zuschauen darf.«

Eine gute Stunde hatte das Vöglein nun brav geschmort. Den Bratensaft hatte Julius bereits in einen Topf abgegossen und Crème fraîche hinzugegeben. Also konnte er nun weitermachen, bevor es ans schlussendliche Anrichten mit Apfelhälften ging.

Das war sein Hähnchen.

Er würde es essen.

Komplett.

Wenn nicht alles heute, dann eben noch etwas morgen. Julius hatte sich auf den gesamten Genuss gefreut, selbst Herr Bimmel und Felix konnten bei Hähnchen maunzen, so viel sie wollten. Hähnchen gehörten Julius. Aber sollte er wirklich das Erzbistum Köln in Form von Pfarrer Cornelius verärgern? Und diesen Auftrag vielleicht verlieren? Dadurch auch die Chance auf seine »Eichenklause«? Das war kein Vogel der Welt wert, und sei er auch noch so sehr mit in Scheiben geschnittenem Apfel und Estragon-Blättern gefüllt und danach in feinstem Öl und Cidre angebraten worden.

Aber vielleicht konnte er den Pfaffen ablenken und früh genug aus dem Haus bekommen?

»Wissen Sie, was ich machen werde?«

Pfarrer Cornelius schüttelte kaum merklich sein Haupt, ohne dabei den Blick vom Normannischen Hähnchen zu lösen. »Aber ich bin sehr gespannt.«

»Ich werde meine gesamte Brigade ausschwärmen lassen! Und ich mache es direkt. Ich rufe jetzt in der ›Alten Eiche‹ an, alle sollen sofort rüberkommen.«

Und das tat er dann auch.

Kurze Zeit später war die ganze Truppe, zumindest alle, die am Nachmittag schon da zu sein hatten, versammelt und neugierig. Oder eher: verunsichert.

»Es geht um den Papst«, hob Julius mit schwerem Timbre an, damit es auch ja Eindruck bei Pfarrer Cornelius machte. »Er wünscht ein Arme-Leute-Essen. Also findet die armen Leute hier im Tal! Sucht die alten Frauen, holt sie aus ihren Kräutergärtlein, sprecht sie in ihren Fensterrahmen an, lockt sie mit leeren Versprechungen von ihren Sahnetorten in den Cafés, lauert ihnen vor der Kirche auf.«

In den Gesichtern stand blanker Schock.

»Ihr wisst natürlich, wie ich das meine«, sagte Julius, der fürchtete, nun doch ein wenig zu dick aufgetragen zu haben. »Und fragt sie nach den alten Rezepten. Schreibt alles haarklein auf, Mengenangaben, Kochzeiten und so weiter. Der Papst soll das beste Arme-Leute-Essen bekommen, das unser Tal zu bieten hat. Habt ihr das alle verstanden?«

Das »Ja« kam mehr als zögerlich.

FX trat vor, in diesem Moment selbsternannter Sprecher des nicht existierenden Betriebsrats. »Wann sollen wir des alles bittschön machen, Maestro?«

»Am Montag, da hat die ›Alte Eiche‹ zu und ihr Zeit. Ihr braucht gar nicht zu murren, die Überstunden werden bezahlt. Außerdem ist das Ganze natürlich freiwillig. Niemand muss, jeder *darf*«, sagte Julius gönnerhaft.

»War's des oder kommt noch so eine kreuzblöde Idee? Entschuldigen Sie die Wortwahl, Herr Pfarrer.«

»Geht schon in Ordnung.«

»Ihr könnt jetzt gehen. Ich zähl auf euch, ihr wisst ja, dass die Sache wichtig ist.« Julius winkte sie weg.

Murrend verzog sich der Haufen. Übrig blieben Herr Bimmel und Felix, ihre Pfoten leckend. Sie mussten die ganze Zeit hinter dem Besuch gesessen haben.

Dann fiel Herr Bimmel um, als sei er tot.

Und leckte sich rücklings den Hals.

Das erinnerte Julius an etwas. Da war doch was. O ja …

»Ist es schlimm, wenn man eine Beerdigung verpasst, Pfarrer Cornelius?«, fragte er.

»Jeder trauert auf seine eigene Art, da gibt es keine Regeln.«

»Na ja, ich trauere eigentlich weniger. Wissen Sie, bei uns hat es einen Mord gegeben. Ein hiesiger Winzer, Roland Löffler heißt er, also hieß er. Wir kannten uns. Aber ich konnte ihm nicht, wie sagt man, die letzte Ehre erweisen.«

»Dann gehen Sie später hin und legen ein paar Blumen ab. Trauer braucht kein Publikum. Von dem Mord habe ich gelesen, und auch von einem weiteren hier. Das beunruhigt uns schon, so kurz vor dem Papstbesuch. Es ist sehr zu hoffen, dass der Mörder vorher gefasst wird. Ich habe heute einen Kommentar gelesen, in dem über das Motiv für die Taten spekuliert wird. Danach sucht ja auch die Polizei immer. Aber jemand wird nicht wegen eines Motivs einfach zum Mörder. Es muss einen Grund geben, also einen echten Auslöser. Der eine Lage erst vollends unerträglich macht und Mord als einzigen Ausweg erscheinen lässt. Ist diese Grenze erst einmal überschritten, ist der Weg frei, es immer wieder zu tun.« Er nickte bedächtig und lächelte dann wieder. »Es wird schon alles gut gehen, der da oben wird dafür sorgen.«

»Bestimmt wird es das«, sagte Julius. »Und jetzt muss ich ganz dringend nach Ahrweiler, um nach alten Kochbüchern zu stöbern. Ich bringe Sie noch zur Tür.« Natürlich würde er erst das Hähnchen essen, und dann wollte er aus den Mouton-Rothschild-Weinresten des gestrigen Abends noch ein Gelee kochen. Dekadenz pur, aber es sollte fürs Frühstück sein, und das war ja bekanntlich die wichtigste Mahlzeit des Tages.

Pfarrer Cornelius blieb sitzen. »Nicht ohne ein Stück von dem Hähnchen! Danach fahr ich Sie sehr gerne nach Ahrweiler. Was halten Sie davon? Ist das nicht eine prima Idee?«

Die Straße schien niemals zu enden, und Annas ruppiger Fahrstil, sie nannte ihn impulsiv, hatte sich nicht gebessert. Julius hätte viel lieber zu Hause in seinem Ohrensessel gesessen. Darin hätte er auch bedeutend stressfreier über den Täterkreis nachdenken können. Seine Chancen standen gut, oder? Eins zu fünf. Zwanzig Prozent. Der Täter verstellte am Telefon zwar durch irgendeinen Apparat seine Stimme, aber die Art eines Menschen zu sprechen, die ließ sich nicht kaschieren. Er musste nur fünf Männer zum Reden bringen.

Deshalb telefonierte er gerade.

»Dann bis morgen, Wolf. FX setzt mich bei euch ab. – Ihr erkennt mich an den Krücken!«

Anna schaltete höher. »Jetzt machst du das Handy aber bitte aus. Ich will mit dir etwas *Quality Time* verbringen, so nennt man das jetzt nämlich neudeutsch. Da stört es, wenn du ewig mit einem – *deiner* Ansicht nach – des Mordes Verdächtigen telefonierst. Es ist absolut verboten, über den Fall zu reden, verstanden? Kein Wort!«

Julius nickte. Sie hatte ja Recht. Wie Anna meinte, war das übrigens immer so. Zumindest fast, wie sie in diplomatischen Momenten und nach angemessenem Weinkonsum gnädig einzuräumen bereit war. Also würde Julius keinen Bericht über das Gespräch mit dem Polizeipsychologen geben, der ihn in Annas Auftrag auf den nächsten Anruf des Mörders vorbereitet hatte, ihm rhetorische Tricks und extrem unaggressives Gesprächsverhalten beigebracht hatte. Davon kein Wort. Er musste eben über etwas anderes sprechen …

»Wieso nimmt ein Gebrauchtwagenhändler, der mit Wein nichts zu tun hat, an einer Probe teil?«

Das war ihm jetzt einfach so rausgerutscht.

Redete er sich ein.

»Ist das nicht ein wunderschöner Tag, Julius? Das ist eine ganz besondere Sonne hier im Tal. Ich freu mich immer darauf, hierher zu kommen. Mal abzuschalten, mal *nicht* an die Arbeit zu denken.«

Julius wollte das Despoupoulos-Thema jetzt wenigstens durchsprechen. Er hatte damit – versehentlich – angefangen, dann musste es auch zu Ende gebracht werden.

»Und was hatte er im Weinberg zu suchen? Dem Mörder zufolge hat er da etwas gesät. Egal, was das war, es kann kein so schreckliches Verbrechen sein, dass Mord die angemessene Strafe ist.« Er überlegte kurz. »Ist es eigentlich ja nie. Du weißt, wie ich's meine.«

Anna kurbelte das Fenster herunter. »Und die Luft, also die ist auch einmalig. So frisch und sauber, fast wie am Meer. Nur mit einem Hauch Rotwein, der einen schon beim Atmen beschwipst macht.«

»Am wenigsten verstehe ich, wieso er nachts in den Weinberg gegangen ist, wo er doch wusste, dass es einer auf ihn abgesehen hat. Wurde er gezwungen?« Julius kaute auf der Unterlippe, da gerade nichts Essbares griffbereit war. Die Pralinen schlummerten in seiner Jacke auf der Rückbank.

Er kam nicht weiter.

Was hatte Anna gerade gesagt?

»Moment mal ... Wenn hier Alkohol in der Luft liegt, dann müsste ich ja ständig knalledicht sein!«

Anna lächelte und hielt den Kopf aus dem Fenster, ließ die Fahrtluft in ihre Haare greifen wie einen wüsten Liebhaber. »Genau! Und so einen Tag, den muss man gemeinsam mit seinem dauerbreiten Lustknaben genießen. Auch wenn es nur zwei Stündchen sind, kann man doch ausgiebig seiner sanften Stimme lauschen, wie sie kleine Unanständigkeiten haucht.«

Julius gab nach und sagte einige Dinge, die Anna sehr gefielen.

Sie fuhr danach beschwingter weiter, was in ausladenderen Kurven resultierte, die Julius' Magen daran erinnerten, wo die Milz lag.

Aus diesem Grund war Julius überglücklich, als Anna endlich auf einem landwirtschaftlichen Weg mitten im Weinberg parkte und ihm beim Aussteigen half. Langsam krochen seine Innereien wieder an ihre angestammten Plätze. Die Sonne brannte erbarmungslos im steilen Weinberg, an dem sich die schmale Straße mit aller Kraft festhielt.

»Weinbergsspaziergänge liebst du doch so, mein gehandicapter Gespiele. Den Abschnitt hat mir übrigens FX empfohlen.« Anna holte einen voll gepackten Essenskorb aus dem Kofferraum, eine Flasche Sekt lugte hervor. Es war ein Raumland, erkannte Julius. Der Name klang zwar nach Möbelhaus, gehörte jedoch einem der besten Sekterzeuger des Landes. Seine Stimmung hob sich.

»Picknick!«, sagte Anna. »Aber erst nach einigen Schritten, Alterchen.«

Und so gingen sie langsam zwischen den Weinbergsparzellen hindurch. Schweigend fuhr Annas Hand immer wieder über Julius' Rücken. Eine Verschnaufpause gab ihm erstmals Gelegenheit, den Blick schweifen zu lassen. Er hatte die ganze Zeit nur nach vorne geblickt, konzentriert trotz Krücken ein hohes Tempo vorgelegt. Das »Alterchen« wollte er nicht auf sich sitzen lassen.

Jetzt erst sah er, wo Anna ihn hingebracht hatte.

»Das ist ja der Herrenberg! Du hast mich zum Tatort geführt!« Er strahlte. »Hilfst du mir beim Runtergehen?«

»Ich fass es nicht«, sagte Anna. »Dieser *verfluchte* Oberkellner. Das hat er doch extra eingefädelt, dass wir hier landen. Das bedeutet Rache!«

»Gib ihm beim nächsten Mal kein Trinkgeld«, scherzte Julius. Und dachte: Das gebe ich ihm selbst. Anna wusste, dass sie verloren hatte, und kraxelte den Hang hinunter, Julius' Arm in der einen, den Piknickkorb in der anderen Hand und die polizeiliche Absperrung geflissentlich übersehend.

»Pack du schon mal alles auf der Bank aus!«, sagte Julius und humpelte vorsichtig zur Fundstelle der Leiche. Ihre Umrisse waren mit Farbe auf dem Boden gekennzeichnet. Sie stachen wie ein modernes Kunstwerk aus der Rebzeile hervor. Etwas erschreckend Schönes ging von ihnen aus.

Julius ließ sich daneben nieder. Dies war die berühmte Parzelle mit Ninnats wurzelechten Rebstöcken, ein historischer Weinberg, der heute so nicht mehr angelegt werden durfte. Hier standen alt, zerfurcht und gebeugt die Letzten ihrer Art.

Keine Glasscherben funkelten in den strammen Sonnenstrahlen, keine ausgetrocknete Weinpfütze zeigte Risse. Ungewöhnlich war nur der Boden, wahllos aufgewühlt schien er, Agamemnon Despoupoulos musste sich gewehrt und mit seinen gefesselten Beinen gestrampelt haben. Julius drückte die dünnen Bodennarben auf gleiche Höhe in den steinigen Boden. Stück für Stück arbeitete er sich, ohne es zu merken, an einen Rebstock, um den herum der Boden kaum merklich emporstand. Das waren nicht die Spuren eines sich windenden Opfers.

Das war etwas anderes.

Der Boden war vorsichtig gelöst und danach sorgfältig zurückgelegt worden.

Julius hob eine Narbe empor.

Der Ausflug hatte sich also gelohnt.

Ekel und Glücksgefühl mischten sich in Julius zu einem explosiven Cocktail.

»Anna, komm schnell!«

Sie kam in einem solchen Tempo, dass nur wenig zu einem Sturz den Weinberg hinunter fehlte. *»Hast du dir was getan?«*

Julius strahlte sie an: »Guck mal. Die sind *neu*!«

Anna schaute und verstand nicht.

»Rebläuse«, sagte Julius und hob angewidert eine Hand voll der Parasiten empor.

Noch waren nicht alle dazu gekommen, die Wurzeln zu befallen.

Sie wimmelten in seiner Hand wie eine Weiberfastnachtsparty mit Freibier.

Glück spielte im Leben eine viel größere Rolle, als mancher wahrhaben wollte, dachte Julius und stieg vorsichtig aus dem schwebenden Sitz. Nur gestand sich niemand die Bedeutung des Zufalls gerne ein, denn das hieße zu akzeptieren, das Leben niemals vollends unter Kontrolle zu haben.

Ein Unglück war es, dass er Anna nicht erzählen durfte, warum sie ihn am Altenahrer Sessellift absetzen sollte.

Aber es war zweifellos Glück, dass Gerdt Bassewitz nun mit ihm in der prallen Sonne auf dem rund dreihundertfünfzig Meter hohen Ditschhardt stand. Auch er gehörte der kleinen Gruppe der Verdächtigen an, selbst wenn er kein Motiv hatte und nicht ein Indiz für ihn sprach. Julius würde erstmalig genau darauf achten, wie Bassewitz Sätze bildete. Aber nicht nur seine Augen, auch die aller anderen waren auf den Besitzer des »Sanct Paul« gerichtet. Langsam holten die Anwesenden etwas Rechteckiges aus ihren Jackentaschen hervor und hielten es auf beiden Handinnenflächen vor sich.

Das konspirative Treffen war von langer Hand im Geheimen organisiert worden, das gab der Sache den besonderen Kitzel. Der Blick auf Altenahr glich an diesem klaren Tag der Lupenansicht eines Gemäldes. Es war fast zu schön, um wahr zu sein. Dies hier war viel besser, als über Rebläuse nachdenken zu müssen. Es gab wohl kaum eine Sache, über die er lieber nachdachte, als den Grund des Treffens.

Bassewitz baute sich so auf, dass ihm die Sonne nicht ins Gesicht stach, aber der Wind sanft seine speckigen Wangen streichelte. Er räusperte sich.

»Willkommen auf dem Gipfel des Genusses, meine lieben Freunde! Kein Wort über das, was heute hier gesagt und getan wird, darf nach außen dringen. Es gibt uns nicht.«

Alle nickten erfreut, wenn auch unruhig werdend. Die Blicke hafteten nun nicht mehr an Bassewitz, sondern waren zu dem gewandert, was alle in den Händen hielten. Einige schauten auch besorgt zur Sonne.

»Ich möchte jeden bitten, sich der Gruppe anzuvertrauen, bevor wir uns dem zuwenden, weshalb wir an diesem wunderbaren Ort zusammengekommen sind.« Bassewitz strich sich über seinen prächtigen Bauch, als besänftige er ein wildes Tier. »Julius, bitte fang du an.«

Vorsichtig setzte dieser eine Krücke vor die andere, um in die Mitte des kleinen Kreises zu kommen.

»Mein Name ist Julius Eichendorff, und ich gestehe: Ich bin schokoladenabhängig!«

Das Johlen war groß, als die Worte ausgesprochen waren, und alle stürmten auf ihn zu, klopften ihm den Rücken und ließen Sätze fallen wie »Gut, dass du dazu stehst«, »Ich bewundere deine Offenheit« und »Wir stehen das gemeinsam durch!«.

Bassewitz legte die gefalteten Hände an die Lippen und bat um Ruhe.

»Einsicht ist der erste Schritt, Julius, um es in Zukunft noch *schlimmer* zu machen!«

Ins Lachen trat der Nächste vor und gestand, bis jeder sich zu seiner Sucht bekannt hatte. Dann brachen sich alle ein Stück der Schokoladentafeln ab, die sie vorher so bedacht in Händen gehalten hatten. Julius erkannte eine Bachhalm's Orange, eine ChoaXa Barrique, eine Las Anconès aus Santo Domingo von Cluizel, sogar eine Domori Break. Natürlich sah er auch Lindt und Feodora, die Einstiegsdrogen, die man als Kind häufig von den Großeltern umsonst bekam, bevor die Sache richtig ins Geld ging.

Er selbst hatte eine Amedei La Tavoletta Fondente dabei. Zu diesem ersten Treffen sollten nämlich alle ihre Lieblingsschokolade mitbringen. Als die ersten Gelüste befriedigt waren, hob Bassewitz zu seiner, wie Julius sofort merkte, lange ausgefeilten Eröffnungsrede an.

»Seit den ersten Verkäufen des Schwarzen Goldes in Apotheken ist so manche Tafel verspeist worden. Heute gilt Schokolade nur noch als Dickmacher. Ich möchte hier und jetzt eine Lanze für die Schokolade brechen und mit diesem frechen Vorurteil aufräumen. Schokolade kann tatsächlich gesundheitsfördernd wirken, allerdings muss sie dunkel und herb sein. Denn nur im reinen Kakao fanden Wissenschaftler sechsundsechzig verschiedene Schutzstoffe für Herz und Kreislauf! Sie senken Blutdruck und Cholesterinspiegel, schützen unsere Zellen vor den schädlichen freien Radikalen. Zudem ist die Kakaobohne reich an Kalium und Magnesium, das sind wichtige Mineralstoffe für den Knochenaufbau. Aber sollten wir deshalb Schokolade essen? Nein, meine Leidensgenossinnen und -genossen, diese Informationen sind für Menschen in unserem Stadium vollkommen unwichtig. Wer beim Schokoladenverzehr an seine Gesundheit denkt, der beraubt die Tafel ihres wunderbarsten Zweckes: dem Genuss um des Genusses willen. Wir haben uns zusammengefunden, um genau dieser wunderbarsten und lässlichsten Sünde zu frönen.« Er schob sich ein weiteres Stück Schokolade in den Mund, schloss die Augen und nahm sich ausgiebig Zeit, ließ die Anwesenden warten, die es ihm in der unerwarteten Stille freudig nachtaten. Nur der Wind rauschte in den Ohren, als würden große Muscheln hochgehalten.

Bassewitz' Augen öffneten sich wieder, und er nickte erfreut. »Wunderbar! Ihr habt bereits verstanden! Nur wenn wir uns beim Genießen Zeit nehmen, damit alles seine sinnlichen Qualitäten entfalten und intensiv auf uns wirken kann, genießen wir wirklich. Eile und Unaufmerksamkeit haben wir ja schon genug. Wir wollen sie nicht in diesen Momenten der Wonne, o nein! Verbannt sein sollen sie aus dem Reich des Genusses, so sollte es in großen Lettern an jede Tür geschlagen werden. Lasst uns die Zeit beim Genießen lustvoll verschwenden!«

Julius stupste ihn an. »Das ist ja geradezu philosophisch, Gerdt. Wirst du jetzt weise?«

»Wohl eher alt«, flüsterte Bassewitz zurück und fuhr dann wieder lauter fort. »Und jetzt flaniert und probiert von den Tafeln der anderen! Im Namen Willy Wonkas: Die AAS – die Anonymen Ahrtaler Schokoholiker – sind hiermit gegründet und sollen für alle Zeit fortbestehen!«

Bassewitz selbst ging mit gutem Vorbild voran und bat Julius um ein Stück.

»Ich habe den Teil über das zweite dramaturgische Element des Genusses weggelassen, als ich die gierigen Augen gesehen habe. Du weißt natürlich, dass es die Atmosphäre ist. Um uns genussbereit zu machen und zur Verstärkung unserer Empfindungen sollte man immer ein Bühnenbild schaffen, in dem der Akt stattfinden kann. In unseren Restaurants genau wie hier in luftiger Höhe. Na ja, so habe ich jetzt zumindest beim nächsten Treffen auch noch was zu sagen. – Traumhaft, deine Schokolade. Ein kräftiger und dennoch abgerundeter Geschmack. Probier mal meine!«

Julius kam der Bitte gerne nach. Es war die Chance, Bassewitz noch ein paar Momente für sich zu haben, bevor er anderswo naschen würde. Und ihn ein wenig zu beobachten, wenn Julius die Bombe hochgehen ließ.

»Weißt du schon, dass in Paul Ninnats Teil des Recher Herrenbergs Rebläuse gefunden worden sind?«

Bassewitz' Gesicht verzog sich mehr in Überraschung als in Ärger. »Da auch schon? Dann sind die aus deinem Garten aber schnell weitergezogen.« Er brach sich noch einen Riegel bei Julius ab. »Ich hab gerade noch gelesen, dass die Reblaus jetzt, also rund hundertvierzig Jahre, nachdem sie in Europa an Land ging, auch die Hessische Bergstraße erreicht hat. In der Lage ›Heppenheimer Centgericht‹ hat sie sich zwei, drei Jahre unbemerkt in einem verwilderten Taleinschnitt vermehrt. Ein Trauerspiel, ein echtes Trauerspiel. – Ein Stück kannst du mir ruhig noch geben, Julius, bleibt ja noch genug für die anderen.« Ohne eine Antwort abzuwarten, bediente er sich.

»Diese Reblaussache lässt mich nicht los, Gerdt. Des einen Unglück ist des anderen Glück, sagt man ja normalerweise. Aber bei dieser Sache … die schadet eigentlich allen.«

»Mhm, das Stück ist sogar noch besser, jetzt hatten sich meine Geschmacksknospen schon auf das Kommende eingestellt. Köstlich! Aber ich muss dir widersprechen, Julius. Selbst bei so einer Katastrophe gibt es glückliche Profiteure. Je weiter sich die Reblaus ausbreitet, desto wertvoller werden die wenigen Weine aus wurzelechten Rebstöcken. Da können die Preise wunderbar erhöht werden, meinst du nicht?«

»Du hast ein sehr markwirtschaftliches Denkorgan, Gerdt.«

Bassewitz nahm es als Kompliment und lachte Julius an. »Ich muss weiter, mein Gaumen fordert Beschäftigung. Ach, Mist, muss das Handy gerade jetzt klingeln? Entschuldigung, Julius.«

Er ging einige Schritte fort, sodass Julius nicht hören konnte, worum es ging. Nachdem das Telefonat beendet war, ging Bassewitz ohne sich zu verabschieden zum Sessellift und fuhr ins Tal.

Julius versuchte ihn direkt auf dem Handy zu erreichen.

Nur die Mailbox sprang an.

FX spürte die Sorge seines Chefs bereits, als er ihm in den Wagen half. Er vergaß sogar, sich den Zwirbelbart zu richten, bevor er losfuhr. Aber er fragte nicht nach, was los war. Nach den vielen gemeinsamen Jahren erkannte er die seltenen Momente, in denen Schweigen angebracht war.

Was hatte Bassewitz' plötzlicher Aufbruch zu bedeuten?, fragte sich Julius. Ihm würde es doch hoffentlich nicht wie Rolli ergehen. Die Polizei hätte den Medien vom Anruf, der Rolli rauslockte, erzählen müssen. Dann wäre jeder vorsichtig, der einen plötzlichen Telefonanruf erhielt.

Was einer Massenpanik gleichkäme …

Julius sah hinaus, zuerst versonnen, dann entsetzt. Denn die Gedanken über Bassewitz' schnellen Abgang wurden abgelöst von Szenen, die er noch nie in seiner Heimat gesehen hatte. In Mayschoss, Dernau, in Marienthal und Walporzheim, in fast jedem Ort, durch den sie fuhren, stand ein Wirt in seiner Eingangstür und hielt nach Gästen Ausschau. Denn sie kamen nicht, trotz besten Wetters in der schönsten Jahreszeit. Solange der Mörder nicht gefasst war, der den Medien zufolge ja völlig wahllos Weintrinker umbrachte, reisten sie lieber in unblutigere Gegenden. Nur kein Risiko eingehen. Wenn sich schon nur noch ein Urlaub im Jahr geleistet werden konnte, dann wollte man den wenigstens überleben.

Am traurigsten war die Fahrt durch Rech. Nichts deutete mehr auf das Weinfest an diesem Wochenende hin, denn es war abgesagt worden. Mitsamt Feuerwerk und Winzerfestzug. Keine Plakate, kein Fest, keine Touristen, der kleine Ort war wie leergefegt. Rech war eine Geisterstadt. Es fehlten nur noch trockene Gebüsche, die ein scharfer Wind über die Straßen trieb.

Das Ahrtal wirkte unheimlich still.

»Du bist so ruhig«, sagte Julius zu FX.

»Jetzt beschwer dich noch! Ich halt die Goschen nur, weil du denkst!«

»Musst nicht gleich so hochgehen! Ich hab mich halt nur gefragt, ob dich vielleicht irgendwas bedrückt.«

»Willst des wirklich wissen? Ist lange her, dass du mich des gefragt hast. Ad eins: Wenn du der Rosi Trenkes net kündigst, kündige ich. Ich erwarte eine Entscheidung bis am Sonntag. Und ad zwei: Wenn du mir net bald erzählst, was es Neues gibt bei den Morden, dann dreh ich dir höchstpersönlich den Hals um!«

Punkt zwei konnte Julius nachkommen, es war ihm sehr recht, jetzt alles durchzusprechen. Denn so viel hatte sich ergeben in so kurzer Zeit. Nur weitergebracht hatte es ihn nicht. Zurzeit sammelte er nur Fragen, keine Antworten.

FX ließ ihn an der Burgbrohler Kaiserhalle aussteigen, um dann alleine einen Parkplatz zu suchen. Ein Teil der »Alten Eiche«-Brigade betreute heute Abend das Catering bei Oliver Fielmanns großer Weinprobe. Die galt einem Thema, das in aller Munde war: Weine von wurzelechten Rebstöcken.

Er würde nicht in jeden Zufall etwas hineininterpretieren, beschloss Julius und begab sich in den Saal, genau wie die vielen Herren in Abendgarderobe, welche von Damen begleitet wurden, die für ihre Kleidung nur Farben des Pastellregenbogens genutzt hatten. Julius selbst warf sich in einem Nebenraum in Schale, wo François alles bereitgelegt hatte. Danach ging es an die Honneurs, nach denen Julius nicht war, vorbei an den Weinen, die Julius viel lieber zu Hause in Ruhe verkostet hätte. Kurz vor seinem Platz fing ihn Oliver Fielmann ab, die riesige Nase eingehend massierend.

»Schön, dass du trotz deines kleinen Handicaps kommen konntest. Du wirst es sicher nicht bereuen. Ich habe fabelhafte Weine mitgebracht.«

»Ich vertrau dir ausnahmsweise mal, was die Weinauswahl angeht. Und selbst wenn die Weine schlecht sein sollten, wird meine Truppe sie perfekt einschenken.«

Fielmann deutete auf eine ungewöhnliche Flasche. »Ich habe sogar einen zypriotischen Wein aufgetrieben – auch da gibt es nämlich wurzelechte Rebstöcke. Du siehst, ich habe es mir nicht leicht gemacht und einfach nur chilenische Kreszenzen und portugiesische aus Colares besorgt. Sondern auch Exoten, darunter übrigens auch einen ungarischen Sandwein. Ein großer Piemonteser darf natürlich nicht fehlen – man muss persönlichen Leidenschaften wann immer möglich nachgehen. Selbstverständlich gibt es auch deutsche Weine. Und was für welche!«

Hinter Fielmann zog Julius' Brigade die Flaschen für den Abend auf. Eine reichte jeweils für zwölf Personen, je Wein gab es zwölf Flaschen. Rund hundertfünfzig Gäste warteten heute also auf Preziosen.

»Der Raum ist dem Anlass auf jeden Fall angemessen«, sagte Julius und deutete eine Verbeugung an. »Die Kaiserhalle für den Kaiser der Weinproben. Und damit du es nur weißt, es ist eine von weltweit nur zwei Trassbetonhallen. Aber so was interessiert einen Kunstbanausen wie dich ja nicht.«

»Wir können nicht alle so schlau sein wie du, Julius.«

»Die Halle ist damals ohne statische Berechnungen errichtet worden.« Julius blickte empor zur Halbkugelkuppe mit ihren zwanzig Metern Durchmesser. Ein wohliger Schauer lief ihm über den Rücken. »Anfang der Achtziger wollten sie die verfallene Halle abreißen lassen. Eins der bemerkenswertesten Bauwerke aus den Anfängen der modernen Architektur! Warum erzähle ich dir das, du hast ja nur deine Weine im Kopf …«

»Ich konzentriere mich eben auf das *wirklich* Wichtige!« Oliver Fielmann blickte in seine Textkärtchen und verschwand in Richtung Ausgang.

Spannung und Angst lagen beißend im Raum wie der Geruch angebrannten Fleisches. Natürlich war dies nicht das Ahrtal, doch lag es gleich nebenan. Und jetzt würden alle Wein trinken – wie die Opfer.

Im Vorübergehen grüßte Julius bekannte Gesichter, darunter Wolf Kiefa, Django Uhlen und Hermann Horressen, die an einen benachbarten Tisch platziert worden waren. Selbst der berühmte Eckhard Meier junior von der Saar war da. Julius hatte seit Jahren nicht mehr erlebt, dass sich diese Ikone deutscher Weinkultur dem normalen Volk zeigte.

Kopfschüttelnd nahm Julius seinen Platz neben Sascha Ninnat ein. Wenn während der Probe im Tag ein Mord passierte, wäre zumindest klar, wer dahinter steckte. Außer Bassewitz saßen alle Verdächtigen hier.

Doch der Mörder hatte noch nicht angerufen. Das machte er doch immer vorher, oder?

»Julius. Ich glaub, ich muss mich bei dir entschuldigen.« Der Hüne wirkte sitzend viel weniger imposant als in der Vertikalen. Ninnat schien nun einen geradezu menschlichen Maßstab zu haben.

Julius reichte ihm die Hand. »Mein Beileid, dass der Mann bei dir im Weinberg ermordet wurde. Nachdem Rolli vor Augusts Gut gelyncht wurde, hat sich kein Kunde mehr zu ihm getraut.«

»Du hast mich gewarnt. Und ich hab dir nicht geglaubt. Ich bin dir was schuldig. Ich vergesse das nicht.«

Der Mann hatte fürs Erste genug Ärger am Hals, entschied Julius. Er musste heute noch nicht erfahren, dass die Reblaus in seinem besten Weinberg saß. Das bedeutete komplette Rodung, es gab keine Rettung.

Burgbrohls Bürgermeister sprach einige warme Worte über die große Ehre, Fielmann begrüßen zu dürfen, und ging danach den anwesenden Honoratioren aus Politik, Wirtschaft und Kirche um den Bart, bevor er dem Gast das Feld überließ.

Julius' Truppe hatte alle Gläser noch einmal mit Wasser ausgespült, um eventuelle Gerüche zu entfernen, und jeweils drei vor jeden Gast gestellt. Zuerst würden sie mit trockenen Burgundern gefüllt werden, in der nächsten Runde mit trockenen Rieslingen, daraufhin mit den Roten – alle Weine nach Alkoholgehalt von links nach rechts aufsteigend sortiert. Zum Schluss würden die edelsüßen Kreszenzen eingeschenkt werden, diese aber nach Menge des Restzuckers aufgestellt. Der höchste Wert würde rechts stehen, der mächtige Wein würde sich nur zeitlupenhaft im Glas bewegen können. Fielmann erklärte das Proben-Procedere ausführlich, bevor er ins Thema einstieg.

»In Rheinland-Pfalz ist das Anpflanzen von wurzelechten Rebstöcken verboten, da der Parasit sonst ›Futter‹ findet. Ein von der Reblaus befallener Weinberg wird nie wieder ungepfropfte Reben tragen können. Glücklicherweise gibt es aber noch einige wenige Weinberge, die ursprünglich sind. Man findet sie an der Ahr, der Mosel und weiteren gesegneten Fleckchen Erde, die ich noch nicht verraten möchte. Probieren Sie – die Auflösung kommt am Ende jedes Flights!«

Julius trank sich lustlos durch die ohne Frage faszinierenden Weine. Er wollte nach Hause in seinen Ohrensessel. Auch Ninnat war nicht gesprächig, und der Rest des Tisches war zu sehr mit sich beschäftigt, um die Stille am Kopfende zu bemerken. Stoisch nippten Julius und Ninnat nach jedem Wein an ihren Wassergläsern und aßen ein kleines Stück Weißbrot, um den Mund zu neutralisieren. Der Riesling des Moselwinzers Prof. Winnen überzeugte Julius besonders, auch der von über neunzig Jahre alten Rebstöcken gewonnene Leiwener Laurentiuslay des Weinguts Tieger. Doch Genießen, das hatte Bassewitz beim Treffen der Schokoholiker noch vergessen zu referieren, brauchte vor allem die Bereitschaft, sich auf das Spiel der Sinne einzulassen. An der mangelte es Julius nun. Daran würde auch der Rotwein-Flight nichts ändern, der nun zu vorfreudigem Gemurmel eingeschenkt wurde. Der erste Wein war phantastisch und schaffte es als bisher Einziger, Julius' Nackenhaare aufstehen zu lassen.

»Ein extrem ungewöhnlicher Wein«, fabulierte Fielmann nun zum zweiten Glas. »Ich spüre Zimt und Nelken, aber da ist noch mehr. Schwenken Sie das Glas und riechen Sie sofort hinein, dann werden Sie es auch merken!« Er machte es vor. »Kardamom und Orangen, ganz typisch für diesen Tropfen. Will jemand einen Vorstoß wagen und raten, um was für einen Wein es sich handelt?«

»Das ist kalter Glühwein!«, rief einer der Gäste, die Stimme hatte schon einen leichten Schlag ins Alkoholische. Der Saal traute sich nicht zu lachen. Dabei war der Witz wirklich gut, fand Julius.

»Das ist meiner!«, rief plötzlich ein Winzer, den Julius schon lange in Verdacht hatte, mehr Zeit auf Präsentationen zu verbringen als in seinen Weinbergen. »Der duftet immer so!«

Fielmann schüttelte den Kopf. »Nein, mein lieber Heinrich, er ist nicht von dir.«

»Einen vordergründigen, unbalancierten Tropfen haben Sie uns hier vorgesetzt!«, war jetzt ein anderer Winzer zu hören. Julius wusste von dessen Ruf als streitfreudigem Burschen. Denkerstirn und Sorgenfalten bestimmten sein Gesicht. Bekam man oft zusammen zu sehen, dachte Julius. »Das ist der schlechteste Wein der Probe«, fuhr der Mann fort. »Da zeigt sich, warum nicht jeder Wein machen sollte, der Rebstöcke besitzt.«

»Ich möchte Ihnen da überhaupt nicht widersprechen«, sagte Fielmann. »Der Wein sollte demonstrieren, dass die besten wurzelechten Reben kein Garant für einen großen Wein sind. Er stammt übrigens aus Baden. Er stammt von Ihnen.«

Aber jetzt lachte der Saal. Der Hall wurde von der Decke unvermindert zurückgeworfen. Es war, als würden nicht hundertfünfzig Kehlen, sondern Tausende lachen. Julius, der direkt an der Wand saß, vernahm auch Wortfetzen, die dieser merkwürdige Rundbau aus der Frühzeit der Betonkunst von einem Punkt des Raums zu einem anderen transportierte. Klar und deutlich wie die modernste Telefonanlage. »Peinlich«, hörte er es sagen, »Typisch«, und dann, wohl aus dem Zusammenhang gerissen, »Schwedenhappen«.

Ein Winzer, der seinen eigenen Wein nicht erkannte, brauchte sich um Spott keine Sorgen zu machen. Auch Rolli hatte seinen nicht erkannt.

Es hatte ihn das Leben gekostet.

»Die Flasche hatte einen Fehler«, war der blamierte Winzer nun zu hören. »Und außerdem ist mein Wein viel zu warm serviert worden, da kann man ihn ja nicht erkennen!«

Sascha Ninnat sah Julius lächelnd an. »Kein Grad zu warm, der Wein. Genau wie meiner davor.«

Das Gemurmel wurde lauter und ebbte während der nächsten Rotweine kaum ab. Fielmann legte vor dem letzten Flight eine Pause ein.

Julius beugte sich vor. »Ich muss gestehen, ich wundere mich, dich heute Abend hier zu sehen, Sascha. Versteh mich nicht falsch, ich freue mich natürlich. Aber habt ihr daheim zurzeit nicht viel zu besprechen?«

Der junge Recher Winzer hob den Zeigefinger: »Wer sein Weingut nicht ständig repräsentiert, ist auf Weinkarten bald unterrepräsentiert. Alte Winzerweisheit!« Ninnat kostete noch einmal alle vier Rotweine durch und widmete sich dabei ausgiebig dem vermeintlichen Glühwein. »Da wird's mir direkt weihnachtlich ums Herz.«

»… Eichendorff …«

Julius hielt die Luft an. Irgendjemand hatte irgendwo im Raum seinen Namen gesagt. Er stand auf und blickte sich um. Oder hatte ihn jemand gerufen? Stimmte etwas mit dem Catering nicht?

Dann fiel sein Name wieder.

Er kam aus der Wand.

»… Eichendorff …«

Pause. Gemurmel. Dann eine stahlige Stimme, hart wie eine Hummerzange.

»… wird sterben …«

6. Kapitel

»Küsse vergehen, Kochkunst bleibt bestehen«

Julius starrte im milden Morgenlicht an die Decke seines Arbeitszimmers. Er konnte die Struktur des Putzes unter der weißen Farbe erkennen, und ihm fiel zum ersten Mal auf, dass genau neben der Jugendstillampe ein winziges Loch war.

Aber das beschäftigte ihn nicht.

»Woran denkst du?«, fragte Anna, die neben ihm lag und ebenfalls die Decke anstarrte. Ihr fielen die Augen wieder zu.

»An dasselbe wie vor fünf Minuten.«

»Soll ich nicht lieber die Musik ausschalten, und wir schlafen noch ein bisschen?«

Anna hatte ihn zu Cecilia Bartoli gezwungen. Und was viel schlimmer war: Das Vivaldi-Album gefiel ihm auch noch. »Ja, mach das Gejohle endlich aus.«

»Du hast ja keine Ahnung!«

Mit prüfenden Pfotenschritten kam zuerst Herr Bimmel und dann Felix auf das mächtige Plumeau über Julius' dazu passendem mächtigem Bauch. Ein Katzen-Gen forderte von seinen Mitbewohnern, die Erhöhung zu inspizieren und für sich in Anspruch zu nehmen.

»Nicht auf den Bauch, Jungs. Oder wollt ihr mich noch vor dem Mörder fertig machen?«

Anna kam zurück von der Stereoanlage und ließ die CD in ihrer Tasche verschwinden. »Jetzt hör schon auf mit dieser fixen Idee. Du wirst dich verhört haben. Oder es war total aus dem Zusammenhang gerissen. Zum Beispiel: Der Eichendorff findet bestimmt raus, wer als Nächstes sterben wird. Oder so ähnlich.«

»›Eichendorff wird sterben‹ hieß es. Genau so! Du willst doch bloß deine Nerven beruhigen, weil es mal wieder keinen Personenschutz für mich gibt. Damit seid ihr knausriger als ein Schotte in Sachen Unterwäsche.«

Anna kroch ins provisorische Bett und kuschelte sich an Julius, was die beiden gipfelstürmenden Katzen überhaupt nicht beeindruckte. »So ein Schottenrock stünde dir auch gut. Der ist was für Männer mit kräftigen Waden.« Sie strich ihm zärtlich über die ungegipste.

»Du hast wirklich ein Gemüt wie ein Metzgerhund!«

»Der Herr Eichendorff: Immer genau das richtige Wort zur richtigen Zeit.« Anna drehte sich um. »Warum sollte er dich töten? Du hast weder Wein gepanscht noch Rebläuse ausgesetzt. Du engagierst dich *für* den Wein. Mir erzählst du immer, wie durchdacht die Weinkarte der ›Alten Eiche‹ ist. Nur kleine, handwerkliche Winzerbetriebe, die noch Ideale haben, stünden da drauf.«

»Und warum ruft er mich dann an? Warum treibt er dieses Spiel mit mir? Irgendwas muss ich ihm ja getan haben. – Habt ihr Basswitz mittlerweile gefunden?«

Die Katzen hatten ihren Anspruch auf die neue Anhöhe ausgiebig zum Ausdruck gebracht, die Aussicht genossen und begannen nun mit dem schwierigen Abstieg. Die Seidenbettwäsche war arg rutschig. Das ging nur mit Krallen.

»Er ist angeblich auf einer Geschäftsreise – aber keiner weiß, wohin. Auch per Handy ist er nicht zu erreichen. Doch das bedeutet bei ihm wohl nichts. Er hat sich bis morgen im Sekretariat seines Gasthauses abgemeldet. Keiner außer dir scheint sich Sorgen zu machen. Was ist denn *das* da?« Anna sprang auf und ging zur Glasvitrine neben dem Gartenfenster. »Mir ist ja noch nie aufgefallen, was da im untersten Fach liegt.« Sie öffnete die Flügeltüren. »Da muss ich erst bei dir im Arbeitszimmer campen, um das zu bemerken. Ist das deine Violine? Kannst du etwa darauf spielen?«

Julius richtete sich auf, die Katzen fielen mit einem sanften Plopp zu Boden. »Kannst du sie *bitte* wieder reinlegen? Du hast schon genug in Unordnung gebracht.«

Er traute sich gar nicht, den Blick schweifen zu lassen. Früher hatte alles seinen wohl überlegten Platz gehabt, bevor Anna es in Augenschein genommen und dann irgendwo liegen gelassen hatte. Für sie waren Tische Abstellflächen, und Bücher konnten ruhig quer liegen. Sie war eine niemals versiegende Quelle des Chaos.

Sein Augenstern würde ihr nicht auch noch in die Hände fallen.

»Außerdem ist das eine Bratsche, und ja, ich kann darauf spielen. Aber das mache ich nur an hohen kirchlichen Feiertagen. Also nicht heute. Danke!«

Anna legte die Bratsche übertrieben vorsichtig zurück.

Natürlich wies sie jetzt in die falsche Richtung, wie Julius grimmig erkannte.

Wenn sein Bein wieder in Ordnung war, würde er als Erstes alles aufräumen, danach würde er alle Schränke abschließen und amtlich versiegeln lassen.

Julius wurde unruhig, denn Anna machte sich irgendwo geräuschvoll zu schaffen – aber er konnte sie nicht sehen.

»Wo bist du jetzt schon wieder?«

»In der Küche. Ich hab plötzlich irre Lust, dir deine allmorgendliche Trombose-Spritze zu setzen.«

»Sadistin!«

»Komm, hol sie unter deinem Kopfkissen vor, mein drogenabhängiger Meisterdetektiv.«

Jeden Morgen diese Spritze! Immerhin war sein Bauch an der Einstichstelle mittlerweile taub. Anna kam zurück und riss Julius das Folterinstrument freudig aus der Hand.

Er versuchte krampfhaft sich abzulenken, während er die Augen schloss. Pfeifen brachte nichts, also über den Fall reden. »Wenn der Grund für den letzten Mord tatsächlich die Reblausaktion war, woher wusste der Mörder dann davon? *Au!* Musstest du dir unbedingt eine neue Stelle suchen? Das tat höllisch weh!«

»Tut mir so Leid, mein *tapferer* Soldat. Deine Haut war an der alten wie … Leder.« Sie küsste ihn auf die leicht gerötete Stelle. »Was mich mehr interessiert: War Agamemnon Despoupoulos vielleicht nur das ausführende Element? Ich meine, was veranlasst einen Kleinkriminellen, Rebläuse auszusetzen? Reiner Zerstörungsdrang? Das geht doch viel einfacher. Wer nur etwas kaputtmachen will, tritt Parkbänke entzwei. Dazu kommt: Man muss sich auskennen mit den Viechern. Ich wüsste weder, wo sie zu bekommen sind, noch wie ich sie im Weinberg auszusetzen hätte, damit sie Schaden anrichten. Erpressung wird es auch nicht gewesen sein, wir haben weder bei Ninnat noch bei anderen Betrieben, in denen vor kurzem überraschend die Reblaus aufgetreten ist, Anzeichen dafür gefunden. Nichts in der Richtung. Gehen wir also für einen Moment davon aus, dass Despoupoulos nur Handlanger war. Wenn die Idee von jemand anderem stammt, wieso bringt der Mörder dann nicht denjenigen um? Oder kommt das etwa noch? Wir suchen zurzeit jedenfalls nach einem möglichen Drahtzieher.«

»Von der Sache profitieren nur Winzer, die viele wurzelechte Reben haben. Findet einen, dem es finanziell richtig schlecht geht, dann habt ihr ihn.«

»Jawohl, Herr Polizeipräsident!«

Julius griff zu dem mit rotem Funkeln gefüllten Glas, das neben dem Bett auf einem Schemel stand, und schwenkte es versonnen.

»Er mordet mit Wein«, sagte Julius. »Das ist ein Zeichen. Und es muss ein Schlüssel zur Lösung sein. Der Aufwand für die Mordmethoden ist enorm, bei Rolli mit dem gefrorenen Wein, bei Despoupoulos mit dem teuren vom Ninnat. Aber ein gezielter Schuss reicht ihm eben nicht, der würde nichts aussagen. Welche abstruse Mordart kommt als Nächstes? Wein ist doch eigentlich ein harmloses Gesöff, in Maßen sogar gesund! Der Mörder zeigt uns, dass Wein auch tödlich sein kann.« Julius merkte, wie er wütend wurde, und stellte das Glas wieder ab, um nichts zu verschütten. »Er will mich mit dem ganzen Heckmeck aber auch an der Nase herumführen! Dieser Weinbesessene will mich nach allen Regeln für dumm verkaufen.«

»Weinbesessen wie du, mein Hase«, sagte Anna.

»Ach, jetzt hör aber auf!« Julius spürte etwas an seinen Füßen. »Ich bin heute nicht in Stimmung.«

»Wovon redest du?«, fragte Anna.

»Warum sind deine Zehen denn so nass? Bist du in der Küche in irgendwas getreten? Hast du etwa wieder Saft auf dem Boden verschüttet? Sag *bitte*, dass das nicht wahr ist!«

»Ich lieg hier ganz brav und hab die Füße bei mir.«

»Autsch! Jetzt reicht es mir aber.« Julius richtete sich auf. Am Ende des Bettes saß Herr Bimmel und schaute verblüfft. Er leckte sich die Lefzen.

»Deine Teilnahme am Frühstück ist für die nächsten Tage gestrichen. Fußbeißen wird nicht geduldet!«

»Wo deine Käsefüße doch so verführerisch duften!«, sagte Anna und duckte sich prophylaktisch.

»Ich bin ein reinlicher Mensch, meine Füße riechen nach gar nichts außer Seife. Das Urteil steht.«

»So erzieht man keine Katzen«, sagte Anna. »Wie soll er beim Frühstück wissen, dass er jetzt was falsch gemacht hat.«

»Er weiß das sicher nicht mehr. Aber ich!«

Natürlich war ich heute Morgen mürrisch, dachte Julius, als er von der kleinen Bank am Ufer Bacharachs auf den Rhein blickte, der sich wie eine müde alte Schlange durch das Mittelrheintal wand. Aber manchmal musste man auch mürrisch sein dürfen. Dann fühlte man sich so wunderbar im Recht. Und morgen früh würde Herr Bimmel eine Extraportion Sahne bekommen. Da wusste er dann zwar nicht, warum, aber schmecken würde es dem pelzigen Schlemmer trotzdem.

Auf den unzähligen grünen Schlangenschuppen des Rheins spiegelte sich nun das Sonnenlicht, kurz aufblitzend, bevor es wogend versank. Oder ein Schiff es zerfuhr. Davon gab es viele. Und sie waren riesig. Hier in Bacharach, wo das gegenüberliegende, so weit entfernte Ufer wie ein anderes Königreich wirkte, schrumpfte das eigene Tal auf Miniaturgröße. Die Ahr war ein Bach, der Rhein ein Fluss. Aber auch der Rhein fühlte sich an wie Heimat. Wenn Julius am Rhein stand, war er zu Hause. In den Niederlanden, in der Schweiz, in Frankreich und sogar in Österreich. Am Fluss lebten überall Rheinländer, so wie er einer war. Das Wasser, das er hier sah, würde bei ihm zu Hause vorbeifließen. Nicht direkt, aber doch sehr nah. Und war er zu Besuch bei seinen Freunden in Xanten, so kam das Wasser des Rheins aus derselben Richtung wie er. Der Rhein war transportable Heimat. Vielleicht fühlte er sich deswegen in seiner Nähe so sauwohl.

Jetzt wird ermittelt, entschied Julius und machte sich auf den Weg zu Wolf Kiefas Wohnung in der ersten Etage des prächtigen, denkmalgeschützten und viel zu großen Weinguts direkt an der Bahnlinie. Die Kiefas hatten das 1904 erbaute Gebäude mit den offenporigen Steinen und den wunderbaren romanischen Fensterbögen vor wenigen Jahren erworben. Nach und nach wuchsen sie in die viel zu großen Kleider. Wahrscheinlich würden sie erst dem Nachwuchs passen. Der öffnete jetzt die Tür. Zwei Mädchenköpfe schauten heraus, jeder ein Stück Brot kauend. Sie erkannten Julius sofort.

»Der Papa ist im Keller«, sagte die Jüngere der beiden und verschwand auf Socken in Richtung Küche. »Willst du auch was zu essen?«, fragte die Ältere und musterte Julius. Der verneinte diese Frage ausnahmsweise und humpelte die steilen Treppenstufen zur Straße wieder hinunter.

Wolf Kiefa war nicht im Erdgeschoss des Gutes, wo die Weinflaschen auf Käufer warteten und uralte Etiketten in einem Schrank vor sich hinmoderten. Er war unten im Kreuzgewölbekeller, der direkt in den Fels gebaut worden war. Der blanke Stein bildete eine Seite des hallenartigen Raumes und glitzerte feucht.

»Julius! Ich freu mich, dich zu sehen! Soll ich dir beim Runtersteigen helfen?«, fragte Kiefa, der seinen Besucher schon erspäht hatte. »Du ächzt ja wie eine alte Dampflok, sag mal! Warte, ich komm hoch. Bist du etwa mit dem Gips Auto gefahren?«

»FX hat mich abgesetzt. Ich hab ihm gesagt, er soll das Tal mal erkunden, während ich dich besuche. Etwas Kultur tut dem Österreicher gut, find ich.«

»Kann man nie genug von haben«, pflichtete Kiefa ihm bei.

Unten angekommen empfing Julius die Musik des Weinkellers. Die Gärgase blubberten aus den Aufsätzen der Fässer und Stahltanks wie ein himmlisches Orchester. Jeder Wein schien seine eigene Melodie zu spielen, seinem eigenen Tempo zu folgen. Der Riesling Kabinett vom Kloster Fürstental war stürmisch, tutti furioso, die Spätlese aus der Wolfshöhle blubberte tief und mit langsamem Rhythmus vor sich hin, sie walzerte fast, der Beulsberg sprang wie ein Rehkitz von einer hohen Note zur nächsten, wunderbarstes Belcanto. Zusammen ergab dies regelrecht süffige Akkorde. Sie beruhigten Julius' Nerven, die nicht nur vom Treppensteigen gereizt waren.

»Willst du was aus den Fässern probieren? Die sind aber noch sehr unruhig.«

»Ich wollte dich nur sprechen, mach ruhig weiter mit deiner Arbeit.«

»Wenn's dich nicht stört, würde ich wirklich gern die Gebinde kontrollieren. Heute Abend muss ich nämlich zu einem Treffen der Bacharacher Weinzunft, und vorher gilt es natürlich noch, mich rauszuputzen.«

Julius nickte verständnisvoll, während Kiefa sich ans nächste Fass machte.

»Ich wollte dich um einen Rat bitten, Wolf.«

»Kannst du gerne haben. Gibt's gratis bei mir!«

»Du hast dir doch vor einiger Zeit diesen neuen Geländewagen zugelegt. Und da ich mir jetzt auch so einen kaufen wollte, dachte ich, frag ich dich mal, ob du mir einen Händler empfehlen kannst?«

»Kein Problem«, sagte Kiefa, ohne aufzuschauen. Kein Anzeichen, dass er von Despoupoulos' Tod wusste. Wolf Kiefa las selten Zeitung, und einen Fernseher gab es nicht im Haus, nur so war er wohl vom medialen Bombardement über den Mord verschont geblieben. »Und deswegen kommst du extra vorbei? Ich mein, ich freue mich, aber du hättest doch auch einfach anrufen können.«

»Dein Weingut lag auf dem Weg«, log Julius.

»Mir soll's recht sein. Also, ich habe meinen damals bei einem Händler in Trier gekauft. Das war zwar einiges zu fahren, aber der Preis, also ich sag dir, unschlagbar.«

»Wie bist du denn auf den gekommen?«

»Purer Zufall, wie das so ist. Der Horressen hat mir mal davon erzählt, und der hatte den Tipp vom Eckhard Meier junior. Anscheinend kauft Deutschlands ganze Winzerschar da.«

Nicht wirklich, dachte Julius. Sonst hätte Jelina Schultze dem Charmebolzen FX anderes erzählt.

»Wahrscheinlich ist der Händler ein echter Weinfreak«, sagte Julius.

»Das würde ich nicht sagen ...«, Kiefa schien zu überlegen und sich dann dagegen zu entscheiden, Julius daran teilhaben zu lassen. »Er trinkt nur Rotwein, sonst nichts. Ich hab ihm nämlich damals einen Karton Wein als Dankeschön geschenkt, und von Riesling wollte er nichts wissen.«

»Ist der Mann denn vertrauenswürdig?«

»Du meinst, weil er keinen Riesling mag? Oder wegen der günstigen Preise?« Kiefa grinste breit. »Hab ich mich auch gefragt. Er sagt, das käme durchs Reimportieren. Der Bursche ist jetzt nicht unbedingt mein Fall, so ein braun gebrannter Sonnyboy, aber das sagt ja nichts über den Charakter eines Menschen.«

»Hast du einen Namen?«

»Irgendwas Griechisches, so ein Königsname ...«

»Es ist kein Blümlein nicht so klein, / Die Sonne wird's erwarmen / Scheint in das Fenster mild herein / Dem König wie dem Armen.«

»Dein Vorfahr hat dich ja fest im Griff.«

»Warte!«, sagte Julius gespielt überrascht. »Du meinst doch nicht etwa Agamemnon Despoupoulos?«

»Woher kennst *du* den denn?«

»Der ist im Recher Herrenberg ermordet worden.«

Kiefa kam von der Leiter herunter, die an einem großen Holzfass lehnte. »Das ist nicht wahr, oder? Warum sollte den einer umbringen? Und dann mitten im Weinberg?«

»Offenbar hat er dort Rebläuse ausgesetzt – das passte jemandem nicht.«

Kiefa wurde bleich. Unwahrscheinlich bleich.

»Geht's dir nicht gut, Wolf?«

Die Augen des Bacharacher Winzers waren glasig, aller Schalk war aus ihnen verschwunden. Lange sagte Kiefa nichts, und als er wieder sprach, sah er nicht zu Julius auf.

»Muss das Gärgas sein, ich bin schon zu lange hier unten.«

»Dann lass uns mal schnell hochgehen!« Julius holte noch einmal Luft und begann den beschwerlichen Aufstieg. »Das mit der Adresse hat sich jetzt ja erledigt. Ich werde schon woanders was Passendes finden.« Mühsam hievte er sich die schmalen Stufen hinauf. »Noch was anderes: Hast du eigentlich einen Wein von wurzelechten Reben?«

»Wieso fragst du?« Kiefa rutschte fast auf den feuchten Kellerstufen aus.

»Oliver Fielmann hat doch gestern Abend diese schöne Probe gestellt mit lauter Weinen von wurzelechten Rebstöcken. Du warst ja auch da. Schon beeindruckend, oder? Das hat mich wieder ganz heiß auf diese Tropfen gemacht. Und da mein eigener kleiner Weinberg jetzt leider gerodet ist, muss ich mich anderweitig eindecken.«

»Kann ich nicht mit dienen, Julius. Bei mir ist alles gepfropft. – Willst du trotzdem noch Wein mitnehmen, wenn FX dich jetzt gleich abholt?«

»Gern«, sagte Julius irritiert, weil der Rausschmiss nun sehr schnell kam. Das konnte aber auch daran liegen, dass Kiefa sich dringend hinlegen musste.

Als sie im Erdgeschoss ankamen, schien das Leben wieder in Kiefa zurückzukehren. Zügig packte er Julius' Bestellung zusammen.

»Der Bassewitz war übrigens gestern hier und hat ein paar Flaschen Auslese abgeholt. Der war aber so schnell wieder weg, dass ich ihn gar nicht mehr fragen konnte, was er damit wollte. Hast du eine Ahnung?«

Julius hatte FX auf der Rückfahrt nicht richtig zugehört. Der hatte von den Speisekarten berichtet, die er in den Schaukästen der Bacharacher Restaurants studiert hatte, und sich nur kurz über Rosi Trenkes beschwert. Zumindest ein Problem schien sich allmählich zu lösen.

Vor Julius' Haustür wartete dafür ein neues. Seine Kusine Annemarie. Sie war eine Frau mit großem Herzen, das täglich mehrmals ausgeschüttet werden musste. Das kam stets Sintfluten gleich.

Sie hatte ihn bereits erspäht.

Er konnte nicht mehr fliehen.

»Wo bleibst du denn, Julius! Ich warte hier bestimmt schon ein geschlagenes Viertelstündchen. Also du kannst nicht alle Welt verrückt machen und dann nicht da sein. Du solltest jetzt ja auch sowieso zu Hause sein, mit deinem kaputten Bein. Komm, jetzt mach aber schnell das Türchen auf, damit wir uns schön reinsetzen können. Hast du nicht immer so leckere Plätzchen da? Also davon muss ich unbedingt welche zum Kaffee haben. Und wenn du hast: einen Schuss Rum und Sahne rein.«

Es war wie Radio hören, dachte Julius.

Nur dass Annemarie keinen Ausknopf hatte.

Man konnte bloß das Programm leicht verstellen.

»Was führt dich zu mir, liebste Anverwandte? So viel verbindet uns, und meine Freude darüber ist so unwahrscheinlich.«

Sie merkte die gut versteckte Beleidigung nicht. So sollte es sein. Das war mittlerweile seine einzige Freude an den Gesprächen mit ihr, die öffentlichen Beschallungen glichen.

»Als wüsstest du das nicht! Alle sprechen ja davon.« Sie ließ sich ins Sofa fallen. »Denkst du an die Sahne, Liebelein? Die Trina war schon dran und die Elsbeth, stell dir vor, sogar deine Großtante Traudchen aus Kalenborn haben sie gefragt! Als sie gerade Unkraut gejätet hat, dabei kommt die doch immer so schwer wieder hoch, wenn sie einmal unten ist. Nicht genug Eisen, ich sag es dir. Man muss auf seine Ernährung achten, gerade im Alter. Sei nicht zu kniestig mit dem Rum, Julius, du hast es doch.«

»Welche bösen Winde haben dich denn jetzt den Armen deines glücklichen Mannes entrissen?«

»Du sprichst neuerdings immer so poetisch! Na ja, das liegt halt in der Familie, irgendwann kommt das durch. Ich selbst hab ja auch so eine dichterische Ader, kennst doch meine Weihnachtskarten.« Ihre Wangen glänzten rosig wie frisch polierte Äpfel. »Jedes Jahr ein neues Gedicht. Da ist schon einiges zusammengekommen. Denkst du an die Schokoladen-Plätzchen? Kannst mir ruhig ein paar davon geben, ehe sie schlecht werden. Wär ja schade drum.«

Annemaries kleine, knubbelige Finger schossen entzückt in die Höhe, als Julius das Tablett für sie auf einem Servierwagen hereinschob. Annemarie würde nun beweisen, das wusste Julius aus Erfahrung, dass es zwar theoretisch unmöglich, aber praktisch durchführbar war, gleichzeitig Kaffee zu trinken, seine besten Cookies zu essen, zu reden und dabei zu atmen – ohne sich zu verletzen!

»Mhm, ja, die sind gut. Aber beim letzten Mal, da waren sie noch saftiger. Na ja, selbst du kannst ja nicht immer einen guten Tag in der Küche haben. Ich erzähl es auch keinem. So, jetzt aber, warum ich zu dir gekommen bin. Rotweinsuppe. Die braucht der Papst. Annemaries Ahrrotweinsuppe. Dein Österreicher hat mich höchstpersönlich angerufen und nach Rezepten gefragt und gesagt, ich müsse unbedingt bei dir vorbeikommen, um sie dir alle zu erzählen. Er war ja so nett, also da hast du dir wirklich einen hervorragenden Oberkellner ausgesucht. Auch wenn dieser gezwirbelte Bart was affig ist. Na ja, geht mich ja nix an. Ich bin jetzt hier, um dir das Rezept von der feinen Suppe zu geben, die hast du früher immer so gern bei meiner Mutter gegessen, Gott hab sie selig.« Annemarie bekreuzigte sich. »Du konntest damals gar nicht mehr aufhören, ein Löffel nach dem anderen. Ich hab mir das Rezept extra aufgeschrieben, warte … Wo hatte ich denn den Zettel … in der Jacke … nee … in der Handtasche … enee … ach ja, hab ich mir gar nicht aufgeschrieben. Weiß ich ja auch so: Du nimmst Sago, kennst du das noch? So gut vierzig Gramm brauchst du davon, die dann mit einem halben Liter kaltem Wasser zum Kochen bringen, zwei Nelken und eine Zimtstange reingeben und ein Viertelstündchen köcheln, aber nicht zu heiß. Man muss es ja nicht übertreiben. Dann gibt man drei Esslöffel Zucker rein und einen halben Liter Rotwein, und bloß den Wein nicht mitkochen lassen, sonst ist ja der ganze gute Alkohol nachher weggedampft! Gönn dem Papst ruhig was Gutes! Zum Schluss noch ein Glas Himbeersaft rein, fertig ist die Rotweinsuppe. So mach ich das immer. Wär auch mal was für dein Restaurant, Julius. Die Leute wollen nicht immer nur Schnickschnack, die wollen was Handfestes!«

»Vielen, vielen Dank, Annemarie. Ich wette, der Papst wird niemals etwas Derartiges gegessen haben. Aber das muss sich in Zukunft ja nicht ändern!«

»Genau, genau! Machst du mir noch einen Kaffee? Du bewegst dich schon gut mit deinen Krücken, als hättest du nie was anderes gemacht. Sag mal, hast du wieder was mit diesen Morden zu tun? Ist das wirklich wahr, was heute in der Zeitung stand, dass der Löfflers Rolli mit gefrorenem Wein erschlagen worden ist? Was ist das denn für ein Blödsinn?«

Julius ließ Annemaries Pharisäer Pharisäer sein und griff sich seine Zeitung.

Da stand es. In großen Lettern auf der Titelseite.

»Sag bloß, du hast die noch gar nicht gelesen. Mach ich immer als Erstes morgens, Julius, damit ich weiß, was in der Welt passiert. Und die Todesanzeigen guck ich mir auch immer direkt an, man könnte ja einen kennen. Es geht manchmal so schnell. Denkst du an meinen Kaffee? Und wenn du noch von den Plätzchen hast, tu ruhig noch ein paar dabei!«

Von dem gefrorenen Wein hatten außer ihm nur die Polizei, Django Uhlen und der Mörder gewusst.

Und die ersten beiden hatten keinen Grund, dieses Detail der Presse mitzuteilen.

Als Annemarie weg war, kam die Stille. Und die Stille war noch schlimmer. Denn in ihr konnte er lauschen. Annemarie hatte ihn abgelenkt, ihre Stimme hatte alle höheren geistigen Funktionen seines Hirns unterbunden. Darunter Angst. Vielleicht saß die auch gar nicht im Kopf, sondern tief im Magen. Aber Annemaries Organ hatte auch dort wie ein Betäubungsmittel gewirkt.

Es ließ nun rapide nach.

Julius stand unentschlossen in der Küche.
Wann rief der Mörder wieder an?
Wann begann die Uhr aufs Neue zu ticken?
Und wieso wollte er ihn, wieso wollte er Julius töten?
Bisher war jede Runde an sein Gegenüber gegangen. Was, wenn es so weiterlaufen würde? Wenn sich die Leichen stapelten, die er hätte verhindern können?
Julius setzte Wasser für einen würzigen Golden Tippy Oothu auf und versuchte, auf das beruhigende Brodeln zu lauschen, wie es perlend begann, dann milde rauschte und schließlich hitzig gurgelte wie ein Geysir.
Hoffentlich rief der Mörder jetzt noch nicht an! Er wollte etwas Warmes getrunken haben, wenn das passierte. Und etwas essen musste sein. Er brauchte einen vollen Magen.
Gott sei Dank hatte er den fast immer.
Auch jetzt.
Aber würde die Füllmenge reichen?
Sicher war sicher! Er biss in die eigentlich für das nächste Schokoholiker-Treffen vorgesehene Tiroler Edle mit Brand von Stanzer Zwetschke. Die in Handarbeit gefertigte dunkle Schokolade war gefüllt mit weißer Ganache aus Tiroler Grauvieh-Rahm und Alkohol, der wie kühles Feuer durch die Schichten floss. Julius hatte sie gerade erst wieder ordern können, da sich die seltene Rinderrasse zwischen Mai und September auf der Alm befand. In Sommerferien.
Hatte es da nicht geklingelt?
Ja.
Aber es war die Haustür.
Julius schob den Kessel von der Herdplatte und humpelte zum Eingang.
»In Westum haben zwei Bankräuber einen Automaten der Volksbank gesprengt – einer der beiden musste danach ins Krankenhaus!« Bassewitz trat kichernd ein und pellte sich aus seiner Jacke. »Die waren so saudumm, die hatten sich mit dem Sprengstoff vertan. Ich lach mich schlapp!« Er versuchte sich an Julius vorbeizudrücken. Da traf Kugelbauch auf Kugelbauch, doch Bassewitz flutschte nach etwas Drücken wie ein gefettetes Ferkel durch. »Hätten besser einen ehrlichen Beruf ergriffen! Hast du einen Moment

Zeit? Hallo, ihr Katzen, lange nicht mehr gesehen! Heute schon an den Öhrchen gekrault worden?«

Julius trottete hinterher. Bassewitz setzte sich mit Herrn Bimmel auf dem Arm an den Esstisch. Er sah dabei überhaupt nicht tot aus.

»Ich dachte, ich würde dich nie wieder sehen …«

»War der Kater weg?«

»Nein, ich meine dich, Gerdt. Ich war mir sicher, *fast* sicher, dass du ermordet worden bist.«

»Warum sollte *ich* ermordet werden? Ich hab im Ahrtal nicht mehr öffentlich Wein getrunken, seit der Grieche massakriert wurde. Mach dir mal keine Sorgen um mich. Ja, mein Dickerle!«

Julius merkte früh genug, dass Bassewitz Herrn Bimmel meinte, und ließ sich am Tisch nieder. Das Teewasser konnte jetzt ruhig kalt werden.

»Wo bist du die letzten Tage denn gewesen? Du warst so plötzlich weg bei unserem Treffen. Hat es deine Geliebte nicht mehr ohne ihren großen Kuschelochsen ausgehalten?«

»Quatsch, Geliebte! Als hätte ich da Zeit für! Unser Landrat, ich sollte besser sagen: unser Ordensmeister hat mich angerufen, als wir oben auf dem Ditschhardt waren. Der Fielmann wollte eigentlich eine Probe für die Weinbruderschaft stellen, musste jetzt aber für den schon fest geplanten Termin absagen. Da bin ich natürlich direkt eingesprungen. Als Thema hab ich mir überlegt: Riesling-Auslesen, die mit eigenen, wilden Hefen vergoren sind. Das hatten wir noch nie!«

»Und deshalb hast du auch Wolf besucht?«

Sein Telefon klingelte!

Nein, doch nicht. Es war nur Bassewitz' Handy.

»Ich geh nicht ran, man muss auch mal nicht erreichbar sein. Ja, beim Wolf war ich. Der war aber sehr kurz angebunden, wollte mir nichts richtig über den Wein erzählen. Er war geradezu einsilbig, als ich ihn fragte, ob mit dem Wein noch irgendwas Besonderes wäre. Woher weißt denn du, dass ich bei ihm war?«

Das klang völlig anders als die Version, die ihm Wolf Kiefa erzählt hatte. Eine musste falsch sein.

»Hab ihn heute besucht. Weißt du noch, was du ihn genau gefragt hast?«

»Ach, Julius, so was merk ich mir doch nicht. Ich glaub, etwas in der Art von, ob alles normal sei mit dem Wein. Ja, so hab ich es gesagt. Und dann war er plötzlich ganz hektisch und hat gesagt, er hätte noch einen Termin, müsste sich dringend noch duschen vorher.«

Wolf Kiefa schien täglich wichtige Termine zu haben.

»Bei wem hast du noch Auslesen geholt?«

»Das ist genau die richtige Frage! Hier ist die Liste. Fünfzehn traumhafte Tropfen. Schau mal, wo ich überall war!«

Es war das Who-is-Who der deutschen Edelsüß-Szene. Horressen war auch dabei, Herold als Vertreter des Ahrtals, Eckhard Meier junior von der Saar, natürlich Uhlen, die Schuppens aus Flörsheim-Dalsheim, aus dem Rheingau das Kiedricher Weingut Bekause. Sogar aus dem Elsass hatte Bassewitz etwas in die Probe eingebaut.

Da! Das Telefon klingelte!

Und es war seins.

Er ließ es dreimal schellen.

Dann hatte er es mit den Krücken bis zum Hörer geschafft.

»Eichendorff.«

»Hallo. Ich habe Nachrichten aus dem …«

Julius lernte in diesem Augenblick die Relativitätstheorie am eigenen Leib kennen. Seine Zeit lief viel langsamer ab als die ringsum. Der Polizeipsychologe hatte ihm eingeschärft, jetzt ruhig zu bleiben, zuzuhören, interessiert zu sein, den Mörder ernst zu nehmen. Das alles schoss in seinen Kopf wie die Befehlskette beim Auffahrunfall: Bremse reinhauen, ausweichen, und falls es nicht mehr langt, Augen zu, Gesicht schützen.

Es war gut, dass der Anruf endlich da war. Das Warten hatte ein Ende.

»… Erzbistum«, fuhr der Anrufer fort. »Wir benötigen die Menüvorschläge jetzt wirklich umgehend – sonst müssen wir die Sache leider abblasen. Ihr österreichischer Oberkellner hat mir freundlicherweise Ihre Privatnummer gegeben, damit ich Ihnen die Dringlichkeit selber verdeutlichen kann. Er erzählte mir bereits, dass Ihre Mitarbeiter etliche Gerichte gesammelt haben. Das höre ich natürlich gern. Er selbst hat wohl eine ganz besonders bewanderte Dame kontaktet, wie er sagte. Sie dürfte sich bald bei Ihnen melden, das sollte ich Ihnen noch ausrichten.«

Annemarie anzustacheln war kein Kavaliersdelikt.
Julius kochte.
Dafür würde FX sowieso Buße tun.
Dafür und für die Weitergabe seiner Privatnummer zum völlig falschen Zeitpunkt.

Julius hatte nach Bassewitz' Besuch einige Zeit gehabt, die Beine hoch- und den Rücken tiefer zu legen. Dabei hatte er La Stupenda, seiner geliebten Joan Sutherland, gelauscht. Julius fand es herrlich, wie sie manchmal die Konsonanten dem Fluss ihres Gesangs opferte, selbst wenn die Wörter dadurch unverständlich wurden. Julius dachte, dass auch für ihn beim Essen das große Ganze im Vordergrund stand. Manchmal mussten einige Nuancen geopfert werden, um dem Gesamteindruck dienlich zu sein.

Er beschloss, erst nach einem kurzen Spaziergang der einsetzenden Bettschwere nachzugeben. Dieser führte ihn auch zur »Alten Eiche«, wo er feststellen musste, dass auch ohne ihn alles gut zu laufen schien. Was ein wenig enttäuschend war.

Ein bisschen was hätte ruhig schief gehen dürfen.

Vermutlich rührte der reibungslose Ablauf daher, dass die »Alte Eiche« bis auf eine Gesellschaft, eine Metzgerfamilie aus dem Nachbarort, vollkommen unbesetzt war.

Das war sogar noch trauriger als die gut geölt laufende Restaurantmaschinerie.

Während der Sonnenuntergang Heppingen geradezu unschicklich in ein Rotlichtviertel verwandelte, humpelte Julius in der nachlassenden Hitze über den Gästeparkplatz des Restaurants. Hier, wo sonst die roten Alarmlichter rhythmisch aus den Edelkarossen blinkten, herrschte Leere.

Das Morden musste enden. Auch im eigenen Interesse. Die Zeiten waren hart genug, da konnte er eine solche Flaute wirklich nicht gebrauchen. Einige Spitzenrestaurants hatten in Deutschland wegen der wirtschaftlichen Misere schon dichtmachen müssen. Das durfte der »Alten Eiche« nicht passieren. Sie musste diesen Sturm unbedingt überstehen.

Zurück in seinem Haus ging Julius doch nicht direkt ins Bett, sondern noch einmal in die Küche, um Annemaries Rezept nachzukochen. Vielleicht kam ihm dabei eine Idee, wie dem Mörder beizukommen war. Aber als Erstes dachte er: Sago! Wer benutzte heute noch Sago? Die Nachkriegszeit war nun doch ein Weilchen her. Die kleinen Froscheier, wie seine Großmutter sie immer nannte, ersetzte Julius durch normale Speisestärke und nahm etwas mehr, da Sago doch ein sehr potentes Mittelchen war. Als er fertig mit dem Kochen war, löffelte Julius vom Geschmack ebenso überrascht wie erfreut die Annemarie'sche Rotweinsuppe. Und nicht nur einen Teller voll.

Dabei fiel ihm auf, dass etwas nicht stimmte.

Nicht mit der Suppe, es war etwas anderes.

Er schaute aus dem Küchenfenster, das wie ein Schwarzweiß-Fernseher die einbrechende Nacht zeigte. Alles Rote war nun fort, nur Konturen waren noch zu sehen.

Alles wie immer.

War es vielleicht ein Geräusch?

Julius ließ den Löffel sinken und hielt den Atem an.

Nur das Ticken der alten Küchenuhr, des Familienerbstücks, das alle paar Wochen Punkt halb drei stehen blieb.

Und kein Telefonklingeln.

Roch es vielleicht merkwürdig? Sein Unterbewusstsein schlug doch nicht grundlos Alarm.

Es roch nach Rotweinsuppe. Erstmalig in diesem Haus. Aber nicht verbrannt oder nach Gas. Es roch auch nicht, als hätten seine Kater ein Lager mit erbeuteten Mäusen angelegt und es seit einigen Wochen vergessen.

Die Kater! Das war es!

Wieso waren sie nicht in der Küche? Er aß doch, da fiel immer was für sie ab, und die beiden wussten es.

Wo waren die Kater?

Julius nahm sich die Krücken und wuchtete seinen suppengefüllten Körper empor.

Im Wohnzimmer fand er sie nicht, trotz Rufen. Nicht dass die Katzen sonst auf akustische Anordnungen reagierten, aber ein protestierendes Maunzen mit der Bedeutung »Jetzt hör schon auf, wir haben unseren Platz gerade warm gesessen« war doch ab und an zu vernehmen. Diesmal nicht. Die enge Wendeltreppe rauf wollte Julius nicht. Das war mit dem Gips ein kleines Höllenfahrtskommando.

Dann hörte er es kratzen. Nur leise, aber doch unverkennbar von Katzenkrallen stammend, die über Holz glitten.

Es kam aus der Diele.

Und da saßen sie. An der Haustür. Und schnüffelten und zuckten nervös zusammen, als sie Julius hinter sich bemerkten.

»Was habt ihr denn?«, fragte er.

In gleichen Moment begriff Julius.

Dass jemand an der Tür war, schon länger, dass dieser Jemand nicht bemerkt werden wollte, denn sonst hätte er geklingelt, dass Julius schnell zur Tür musste, um sie aufzureißen, um die Person zu überraschen, bevor sie verschwand, weil sie jetzt vielleicht seine Stimme gehört hatte.

Julius rannte unter Schmerzen los, die Katzen stoben auseinander, er riss die Tür auf, spürte einen Druck, einen Stoß auf der Brust und fiel um, auf den Rücken, und sah die Person schemenhaft davonrennen.

»Mörder!«, schrie Julius. *»Mörder!«*, und warf eine Krücke hinterher. Es war sinnlos. Sie landete kaum drei Meter entfernt. *»Mörder!«* Jemand musste ihn hören, jemand musste den Unbekannten sehen, jemand musste ihn fassen, zu Fall bringen, die Polizei alarmieren, dies endlich beenden! *»Mörder!«*, brüllte er und hörte seinen Rachen rasseln.

Niemand reagierte.

Dann sah Julius die Flasche. Der Mann, denn ein solcher war es gewesen, so viel hatte er erkennen können, musste einen Platz für sie in der Nähe der Haustür gesucht haben. Einen, an dem sie nicht direkt zu sehen, aber doch auffindbar war. Er hatte sie hinter dem Rhododendron versteckt.

Sie hatte kein Etikett.

Aber sie stand auf einem weißen Umschlag. Er war aus teurem Büttenpapier mit Wasserzeichen, wusste Julius. Darin würde eine Blanko-Karte mit zwei Worten stecken: »Vinum Mysterium«.

Er rührte nichts an.

Sollte Anna doch alles untersuchen.

Solange der Anruf fehlte, tickte die Uhr nicht.

Er hörte es klingeln, laut wie Glockenschläge einer Kirche.

Einmal.

Zweimal.

Dreimal.

Julius war dran, außer Atem, er war über den Boden gekrochen, aufzustehen hätte zu viel Zeit gekostet, denn die Uhr tickte wieder. Wann würde sie endlich stehen bleiben?

»Eichendorff.«

»Nachrichten aus dem Totenreich.« Die Stimme am anderen Ende war ebenfalls hörbar außer Puste. »Beinahe hättest du mich gehabt, mein Lieber. Und das mit Krücken, nicht schlecht. Aber eben auch nicht gut genug.«

»*Ich krieg dich!* Du musst dich gar nicht so sicher fühlen, dich bring ich zur Strecke, das verspreche ich dir. Sogar mit Krücken und den Händen auf den Rücken gebunden!«

Diese Gesprächstaktik entsprach zwar nicht den Empfehlungen des Polizeipsychologen, aber Julius war jetzt danach.

»Oh, du duzt mich? Wie kommt es? Du warst doch bisher immer so auf Distanz bedacht.«

»Ich weiß, wer du bist«, sagte Julius. »Wir duzen uns, warum sollte ich mich am Telefon verstellen?«

Es klingelte an der Tür.

»Da bin ich aber gespannt. Wer bin ich denn? Das wüsste ich jetzt aber gern.«

Es klingelte wieder, und es klingelte Sturm.

Auch der Anrufer musste es gehört haben. »Mach endlich die Tür auf, das Geklingele geht mir auf die Nerven. Es stört mich nicht, etwas zu warten. Die Polizei wird dir bestimmt gesagt haben, dass du mich hinhalten sollst. Mach das ruhig, du hast meinen Segen. Hast du auch brav dreimal klingeln lassen? Bestimmt. Aber dir ist sicher nicht erzählt worden, dass einige Auslandsleitungen nicht zurückverfolgbar sind. Immer wird das Wichtigste vergessen. Jetzt fragst du dich bestimmt, wie ich aus dem Ausland anrufen kann, wenn ich doch gerade noch an deiner Tür war. Eine Umleitung, lieber Julius, und jetzt sorg endlich dafür, dass dieser Lärm endet.«

Julius kroch zurück zur Tür, zog sich am Türknauf hoch, angelte sich die auf dem Boden verbliebene Krücke und öffnete die Tür.

»Ich weiß, was du sagen willst, die Annemarie war doch heute schon da, aber da hat sie eben ein Rezept vergessen. In der ganzen Aufregung, Julius, weil, dass muss ich ja schon sagen, man bei dir nie was zu trinken bekommt, wenn man nicht selber fragt. Man säße die ganze Zeit auf dem Trockenen! Also, du brauchst ja auch ein Hauptgericht für den Papst. Und zwar Dippehas –«

»Kenne ich, tschüss, Kusinchen.« Geschmorte Hasenteile in Rotwein-Blut-Schwarzbrot-Soße. Wenn der Papst als Vorspeise Rotwein bekam und zum Hauptgang und vielleicht noch zum Nachtisch, würde er sich den ganzen Tag fühlen wie auf der Schiffswallfahrt. Der Boden würde einfach nicht aufhören, so schön zu schwanken.

Julius wollte die Tür schnell schließen, doch Annemarie stand bereits im Flur. »Aber nicht meinen! Dippehas ist eine Wissenschaft für sich, Julius, da darf man nicht so schnellschnell drüber reden. Da bringst du mir jetzt ein Schnäpschen, und dann erklär ich dir mal, wie das *richtig* geht.«

»Ich hab gerade wirklich keine Zeit. Du siehst doch, dass ich telefoniere. Ich komm morgen bei dir vorbei, ja? Jetzt mach nicht so ein bedröppeltes Gesicht, es passt halt gerade nicht.«

»Für die Familie muss immer Zeit sein. Mit wem telefonierst du denn da?«

Julius hatte den Hörer noch in der Hand. Jetzt sagte der Mörder wieder etwas.

»Erzähl es ihr ruhig, vielleicht geht sie dann endlich. Die Uhr läuft, Julius, das geht alles von deiner Zeit ab …«

»Es ist der Mörder, Annemarie. Der Mörder von Rolli und dem Griechen im Herrenberg.«

»Ach, du Jeck! Kannst deiner alten Kusine ruhig sagen, wenn du mit deinem Liebelein telefonierst!«

Die Stimme des Mörders erklang wieder: »Schick sie raus, Julius! Sonst wird das nächste Todesurteil eine Stunde früher vollstreckt.«

»Hallo!«, rief Annemarie nun in Richtung Telefon. »Schöne Grüße! Ich hoffe, ihr kommt bald mal zum Antrittsbesuch bei uns vorbei!«

»Geh, Annemarie! Jetzt. Sonst schmeiß ich dich raus!«

»Bah! Was kannst du fies sein. Da geh ich jetzt extra nicht!«

»Raus!«

»Erinnere du dich erst mal wieder an deine Manieren! Ich komme, um dir mit deinem Papstessen zu helfen, will dir mein *Ge-*

heimrezept für Dippehas geben, und du wirfst mich raus, weil du mit deiner Kommissarin turteln willst. Also weißt du, Julius. So was macht man nicht, das werd ich deinen Eltern erzählen. Die ruf ich gleich in Spanien an, das sollen die wissen, wie du hier mit Verwandten umgehst.«

»Bist du noch nicht raus?« Mit Gips und Krücke konnte er sie leider nicht hinauswerfen, nicht handgreiflich. Annemarie stand wie ein Fels in der Brandung. Und das mitten in Julius' Diele.

Dann bewegte sich der Fels.

Und entriss Julius das Telefon. »Gib das Ding mal her! – Hallo? Hier ist die Annemarie. Hören Sie, was der Julius sich mir gegenüber rausnimmt? Das können Sie doch nicht wollen, oder? Die Familie ist doch wichtig, auch bei Ihnen in Koblenz oder wo Sie wohnen!«

»Verlassen Sie das Haus und geben Sie mir Julius wieder«, sagte der Anrufer so laut, dass Julius es hören konnte. »Sonst setz ich Sie ganz oben auf meine Liste. Denn er hat Recht, ich bin ein Mörder. Und ich fange gerade an, Gefallen daran zu finden.«

Annemarie schaute drein wie eine Kuh beim Kalben. Eine Drillingsgeburt. Und sie lagen quer. Nebeneinander.

Dann tat sie etwas Unerwartetes.

Für Julius.

Und für den Mörder.

Sie schaltete das Telefon aus.

»So ein unverschämter Bursche! So was solltest du dir nicht gefallen lassen, Julius. Mörder hin oder her. Man stört niemanden bei einem wichtigen Gespräch. So, und ich bin jetzt weg. Wir sehen uns morgen, ja? Auf Wiedersehen, ja, auf Wiedersehen ...« Sie prallte gegen den Türrahmen. »Oh«, sagte sie nur und ging weiter.

So durcheinander hatte Julius sie noch nie erlebt. Er musste am nächsten Tag unbedingt zu ihr fahren und alles erklären.

Das Telefon klingelte. Julius wartete keine drei Mal.

»So hättest du nicht mit ihr sprechen müssen! Meine Kusine ist vielleicht der nervigste Mensch der Welt – aber sie meint es nur ...« Julius beendete den Satz nicht, denn er bemerkte, dass er drauf und dran war, Blödsinn zu erzählen. »Du hättest ihr nicht drohen müssen!«

»Das ist mir herzlich egal. Kannst du mir jetzt endlich erzählen, wer ich bin? Ich möchte doch zu gern wissen, ob der berühmte kulinarische Detektiv mir auf den Fersen ist.«

»Du bist Wolf Kiefa, Hermann Horressen, Django Uhlen, Oliver Fielmann oder Gerdt Bassewitz. Denn nur denen habe ich von meinen Kopfläusen erzählt, über die du dich lustig gemacht hast.«

»Habe ich das? Ist mir gar nicht aufgefallen. Du hattest also Kopfläuse? Hast du mir nie erzählt.«

»Tja, *dann* weiß ich natürlich nicht, wer du bist«, sagte Julius sarkastisch. »Dann liegt deine Identität für mich noch völlig im Dunkeln.« Ihm fielen die Worte des Polizeipsychologen ein: Reden Sie verständnisvoll mit dem Mann, bloß nicht aggressiv.

Zum Teufel mit dem Polizeipsychologen!

»Woher wusstest du, dass die Polizei mein Restaurant, aber nicht mein Haus überwacht? Und dass du die Flasche ungesehen deponieren kannst?«

»Ich weiß, wie die Polizei arbeitet, Freunde dort haben es mir erklärt. Nach meinem Anruf bei dir wären sie sofort angerückt. Aber vorher? Wer soll das bezahlen? Doch nicht der arme Steuerzahler.«

»Ab jetzt werden sie ständig ein Auge auf mich und mein Haus haben.«

»Das erhöht den Reiz! Du glaubst doch nicht wirklich, dass mir das etwas ausmacht? Hier kommt dein Hinweis, Julius, oder willst du noch mehr Zeit verlieren? Wäre auch egal, sie wird dir so oder so wieder nicht reichen. Immer gebe ich dir einen ganzen Tag, einen ganzen langen Tag, und du verpulverst ihn. Zum Beispiel mit Schlafen. Das solltest du diese Nacht lieber nicht tun. Der nächste Mord könnte hässlich werden.«

»Ich schlafe, wann ich will. Und wenn du dir so unglaublich sicher bist, kannst du mir bestimmt auch ein paar Fragen beantworten. Warum das Ahrtal? Warum mordest du nicht woanders? Überall wird am Wein manipuliert.«

»Hier nahm es seinen Lauf. Ich habe das Ahrtal nicht ausgewählt, sondern das Tal mich.«

»Noch kryptischer geht es nicht, oder?«

»Du erwartest nicht ernsthaft eine konkretere Antwort? Ich habe eigentlich schon viel zu viel gesagt.«

Eine Frage war Julius noch besonders wichtig. Die Antwort

konnte ihm helfen, diese Nacht ruhig zu schlafen. Auch wenn der Mörder ihm davon abriet.

»Warum willst du mich umbringen?«

»*Was?*« Es klang erstaunt.

»Ich habe dich in der Kaiserhalle gehört. ›Eichendorff muss sterben‹, hast du gesagt.«

Das andere Ende war tot. Dann erklang wieder die verstellte Stimme. »Welchen Grund sollte es denn dafür geben? Fällt dir einer ein? Du solltest dich sicher fühlen, Julius, das ist das Beste.« Er räusperte sich. »Du hast dich bestimmt verhört.«

»Das glaube ich auch. An mich würdest du dich nicht herantrauen.«

»Ach, Julius! Jetzt versuch doch nicht, mich zu provozieren. Einen dicken Koch mit Krücken zu ermorden ist keine Kunst. Aber wofür? Die Lebenserwartung von Küchenchefs beträgt sechsundfünfzig Jahre, wusstest du das? Ich würde dein Leben also nur unwesentlich verkürzen. Dafür lohnt selbst die kleine Mühe nicht.«

»Beruhigend, Django.« Es war der erste Name, der Julius einfiel. Er war so gut wie jeder andere der fünf.

»Das ist alles? So ein platter Versuch? Ich verlier ein wenig den Spaß an dir, mein Lieber. Du bist wirklich eine Enttäuschung. Als Detektiv noch mehr als in deinem Hauptberuf. Na ja, hier ist trotzdem dein Hinweis: Der Teufel scheißt immer auf den größten Haufen – und was macht sein Vertreter auf Erden? Nicht alles, was Natur ist, ist es wert, getrunken zu werden. Viel Freude mit dem ›Vinum Mysterium‹, Julius!«

7. Kapitel

»Gott schickt das Fleisch und der Teufel die Köche«

Leider hatte der Landrat die Finnland-Zeremonie gebucht.

Das hieß Schläge mit der Birkenrute auf das frisch gebrühte Hinterteil. Dabei galt das landrätliche Interesse weniger seiner Gesundheit als den in der Sauna von weiblichen Besucherinnen gewährten Einblicken. Er kannte seine Wähler, wie er sagte, gern hautnah.

Julius war überrascht, dass es ihn wie bei den Ermittlungen um den Mord im Regierungsbunker in eine Sauna geführt hatte. Vielleicht sollte er direkt bleiben und warten, bis sich eine weitere lohnenswerte Informationsquelle neben den schwitzenden Landrat legte. Allerdings konnte sich Julius angenehmere Aufenthaltsorte vorstellen, welche, an denen weniger mit Birkenruten geschlagen wurde. Erst als er mit einem Peeling aus Meersalz, Zitrone, Honig und Menthol eingerieben worden war – wobei er sich vorkam wie ein marinierter Kugelfisch –, hatte er wieder genug Luft zum Sprechen. Julius hätte statt der Finnland- die Eichendorff-Zeremonie bevorzugt: vor der Sauna sitzen und zugucken, wie drinnen der Schweiß rinnt. Dazu ein Glas Banyuls und einen dunkelherben Schokoladen-Riegel in der Hand, ach was: eine ganze Tafel!

Träumen musste erlaubt sein.

Immerhin würde es gleich ein finnisches Bier geben.

Aber erst musste der Landrat noch etwas gekitzelt werden. Gesprächstechnisch.

»Weswegen ich eigentlich mitgekommen bin, Gottfried …«

»Ich weiß doch, dass du kein Saunaboy bist. War mir schon klar, dass noch was kommt«, sagte Dr. Gottfried Bäcker, der seine verblüffende Ähnlichkeit mit dem saumägigen Altkanzler durch eine modellgleiche Brille noch betonte. »Könnten Sie uns gerade allein lassen? Danke!«, sagte Bäcker, und die Honigfinger verließen den Raum.

»Die Weinbruderschaft weiß leider nichts, Julius. Aber die Morde beunruhigen uns sehr. Du weißt, dass Rolli ein Mitglied war.

Kein beliebtes, aber in jeder Familie gibt es schwarze Schafe. Sie gehören trotzdem dazu. Er hat sich immer in den Vordergrund gedrängt, wusste alles besser, fuhr anderen über den Mund, und vor allem stänkerte er über Kollegen. Nicht die feine englische Art, wirklich nicht.«

»Wusstet ihr, dass er gepanscht hat?«

Bäcker sah Julius lange an, bevor er entschied, dass es nichts mehr zu verbergen gab. »Ja, allerdings legal gepanscht. Unfein war es trotzdem. Er hat damit direkt abgeräumt. Die Weinjuroren konnte er vielleicht verscheißern, aber seine Weinbrüder nicht. Der Oberste Zirkel hat dafür gesorgt, dass es nie wieder passierte.«

»Wie das?«

»Ich möchte es so sagen: Wir können sehr eindringliche Gespräche führen und mögliche zukünftige Entwicklungen blumig darstellen.«

Julius konnte sich die Unterhaltung sehr gut vorstellen. Rolli war bestimmt nicht zu Wort gekommen.

»Wer wusste noch von seinem Kellertrick?«

Bäcker setzte sich auf und verschränkte die spackigen Arme über dem Kopf – sie sahen aus wie große Blutwürste. »Bei uns herrschte Schweigeverbot in der Angelegenheit. Ich wüsste nicht, dass einer dagegen verstoßen hat. Aber das muss nicht heißen, dass außer den eingeweihten Weinbrüdern niemand davon wusste. An dir sieht man, dass man es auch mit einer guten Nase herausfinden konnte.«

»Meine Nase hat das nicht geschafft, sondern eine Laboranalyse. Komm, Gottfried, das Tanninpulver habt ihr doch nicht erriechen können. Mach mich nicht schwach!«

Bäcker grinste und tätschelte Julius mit einer schweißnassen Hand die Wange. »Hast du Angst um deinen guten Ruf? Ist ja schon gut, ich kann dir nichts vormachen. Das gefällt mir, Julius, gefällt mir wirklich. Rollis Wein war einfach zu plötzlich zu gut. Also hat sich ein Weinbruder bei dem Guten im Keller umgesehen, und Rolli hatte nicht richtig aufgeräumt. Frag nicht nach dem Namen des Weinbruders, ich werde ihn auch unter Kaviarfolter nicht verraten!«

Ende der Fahnenstange, dachte Julius. Rauf auf die nächste. »Weißt du sonst irgendwas über Weinpanschereien im Tal? Ich meine solche, die noch nicht offiziell sind. Oder von anderen Dingen, die Wein oder Reben schaden.« Er sah Bäckers fragende und gleichzeitig misstrauische Augen. »Ist gut, ich erkläre es dir. Ich weiß, du wirst es wie ein Bruderschaftsgeheimnis bewahren.« Und er erzählte ihm von den Rebläusen.

Bäcker schüttelte schockiert den Kopf. »Was für eine Sauerei! Da können einem die Ninnats nur Leid tun, das ist wirklich ein Schlag ins Kontor. Wenn wir gewusst hätten, dass einer so eine Tour versucht, hätten wir ihn vorher erwischt. Das kannst du dir sicher denken! Um auf deine Frage zurückzukommen, Julius: Außer der Sache damals mit Siegfried und der Gamma-Decalacton-Geschichte bei den Abts gab es nichts. Wir sind im Gegensatz zu anderen wirklich ein beschauliches und unschuldiges Weinbaugebiet. Na ja, nicht ganz.« Er zwinkerte, wobei ihm etwas Schweiß ins Auge kam und er zu blinzeln begann. »Ah, jetzt ist es besser.« Bäckers Auge war nun leicht gerötet, aber er konnte es wieder aufhalten. »Hast du denn schon rausgefunden, woher der letzte mysteriöse Wein stammte?«

Das hatte er. Die Spurensicherung hatte ihm nach langen Diskussionen einen Schluck ausgeschenkt. Auf eigenes Risiko. Und es wäre eine Riesendummheit, wie jeder der Anwesenden betonte. Der Wein war die leichteste Aufgabe, die ihm der Mörder bisher gestellt hatte. Schon als er ihn im Glas ganz leicht perlen sah und die Süße im Bukett erroch, wusste er, dass es sich um einen milden Spätburgundersekt handelte. Den machten nicht mehr viele im Ahrtal, und nach einem kleinen Schluck hatte er den Erzeuger lokalisiert.

»Er stammt von der Bachemer Genossenschaft. Ein Rotsekt. Die Polizei vernimmt zurzeit alle aus der Truppe im Koblenzer Polizeipräsidium.«

Bäcker winkte ab. »Ach, Julius. Da wird nichts zutage kommen, bei denen gibt es nichts Unbotmäßiges. Wenn ich irgendeine Winzervereinigung in- und auswendig kenne, dann die. Unser Weinkontrolleur besucht sie jedes Jahr – er bräuchte es nicht, aber er nimmt sich dieser Aufgabe gern besonders *gründlich* an, wenn du verstehst? Und da bin ich jedes Mal mit dabei. Die Kontrollen gehen bis spät in die Nacht, da bleibt kein Fass ungeprüft.« Bäcker fuhr sich mit einem Finger über die Brust und leckte ihn danach ab. »Hm. Lecker!«

»Ich bewundere deinen Einsatz für die Weinkontrolle, Gottfried.«

»Nicht dass du auf falsche Gedanken kommst: Da läuft alles hochkorrekt ab! Ich verstehe nicht, warum der Mörder dir einen Wein von denen zugeschickt hat. So, jetzt muss ich mich aber sputen, du weißt ja, dass ich heute meinen Hundertzwanzigsten feiere. Du kommst doch?«

»Natürlich, falls sich nicht vorher noch was wegen der Ermittlungen ergibt. Ich knabbere immer noch an seinem Tipp: ›Der Teufel scheißt immer auf den größten Haufen, und was macht sein Vertreter auf Erden?‹ und ›Nicht alles, was Natur ist, ist es wert, getrunken zu werden‹. Macht für mich überhaupt keinen Sinn. Aber so gar keinen.«

Bäcker wurde hektisch. »Jaja, ich muss dann weg. Bis heute Abend, ja? Genieß das Bier, du kannst meins auch haben.«

Julius blieb allein zurück und spürte, wie die Marinade langsam einzuziehen begann.

Bald konnte er auf den Grill gelegt werden.

Diesmal war er wirklich nah beim Herrn: Winand Lütgens, weit über achtzig Jahre und früher Pfarrer in der Heimersheimer St.-Mauritius-Kirche. Heute im Ruhestand.

Oder auch nicht.

Die fünfunddreißig Meter hohen Relikte der vor dem Ersten Weltkrieg geplanten Bahnlinie ragten wie Zähne oberhalb von Ahrweiler in den Himmel. Neuerdings fanden sich Seile daran. »Kletterparadies Mittelrhein« hieß das Ganze, was Julius für ausgemachten Blödsinn hielt, war sein geliebter Rhein doch ein ganzes Stück entfernt, die kleine Ahr dafür nahe. Ein bisschen mehr Selbstbewusstsein durfte schon sein.

Zwischen zweien der Pfeiler war eine Seilbrücke gespannt. Ein Seil mittig unten, eins links darüber, eins rechts, durch einzelne Seilstücke von oben nach unten verbunden, sodass sich eine Menge Vs ergaben.

Winand Lütgens stand ungefähr in der Mitte der geflochtenen Buchstaben und bewegte sich so schnell, wie er sprach.

Mancher hätte gedacht, er stünde still.

Er war tatsächlich hier, genau wie die Pastoralreferentin gesagt hatte. Es war kein Witz.

Julius befand sich unter dem Priester auf einem Weg, der mitten durch den Weinberg lief. Beiderseits Rebstöcke, über ihm der Himmel mit Hochwürden Lütgens.

Wenn er sich Zeit ließ, bis der Priester wieder festen Grund unter den Füßen hatte, konnte er auch gleich den nächsten Totenschein zu Hause abwarten. Er musste jetzt mit ihm sprechen, auch wenn das schreien bedeutete. Und Publikum. Und die Gefahr, sich bis auf die Knochen zu blamieren.

Er würde nachher auf jeden Fall eine Notfallpraline essen müssen. So hatte das Ganze doch etwas Gutes.

»Hallo, Hochwürden. Sehr sportiv heute. Ich bewundere, wie Sie mit der Zeit gehen!«

»Ach, der Julius. Die Welt ist so klein von hier oben. Aber es ist nicht wie fliegen.« Üblicherweise holte Lütgens nach jedem Wort Luft. Wegen der körperlichen Anstrengung war es jetzt nach jeder Silbe. Es war schon keine Zeitlupe mehr, es war die Diashow einer Antwort. Die Stimme kam unten bei Julius als dünnes Hauchen an.

Die Sonne umgab den alten Priester und verlieh ihm eine goldene Aura. Er sah zwar nicht unbedingt aus wie ein Engel, denn die waren groß, prächtig, mit Flügeln, und nicht klein, schmächtig, mit einem Buckel. Aber ein betrunkener Ahrschwärmer mit wirklich schlechten Augen, der gegen die Sonne blickte und dabei mächtig torkelte, hätte ihn für einen Engel halten können.

Wenn er denn an solche glaubte.

Der Glaube, dachte Julius in diesem Moment, schien diesen Fall zu durchdringen. Es war nun schon das zweite Mal, dass er sich theologische Gedanken machen musste. Wo der Mittelpunkt der Welt lag, wusste er nun, des Teufels Stellvertreter war zurzeit noch im Dunkeln verborgen.

»Julius! Dich hätte ich hier ja nie im Leben erwartet!«, erklang eine nur allzu bekannte Stimme. Sie schmerzte in seinen Ohren. »Ob die Seile dich aushalten, weiß ich aber nicht! Na ja, wir werden es sehen.«

Es war Annemarie. Was machte sie hier? Ließen die hier denn jeden mitmachen?

»Komm schnell hoch, dann klettern wir was zusammen! Hält einen jung, Julius. Der Winand ist auch ganz begeistert, dabei wollte er zuerst überhaupt nicht, als ich ihn gefragt habe, ob er mitkommt.«

Der Winand hatte sich keinen Zentimeter weiterbewegt. Hoffentlich nicht Leichenstarre, dachte Julius.

»Wenn der Gips ab ist, liebste Kusine! Dann hangele ich mich mit dir von Pfeiler zu Pfeiler.« Er wandte sich zu Lütgens, der ihn hilfesuchend ansah. »Hochwürden! Bei meinen ... theologischen Studien bin ich auf folgende Frage gestoßen: Wer ist der Vertreter des Teufels auf Erden?«

Lütgens verlor fast den Halt. Doch er schien dankbar, zumindest für kurze Zeit nicht daran denken zu müssen, dass zwischen ihm und dem harten Grund nur viel Luft und ein bisschen Seil waren. »Nun ja, Julius. Das ist eine schwere Frage. Fangen wir bei Gottes Stellvertreter auf Erden an. Das ist nämlich nicht, wie viele fälschlicherweise glauben, der Papst. Der ist nur Nachfolger des Apostels Petrus, des ersten Bischofs von Rom. Im Gegensatz zu Gott dem Herrn wandelt der Leibhaftige selbst auf Erden, deshalb braucht er auch keinen Stellvertreter. Doch alle Verführer, die einen vom Weg zu Gott abbringen wollen, können als Werkzeuge der großen Schlange angesehen werden. Ist es wirklich so hoch, wie es von hier oben aussieht?«

Julius hatte nicht auf die Uhr geschaut, aber für die Antwort hatte Lütgens sicher geschlagene fünf Minuten gebraucht.

»Sie sind eigentlich fast in Bodennähe, Hochwürden. Das ist alles nur eine Art optische Täuschung«, versuchte er den Priester zu beruhigen. »Gibt es denn einen Beruf, der häufig mit dem Teufel in Verbindung gebracht wird?«

»Der Papstattentäter!«, rief Annemarie. »Wenn einer der Stellvertreter ist, dann der. Oder Hexen. Aber die gibt es ja nicht mehr, oder doch, Winand?«

»Kann mir mal jemand helfen?«, fragte Lütgens. »Ich kann mich nicht mehr bewegen.«

»Können Sie sich noch an meine Frage erinnern, Hochwürden?«, hakte Julius nach.

»Ich bin nicht debil, nur weil ich nicht als Gämse tauge. Zu deiner Frage, Junge: Einige Theologen glauben, dass Jesus Judas bat, als Stellvertreter des Teufels zu handeln und ihn zu verraten. Aber das ist neumodischer Blödsinn.«

Half ihm das weiter? Julius konnte nicht erkennen, wie.

»Hilfe ist unterwegs, Winand!«, rief Annemarie. »Aber es hat doch richtig Spaß gemacht, oder? Und gleich gehen wir schön ein Käffchen trinken!« Dann rief sie in Richtung Julius: »Wenn es bei deiner komischen Frage um diesen verrückten Mörder geht, kann dir vielleicht die neue Wahrsagerin helfen. Die liest aus Wein oder so. Lisbeth sagt, alle Prophezeiungen hätten sich bewahrheitet. Du weißt ja, Lisbeth muss immer alles ausprobieren. Ich glaub ja nicht an so was, aber hingehen wollte ich auch mal. Hör jetzt nicht hin, Winand, ich weiß, was du von so was hältst. Guck, da kommen sie schon! Vorsichtig! Ein alter Mann ist kein D-Zug!«

Lütgens wurde von einem Klettertrainer langsam aus den Seilen operiert, wobei er sich im gleichen Maße weigerte, Hilfe anzunehmen, wie er nach derselben verlangte.

Julius betrachtete das Schauspiel staunend. Er hätte sich im Gegensatz zu Lütgens noch nicht einmal da oben raufgetraut. Der Mann war nicht zu unterschätzen.

Und, wie es schien, die gute Annemarie auch nicht.

Dem Stellvertreter des Teufels war er aber keinen Schritt näher gekommen.

Nachdem seine Kusine dem erschöpften Pfarrer in luftiger Höhe ein Schnittchen zur Stärkung gereicht hatte, wandte sie sich wieder an Julius.

»Versuch das mal mit der Wahrsagerin! Und sag mir danach, wie es war. Die wohnt bei dir in Heppingen.«

Wieso nicht, dachte Julius. Welche Spuren gab es sonst zu verfolgen?

»Lass den Kopf nicht hängen«, sagte Anna, als sie sich von ihm verabschiedete und auf den Weg zur Haustür machte. Julius saß in seinem Ohrensessel; er machte es trotzdem. »Wir haben noch ein paar Stunden übrig, und du kannst mir glauben, dass wir uns einen Wolf arbeiten! Pass auf dich auf!« Sie schloss die Tür.

Julius wusste, dass sie den Beamten auf der gegenüberliegenden Straßenseite jetzt noch einen Kurzbesuch abstatten würde. Haus und Restaurant wurden nun rund um die Uhr überwacht.

Zu spät.

Die Befragungen der Winzergenossenschaft hatten nichts gebracht. Allen Mitarbeitern war der Hinweis des Mörders genannt worden, bei keinem hatte er Glocken läuten lassen. Zumindest hatte es keiner zugegeben. Die Spurensicherung war vor Ort gewesen und hatte versucht, irgendeine Weinmanipulation nachzuweisen. Kein Ergebnis. Annas Hoffnung schien Julius unpassend. Aber sie würde sicherlich alle Möglichkeiten ausschöpfen.

Und er noch eine Unmöglichkeit.

In der Hand hielt er den Notizzettel, auf dem die Handynummer der Wahrsagerin stand. Darunter hatte er geschrieben, was Lisbeth bezahlt hatte. Das hatte sie ihm unbedingt sagen wollen, damit er sich ja nicht übers Ohr hauen ließ.

Er wählte die Nummer. Jemand hob ab.

»Hallo?«

Heutzutage meldete sich auch kein Mensch mehr mit vollem Namen!

Aber er durfte es in diesem Fall auch nicht.

»Guten Tag, mein Name tut nichts … ach, Blödsinn, Sie werden mich wahrscheinlich sowieso erkennen. Eichendorff ist mein Name, Julius Eichendorff. Ich brauche einen Termin bei Ihnen zur Weinlese, also der Vorhersage, nicht der Ernte im Weinberg. Und zwar heute, es geht um Leben und Tod. Bei so was scherze ich nicht. … Hallo, ist da noch jemand?«

»Ja.« Die Stimme klang, als käme sie aus einem erkälteten Hals.

»Hatten Sie etwas gesagt?«

»Nein.«

»Sind Sie verschnupft? Geht es Ihnen gut? Habe ich vielleicht nicht die richtige Nummer gewählt?«

»Doch, doch. Ich war nur etwas … überrascht.«

»Haben Sie heute noch einen Termin frei?«

»Muss es wirklich …?«

»Jede Minute zählt!«

»Aber nur ein Kurztermin. In einer Stunde.« Sie gab ihm die Adresse durch.

»Das ist ja fast nebenan!«

»Ja, Sie können eigentlich zu Fuß kommen. Aber vielleicht fahren Sie lieber.«

»Nein, nein, geht schon. Danke. Bis gleich.«

Einen Rest vom letzten »Vinum Mysterium« hatte er noch übrig. Wenn die Frau in einem Wein lesen konnte, dann sollte es dieser sein.

Aber jetzt würden erst einmal Restaurant- und Küchenbrigade bei ihm zur Rezeptvorstellung antanzen. Er holte Stift und Block, stellte die heute Morgen gebackenen Schoko-Cookies auf den Tisch – und sprühte noch etwas Deo in diesen verdammten, juckigen Gips, auf den unter Androhung der Todesstrafe niemand etwas draufschreiben durfte. Da half auch kein Betteln. Der blieb weiß. Julius schaffte alles, bevor es an der Tür klingelte.

FX war erstaunlicherweise guter Laune.

In seinen Augen blitzte es.

»Alles antreten zum *Rapport*!«, bellte er, und Julius' Mitarbeiter nahmen in einer geraden Linie Haltung an. Dann wurde salutiert. Es sah nicht nur ein wenig einstudiert aus.

»Präsentiert das *Rezept*!« Alle zogen einen Zettel aus ihrer Tasche und falteten ihn zackig auseinander.

»Wen wollen S' zuerst inspizieren, Feldmarschall?«

Julius blickte mit einem Lächeln auf. Was sollte er sonst tun?

»Ich fange rechts an.«

»Na, rechts net. Da steht unsere Geheimwaffe, die sparen wir uns fürs Finale auf.«

Rechts stand Rosi Trenkes.

»Dann natürlich links.«

»So ist's recht! Moooment, da steh ich.«

»Von dir will ich gar nichts hören, der Nächste bitte.«

»Wieso des net?«

»Du hast deinen Teil mit der Aktivierung meiner Kusine Annemarie schon übererfüllt.«

»Da bin ich schon ein bisserl stolz drauf. Ich hab selbst vor deiner verehrten Familie net zurückgeschreckt, die Sachen ist zu wichtig! Ich hab aber auch noch andere Leut gefragt. Feenkönigin.«

»Was? Hast du zu mir Feenkönigin gesagt?«

»Ja.«

»Darf ich erfahren, seit wann du mich so nennst und warum, mein *früherer* Freund?«

»Du musst zuhören, Maestro! Ich sag es *zu* dir, ich nenn dich net so. Feenkönigin ist ein Rezept mit Sauerkirschen, Wein –«

»– und Sahne. Kenn ich. Ist nicht raffiniert genug. Zur Strafe gibt es Einzelhaft. Nächster.«

Nach und nach traten alle vor. Und mit ihnen Eifeler Äpfel, Grüne Suppe, Brennnessel-Eintopf, Sagoauflauf – es war wohl nicht übertrieben anzunehmen, Sago wachse in großen Büscheln aus jeder Ahrtaler Straßenritze –, Saure Kartoffelsuppe, Holunderblüten-Pfannkuchen, Rindszungen-Frikassee, Sparwurst, Blumenkohl mit Siebentassensoße und Gierschsalat.

Julius war beeindruckt. Einige Gerichte kannte er nur in deutlich abweichenden Variationen, andere waren ihm, der er doch von klein auf mit Traditionellem auf sein heutiges Kampfgewicht gebracht worden war, sogar völlig unbekannt. Er sammelte nach jedem Vortrag den Zettel ein, um mit den besten davon ein Menü für den Gesandten des Erzbistums zu köcheln. Er durfte sich keine Fehler mehr erlauben. Das musste klappen.

Es war wirklich gutes Rezeptmaterial.

Und eine Rezeptjägerin fehlte noch.

Die Neue. Rosi Trenkes.

»Jetzt kommt's! Unsere Geheimwaffe«, kündigte FX an. »Sie hat gleich fünf Rezepte ausfindig gemacht.«

Rosi Trenkes trat vor, die Brust imposant herausgestreckt, den Hintern einige Mikrometer eingezogen, das Militärische schien ihr zu liegen.

»Himmel und Erde«, sagte sie stolz.

»Alter Hut«, sagte Julius.

»Stampes«, sagte sie selbstsicher.

»Kann jedes Kind hier kochen«, sagte Julius.

»Herings-Zauss und Quellmänn«, sagte sie zögerlich. Der Dialekt kam mit großen Knubbeln über ihre Lippen.

»Da wurden schon Lieder drüber geschrieben, so beliebt ist das«, sagte Julius.

»Aal in Salbei«, sagte sie stockend.

»Das ist die Geheimwaffe? Platzpatronen, FX, nichts als Platzpatronen!«

Sein Maître d'Hôtel stand düpiert in einer Ecke.

»Buttermilchbohnensuppe?«, fragte sie flüsternd.

»Mit süßen Pfannkuchen. Mein Leibgericht«, sagte Julius, wobei er in die entsetzten Augen Rosi Trenkes' blicken musste. »Und Ihre Ehrenrettung. Ich kenne das zwar alles schon, aber es sind wunderbare Gerichte. Natürlich können Sie nicht wissen, was hier alles traditionell gekocht wird, aber ich bitte, das schleunigst zu ändern.«

»Ich habe sogar einer besonders alten Frau vor dem Friedhof aufgelauert. So eine hutzlige Oma hatte ich noch nie gesehen. Die war mindestens hundert.«

Die gute Rosi Trenkes hatte seine Ansprache wirklich wörtlich genommen. »War das der Stampes?«

»Ja! Woher wissen Sie das?«

»Eine Großtante. Sie lebt quasi auf dem Friedhof. Und kocht den besten Stampes. So, und jetzt geht alle wieder zurück an eure Arbeit. Der Papst bekommt so viel Ahrtaler Küche zu futtern, dass er auch ohne Musik zu schunkeln anfängt. Wegtreten. – Außer dir, FX.«

»Ich, wieso? Ich werd drüben gebraucht! Jetzt lass doch die Sachen mit der Annemarie gut sein. Eine kleine Neckerei unter Freunden. Wirst doch net mit dem Alter nachtragend werden? Des steht dir so gar net!«

»Du sollst nur nicht vergessen, mir die aktuelle Menükarte dazulassen. Ich hatte dir doch extra Bescheid gesagt.«

»Menükarte?« FX schlug sich gegen die Stirn. »Hab ich doch glatt vergessen!« Er spitzte sein rechtes Zwirbelbartende an.

Also log er.

Na warte! »Ich bring dich noch raus«, sagte Julius. »Ist zwischen dir und der Rosi mittlerweile alles geklärt?«

»Des wär zu viel gesagt. Sie hat sich halt reingehangen bei der spinnerten Rezept-Jagd. Des hat mich beeindruckt. Aber sonst …« Er spitzte nochmals sein rechtes Zwirbelbartende an und öffnete schnell die Tür.

Es schepperte.

Es miaute.

Dann konnte Julius sehen, wer im Auge des Orkans, in diesem Fall eines umgekippten Mülleimers, stand und unschuldig zu ihm hochschaute. Herr Bimmel.

Neinneinnein, das war nicht richtig. Das war überhaupt nicht richtig. Es sollte ein Bauwagenplatz sein, samt Sinti- und Roma-Kindern, die auf nackten Füßen Spinnen mit abgebrochenen Ästen durch Pfützen jagten. Irgendwo ein Mann mit einem Gesicht wie bröckelnder Mörtel, der auf seinem Bandoneon spielte und etwas

Trauriges vor sich hinsang. Vielleicht noch eine junge, dunkelhaarige Schönheit mit tiefem Ausschnitt und buntem Schal um die Hüften, die ihm zuzwinkerte. So was in der Art.

Hier gab es nichts davon.

Stattdessen: Ein weiß verputztes Mehrfamilienhaus mit Milchglastür und dunklem gusseisernem Griff. Warum auf der obersten Klingel, die zur Wohnung der Wahrsagerin gehörte, kein Name stand, beschäftigte ihn den beschwerlichen Weg nach oben im dunkel gefliesten Treppenhaus.

Hinter dem Spion der falschen Holztür verschwand ein Schatten, und die Tür wurde ihm geöffnet.

Gut, das kam der Sache jetzt schon näher.

Die Frau hatte einen Schleier über dem Haar und einen vor dem Gesicht, beide bunt. Nur die Augen waren zu sehen. Nicht unbedingt südländische, feurige Augen, aber Julius beschloss, nicht zu anspruchsvoll zu sein. Es ging schließlich darum, was die Augen sahen, nicht wie sie *aus*sahen.

Und die Kerzen waren gut. Na ja, es waren Teelichter und ein paar Grableuchten, aber das genügte als Effekt, da alle Rollläden runtergelassen waren.

Ansonsten war da nichts, zumindest im Flur. Das änderte sich in der Küche, in der die Frau vor ihm verschwunden war. Diese sah großartig aus. Ein Kombi-Induktionsherd mit zwei zusätzlichen Gasbrennern. Ein mannshoher amerikanischer Kühlschrank mit Eisspender, dazu ein Dampfgarer. Diese Frau setzte die Prioritäten richtig.

Auf dem Küchentisch stand eine gläserne Schale neben einer großen Honigkerze, die den Raum großzügig mit ihrem Duft verwöhnte.

Allerdings vermisste Julius eine Katze.

Andererseits konnte er verstehen, dass die Wahrsagerin keine hatte. Immerhin machten sie nur Ärger. Vor allem, wenn sie Herr Bimmel hießen. Der Kater wurde im Alter wirklich wunderlich.

Die Frau bedeutete ihm, sich zu setzen. Sie war nicht alt, das erkannte Julius an der Geschwindigkeit ihrer Bewegungen, und sie war nicht dünn, was er durch das Wehen des weiten Kleides um ihren Körper ausgemacht hatte. Sie schien ein wenig unsicher zu sein. So was war immer schlecht bei einer Wahrsagerin, entschied

Julius. Hätte sie nicht in ihrer eigenen Zukunft sehen müssen, was jetzt passieren würde? Und Unangenehmes dadurch von vornherein verhindern können?

»Den Wein bitte, Herr Eichendorff«, sagte sie mit einem slawischen Akzent, den sie eben am Telefon noch nicht gehabt hatte. Julius war sich da vollkommen sicher. Er reichte ihr den letzten Rest Sekt, der in einer 0,2-Liter-Flasche mit Schraubverschluss schwappte.

»Ach, Mist! Die CD!« Die Frau sprang auf, griff sich eine Fernbedienung, etwas blinkte blau hinter Julius, dann erklang Meeresrauschen.

»Muss das sein?«, fragte Julius. »Lenkt das nicht ab beim Weingucken?«

»Schhh!«, machte die Frau, während sie den Flascheninhalt aus großer Höhe in die Glasschale fließen ließ, die sie zuvor in eine spezielle Metallhalterung über der Kerze befördert hatte.

Gleich würde sie noch einen Bund Waldmeister und Zucker dazugeben – fertig wäre die Maibowle. Julius hatte nicht übel Lust zu gehen und auf dem Weg das alberne Rauschen abzustellen.

Die Frau brachte den Sekt durch eine leichte Bewegung der Schale in Rotation.

»Ich sehe Ihr Problem. Sie haben einen wichtigen Auftrag, aber wissen nicht, ob Sie ihn erfüllen können.«

»Ja …«, sagte Julius.

»Sie suchen unentwegt, und Sie werden finden. Das sehe ich ganz klar.«

Kleine Wellentäler hatten sich in dem Strudel gebildet, der den Sekt erfasst hatte. Die Kerze blitzte unregelmäßig durch das Rot, ihr Schein reflektierte hier und dort.

Es sah aus wie eine defekte Discokugel.

Die Frau blickte ihn an. »Das alles sagt mir der Wein.«

»Mit Verlaub, das stimmt zwar alles, bringt mich aber so gar nicht weiter. Ich brauche konkrete Hinweise, wo ich den Mistkerl finden kann. Am besten Namen, Adresse, Telefonnummer. Oder wer das nächste Opfer ist.«

»Ich verstehe Sie nicht. Ich habe einen Mann in Weiß gesehen, um den sich alles dreht. Er sah nicht wie ein Mistkerl aus. Eher wie das Gegenteil. Er hatte ein … ein gütiges Lächeln.«

Wie passte das zu einem Mörder? Das klang eher nach, ja wonach klang das eher?

Dem Papst.

Sie hatte den Papst gesehen.

Nicht schlecht. Wirklich nicht schlecht.

»Ich kann mir vorstellen, wen Sie gesehen haben. Aber um ihn geht es mir nicht. Als ich Ihnen am Telefon sagte, es sei eine Frage von Leben und Tod, meinte ich das *wörtlich*. Ich bin auf der Suche nach einem Mörder. Er hat eine weitere Tat angekündigt. Ich muss einschreiten, bevor er wieder zuschlägt.«

Die Frau sah in den Sekt, ihre Augen verengten sich zu Schlitzen.

»Ich kann nichts sehen. Da ist nichts.«

»Strengen Sie sich an. Das mit dem Papst haben Sie doch auch schon gesehen. Weiter so!«

»Nein. Ich muss Ihnen etwas sagen …«

Eine pechschwarze Katze sprang auf den Tisch und rollte sich neben der Kerze zusammen. Mit ihren grünen Augen fixierte sie Julius. Wenn der Wahrsagerin jetzt noch schnell ein Buckel wuchs, dachte Julius, wäre Hollywood doch noch ganz nah.

»Da!«, rief die Frau. »*Da!* Ein Schatten, er liegt gebeugt über einem anderen Schatten.«

»Bin *ich* der andere Schatten? Werde ich heute sterben?«

»Ich muss den Wein trinken, es geht nicht anders.« Sie nahm den Schleier ab.

Jetzt wusste Julius, warum sie ihn getragen hatte.

Sie senkte ihren Kopf, legte die Lippen an die Glasschale und hob sie leicht an, sodass der Wein in ihren Mund floss. Ihre Augen schlossen sich.

Die Katze maunzte.

»Sie sind nicht der Schatten. Jemand, der Ihnen sehr nahe steht, wird den Teufel sehen. In seiner Höhle. Heute Nacht.«

Ihre Stimme war ernst gewesen, sie hatte die Worte wie ein Mantra gesprochen, sich der Bedeutung jeder Silbe bewusst. Dann schwieg sie.

Und zog das Kopftuch ab.

Und knipste das Licht an.

Und setzte einen Kessel Wasser auf den Herd.

»Werfen Sie mich jetzt raus?« Rosi Trenkes nahm die Glasschale in die Hände. »Soll ich den zurückschütten?«

»Nein«, sagte Julius. »Auf beide Fragen. Aber sollten Sie jetzt nicht eigentlich im Restaurant sein?«

»Ich hab meine Pause genommen. Meine *Extra*-Pause. Also, ich hab gesagt, es sei eine Frauensache.«

»Verstehe. Und das hier alles ist Hokuspokus, mit dem Sie nebenbei Geld verdienen, weil ich nicht genug zahle.«

Sie lächelte. Es schien eine ganze Steinsammlung von ihrem Herzen zu fallen.

»Ich bin irre froh, dass die Maskerade jetzt vorbei ist. Normalerweise lese ich ganz normal angezogen aus dem Wein. Aber es ist kein Hokuspokus, das müssen Sie mir glauben!« Sie setzte sich. »Na ja, zuerst habe ich erst mal das über Sie gesagt, was ich weiß. Dass Ihnen das Papstmenü Sorgen macht, Sie da nach der perfekten Lösung suchen. Aber danach habe ich wirklich was gesehen, da waren Formen. Und als ich den Wein getrunken habe – es war unglaublich! Ich zittere jetzt noch. Es war wie ein Blitz, und als er verblasste, war da dieses Bild des Teufels. Er hatte einen Speer in der Hand, und unter ihm lagen zwei Umrisse, also Menschen. Und alles war in irgendeiner Höhle. So eine klare Vision hatte ich noch nie. – Wenn ich ehrlich bin, habe ich überhaupt selten Visionen.«

»Selten?«

»Fast nie.«

»Fast nie?«

»Ja, ist ja schon gut. Erst drei Mal. Aber die drei Mal, die sind das alles wert, oder? Ich kann beim Wein wirklich etwas sehen. Halt nur nicht immer. Das ist mehr, als man von den ganzen anderen Methoden sagen kann. Sie glauben ja nicht, was es alles gibt!«

Jetzt kam sie richtig in Fahrt. Vor Julius saß nun nicht mehr die esoterische Wahrsagerin, sondern die Köchin Rosi Trenkes, die einfach sagen musste, was ihr durch den Kopf ging.

»Die Önomantie, also das Vorhersagen aus der Farbe und dem Geschmack von Weinen, ist ja eine echte Wissenschaft! Nicht so wie der andere Quatsch. Bei der Omphalomantie wird durch Betrachtung des Bauchnabels von Neugeborenen deren Zukunft geweissagt! Vollkommen daneben finde ich auch die Ovomantie. Dabei betrachtet man Formen, die sich ergeben, wenn Eiweiß in

Wasser tropft. Ganz besonders hirnrissig ist die Phyllorhodomantie. Da liest man die Zukunft aus den Geräuschen von Rosenblättern, die man gegen die Hand schlägt. Habe ich alles probiert, hat überhaupt nichts gebracht. Ich kam mir schon vor wie der unfähige Seher bei Asterix. Aber dann habe ich in Wein geblickt.«

»Und das nicht nur, um die schöne Farbe zu betrachten.«

»Genau, Herr Eichendorff. Sie verstehen mich! Ich hab reingeschaut, um in die Zukunft zu sehen, und das hab ich dann auch. Beim ersten Mal direkt eine Stadtmauer und ein Restaurant an einem großen Fluss, deshalb hab ich damals auch das Angebot aus Bacharach angenommen, wo ich ja war, bevor ich zu Ihnen kam.«

»Überzeugt mich noch nicht völlig.«

»Sie haben es halt nicht mit eigenen Augen gesehen! Lassen Sie sich die Vision bitte durch den Kopf gehen. Vielleicht bringt sie Sie ja weiter.«

Julius nickte und stand auf. »Du bist eine *brave* Katze«, sagte er und kraulte das Fell der pelzigen Schönheit. Es war so schwarz wie ein sternenloser Nachthimmel. »An dir sollte sich Herr Bimmel mal ein Beispiel nehmen.«

»Wollen Sie keinen Tee mehr?«, fragte Rosi Trenkes.

»Sie müssen zurück zur Arbeit, und ich muss zurück in meinen Ohrensessel. Nachdenken. Wenn ich den Mörder fasse, dann da.«

Als er in der Tür stand, streifte der Kater an seinem Gips entlang. Julius fiel plötzlich noch eine Frage ein. »Wie läuft denn das Geschäft? Haben Sie schon viele Kunden?«

»Es ist eigentlich ganz gut gestartet. Eine Verwandte von Ihnen war sogar schon zweimal hier. Und auch ansonsten spricht es sich rum, dass jemand aus dem Wein lesen kann. Das scheint einen Nerv bei den Ahrtalern zu treffen. Sogar Gerdt Bassewitz kam schon her. Der gab mir bisher das größte Trinkgeld, obwohl ich ihm nur sagen konnte, dass andererleuts Unglück sein Glück sein wird. Das war auch so eine Eingebung. – Sie müssen die Geldbörse nicht zücken. Das erste Mal ist für Sie umsonst.«

Die Klosterruine Marienthal, Heimat der Weinbruderschaft des Tals, war einzig mit Fackeln beleuchtet, die knisternd brannten. Die gemeinsam Hundertzwanzigjährigen tanzten, und Julius fragte sich, was er hier machte. Und ob er noch bei Verstand war bei allem, was er zuvor gemacht hatte. Er befragte schon über der Erde hangelnde Priester und zu tief in Weinschalen schauende Köchinnen, um einem Mörder auf die Spur zu kommen, der sich seinen kranken Spaß mit ihm machte. Letzteres war der Punkt, an dem Julius schon den ganzen Abend knabberte – abgesehen von den kleinen Fingerfood-Happen. Diättorpedos, wie Julius sie nannte. Sie schlugen hinterlistig zu: Man aß immer nur eine Kleinigkeit. Und nach drei Kleinigkeiten hörte man auf zu zählen. Am Ende des Abends hatte man einerseits nur ein paar Happen, aber andererseits eine Fettmenge zu sich genommen, die der Sahnemast einer Sau entsprach.

Julius war sich sicher, wirklich nur ein paar Kleinigkeiten gegessen zu haben …

Aber diese eine bohrende Frage hatte ihn halt auch nicht zählen lassen: Warum er? Wer konnte ein Interesse daran haben, ein solches Spielchen mit ihm zu treiben? Bassewitz? Eine gewisse Konkurrenz herrschte zwischen ihren Restaurants, aber es gab keinen Grund, ihn dafür vorzuführen. Denn außer persönlicher Genugtuung brachte dieses Spiel dem Mörder gar nichts. Der Anrufer hatte es noch nicht mal der Presse gesteckt.

Im Gegensatz zur Mordmethode bei Rolli.

Leider verriet die Zeitung ihre Quelle nicht. Anna hatte es ihm eben erzählt, mit vor Ärger brüchiger Stimme.

»Lässt du mich in deinen Kopf schauen, oder soll ich lieber noch einen Teller *Nervennahrung* für dich holen?«, fragte sie nun.

»Bitte die kleinen Leberspieße. Und was vom Desserttisch. Überrasche mich.«

Hermann Horressen kam in Frage. Eine Spielernatur, große Einsätze, riskante Manöver. Er hatte auch das nötige Selbstbewusstsein. Befreundet waren sie nicht unbedingt, es hatte Jahre gedauert, bis der Winzer ihm das Du angeboten hatte. Aber der gegenseitige Respekt, der Julius und Horressen verband, war mit der Zeit zu einer festen Bank geworden. Welchen Anlass sollte er Horressen gegeben haben, ihn in eine solche Sache mit reinzuziehen? Oder war der Grund nur, dass Julius das Spiel spannender machte?

»Mal wieder: Guten Appetit!« Anna stellte den Teller vor ihm ab. »Ich komme mir schon vor wie deine Krankenpflegerin. Und ich dachte vorher noch, wir machen uns heute einen schönen Abend. Oder besser: eine schöne Stunde. Du weißt, dass ich in zehn Minuten wieder weg bin? Das heißt natürlich nicht, dass du mit mir reden musst. Zu zweit schweigen kann ja auch *so* romantisch sein. Dafür muss großes Vertrauen zwischen den Partnern herrschen. Hast du mich *gehört*? Ver-trau-en?«

Da stand ja wieder Leber vor ihm. Gut. Innereien waren deliziös. Schade, dass es keine sauren Nierchen gab.

Uhlen konnte es ebenfalls zugetraut werden. Doch wenn der spielen würde, dann doch mit jemandem von anderem Kaliber. Julius empfand sich zwar nicht als Landesliga, aber Uhlen würde es in die Champions League ziehen. Würde er dahinter stecken, wäre sein selbst gewählter Spielgefährte ein hohes Tier aus der Regierung oder eine Berühmtheit aus dem Showbiz.

»Ich kann mir auch meine eigenen Gedanken machen. Ich muss die ebenfalls niemandem mitteilen. Jeder ist eine Insel, nicht wahr? Du bist zurzeit Grönland, oder? Ihr habt so viel gemeinsam: Ihr seid still und wenig bewachsen.« Anna fuhr ihm über die Stelle am Kopf, wo deutlich mehr Haar Platz gehabt hätte. »Und dein weißer Gips passt farblich auch schön zu Grönland.«

Oliver Fielmann war keiner für Spiele. Zu ernsthaft. Aber vielleicht war er ein unterdrückter Spieler? Oder einer, der es so gut beherrschte, dass es niemandem auffiel? Aber sie standen sich nicht nahe genug, als dass Julius bei der Wahl eines Gegenübers infrage gekommen wäre. Fielmann war ein Weinadliger, der sich ebenso benahm. Er gehörte zur »besseren Gesellschaft«. Und das innerhalb der besseren Gesellschaft, für die sich Weinconnaisseure ohnehin hielten.

Als Elite spielte man beim Windhundrennen, nicht mit dem Telefonjoker.

»Na, wird sich hier auch gelangweilt?« Django Uhlen setzte sich zu ihnen, ein Kölsch in der Hand. »Ist ja alles ganz stilvoll, aber der Bär tanzt hier nicht gerade. Du könntest zumindest mit deiner schönen Begleitung rumknutschen, Julius.« Er zwinkerte Anna zu. »Wie früher auf den Schulpartys. Klammerblues! Ich bin heute solo. Die Meine hat Hühnertreffen mit ihren Freundinnen. Will gar nicht wissen, was die machen.«

»Da steckst du also, Django!«, hörte Julius hinter sich die Stimme von Oliver Fielmann. »Willst du dich vor einer Antwort drücken?« Er begrüßte Anna formvollendet und strich Julius fast schon zärtlich über die Schulter.

»Ich wusste nicht, dass du das eben wirklich ernst gemeint hast!«, erwiderte Uhlen. »Ich bin natürlich dabei! Sollen wir sagen, Highnoon am Sonntag? Würde doch passen.«

»Darf ich fragen, wovon die Rede ist?«, sagte Anna, hörbar froh, dass in den letzten fünf Minuten Freizeit des Tages noch ein wenig unkriminelle Kommunikation möglich war.

»Oliver hat mich zum Nasenwettkampf herausgefordert.«

»Dass Weinleute immer nur über Wein reden können ...«

»Gibt es denn etwas Schöneres, Frau von Reuschenberg? Beim Nasenwettkampf geht es allerdings nicht zentral um Wein, sondern um das beste Riechorgan.« Oliver Fielmann tippte auf das mächtige in seinem Gesicht und zündete sich einen Zigarillo an.

»Da wird Julius bestimmt mitmachen wollen! Er ist immer so stolz auf seine Nase. Stimmt doch, Julius?«

Er nickte.

Wolf Kiefa konnte unmöglich ein solches Spiel mit ihm treiben. Er war bei allem Wichtigen sehr ernsthaft. Wie bei seinem Einsatz für den ökologischen Wein. Da ging er auch den geradesten Weg. Die Anrufe brachten den Mörder aber in Gefahr – wenn auch in eine wohl kalkulierte.

Wer von diesen fünf Männern konnte zudem ein Interesse haben, ihn zu ermorden? Darauf deuteten zumindest die Wortfetzen in der Kaiserhalle hin.

Julius entschied sich, diesen Gedanken zu verbannen. Er blockierte ihn. Er würde darüber nachdenken, wenn es ein weiteres Anzeichen für diese Absicht gab. Hoffentlich war es dann nicht schon zu spät.

»Prima, dann sind wir zu dritt!«, sagte Uhlen gut gelaunt. »Sonntag, zwölf Uhr mittags bei mir, perfekt. Oh, mein Kölsch ist verdunstet. Ich muss das Glas wieder bewässern.«

Fielmann drehte sich zu Julius. »Bedrückt dich was? Du bist so still.«

»Denken und gleichzeitig sprechen überfordert mich.«

»Und worüber denkst du nach?«

»Zuletzt über Wolf Kiefa. Ich habe ihm vor kurzem etwas über den jüngsten Mord bei uns im Tal erzählt, etwas darüber, was das Opfer verbrochen hat.« Er sah Anna fragend an, die ohne Zögern nickte. »Vor seiner Ermordung hat Agamemnon Despoupoulos Rebläuse im Recher Herrenberg ausgesetzt. Er hat einen wunderbaren, uralten wurzelechten Weinberg vernichtet. Nun ja, als ich Wolf das von den Rebläusen erzählte, wurde er leichenblass. Mit einem Schlag. Angst haben um wurzelechte Reben kann er nicht, bei ihm stehen nämlich keine. Warum also?«

»Du denkst doch nicht, dass …?«, fragte Fielmann besorgt.

Julius musste nicht lange überlegen. »Was? Dass Wolf vielleicht der Täter ist? Nein. Um Gottes willen, Oliver, wo denkst du hin? Nein, nein, ich habe mich nur gefragt, ob er vielleicht irgendwelche Schwierigkeiten hat.«

Fielmann brauchte nicht zu wissen, dass Wolf Kiefa für Julius zum Verdächtigenkreis gehörte.

Der Weinsammler rückte jetzt mit seinem Stuhl näher. »Könnten Sie kurz weghören, Frau von Reuschenberg?«

Anna zog überrascht die Augenbrauen empor. »Ich muss sowieso gehen. Ich wünsche noch ein schönes Gespräch mit Julius. Sie haben in ein paar Minuten mehr mit ihm geredet als ich am ganzen Abend.«

Sie stand auf und ging durch die tanzende Menge davon. Fielmann sah ihr lange nach, wie sie mit wiegendem Schritt entschwand. Dann drehte er sich räuspernd um.

»Es war bei ›Winzer in der Burg‹, knapp ein halbes Jahr ist das jetzt her, da stand Wolf am Abend nach der Präsentation mit einigen seiner Kollegen zusammen.«

»Weißt du noch, mit wem?«

»Der Hermann stand direkt neben mir, der junge Ninnat war auch da, aber ansonsten kann ich das beim besten Willen nicht mehr sagen. Es war auch ein Kommen und Gehen.«

»Und was hat Wolf an dem Abend gemacht?«

»Erzählt. Alle haben Geschichten zum Besten gegeben. Es ging um die ungewöhnlichste Weingeschichte, und Wolf gewann mit Abstand. Er berichtete vom Kauf seines neuen Wagens in Trier. Da soll der Autohändler Rebläuse in seinem Gewächshaus gezüchtet haben. Wolf sagte, er hätte es beim Rumschlendern herausgefunden, während der Verkäufer sich um die Papiere kümmerte. Du kennst ja Wolf, der muss sich jeden Rebstock angucken, den er sieht. Und als er gleich mehrere erspähte, hat er sie natürlich unter die Lupe genommen. Der Händler soll sich damit herausgeredet haben, dass es ein wissenschaftliches Hobby sei. Nur aus diesem Grund hat Wolf es nicht gemeldet, was eigentlich seine Pflicht gewesen wäre. Vielleicht hat er durch das Gespräch mit dir einen Zusammenhang zwischen dem Trierer Autohändler und dem Toten im Weinberg gesehen. Und wenn das so ist, hatte Wolf vielleicht ein schlechtes Gewissen, dass er damals nicht die Polizei alarmiert hat.«

Oder weil er den Mörder auf eine Idee gebracht hat.

»Schuldgefühle können einen wirklich auffressen. Ich sollte ihn bei Gelegenheit darauf ansprechen. – Wo ist Anna?«

»Veräppel mich nicht, Julius! Du musst doch mitbekommen haben, dass deine reizende Begleitung schon gegangen ist. Dass du hier auf einem Geburtstag bist, weißt du aber schon, oder? Wenn nicht, solltest du schnell zum Jubilar gehen. Was allerdings nicht leicht ist. Ich habe eine halbe Stunde gebraucht, um ihn aufzutun. Er macht sich rar.«

»Scheint mir auch so. Ich kann ihn gar nicht mehr sehen.«

Doch dann konnte er es.

Der Landrat stand im Mantel am Ausgang, ein dicklicher Mann neben ihm.

Und dann waren beide weg.

»Gibt es neue Sitten, Oliver, oder ist es immer noch ungewöhnlich, wenn das Geburtstagskind zu früher Stunde die eigene Party verlässt?«

Fielmann lächelte. »Zumindest in unseren Breitengraden.«

FX schimpfte wie ein frisch geduschter Rohrspatz. »Fleischlaiberl sollt man aus dir machen! Und das bei lebendigem Leibe! Ruf dir doch ein Taxi!«

Der Lärm der Party drang wie ein fernes Echo zum Wagen. Die Gäste forderten wiederholt die Hölle, nachdem sie sich zuvor gefragt hatten, wann es mal wieder richtig Sommer wird.

»Könnte ich mit einem Taxifahrer darüber spekulieren, wo es hingehen soll?«

»Jetzt sag net, dass du des net weißt! Ich fehle in der ›Alten Eiche‹! Da sind Gäste, die wollen bemuttert werden vom FX. Denkst überhaupt noch an dein Restaurant?«

»Was ist das eigentlich für ein Wagen? Ist der neu?«

»Net neu. Ein Jahreswagen, aber Topzustand. Hab ich preiswert bekommen. Ich wollte schon immer einen Alfa Romeo.« Er strich verliebt über das Lenkrad.

Bis Julius seine Hände festhielt. »Hör zu: Der Teufel scheißt immer auf den größten Haufen, und was macht sein Vertreter auf Erden? Nicht alles, was Natur ist, ist es wert, getrunken zu werden.«

»Soll ich jetzt raten, wo es hingehen soll?«

»Ich bin für jede Idee dankbar.«

»Also bei Teufel fällt mir gleich des Teufelsloch bei Altenahr ein. Da geh ich ausnehmend gern wandern. Soll ich den Maestro eventuell dahin kutschieren?«

Mein Gott, warum war er da nicht selber drauf gekommen!

Sie würden den Teufel sehen. In seiner Höhle. Heute Nacht.

»Fahr los!«

Rasant das Ziel zu erreichen sollte anders ablaufen, da war sich Julius sicher. Die Fahrt war zwar angemessen schnell gewesen, aber nachdem sie in Altenahr geparkt hatten, zeigten sich die signifikanten Nachteile einer Krücke beim Aufstieg. Der mit einer Taschenlampe vorausleuchtende FX war gelangweilt, während Julius' Lungenflügel sich mittlerweile so schnell bewegten, dass sie abzuheben drohten.

Mysteriöse Orte sollten nicht in luftigen Höhen liegen, sondern einfach erreichbar im Tal.

Auf dem Parkplatz stand das landrätliche Auto. Hatte er etwas mit der Sache zu tun?

Noch ein Schritt. Er durfte immer nur an den nächsten Schritt denken. Und vor allem nicht daran, dass er alles auch wieder runtergehen musste. Mit Gips.

Daran durfte er auf keinen Fall denken.

»Geh allein!«

»Was hast gesagt?«

»Du musst allein gehen. Ich schaff das nicht.« Julius ließ sich auf den Boden fallen. Dadurch wurde seine Hose zwar schmutzig, aber er behielt die Lungenflügel im Körper. Julius tastete seinen Körper ab. O nein! Das konnte, das durfte doch nicht wahr sein!

Er hatte die Notfallpralinen vergessen …

»Ich soll allein da hoch, wo vielleicht der Mörder ist? Der böswillig unterbezahlte Maître d'Hôtel der ›Alten Eiche‹ soll den Burschen aufhalten, überwältigen, unschädlich machen? Und des alles ohne Waffen? Ist des richtig so? Hab ich des Himmelfahrtskommando richtigst beschrieben?«

»Ja.«

»Fein. Ich wollt's nur wissen. Dann lass ich dich jetzt hier allein.«

FX ging, und er tat dies schnell. Nicht nur schneller als mit dem Ballast in Form seines Chefs. Er sprintete den Berg geradezu hinauf. Julius wusste nicht, wie viel Vorsprung der Mörder hatte – wenn er überhaupt hier hoch war. Aber Julius vertraute in dieser Frage auf die Prophezeiung seiner wahrsagenden Köchin.

Anna würde ihn für verrückt erklären.

Wenn er sie jetzt anrief und alles stellte sich nachher als falscher Alarm heraus, würde sie seinem Instinkt wohl nie wieder trauen. Das Risiko wollte Julius nicht eingehen.

Er lauschte den Geräuschen der Nacht: der Welt, die sich abkühlte, dem Knacken und Rascheln der Pflanzen, die sich zurückzogen, Kräfte sparten. Er hörte auch Insekten, die in der Kühle des Mondes mit Zirpen Vertreter des anderen Geschlechts auf sich aufmerksam machen wollten.

Alles um ihn pulsierte vor Leben.

Die Natur schien stetig lauter zu werden und ihm näher auf den Pelz zu rücken. Dies war umso unangenehmer, als die Nacht weiterhin stockdunkel war, seine Augen hatten sich kaum an die Finsternis gewöhnt.

Julius lauschte weiter.

Es fiel kein Schuss.

Er hörte keinen Schrei.

Niemand kam den Weg hinunter.

Was konnte er tun? Er erinnerte sich an die Sage, die sich um den Ort wob, und begann sie zu erzählen. Eine menschliche Stimme würde ihn beruhigen, selbst wenn es seine eigene war. »Als der Satan nach Altenahr kam, sah er auf den Zinnen der Burg Are eine hübsche Magd flanieren. Für diese Frau wollte er dem Bösen abschwören und baute sich gegenüber der Burg eine Klause aus Holz, in der er tugendsam lebte.« Es war unheimlich, die Geschichte allein im Dunkeln zu erzählen, und niemand hörte zu. Aber Julius wollte es zu Ende bringen. Denn solange er sprach, hörte er die vielen Geräusche um sich herum nicht. »Durch Zufall verirrte sich die Schöne im Felsgewirr und stand hilfesuchend vor seiner Hütte. Satan nahm sie in die Arme und küsste sie. Plötzlich spürte er zwei Hörner im Gesicht und blickte nun nicht mehr in das hübsche Gesicht der Magd, sondern in das dürre seiner Großmutter. Die sah nämlich das Höllenreich in Gefahr und hatte deshalb zu einer List gegriffen. Der Teufel warf sie durch Hütte und Felsen hinunter in die Ahr. An Liebe dachte er nach dieser Sache nicht mehr, zurück blieb nur das Teufelsloch.«

In Wirklichkeit, wusste Julius, war das echte Teufelsloch in den dreißiger Jahren eingestürzt. Für die Touristen wurde in den höchsten Felsen daneben ein neues Loch gesprengt. Dieses hatte also definitiv nichts mit dem Teufel zu tun.

Beruhigend.

Ein Licht kam den Weg heruntergerast.

Es fiel fast über Julius.

»Hast ihn gesehen?« Es war FX' Stimme.

»*Wen*? Was ist passiert?«

»Als ich oben ankommen bin, hab ich ihn im Teufelsloch stehen sehen. Der Bastard hat die Aussicht genossen.«

Julius sah die Szene vor sich: Der Felsen, in dessen Spitze sich das zwei Meter hohe Teufelsloch befand, ragte über die Krüppel-Eichen hinaus. Darin der Schemen.

FX erzählte keuchend weiter. »Neben ihm lagen zwei Körper. Ich bin rangeschlichen, des hab ich ganz sachte gemacht, aber ich bin auf einen depperten Stock getreten. Knacks! Dann muss er mich gesehen haben und ist auf der anderen Seite verschwunden. Rasch bin ich hochgelaufen, die beiden Burschen haben geschrien wie am Spieß. Ich hab aber keine Wunden oder so was sehen können. Sie sind gefesselt, aber net tot. Ich wollt den Notarzt mit dem Handy rufen, aber droben gab's kein Netz. Plötzlich hab ich so ein Schleifen gehört, wie von Stoff auf Stein. Da drückt sich der Bursche fix an mir vorbei! Und ich bekomme ihn net zu fassen! Ich bin ihm natürlich nachgelaufen. Aber wenn er hier net vorbeigekommen ist, dann muss er woanders lang sein. Dann ist er fort.«

»Hast du sein Gesicht erkannt?«

»Na.« FX schüttelte den Kopf. »Lass mich kurz schauen, ob ich hier ein Netz hab.« FX fand eins und verständigte die Rettungssanitäter.

Julius platzte fast, weil er ihm die nächste Frage nicht stellen konnte. Endlich legte FX auf.

»Aber eine Idee, *wer* es gewesen sein könnte, die hast du bestimmt! Du hast doch gesehen, wie er sich bewegt hat. Jeder Mensch geht anders, das ist wie ein Fingerabdruck.«

»Der ist gerannt, Maestro, den steinigen Weg runter, und ich musste aufpassen, dass ich mir net des Genick breche. Nix hab ich erkannt. – Willst direkt runter oder noch ein bisserl die gute Nachtluft genießen?«

»Wer sind die beiden gefesselten Männer?«

»Den Burschen neben dem Landrat hab ich noch nie gesehen. Aber er hatte eine Anstecknadel, wie du sie auch trägst. Vollkommen unmodisch, aber des weißt ja. Echten Schick könntet ihr von uns Österreichern wirklich lernen – aber ihr wollt's ja net!«

Eine Anstecknadel wie die seine? Die Insignien der Weinbruderschaft.

Unten im Tal hörten sie einen Wagen starten und mit aufröhrendem Motor davonfahren.

Dann begann der lange Abstieg.

8. Kapitel

»Der Hunger versüßt die Bohnen«

Es war keine lauwarme Sommernacht.

Zumindest fühlte sie sich nicht so an.

Julius saß allein in Annas Wagen, und es war ihm, als glitte die Kälte mit nasser Zunge in die Hosenbeine, die Hemdsärmel hinauf und um Hals und Ohren, als hätte sie lange kein Opfer mehr gehabt.

Und zum zweiten Mal hieß es in dieser Nacht warten.

Der Polizeihubschrauber war vor einiger Zeit mit Suchstrahler über ihn geflogen. Es war noch länger her, dass Anna nach einer flüchtigen Begrüßung hinter den Sanitätern den Weg raufgejagt war.

FX wurde schon seit einiger Zeit in einem Einsatzwagen der Polizei verhört.

Julius drückte mit den Zehen gegen die Sohle, dann gegen die Oberschale seiner Lederschuhe, um etwas Wärme in die Füße zu bekommen. Die Hände schob er in seine Armbeugen. Wie hatte er es gehasst, wenn früher Großtante Traudchen aus Kalenborn kam, deren Spezialität diese Art des Handwärmens war. Danach hatte sie ihm oft mit ihren schwitzigen Händen das Gesicht getätschelt.

Aber es war eine effektive Methode, das musste er ihr lassen.

Neben der Kälte störte ihn am meisten die Unordnung. Annas Wagen war die fahrende Chaostheorie. Im Handschuhfach lag eine leere Papierkaffeetasse, die Landkarten befanden sich gequetscht in den Seitenfächern, und die Fußmatten waren vor Dreck nicht auszumachen. Von den zerkratzten CD-Hüllen viertklassiger Künstler ganz zu schweigen. Was fand er nur an dieser Frau?

Die Fahrertür wurde geöffnet, und Anna stieg ein. Das funzelige Licht im Wagen ging automatisch an.

Sie hatte wirklich eine süße kleine Nase.

»Und?«, fragte er.

Sie schüttelte den Kopf. »Es war nichts mehr zu machen. Als

die Rettungssanitäter ankamen, war es schon zu spät. Ich hab sie nur noch tot zu Gesicht bekommen. Die Todesursache ist noch unklar. Wir haben nach Weinflecken gesucht, nach Flaschen, Scherben, Korken, irgendwas in der Art. Aber nichts gefunden.«

Das war ein Schlag. Der Landrat tot. Dr. Gottfried Bäcker war mehr als ein Politiker für die Ahrtaler gewesen. Durch seine lange Amtszeit hatte er vielmehr die Aura eines kleinen Königs gehabt. Ein beliebter rundlicher Regent, der schalten und walten konnte, wie er wollte. Julius hatte ihn geschätzt, weil sie beide gerne gegessen hatten und natürlich auch getrunken, weil der mächtige Koloss eine Schwäche für Julius gehabt hatte und weil Bäckers Handeln trotz aller Egozentrik doch immer dem Wohl des Tals gegolten hatte. Auch wenn Julius mit ihm nicht immer übereingestimmt hatte, was darunter zu verstehen war. Und obwohl bei vielen Geschäften etwas für Bäckers Spezis abgefallen war. Das hatte er ihm alles verziehen. Das gehörte einfach zu diesem Mann.

Der jetzt nicht mehr da sein würde.

Das Licht ging aus, und Anna redete weiter, Julius plötzliche Stille nicht bemerkend. »Er benutzt jedes Mal eine andere Methode. Er will uns zeigen, wie einfallsreich er ist. Aber Wein wird wieder damit zu tun haben, garantiert. Und zwar der ›Vinum Mysterium‹ aus der letzten Flasche.« Anna fuhr sich langsam über das Gesicht. »Die Sanitäter konnten die beiden Opfer noch fragen, wer ihnen das angetan hat. Aber sie bekamen vor Schmerzen nichts raus. Vielleicht hat den Täter ja jemand bei seinem Wagen gesehen. Oder sich sein Auto gemerkt.« Sie blickte sich um. »Aber es ist nicht viel los hier um diese Uhrzeit, wenig Spaziergänger.«

Julius nickte. »Traut sich keiner mehr raus. Ich kann immer noch nicht glauben, dass er den Landrat mit seinem Hinweis vom Stellvertreter des Teufels gemeint hat. Das ist kein guter Witz. Natürlich kann es sich auch auf den anderen Mann bezogen haben.«

Anna zückte einen Notizblock und machte das Licht wieder an. Ihre Augen scheuten zurück. »Knuzius, Carl Knuzius. Weinkontrolleur. Hilft dir das?«

Julius versuchte, sich vom Gedanken an den toten Landrat zu lösen. Er würde dessen Mörder nicht fassen können, wenn er seine Zeit für lange Trauer verschwendete. »Knuzius ist nicht als besonders teuflisch bekannt. Aber der Mörder könnte mal wieder etwas wissen, das bei uns noch nicht angekommen ist.« Er blickte sie an, die Enttäuschung, weitere Morde nicht verhindert zu haben, war auch ihr anzusehen. »Ich hab dir ja noch gar nicht erzählt, dass ich mit Gottfried heute Morgen erst gesaunt habe, um was aus ihm rauszubekommen. Dabei hab ich ihm den Hinweis des Mörders genannt. Ich glaube, dadurch war er gewarnt. Fandest du nicht auch, dass er heute Abend auf seiner Feier sehr nervös war?«

Doch Anna war mit ihren Gedanken woanders. »Versprichst du mir, dir heute nicht wieder die ganze Nacht um die Ohren zu schlagen? Du musst dich wirklich mal schonen.«

Der Hubschrauber glitt über sie hinweg, die Luft in dicke Scheiben schneidend.

»Gottfried hatte seine Leute. Einen bissigen Pitbull zum ganz persönlichen Schutz. Und andere Kläffer. Wo waren die? Wieso hat Gottfried sich nicht verteidigt? Und wieso diesmal zwei Leichen? Wird der Mörder jetzt inflationär? Sind es beim nächsten Mal drei, dann vier und immer mehr, bis keiner mehr übrig ist, der mal schlecht über Wein geredet hat?«

»Du sollst dich *beruhigen* und dein Bein hochlegen! Guck dir den Vollmond draußen an und atme ruhig ein und aus.«

»Sind wir hier jetzt im Esoterik-Workshop?«

»Aufregen bringt nichts! Ausschlafen und morgen mit klarem Kopf drangehen dagegen schon. Ich brauch dich doch als Denkfabrik. Als Freund taugst du zurzeit nämlich wenig …«

»Das sind schon der dritte und der vierte Mord, und wir haben immer noch nichts Handfestes, sind keinen Schritt weiter. Diesmal waren wir zwar nah dran, aber es reichte eben nicht. Ich hab fast das Gefühl, er wusste das. Überleg doch mal: Er konnte nicht riskieren, dass die heutigen Opfer den Mordanschlag überleben. Also bringt er sie zum Teufelsloch, zu dem die Sanitäter Ewigkeiten brauchen. Gottfried und Knuzius hatten keine Chance. Der Täter brauchte genau so einen Ort. Er hatte alles durchgeplant.«

»Nur nicht, wie schnell *du* bist. Beim nächsten Wein haben wir ihn.«

»Nein. Er wird das Rätsel exakt so schwer machen, dass für ihn keine Gefahr besteht. Wir können nur hoffen, dass er bald durch ist. Ich sehe nicht, was uns sonst bleibt.« Julius musste raus aus dem Wagen, an die Luft. Er hob sich umständlich aus dem Sitz.

»Kannst du dir vorstellen, was nach dem Mord am Landrat in den Medien los sein wird? Und was das für all die Restaurants im Tal bedeutet, die sowieso schon gebeutelt sind? Wie meine ›Alte Eiche‹ auch!« Julius war mit einem Mal wütend auf sich selbst. »Wie kann ich mir nur über so was den Kopf zerbrechen? Da sterben zwei Menschen, einer davon ein Freund, und ich denke nur an mein leeres Haus und dass ich seit Tagen schon meine Rücklagen aufzehren muss, weil kaum noch einer kommt. Was ist nur los mit mir?«

Anna kam auf ihn zu und legte eine Hand auf die seine. »Du benimmst dich wie ein normaler Mensch, das ist los mit dir. Die Trauer kommt immer, wann sie will, und nicht, wann es gerade passt.« Sie bugsierte ihn und sich wieder in den Wagen. Dann blätterte sie einige Seiten zurück in ihrem Notizbuch. »Ich hab was zur Aufheiterung! Du weißt ja, dass wir bei der Zeitung auf Granit gebissen haben, was ihre Quelle angeht. Wer ihnen gesagt hat, dass Roland Löffler mit gefrorenem Wein umgebracht worden ist.«

FX erschien am Seitenfenster, sein Zwirbelbart sah an beiden Seiten aus wie eine geplatzte Zigarre. Julius kurbelte herunter.

»Habt's ihr ihn?«

»Siehst du fröhliche Gesichter? Siehst du eine offene Flasche Sekt?«

»Ich seh auch keinen Eimer Kaviar, aber des könnt ja noch kommen. Schaut aber net danach aus …«

Anna beugte sich rüber. »Könntest du Julius nach Hause fahren? Ich werd hier noch gebraucht.«

»Mein geliebter Rennwagen bekommt dann zwar Schieflage, aber des ist gut für Kurvenfahrten. Leider nur, wenn's rechts rum geht. Komm, steig bei mir ein, Maestro.«

»Sekunde! Was ist mit der Aufheiterung, Anna?«

»Wäre ich schon noch zu gekommen, brauchst keine Angst zu haben. Die wollten also ihre Quelle schützen, Journalistenehre und so. Dann kam der Druck von ganz oben, und plötzlich ging es schnell.«

»Nach unten treten s', nach oben kuschen s'! Feines Pack!«

»Das hat lange Tradition«, sagte Julius. »Weiter!«

»Es stellte sich heraus, dass sie gar nicht wussten, wer angerufen hatte. Der Mann am Telefon sagte, er sei ein, warte, ich zitiere: ›Ein

Freund, der meint, alle sollten wissen, wie Panscher sterben.‹ Danach hat die Zeitung dann bei uns angerufen, um die Sache zu überprüfen. Ein Kollege hat sich, na ja, nicht wirklich verplappert, aber eben nicht glaubwürdig genug dementiert. Das hat ihnen gereicht, die Sache zu drucken.«

»Das ist jetzt nicht unbedingt eine Aufheiterung. Eigentlich überhaupt nicht. Das ist nur eine weitere Sackgasse. Danke und tschüss. Du weißt wirklich, was Männer brauchen.«

Sie schlug mit ihrer Hand auf Julius' Oberschenkel. Und krallte sich fest. »Ich weiß sehr wohl, was manche Männer brauchen. Besser als sie selbst, würde ich sagen. Aber das klären wir mal zu zweit.« Sie lockerte ihren Griff. »Die Geschichte geht noch weiter: Ich hab den Schreiberling, der damals mit dem Unbekannten telefoniert hat, zu mir ins Büro bestellt und ihm Stimmproben von deinen Verdächtigen vorgespielt. Die hatten wir routinemäßig angelegt.«

»Jetzt sag bloß, er hat einen erkannt!«

»Genau: einen. Willst du raten?«

»*Nein!* Ich will den Namen hören!«

»Er bekam es auf Anhieb raus. Der Anrufer war ... Django Uhlen.«

Selbst als Julius am nächsten Tag im Auto saß, auf dem Weg zu Oliver Fielmann, hatte er immer noch keinen Kopf an Django Uhlens Geschwätzigkeit gegenüber der Presse bekommen. Anna würde ihn jetzt in die Mangel nehmen. Genau für diese Uhrzeit war er in das von den Medien belagerte Koblenzer Kommissariat gebeten worden. Julius ließ seine Gedanken nicht weit schweifen, er würde das Ergebnis heute Abend eh erfahren.

François fuhr den Wagen mit stoischer Ruhe und immer mit erlaubter Höchstgeschwindigkeit. Wie ein Tempomat. Deutschland sah immer so grün aus von der Autobahn, dachte Julius, als sei es ein einziger Wald. Man sah kein Baumsterben, keine Trabantenstädte, nur Natur. Immergrün.

Alles war in Ordnung im Land.

Bis man von der Autobahn abfuhr.

Dass einer seiner Freunde, zumindest einer seiner Bekannten, ein Mörder war, konnte Julius nicht schockieren. Nicht mehr. Das kannte er bereits. Schon der Mord an Siggi hätte damals zu einem gesunden Misstrauen gegenüber Menschen führen sollen, doch Julius bevorzugte es, erst einmal allen zu vertrauen. Und dann eben enttäuscht zu werden. Jeder hatte als unschuldig zu gelten. Doch Julius wusste auch, dass jeder, wirklich jeder, zum Mörder werden konnte, wenn die Umstände es mit sich brachten.

Er blickte in den Sonnenschutzspiegel und versuchte, den Täter in sich zu sehen.

Es gelang ihm nicht.

Einen wie den Mörder von Rolli, Agamemnon Despoupoulos, Dr. Gottfried Bäcker und Carl Knuzius würde er in diesem Gesicht nie finden können. Wenigstens das war sicher. Oder?

»Hast du irgendwas zwischen den Zähnen?«, fragte François. »Oder warum schaust du seit Ewigkeiten in den Schminkspiegel?«

Julius klappte ihn hoch. »Wann sind wir da?«

»Das Navigationsgerät sagt, in dreiundzwanzig Minuten. Also vier Minuten zu früh.«

Genau so war es. Und vier Minuten waren exakt die Zeit, die Julius brauchte, um sich vom Anblick des Hauses vor ihm zu erholen.

Deutschlands größter Weinsammler, Ehrenbürger von Bordeaux, eine international anerkannte Autorität auf dem Gebiet gereifter Kreszenzen, dessen eigene Zigarrenlinie zu den feinsten gehörte, ein Mann, der mit Berühmtheiten per Du war und dem Damen Blanko-Schecks überreichten, damit ihre Männer zu seinen Degustationen geladen wurden, lebte in einem heruntergekommenen Fünfziger-Jahre-Reihenhaus eines schon lange aus der Mode gekommenen Stadtteils von Mainz.

Der Putz schien seit dem Bau nicht erneuert worden zu sein, und graue Wassertränen liefen rechts und links von jedem Fensterbrett über das verwaschene Zitronengelb.

»Hast du auch die richtige Adresse eingegeben?«

François tippte beleidigt etwas ins Navigationsgerät ein und lehnte sich dann demonstrativ zurück.

Es war die richtige Adresse.

Vielleicht hatte Fielmann ihn auf den Arm genommen? Jeder wusste doch, dass er Münchener war. Es konnte sich doch nicht alle Welt irren. »Schwabing ist nur mein Zweitwohnsitz«, hatte Fielmann jedoch am Telefon gesagt. »Eingetragen bin ich in Mainz, das ist auch näher für dich.«

Das hier war wohl auf eine krude Art ein echter Vertrauensbeweis.

Julius ging mittlerweile sicher auf Krücken und schwang sich schnell bis zur Haustür. Alle Rollläden waren heruntergelassen, es sah unbewohnt aus.

Julius versuchte, durch das mattierte Glas zu sehen, aber da war nur Dunkelheit. Er drückte auf die Klingel.

Es schrillte metallisch. Auch die Klingel schien noch zur Erstausstattung zu gehören.

Und dann passierte nichts. Bis die Tür begann, kratzende Geräusche zu machen. Ein leises, aber hartes Klopfen kam dazu. Zu sehen war nichts.

Erst lange danach, als Julius sich bereits umgedreht hatte, wurde die Tür geöffnet.

»Komm rein, Julius. Schön, dass du da bist.« Unter Fielmann schauten ein Beagle und eine Rag Doll heraus, Julius hatte von den seltenen Katzen mit den blauen Augen schon gehört. Tiere und Herrchen machten höflich Platz, als er eintrat.

»Ich weiß, dass es aussieht wie ein Asylantenheim, Julius. Aber das ist betrüblicher für die Asylanten als für mich. Jetzt verstehst du sicher, warum ich kaum einem von Mainz erzähle. Ich bin aber auch fast nie hier.«

Die Tapeten kamen von den Wänden.

Der Linoleumboden hatte Löcher.

An der Decke hingen Glühbirnen.

Oliver Fielmann passte nicht in dieses Haus, so stilsicher gekleidet wie einem Countrymoden-Katalog entsprungen. Sein Haar lag als perfekte Welle auf dem Kopf. Die imposante Nase ragte Julius wie ein makelloser Fels entgegen.

»Deine Tiere sind dann hier die ganze Zeit allein?«, fragte Julius.

»Ich bitte dich! Ohne sie reise ich nie, zumindest nicht für längere Zeit. Würdest du deine Familie allein lassen? Was denkst du von mir? Komm, lass uns nach unten gehen. Was rede ich? Bei deinem Gipsbein nehmen wir besser den Lastenaufzug.«

Erst als er davor stand, erkannte Julius, dass am Ende der lang gezogenen Diele ein Aufzug in die Wand eingelassen war. Dieser war sicher zwanzig Jahre alt, mit rot gestrichenen, breiten Metalltüren und einem kleinen rechteckigen Fenster, das hochkant eingesetzt und über Kreuz von Metallfäden durchzogen war.

»War der schon drin, als du das Haus gekauft hast?«

»Wer sollte in einem Privathaus so was brauchen, Julius?« Hund und Katze folgten ihrem Herrchen hinein, und zu viert ging es abwärts.

Als die Türen im Keller aufgingen, verstand Julius.

Es war ein Schock. Denn es traf ihn unvorbereitet. Im Erdgeschoss hatte sich Julius mit dem Gedanken angefreundet, dass Fielmann ein Exzentriker war, hier unten sah er, dass in diesem Haus nur die richtigen Prioritäten gesetzt wurden.

Das goldene Hygrometer zeigte fünfundachtzig Prozent Luftfeuchtigkeit, das schwache Licht war indirekt zur freitragenden Decke gerichtet. Die Kühle fühlte sich an wie zwölf Grad – genau so viel wäre auch perfekt. Es gab keine Fenster, der runde Raum war voll mit Weinregalen aus Ton in Rautenform und gemauerten Fächern. Die auf den Hunderten von Holzkisten eingebrannten Namen brauchte Julius nicht zu lesen, er erkannte sie am Schwung der Schrift. Es waren die Namen der Großen. Spezielle Fächer gab es für Großflaschen. Eine solche Anzahl an Magnum, Doppelmagnum, Jeroboam, Impériale, Salmanasar, Balthasar und sogar mehrere Nebukadnezar, die sagenhafte fünfzehn Liter fassten, hatte Julius noch nie gesehen. Fielmann bat ihn zum Zentrum des Raums, wo sich ein hüfthoher chromglänzender Spucknapf neben einem Stehpult fand, auf welchem ein aufgeklapptes ultraflaches Notebook neben einem einfachen Brötchen lag.

Dieser Keller fasste mehr Flaschen, als im Bauch der »Alten Eiche« reiften. Und nicht nur ein paar mehr. Julius konnte die Anzahl nicht einmal schätzen, denn jetzt erkannte er, dass Gänge in jede Himmelsrichtung abgingen, ihr Ende war nicht zu sehen.

»Aber die anderen Reihenhäuser?«, brachte Julius hervor.

»Sind nicht unterkellert. Frag nicht nach den Kosten. Frag nach dem Effekt. Mein Münchener Keller ist nur Schau, Julius. Was meinst du, wie oft da schon eingebrochen worden ist? Alle wollen meinen Wein klauen. Doch der lagert hier und wird über den Hof angeliefert, der nicht einsehbar ist. Selbst die Nachbarn wissen nicht, was ich hier treibe. Und ich werde einen Teufel tun, es ihnen zu sagen. In ein Haus wie das hier steigt kein Einbrecher ein, Julius. Die Fassade ist Gold wert. Und falls sich doch mal einer trauen sollte, schlägt die sündhaft teure Alarmanlage los.« Fielmann stellte zwei frische Gläser auf das Stehpult. »Es ist eigentlich kein Haus, sondern ein Weinkeller mit Schlafgelegenheit. Die und eine kleine Küche habe ich noch hergerichtet, alles andere brauche ich nicht. Ich bin fast nie hier. Nur zum Weineinsortieren und -rausholen. Ich bin ständig *on the road*, Julius, in Hotels und bei guten Freunden.«

»Als Kosmopolit ist man anscheinend nirgendwo verwurzelt.«

»Und überall, Julius. Deshalb macht man es ja. Was führt dich zu mir? Brauchst du einen besonderen Wein?«

Julius blickte zu Fielmanns Haustieren, die sich in zwei Körbe an einer gut geschützten Stelle gelegt hatten. »Es ist ungewöhnlich, Hund und Katze so friedlich zu sehen. Zanken sich die beiden nie?«

»Romanée und Conti? Die verstehen sich prima, sind zusammen aufgewachsen. Conti, also der Hund, gehörte meiner Frau. Er hat richtig getrauert, Julius. Das hat mich sehr beeindruckt. – Du brauchst sicher einen Stuhl, ich hab hier noch einen Sitzhocker.«

»War deine Frau auch für Wein zu haben? Man hat sie ja nie zu Gesicht bekommen.«

»O ja, sie hat ihn geliebt. Bis zum Schluss. Aber das gesellschaftliche Parkett war nicht ihre Sache. Sie war eher ein Privatmensch.«

»Ihr habt euch dann ja perfekt ergänzt.«

»Wir waren immer füreinander da. So, jetzt aber: Möchtest du was trinken?«

»Ich würde es mir nie verzeihen, wenn ich die Frage bei dir verneine.«

Fielmann verschwand in einem der Gänge. »Da ist sie!« Und kam zurück mit einer Flasche, die schon lange kein Etikett mehr zu haben schien, sondern Staub wie ein wertvolles Gewand trug. »Ich habe vor einem Vierteljahr eine Probe mit Parkers Top-Ten-Favoriten des letzten Jahrhunderts gemacht. Es war phantastisch! 1900er Chateau Margaux, 1945er Chateau Mouton, 1947er Chateau Cheval Blanc, 1947er Chateau Lafleur, 1961er La Chapelle,

1961er Chateau Petrus, 1961er Chateau Latour à Pomerol, 1988er La Mouline, 1990er Le Pavillon, 1990er Chateau Rayas. Parker war selbst auch da.« Fielmann öffnete behutsam die Flasche. Es war kein Laut zu hören, als der Korken sachte aus dem Flaschenhals glitt. »Du musst natürlich raten.«

Julius nahm eine Nase. »Ich danke dir, und ich weiß nicht, womit ich das verdient habe. Es ist der 1900er. Meine Güte, jetzt bin ich dir aber was schuldig!«

Fielmann goss sich selbst ein. »Gib ihm noch etwas Luft, aber nicht zu viel. Dekantieren ist doch eine heikle Sache. Gerade bei gereiften Schätzen kann es schnell zu viel sein.«

»Wenn ich keine Krücken hätte, würde ich auf die Knie fallen und den Herrn lobpreisen.«

Fielmann lächelte. »Er trägt Zeit in sich, dieser Wein. Und er ist mürbe wie ein dünnes, altes Tuch, aber auch durchscheinend, findest du nicht auch? Die Sonnenstrahlen scheinen ihn noch klarer zu durchdringen als in seiner Jugend. Ich meine die Sonnenstrahlen, die damals auf die Trauben schienen.«

Mit geschlossenen Augen ließ Julius den reifen Wein über seine Zunge rollen. Er hatte sich von jeglicher jugendlichen Frische, von allen verspielten Frucht- und Blumenaromen getrennt, um frei zu sein für die würdevollen Nuancen des Alters, die Nüsse, den Honig, die Kräuter, den Duft guter Butter.

»Hast du nie daran gedacht, einen Hund zu deinen Katzen zu nehmen?«, fragte Fielmann. Julius war überrascht vom raschen Themenwechsel.

»Herr Bimmel würde ihn vermutlich zerfleischen. Zurzeit macht mir die Pelzkugel nur Kummer. Ich denke schon über einen Tierpsychologen nach. Heute Morgen hat ihn irgendwas erschreckt, und er ist in die Badewanne gesprungen. Ich lag drin. Er wollte unbedingt wieder raus. Und seine Krallen halfen ihm dabei.«

Fielmann sah Julius lange an. »Wir haben jetzt genug um den heißen Brei geredet. Was nicht heißt, dass ich nicht gerne dabei mitgemacht habe. Du bist doch nicht nur hier, um über Wein und Haustiere zu reden.«

»Hat die Polizei dich schon aufgesucht?«

»Nein, sie haben mich in München zu sich bestellt. Da wurde ich dann gefragt, wo ich während der beiden Morde war. Und sie haben meine Stimme aufgenommen. Ich stehe anscheinend unter Mordverdacht, auch wenn ich nicht weiß, warum.«

Julius klärte ihn darüber auf, dass der Mörder von seiner Kopflausvergangenheit wusste. Fielmann hatte immerhin einen 1900er Margaux geöffnet.

»Dir habe ich das also zu verdanken. Na ja, das Verhör war ein Erlebnis.« Fielmann schüttelte den Kopf. »Ich schätze dich sehr, Julius, aber ich finde dieses Indiz doch ziemlich schwach, und ich kann mir auch kaum vorstellen, dass der Täter in der päpstlichen Weinrunde zu suchen ist. Natürlich ist es zu wünschen, dass die Polizei ihn bald fasst, bevor er wieder zuschlägt. Wer immer es auch ist.«

»Dafür ist es zu spät. Gottfried Bäcker und Carl Knuzius hat er gestern Nacht erwischt.«

Fielmann ließ sein Glas fallen. Julius traute sich nicht zu schätzen, was der Wein wert war, der nun den Boden zwischen den Scherben sprenkelte.

»Kanntest du die beiden?«

»Gottfried war ein alter und guter Freund. Und Carl, er war ein Kunde.«

»Darf ich fragen …?«

»Ich sag es lieber dir als der Polizei. Du wirst es ja sicher an deine bezaubernde Freundin weitergeben. Es gibt eh keinen Grund, die Sache zu verschweigen. Carl hat über die Jahre eine beträchtliche Summe zurücklegen können und wichtige Partner gefunden für ein ehrgeiziges Projekt. Zu einigen Partnern habe ich ihm verholfen. Noch in diesem Jahr wollte er den Coup landen. Ist es nicht erstaunlich, was aus einem ehemaligen Sektvertreter und späterem Schweinezüchter werden kann?«

»Vom Schweinezüchter zum Weinkontrolleur – nicht gerade der amerikanische Traum.«

»O nein«, sagte Fielmann und holte aus einer kleinen in die Wand eingelassenen Spüle einen Aufnehmer. »Er wäre Buchverleger geworden. Carl stand kurz davor, die Lizenzrechte für den Michelin-Weinführer zu erwerben.«

»Das hätte Hermann sicher gern gehabt, dass ein finanzkräftiger Investor kommt und das Budget aufstockt.«

Fielmann ging in die Knie, um alles aufzuwischen. »Das glaube ich nicht, Julius. Carl hatte vor, selbst eine Redaktion aufzubauen und unseren Hermann komplett zu entmachten. Bevor du jetzt auf falsche Gedanken kommst: Davon kann er nichts gewusst haben. Die Vorbereitungen liefen komplett hinter seinem Rücken. Wir waren sehr vorsichtig. Es gibt niemanden, der einen Vorteil daraus hätte ziehen können, wenn Hermann von der Sache Wind bekommen hätte.«

In diesem Keller, dachte Julius, würde ich gerne begraben sein. Und zusätzlich die letzten Stunden, besser Tage, Wochen meines Lebens verbringen dürfen. Aber jetzt musste er hier raus, um Gedanken in seinem Kopf umzubetten. Jeden an die richtige Stelle.

Aber erst nachdem die Flasche 1900er Margaux geleert wäre.

Es gab keinen Grund zu sündigen.

Julius hatte die Boulevardzeitung mit dem großen Bild zum Altpapier geworfen. Trotz Ärger nicht zerknüllt, sondern zusammengefaltet. Aber wütend, die Kanten mehrfach spitz gestrichen. »Bäcker und Knuzius sterben nach privater Weinprobe – niemand ist mehr sicher!« war getitelt worden. Jetzt galt also schon eine Geburtstagsfeier als Verkostung. Wie dehnbar doch die Realität war. Die Rhein-Zeitung hatte den Nagel dagegen auf den Kopf getroffen – wenn auch spektakulär: »Ahrtal am Rand des Ruins?«

Es war Herbst.

Der Wein wurde gelesen, die Blätter verfärbten sich fotogen rot, und die Sonne verausgabte sich, als müsste sie nie wieder einen Sommer begleiten. Es war schlichtweg wunderbar.

Doch die Lokale blieben fast vollständig leer.

Die »Alte Eiche« hielt den Betrieb aufrecht für wenige besetzte und viele eingedeckte Tische. Julius hatte beschlossen, erst dann Personal in unbezahlten Urlaub zu schicken, wenn es nicht mehr anders ging.

Also in einer Woche.

Es gab noch nicht einmal Katastrophen-Tourismus. Die Angst, selber das nächste Opfer sein zu können, nahm wohl den Spaß aus der Sache.

Hoffentlich wurde das Papstessen ein Erfolg, hoffentlich wurde der Mörder bald gestoppt. Niemandem war geholfen, wenn er von selbst aufhörte. Die Gefahr einer weiteren Tat würde nach wie vor existieren. FX hatte gescherzt, dass der Mörder sich für seine Taten besser den umsatzschwachen Winter ausgesucht hätte.

Es klingelte an der Tür.

Julius ging langsam zum Hauseingang, die Krücken ohne Elan setzend. Ohne Vorsichtsmaßnahme öffnete er die Tür. Die Polizei stand ja sowieso auf der anderen Straßenseite.

»Komm mit! Du bist der Letzte. Ich wusste doch, dass du mit deinem Gips oft zu Hause bleiben musst.«

Gerdt Bassewitz griff über Julius hinweg die Eichendorff'sche Jacke vom Kleiderhaken, hängte sie ihm über die Schulter und zog ihn an derselben hinaus.

»Ich bin aber in letzter Zeit häufig unterwegs. Genauso gut könnte ich jetzt in Mainz sein oder in Bacharach. Überall. Und Zeit habe ich auch keine. Wozu eigentlich?«

»Das fragst du doch nicht wirklich, Julius? Du musst es doch wissen, mit deinen guten Kontakten zur Polizei. Ich helfe dir auf den Beifahrersitz, die anderen werden schon da sein. Alle sind geschockt.«

Julius setzte sich, ließ es geschehen, ließ sich treiben. Alle Versuche, Bassewitz zu einer Information zu bewegen, scheiterten.

»Ich will das nicht alles zweimal erklären müssen, versteh das doch endlich! Wie geht's dem Bein?«

Bassewitz hielt den Wagen schließlich in nächster Nähe eines Bauwerks, das Julius in keiner guten Erinnerung hatte: dem ehemaligen Regierungsbunker im Tal, neunzehn Kilometer Tunnel, ein kompletter Betonsee gegossen in Böden, Wände, Decken. Vor einiger Zeit hatte er dort eine Leiche entdeckt. Hoffentlich blieb ihm das heute erspart.

»Jetzt will ich es wissen, Gerdt! Du bist doch noch nicht so alt, dass dir die Lippen abfallen, wenn du was zweimal erzählen musst. Sonst bleib ich sitzen. Ich meine es ernst. Weißt du, mein Bein zieht plötzlich so. Fährst du mich bitte nach Hause?«

»Wie früher auf dem Bolzplatz!«, sagte Bassewitz, der bereits draußen stand, und setzte sich wieder rein. »Da hast du auch immer bekommen, was du wolltest. Wenn der kleine Julius ins Tor wollte, durfte er rein. Und wenn er mal stürmen wollte, was er nicht konnte, dann musste das eben auch sein. Selbst wir Älteren haben dir das durchgehen lassen. Warum eigentlich?«

»Jetzt tu nicht so, als wüsstest du das nicht! Weil ich immer die besten Karamellbonbons mitgebracht habe. Selbst gemacht. Eine harte Währung. Keine Inflation.«

Bassewitz nickte. »Wir treffen uns mit der Weinbruderschaft. Krisensitzung wegen der Morde.«

»Aber warum hier? Wir haben für so was doch unsere schöne Klosterruine in Marienthal.«

»Jaja, das stimmt. Aber ich will kein Risiko eingehen, Julius. Es ist Tag, Passanten könnten vorbeikommen.«

»Wandert doch keiner mehr im Tal. Die haben doch alle Angst.«

»Vorsicht ist die Mutter der Porzellankiste! So, den Rest erzähle ich dir drinnen. Jetzt auf, die anderen warten schon.«

Das taten sie wirklich. Zweihundert Meter der ehemaligen Bunkeranlage hatte der Heimatverein Alt-Ahrweiler mit Partnern vor der Zerstörung retten können. Sie standen kurz vor der Eröffnung als Museum. Als Julius drinnen war, musste er wieder daran denken, dass ein James-Bond-Film hier keine zusätzlichen Kulissen brauchen würde. Man musste nur einen irren Bösewicht reinsetzen und die vielen Lämpchen zum Blinken bringen.

Bassewitz stellte sich genau unter eine Deckenlampe.

»Meine Brüder, dies soll bald ein Museum des Kalten Krieges werden. Wir, die Ehrbare Ahrtaler Weinbruderschaft von 1682, stecken mitten in einem *heißen*!«

Julius wunderte sich über die Wandlung des gemütlichen Bassewitz, einem Ausbund an Gelassenheit und Fröhlichkeit, der normalerweise wirkte, als hätte man den Weihnachtsmann mit Heinz Schenk gekreuzt. Nun entsprach er als feuriger Redner eher einem CSU-Ortsvorsteher nach dreistündiger Weißbierinjektion. Ihm stand fast der Schaum vor dem Mund.

»Zuerst Rolli, dann Agamemnon Despoupoulos – der ja nur formell noch kein Mitbruder war – und jetzt Carl Knuzius und Gottfried Bäcker, unser Schatzmeister und unser Ordensmeister. Die Presse mag schreiben, was sie möchte. Hier will niemand dem Ahrtal schaden, nein, der Mörder hat die Zerstörung unserer Gemeinschaft im Sinn! Um nichts anderes geht es. Jeder von uns, liebe Brüder, könnte der Nächste sein. Gottfried hat die Sache leider viel zu lange nicht ernst genommen. Wir sollten sie jetzt *persönlich* nehmen! Es ist unser aller Pflicht, den Täter zu stellen und zu verhindern, ein für allemal zu verhindern, dass er je wieder zuschlägt. Und wenn ich in eure Gesichter sehe, weiß ich, es wird uns gelingen. Wir sind überall, wir haben Brüder in der Verwaltung, im Rat, in der Wirtschaft, im Kulturbetrieb, in den großen Vereinen. Dies ist *unser* Tal!«

Bassewitz rief den letzten Teil so, dass jeder wusste, was er einforderte. Ein lautes: *»Ja!«*

Er bekam es.

»Sollen wir uns die Ermordung von Brüdern etwa gefallen lassen?«

»Nein!«

Julius schob sich in die letzte Reihe und hielt den Mund.

»Niemand von uns wird mehr ermordet werden!«

»Ja!«

»Ich melde mich hiermit freiwillig als Kommunikationszentrale. Ihr könnt mich immer auf meinem Handy anrufen, Tag und Nacht. Und kein Wort zur Polizei! Wenn wir ihn haben, erledigen wir die Sache selbst. Wer unsere Brüder tötet, muss sich vor *unserem* Gericht verantworten!«

»Ja!«

Julius räusperte sich laut, was die halligen Decken zu einem eberartigen Grunzen anschwellen ließen. »Jetzt lasst aber bitte mal die Kirche im Dorf, Freunde. Nachforschungen anstellen, schön und gut. Ich wäre der Letzte, der etwas dagegen sagen würde. Aber Selbstjustiz ist kein Weg. Den Täter ausmachen und ihn melden, nur so kann es laufen.«

Bassewitz' Augen glühten wie heiße Kohlenstücke. »Ach ja? Und was ist, wenn die Indizien *angeblich* nicht ausreichen? Wenn Polizei oder Gericht einen Verfahrensfehler begehen? Oder sich diese Ratte einen teuren, gewieften Anwalt leistet? Nein, Julius, wir alle wissen um deine Verbindungen zur Polizei, du bist befangen. Niemand wird etwas erfahren, es wird wie ein Unfall aussehen.«

Julius spürte den Drang, seine Krücken auf Bassewitz zu werfen, einen alten, einen wirklich guten Bekannten. »Und was ist, wenn ihr den Falschen erwischt?«

»Das wird nicht passieren. Oder traust du *uns* das etwa nicht zu?«

An diesem Punkt kam Julius nicht weiter. Er musste die Sache anders angehen. »Es kann purer Zufall sein, dass alle Ermordeten Weinbrüder waren. Wer hier im Tal mit Wein zu tun hat, ist halt bei uns. Deshalb muss die Mordserie kein Angriff auf die Bruderschaft sein. Der Mörder rächt Weinverbrechen!«

»Habt ihr das gehört? Habt ihr *das* gehört?« Bassewitz' Stimme überschlug sich. »Er nimmt einen Mörder in Schutz und behauptet, wir seien alle Weinverbrecher! Du bist eine Schande für uns, Julius! Ich hätte nie gedacht, *dir* so etwas sagen zu müssen. Aber ich schäme mich für dich.«

Es war, als wäre der Raum leer, als stünden nur noch Bassewitz und Julius in dieser unwirklichen Nachkriegskulisse. Alle anderen waren stumm einen Schritt zurückgegangen, instinktiv vor der Konfrontation zurückweichend und damit aus dem spärlichen Licht tretend, hinein in die Schatten.

»Das wird mir zu albern«, konterte Julius. »Wenn plötzlich einer tot aufgefunden wird, den ihr auf dem Kieker hattet, stecke ich es höchstpersönlich der Polizei. Ihr habt sie doch nicht mehr alle. Das heißt: *Du* hast sie nicht mehr alle, Gerdt. Schlaf dich mal aus und trink einen guten Wein, dann wird der Kopf wieder klar. Ich für meinen Teil verschwinde jetzt. Und ich kann nur jedem raten, mitzukommen. Wenn das der neue Hausstil im Verein ist, lege ich meine Mitgliedschaft nieder.«

»Auf so einen wie dich können wir gut verzichten!«, rief Bassewitz. »Überleg dir genau, was du der Polizei sagst. Wir sind überall!«

Der Zorn schnitt Julius eine wütende Grimasse ins Gesicht. Er kam, so schnell er mit Krücken konnte, auf Bassewitz zu und griff ihn am Nacken wie einen wilden Hund. »Gerdt, hör auf mit dem *Wahnsinn*! Droh mir nicht, das mag ich nicht. Ich geh jetzt da raus, und wenn du klug bist, kommst du direkt mit, und wir vergessen das alles hier. Es ist noch nicht zu spät dafür.«

Bassewitz schwieg lange, bevor er wieder sprach, Gift und Galle mühsam unterdrückend.

»Mach es gut, Julius. Du tust mir Leid.«

Julius ließ ihn kopfschüttelnd los und verließ das zukünftige Museum, gefolgt von zwei Dutzend Weinbrüdern, die murmelnd hinter ihm hergingen. Einer klopfte ihm auf die Schulter.

»Julius, du überraschst mich immer wieder. Dem alten Knochen so die Stirn zu bieten.« August Herold lachte zögerlich. »Ich hab richtig Angst vor dir bekommen, mein Junge.«

»Hast du gewusst, dass Agamemnon Despoupoulos Weinbruder werden wollte?«

Herold nickte. »Pass auf mit der Stufe, Julius. Und Rübe einziehen! Ja, das mit Despoupoulos habe ich als Vorstandsmitglied natürlich mitbekommen. Normalerweise hätte er keine Chance gehabt, aber mit den richtigen Fürsprechern geht halt alles.«

Das Sonnenlicht war wie eine Dusche mit Tropfen reinster Wirklichkeit. Das Geschehen im Bunker kam Julius mit einem Mal wie ein schlechter Traum vor.

»Was hast du gerade gesagt?«, fragte er Herold blinzelnd.

»Dass der Gebrauchtwagenfuzzi zwei gewichtige Unterstützer hatte.«

»Als da wären?«

»Eckhard Meier junior von der Saar und unseren verstorbenen Ordensmeister.«

Der Telefonhörer glühte in seiner Hand, die Haut kribbelte an den Stellen, wo er auflag.

»Herr Eichendorff! Es tut mir wirklich Leid für Sie, wenn das Dessert noch fehlt, aber morgen *muss* das Menü stehen. Ansonsten sagen wir die Sache ab und lassen unsere eigenen Kräfte etwas zusammenstellen. Das wäre auch kein Beinbruch, oder?«

»Sie haben morgen ein Menü, versprochen. Das perfekte Papstmenü.«

»Sehen Sie, Herr Eichendorff: Der Heilige Vater trifft morgen Nachmittag ein, und nur dieser, verzeihen Sie mir, eigentlich unwichtige Tagespunkt hält uns noch auf. Dabei geht es doch nur um ein *einfaches* Mittagessen des Papstes mit zwölf Jugendlichen. Wenn Sie es nicht schaffen, wissen wir Ihre bisherigen Anstrengungen trotzdem zu schätzen, und werden uns bemühen, dass nichts über die Komplikationen an die Öffentlichkeit dringt. Auf Wiederhören, Herr Eichendorff. Bis morgen dann!«

Das war das Ende von Julius' Plan, sich beim Kochen zu entspannen. Es war auch das Ende aller anderen Tagespläne. Natürlich hatte er Desserts, die Brigade hatte einige aufgetan, doch es hatte einfach nicht »Klick« gemacht. Manches Rezept war an sich famos, aber passte einfach nicht ins Gesamtkonzept des päpstlichen Menüs. Julius hatte nur drei Gänge, mit denen er zeigen konnte, zu was die »Alte Eiche« fähig war. Ein einziger missratener Gang brachte ein solches Gefüge zum Einsturz. Ein Sieben-Gang-Menü mit Amuse Bouche und vielleicht noch einem süßen Gruß aus der Küche verzieh einen etwas schwächeren Gang, konnte mit dem nächsten doch ein wohlschmeckender Schleier des Vergessens darüber gelegt werden. Wie viele einfallslose Hauptgänge hatte er schon vorgesetzt bekommen, bei denen die Kollegen nur darüber nachgedacht hatten, welches große Stück Fleisch zu dem Babygemüse auf den Teller kommt.

Die Lösung seines Problems konnte in Sinzig wohnen. Der Heimat seines normannischen Freundes Antoine Carême, dem Koch, dem Geist, dem kulinarischen Wunder des »Frais Löhndorf«.

Einem der bestgelaunten Menschen der Welt. Wahrscheinlich, weil er so oft an der freien Natur war, Kräuter und Trüffeln sammeln.

Leider gehörte es sich nicht, einen Kollegen um ein Rezept zu bitten. Nicht wenn es eines seiner Glanzstücke war, nicht wenn man es im eigenen Namen dem Papst vorsetzen wollte. Nicht wenn es danach als Teil des kompletten Papstmenüs fest auf die Karte der »Alten Eiche« sollte.

Julius nahm eine Flasche Wein mit.

Als François diese für ihn aus dem Regal geholt hatte, waren Tränen seine Augen heruntergeronnen.

Sie liefen auch jetzt, als er den Wagen vor dem Restaurant des Eifeler Normannen parkte.

»Du willst das nicht wirklich machen, oder?«

»Benimm dich doch nicht wie eine Mutter, der ihr Erstgeborenes entrissen wird. Es ist nur ein Wein.«

»Du weißt, dass das nicht stimmt. Wir haben so viele andere Flaschen, teure, extrem exquisite. Es muss *nicht* der Rüdesheimer sein!«

»Lass uns gehen. Du nimmst die Flasche. Lass sie nicht fallen!« Julius wuchtete sich hoch und ging ohne zurückzuschauen zur Eingangstür. Antoine fand er in der Küche, mitten in der Produktion.

Denn Antoine betrieb einen Supermarkt. »Weil es bei mir nur

echten Superprodukten gibt!«, wie er gern scherzte. Es war ein lohnendes Geschäft geworden. Marmeladen, Saucen, Patés, Ofengerichte, Fonds, Essige, Suppen, deutscher Balsamico aus Grafschafter Goldrübensaftessig – Feinkost, wie es hieß.

Auch Backwaren im Weckglas hatte Antoine kreiert.

Darunter einen Spätburgunderkuchen mit Ahrwein und Schokoladenstücken.

Das war die anvisierte Beute.

Und François hielt den Köder. Fest umklammert.

»Den Julius! Schön dich zu sehen. Und du hast auch dein Sommelier mitgebracht. Kommt rein! Ich mach gerade den Spitzwegerich Knospen ein!«

Antoine verwendete in seiner Küche alles, was Mutter Natur hergab. Und falls möglich, packte er es in luftdichte Einmachgläser.

»Darf ich mich setzen?«, fragte Julius und setzte sich.

»Ich hoffe, es stört euch nicht, wenn ich weiterarbeite, aber ich habe ein Menge Bestellungen für den Knospen bekommen.«

»Wir brauchen nur ein Ohr von dir, Antoine. Übertragen gemeint. Du musst es nicht einmachen.«

»Da bin ich beruhigt. Ich brauchen nämlich beide, um zu hören, wer von mein Leut in die Küche ordentlich brutzelt.«

Den inneren Schweinehund streckte man am besten mit einem schnellen Knockout nieder.

Julius schlug zu.

»Ich habe dir ein Geschäft anzubieten.«

François zuckte zusammen. Dann flüsterte er Julius eindringlich ins Ohr: »Versuch es doch bitte zuerst anders! So verhandelt man nicht! Niedrig anfangen und sich dann erst hochtreiben lassen. Meine Güte! Ich mach das, lass mich das machen!«

»Antoine, ich brauche dein Spätburgunderkuchen-Rezept«, fuhr Julius ihm über den Mund.

»Dafür musst du keinen Geschäft machen, die kannst du gern haben.« Antoine füllte ein neues Einmachglas. »Bekommen häufig auch mein Kursteilnehmer bei die Kräuterwanderungen. Ist kein Geheimnis, die Rezept.«

»Wunderbar!«, sagte François und ließ die 0,375-Liter-Flasche in seine Seitentasche gleiten. »Können wir Sie als Dankeschön dafür vielleicht zum Essen einladen?«

»Ich brauche es … ganz«, sagte Julius. »Für mein Papstmenü. Für die ›Alte Eiche‹. Ich will es backen, ohne immer deinen Namen nennen zu müssen.«

Antoine ließ den Spitzwegerich eine krautige Staudenpflanze sein und nahm seine weiße Kochmütze ab.

Er war wirklich nur unwesentlich größer als ein Zwergkaninchen.

»Das ist jetzt nicht deine Ernst, Julius! Du weißt, das ist nicht möglich. Auch nicht zwischen uns zwei, die wir so gut Freunde sind. Mach dein eigener Kuchen, vielleicht ist dein sogar besser. Niemals werd ich dir meine Rezept geben, mein Frau würd mich eine Kopf kürzer machen!«

Dann würden Zwergkaninchen neben ihm sogar wie Riesen aussehen. Wäre bestimmt gut für ihr Selbstbewusstsein, dachte Julius und musste lächeln.

»Deiner ist der beste, und du weißt das, Antoine. Ich würde nur auf dasselbe Rezept kommen. Du hast es jahrelang verbessert, du hast es aufgezogen wie ein Kind. Wenn ich dich also bitte, mir ein Kind zu überlassen, will ich dir auch eines anbieten. Ich sagte ja, ich möchte ein Geschäft mit dir machen. Ein für beide Seiten gutes. Zeig ihm die Flasche, François. Und hör auf mit dem Zittern!«

François zeigte Antoine Carême die Flasche von nahem, übergab sie ihm jedoch nicht.

»Ist das ein von die Flaschen aus den Bremer Ratskeller?«

»Ich dachte mir, dass du davon gehört hast. Der älteste trinkbare Wein der Welt. Ein 1727er Rüdesheimer Apostelwein.«

»Für meine Rezept?« Antoine musste sich abstützen.

»Für dein Rezept.«

Antoine berührte den Wein, und François widerstand dem Drang, ihn wegzuziehen.

Dann strahlte der kleine Normanne so breit, dass jeder seiner Zähne zu sehen war. »Du machst mich zu den glücklichsten Mensch von die Welt, Julius! Gestern war ich noch an den Boden zerstört, weil zurzeit kein Mensch mehr kommt wegen diese verrückte Weinmörder. Seit zwei Tagen hab ich abends geschlossen, und in die freie Zeit hab ich herausgefunden, dass mir meine italienische Importeur, die Betrüger, falsch etikettiert Wein geliefert hat, und jetzt so ein Überraschung!«

»Also sind wir uns einig? Gib ihm die Flasche, François. Lös deine Saugnäpfe und reich die Bouteille ihrem neuen Besitzer.«

Der war aus der Küche gerauscht und rief nun seine Frau. »Claudine! Du musst in diese Augenblick zu mir kommen, es ist etwas Fabelhaft passiert!«

Claudine kam und brachte gleich Rouen mit, den Restaurant-Hund. Der Mischling war ein durchs Fernsehen berühmter Trüffelhund und so etwas wie das Maskottchen für die Leidenschaft des kleinen Franzosen. Mittlerweile hatte Carême sogar einen Verein gegründet, der Tipps für die Anlage von Trüffelgärten gab. Linden, Buchen, Eichen und Nussbäume, die auf Kalk- und Lößböden standen, waren, wie Julius erklärt bekommen hatte, ideal, und nach langen Jahren sollte es tatsächlich möglich sein, Burgundertrüffeln zu ernten, die drittbeste im Geschmack aller fünfzig Trüffelsorten. Julius wuschelte dem struwweligen Wappentier über den Kopf.

»Claudine, ma chère, du weißt sicher noch, was ich gesagt hab, als wir in die Ahrtal kamen und uns entschlossen haben, hier zu bleiben.«

»Wo Wein wächst, kann ein Franzose leben!«, sagte seine Frau, auch jetzt eine normannische Tracht tragend, die ihr immer etwas Mütterliches gab. Man konnte gar nicht anders, als sie ins Herz zu schließen.

»So ist es! Aber noch wichtiger ist, nicht nur für ein Franzose wie mich: Wo du echten Freunde hast, da lohnt sich den Leben. Den guten Julius, den *Sternekoch* Julius Eichendorff, hat für eine Rezept von mir, für eine Rezept von *mir*, ein Flasche von die älteste Wein, die du trinken kannst, angeboten. Für so gut hält er meine Rezept, an die ich so lang getüftelt hab. Das ist den größten Kompliment, den ich je bekommen hab. Julius, lass dich an mich drücken!«

Der gerührte Antoine umarmte Julius und presste ihn ganz fest an seinen kleinen Körper. »Du kannst den Rezept haben, Julius«, sagte er unter Tränen, »aber den Wein trinken wir jetzt sofort und zusammen.«

Neben ihnen knallte etwas auf den Boden.

»Dein Sommelier ist kaputt!«, sagte Antoine und beugte sich zu François, der den Boden bedeckte. »Den Riechsalz, Claudine, schnell!«

François öffnete die Augen.

Der Apostelwein war noch heil, fest umklammert in seinen Händen.

»Bist du jetzt umgefallen, weil du die Flasche tatsächlich hergeben musstest? Oder weil du einen Schluck davon bekommst?«

Sein Sommelier sah ihn an, die Augenbrauen wogend. »Ich kann mich nicht entscheiden.«

»Ich hol den Gläser, und den Rouen bekommt auch ein Tropfen.«

François' Kopf sackte wieder auf den Boden.

»Claudine, noch einmal den Riechsalz bitte! Und hol du doch auch den Gläser, ich muss den Sommelier helfen.«

Sie bekamen ihn wieder auf die Beine und den Wein in die Gläser.

Antoine hob das Glas zum Trinkspruch. »Kochen beginnt in die Kopf und nicht in die Kochtopf, hab ich immer gesagt. Und meine Credo ist auch, dass man das Produzent kennen und unterstützen muss, damit die Produkt auch wirklich erste Qualität ist. Mein drittes Credo soll von heut an sein: Perfektionier ein Gericht immer weiter, dann wird dich eines Tags ein Meisterkoch ein Flasche Wein dafür bieten. Santé!«

Das Klingeln der Gläser klang magisch, fand Julius, als wäre es Teil einer Engelsanrufung. Und tatsächlich tanzte einer kurz danach über seine Zunge. Blass bernsteinfarben war der Wein und roch nach alten Äpfeln und Nuss. Auch auf der Zunge waren die Aromen wahrzunehmen wie ferner Gesang einer fröhlichen Weihnachtsfeier. Ein wenig wie ein alter Madeira, dachte Julius, oder ein Raya Sherry, fast schon trocken im Mund. Ein Hauch geröstetes Stroh, dabei schwebend leicht, mit einer spritzigen Säure und einem klaren Abgang. Aus der Vergangenheit hinein ins Hier und Jetzt, hinein in Julius' Magen.

»13,3 Prozent Alkohol, 13,1 Gramm Säure pro Liter, zuckerfreier Extrakt 42,7 Gramm pro Liter«, betete François andächtig die kalten Zahlen herunter. Erst dann nahm auch er einen Schluck bei geschlossenen Augen. All diese Daten waren Anhaltspunkte, mehr nicht, die Balance eines Weines, seine Kunst, alle Inhaltsstoffe und Aromen zu einen, konnten sie nicht beschreiben.

»Da trink ich so ein alt Wein, Julius, und fühl mich nach die

Schluck doch viel, viel Jahren jünger und nicht einen Vierteljahrtausend älter. Diesen Wein ist unglaublich! Wie eine Zaubertrank.« Antoine hielt sein Glas in die Höhe und ließ das durch die Küchenfenster dringende Sonnenlicht mit dem Wein spielen. »Welchen Lebensmittel hätt so ein Zeit überstanden, Julius, außer den Wein? Eine Getränk für die Unsterblichen, das ist diesen Tropfen.« Er holte einen Aktenordner aus dem Küchenregal, schlug ihn auf und reichte Julius das Kuchenrezept. »Kommt von meine Herz, Julius! Ich hätt den Papst an deinen Stelle ja ein Essen gemacht, das für ihn, nur für ihn persönlich, ein besondere Bedeutung hat. Sein liebstes Gericht aus sein Zeit als Kind oder das Festessen, was sie müssen veranstaltet haben nach sein Wahl.« Antoine verkorkte die Flasche, in der noch ein knappes Glas schwappte. »Und den letzten Schluck gibst du die Papst. Mit ein schönen Gruß von Antoine!«

Julius hatte den Streit mit Bassewitz erfolgreich verdrängt, als er in die Küche der »Alten Eiche« trat, um einen kurzen Kontrollrundgang zu absolvieren. Doch dann kam ihm FX entgegen, den Zwirbelbart wütend emporgereckt.

»Die Wappler haben die Tische für heut Abend abgesagt! Jetzt sind wir leer. Das war eine Gesellschaft von fünfzig Personen!«

»Teile der Weinbruderschaft?«

»Hatt ich des net gesagt?«

»Mach dir nichts draus. Dann hoffen wir eben auf spontane Kundschaft.« Julius lächelte müde, denn er wusste, dass es solche in der Spitzengastronomie extrem selten gab. Die Spielregel war: Eine Tischbestellung ist Pflicht. Das wussten fast alle, die es sich leisten konnten. »Vielleicht sollten wir einigen Mitarbeitern freigeben? Muss sich ja nicht jeder die Nacht um die Ohren schlagen. Aber ganz zugemacht wird nicht. Die ›Alte Eiche‹ bleibt offen!«

»Die meisten deiner Herrn Kollegen sehen des anders.«

»Das tun sie. Sonst noch was? Was ist das da?« Julius ging zur Station von Rosi Trenkes, wo ein ihm unbekanntes Gericht stand. »Grüner Spargel mit Kürbiskernöl? Und was ist das? Marillenknödel an Aprikosensorbet und …?«

Anspannung wogte um die plötzlich mucksmäuschenstill arbeitende Küchenbrigade der »Alten Eiche«. Sie schien in Töpfe und Pfannen zu dringen und wie Wasser am Edelstahl der mächtigen Dunstabzugshauben zu kondensieren, die plötzlich bedrohlich über den Köpfen hingen.

»Aprikoseneis«, ergänzte FX. »Eine Trilogie. Weißt, Maestro, die Köche haben halt Zeit und experimentieren rum, was sie dir vorschlagen könnten. Ich forciere diese Ansätze net, aber irgendwas müssen s' mit ihrer Zeit ja anfangen.«

FX log, Julius sah es an dessen Zwirbelbart, aber er hatte jetzt keine Zeit herauszufinden, welcher Teil eine Lüge war. Es galt, Antoines Idee nachzugehen, die dieser zum Papstmenü gehabt hatte. Julius' Kochbücher waren in einem kleinen Nebenraum, der die rund fünfhundert Bände gerade so fassen konnte. Die Werke hatte Julius so nach Form und Farbe sortiert, dass nun lange Reihen in Rot über gelben, blauen, weißen und schließlich über der kleinen, ungeliebten Gruppe der bunten Bücher standen, die Julius resolut mit dem Einband zur Wand gestellt hatte. Innerhalb jeder Farbe hatte er nach Schriftkolorierung und -größe sortiert sowie nach dem Format des Buches selbst.

Niemand fand hier etwas.

Nur Julius.

Auf Anhieb.

»Hast du nicht eins von diesen Teenie-Handys, mit denen man ins Internet kann?«, rief er in Richtung FX, der daraufhin in der Dampfenden Bibliothek, wie sie restaurantintern genannt wurde, erschien.

»Des ist Hightech vom Feinsten. Welche Frage darf dem Maestro sein allwissender Maître d'Hôtel beantworten?«

»Was der Papst am liebsten isst und was er nach seiner Ernennung als Erstes gefuttert hat. Und schnell bitte, wenn's geht. Wenn nicht, humpele ich eben nach Hause und bekomme es mit einem richtigen Computer raus.«

»Ja, spotte du nur, immer auf die Feschen.«

Schon zwei Minuten später hatte er ein Ergebnis.

»Semmelknödel mit Speck scheint sein Favorit zu sein und überhaupt alles, was ihn an die Heimat erinnert. Auch Gulasch oder Würstchen.«

»Nein, das koche ich nicht. Irgendwo hört's auf. Also such nach dem anderen, dem Antrittsessen.«

Julius ließ die Hand über den Büchern kreisen, einem Raubvogel gleich würde sie in wenigen Momenten herunterstoßen.

»Da schau, was der Kleine alles findet! Eine weiße Bohnensuppe haben s' in der Casa Martha nach der Papstwahl als ›Il Primo‹, also als Vorspeis, serviert. Hauptgang war dann Schnitzel mit Salat, danach gab's Obst und als zusätzliches Dessert Gelato mit Sekt. Der Kölner Kardinal sagte wörtlich, es hätt eine Bombenstimmung geherrscht wie bei fröhlichen Kindern, die mit dem Vater zusammen sind.«

»Klingt nach Kindergeburtstag. Weiße Bohnen, sagtest du? Sekunde ... da gibt es so ein berühmtes toskanisches Rezept, das muss es gewesen sein. Wo ist das rote Buch im Atlantenformat mit der serifenlosen Schrift in Creme? Da!«

Der Raubvogel stieß zu und stieg mit fetter Beute aus dem Blätterwald empor.

»Fagioli all'uccelletto. Hauptbestandteil sind Cannellini, also weiße Bohnen, ansonsten kommen da eigentlich nur noch Salbeiblätter, Tomaten, Knoblauch und Olivenöl dran. Das klingt, als würden es die Schwestern in Rom hinbekommen haben. Das machen wir! Jetzt stehen alle Gänge.«

»Und du hast wieder a bisserl Farbe im Gesicht!«

»Da guckt am Fenster im Morgenlicht / Durchs Weinlaub ein wunderschönes Gesicht.«

»Schau an! Der Kopf des Maestros wird auch innen wieder durchblutet.«

»Aus den Fenstern schöne Frauen / Sehn mir freundlich ins Gesicht, / Keine kann so frischlich schauen, / Als mein liebes Liebchen sicht.«

Die Tür ging auf, doch niemand kam herein.

Sie stand nur offen.

FX blickte hinaus. »Ich glaub, deine kriminelle Freundin hat die Pforten aufgedrückt. Jetzt steht s' draußen und schaut sich Fotos an. Jetzt blickt s' mich an und packt sie weg, und jetzt kommt s' rein.«

Da stand sie. »Könntest du uns kurz allein lassen, FX? Danke.«

»Sehr wohl, sehr gern, seid's net zu laut, des würd die andern bei der Arbeit stören.«

Kein Lächeln auf Annas Lippen, die FX' frivole Witze sonst durchaus zu schätzen wusste.

»Ich berichte dir erst, was wir sonst so rausgefunden haben, bevor ich dir noch was erzähle. Knuzius' Frau ist von mir befragt worden. Ihr Mann war anscheinend nicht überall beliebt. Es fiel ihr schwer, aber sie sagte, er hätte eine etwas förmliche Art gehabt und sein Humor wäre auch nicht jedermanns Fall gewesen, aber echte Feinde hätte es nicht gegeben. Ich habe natürlich nach Winzern gefragt, denen er als Weinkontrolleur Ärger gemacht hat. Sie sagte, in seinem Gebiet sei nie etwas passiert. Weder bei Winzern noch bei den anderen, die er überprüfen musste, wozu wohl auch Supermärkte gehörten. Die Unterlagen auf seiner Arbeitsstelle haben ihre Aussagen belegt, hier *scheinen* alle lammfromm gewesen zu sein.«

»Ich verstehe«, sagte Julius.

»Willst du das schwere Buch nicht weglegen?«

»Dann verschlage ich die Seite.«

»Mach doch ein Eselsohr rein.«

»Das habe ich nicht gehört. Ich hab durchaus genug Kraft, es noch etwas zu halten. Mein Bein ist in Gips, nicht meine Arme.«

»Wenn du es so willst. Also weiter. Auch dein Freund Uhlen war bei uns. Er hat die Telefongeschichte zugegeben. Es täte ihm Leid, wenn das die Ermittlungen torpediert hätte. Aber in unserem Land gelte ja wohl immer noch das Recht auf freie Meinungsäußerung. Niemand hätte ihm verboten, darüber zu reden. Damit meinte er vor allem dich. Ist das wahr?«

Julius nickte.

»Ich kann nicht sagen, dass mich das überrascht. Die Befragungen deiner Nachbarn bezüglich des Abends, an dem der Mörder die Flasche Wein vor deiner Haustür abgestellt hat, sind abgeschlossen. Offenbar traut sich niemand mehr auf die Straße. Wir haben nur einen Zeugen, der gesehen hat, wie du an dem Abend Ewigkeiten auf dem Restaurantparkplatz gestanden hast.«

»Ist ja nicht strafbar. Und wie viele Zeugen habt ihr, die den Mörder gesehen haben?«

Anna bildete mit Daumen und Zeigefinger eine Null. »So, jetzt bin ich durch mit dem unwichtigen Kram und kann dir … Du solltest dich besser setzen. Samt deinem Buch.«

»Hier gibt es keinen Stuhl. Jetzt komm schon, was soll mich noch umhauen? Du weißt doch, was ich schon alles gesehen habe.«

»Du bist erwachsen, es ist dein Risiko. Aber ich werde heute Nacht sicher davon träumen.« Sie reichte Julius die Fotos.

»Und das ist?«

»Die Nahaufnahme eines Einstichlochs. Und hier das bei Knuzius.«

»Waren sie drogenabhängig? Das kann ich nicht glauben.«

Anna nahm Julius das Buch aus der Hand und legte es quer ins Regal. »Guck nicht so! Das hat mich wahnsinnig gemacht!« Sie reichte Julius weitere Fotos. »Nein, sie hingen natürlich nicht an der Nadel. Wir wissen jetzt, wie sie gestorben sind. Du hattest Recht, der Mörder hat wieder mit Wein gemordet. Er hat ihn den beiden injiziert.«

»Und daran stirbt man? Der Alkohol wandert doch auch sonst ins Blut. Und warum haben sie dann geschrien?«

»Der Mörder hat ihnen Sekt in die Adern gejagt. Den dritten ›Vinum Mysterium‹, um exakt zu sein. Im Sekt ist Kohlendioxid gelöst. Du weißt vielleicht, dass es tödlich sein kann, wenn man Sauerstoff injiziert bekommt. Und sehr schmerzhaft. Aber es muss schon eine Menge Sauerstoff sein. Der Mörder wusste genau, was er tat. Die beiden hatten keine Chance. Es ist wie bei der Taucherkrankheit. Gasblasen im Blut und im Körpergewebe schädigen die Gewebestruktur nachhaltig. Das heißt im Endeffekt tödlich.« Anna holte ihr kleines Notizbüchlein hervor. Dort standen stets in Rot geschrieben, das wusste Julius von vorherigen Fällen, die Informationen des Rechtsmediziners. »Die Folge: Paralyse, Sensibilitätsstörung, Hörverlust, Sehverlust, Bewusstlosigkeit, Atemstillstand. Bei Gottfried Bäcker hat ein Luftbläschen eine Kapillare im Hirn verstopft, was zuerst zu einem Schlaganfall geführt hat, bevor er kurz darauf starb.«

Anna zeigte ihm die Bilder der obduzierten Leichen.

Julius blätterte sie nur widerwillig durch. »Ich dachte, mich kann nichts mehr erschüttern. Aber das ist …«

»Ja, das finde ich auch.«

9. Kapitel

»Was der Bauer nicht kennt, frisst er nicht«

Es war bereits der nächste Morgen, doch immer noch packte sich Julius ab und an unbewusst in die Armbeuge, massierte den nicht vorhandenen Einstich. Wie hasste er es, dass sie in Arztserien immer in Großaufnahme zeigten, wie die Nadel ins Fleisch drang. Der Mord an Gottfried Bäcker und Carl Knuzius hatte etwas Steriles, etwas eiskalt Geplantes. Die Spritze mochte in den USA als humanste Vollstreckung der Todesstrafe gelten. Julius würde den elektrischen Stuhl jederzeit vorziehen.

Er köpfte das heiße Ei mit einem gezielten Schlag.

Als Julius nach dem Frühstück, dem mit Gips umständlichen Waschen und Anziehen, dem Aufräumen, endlich in der »Alten Eiche« ankam, war es bereits kurz vor zwölf. Eine große Reisegruppe hatte sich angemeldet, Italiener, die von der Mordserie nichts wussten. Das Restaurant hatte heute Mittag also auf.

Das passte wunderbar.

Seine Verabredung hatte gleich zugesagt, als Julius sie anrief. Auch so kurzfristig. Wenn er das den Winzern im Ahrtal erzählte, würden sie ihn für einen Spinner halten. Kaiser kommen nicht zu Besuch, sie gewähren Audienzen. Und schwer gefragte Männer schauen nicht mal eben vorbei, wenn ein kleiner Koch ruft.

Dieser anscheinend schon.

Passte ins Bild.

Auch dass er ängstlich war.

Es war Angst davor, ins Tal zu kommen.

Julius hatte die versprochene Weinbestellung deshalb hochschrauben müssen. Egal, zu diesem Geschäft würde es bestimmt nicht kommen.

Die neuen Blumenarrangements von Maximilian Löffler waren am Morgen eingetroffen und hatten das Restaurant verwandelt. Es war nun, als stünde eine klassische Hollywood-Göttin auf jedem Tisch. Das Essen musste den Gästen dadurch einfach besser schmecken, dachte Julius. Sie saßen auch deutlich gerader als sonst.

Hoffentlich hielten die Blumen, bis die Schaulustigen nach der Festnahme des Mörders ins Tal einfielen. Es würde wohl an ihm selbst liegen, wann es so weit war. Julius ging in Richtung Blauer Salon, die italienische Reisegruppe mit einem freundlich gerufenen *»Buon giorno!«* grüßend. Sie schauten, als fragten sie sich, warum der dicke Mann mit dem Gipsbein mit ihnen sprach. Aber sie grüßten höflich zurück.

»Herr Eichendorff, mir gefällt's!«, rief ein begeisterter einzelner Gast vom Ehrentisch in Küchennähe. Jacques Buergené, der kulinarische Urlauber, war schon wieder auf Feinschmecker-Urlaub in der »Alten Eiche«. Immerhin er ließ sich nicht von den Medien verrückt machen.

»Vielen Dank – ich finde die Blumen auch wunderbar«, antwortete Julius. »Ansonsten alles zu Ihrer Zufriedenheit?«

»Blödsinn, Blumen! Die interessieren mich überhaupt nicht. Von mir aus könnten Sie Ihre Gerichte in einer ollen Garage servieren, ich würde sie essen. Mein Kompliment galt der neuen kulinarischen Ausrichtung. Die hat Pfiff, das gefällt mir! Deshalb bin ich auch gleich gekommen. Nur für einen Tag, aber man muss ja auf dem Laufenden bleiben. Genial! Das wird ein neuer Trend!«

Julius hätte gern gefragt, was es damit auf sich hatte. Von einer neuen Ausrichtung wusste er nämlich gar nichts, und davon *sollte* er in seinem Restaurant wissen. Aber Eckhard Meier junior betrat in diesem Moment die »Alte Eiche«, und genau ihn hatte Julius erwartet. Selbst wenn man ihn heutzutage schnell zu sich bestellen konnte, warten lassen durfte man Meier noch lange nicht.

Er musste immer an einen adeligen Buchhalter denken, wenn er den Mann mit Halbglatze sah, die er selbstbewusst und ohne Vertuschung trug. Sogar mit Stolz, wie den Maßanzug und die handgefertigten italienischen Schuhe. Ob er mit dem Wagen da war, den er bei Agamemnon Despoupoulos gekauft hatte?, fragte sich Julius und warf einen Blick auf den Parkplatz. Die Augen Meiers bewegten sich schnell wie immer, kein Fünkchen Wärme lag in ihnen.

»Herr Eichendorff, ich grüße Sie.« Meier reichte ihm die Hand in perfekter Geste. »Wohin wollen wir gehen?«

Julius deutete auf den Blauen Salon und gab FX ein Zeichen, dass der erste Gang serviert werden konnte. Jetzt galt es, ein Rätsel zu entschlüsseln. Die Lösung konnte nur aus Meiers Mund kommen. Und gutes Essen machte die Zunge beweglicher.

»Ich bin seit der Umgestaltung der Innenräume nicht mehr bei Ihnen gewesen, Herr Eichendorff. Das neue Interieur ist sehr gelungen.«

»Das hört man gern. Ich habe ein kleines Drei-Gang-Menü für uns vorbereiten lassen – ich hoffe, in Ihrem Sinne?«

»Was wird unsere Gaumen denn erfreuen?«

Er war fraglos der adeligste Buchhalter, der überhaupt vorstellbar war. Diese unfassbare, fast schon arrogante Selbstsicherheit. Doch Meier hatte allen Grund dazu, und er wusste es. Das war ja das Problem.

»Mariniertes Filet von der Lachsforelle mit herbstlichen Blattsalaten, danach gibt es ein Medaillon vom Milchkalb und Zunge auf Wurzelgemüse und Madeira-Jus. Zum Abschluss servieren wir Bayrisch Crème mit Blutorangensauce und hausgemachtem Sauerrahmeis.«

Meier nickte freundlich.

Julius kämpfte sich durch verhassten Small Talk, bis der erste Gang serviert wurde. Den galt es noch abzuwarten, bevor es ernst wurde. Die Lachsforelle war genau so auf dem Teller arrangiert, wie er es der Küchen-Brigade beigebracht hatte. Julius wusste wirklich nicht, worauf Buergené mit der neuen kulinarischen Ausrichtung der »Alten Eiche« angespielt hatte.

Sie aßen still.

»Haben Sie an der Saar eigentlich etwas von der Mordserie hier im Ahrtal mitbekommen?«

Meier tupfte sich den Mund ab. »Wir sind dort nicht aus der Welt, Herr Eichendorff. Ich habe dies alles sehr genau verfolgt. Eine ausgesprochen unerfreuliche Geschichte.«

»Wenn Sie wüssten!«, sagte Julius, der nun den Punkt zum Einhaken hatte. »Was nicht in der Zeitung stand, macht die Mordserie noch mysteriöser. Das zweite Opfer, ein gewisser Agamemnon Despoupoulos – Sie haben sicher noch nie von ihm gehört –, hat in der wurzelechten Parzelle des Recher Herrenbergs die Reblaus ausgesetzt. Und man weiß bis heute nicht, wer der Auftraggeber war. Aber die Polizei, ich habe da einen sehr guten Kontakt, geht davon aus, dass es einen prominenten Drahtzieher gibt.«

Es war, als würde sich die Temperatur im Raum um etliche Grad senken, ohne dass sich die Miene seines Gegenübers verändert hätte. Aber hinter der Maske fletschte Meier die Zähne, das war Julius klar. Doch er würde nicht die Contenance verlieren. Genauso wenig würde er klein beigeben.

Die Situation kam Julius vor wie die Szene in einem Mafia-Film: Zwei alte Paten treffen einander, umarmen und küssen sich, lächeln die ganze Zeit verständnisvoll und haben doch stets den Tod des anderen im Sinn.

Julius fühlte sich wie ein Don Juliani, besser natürlich: Giuliani! Eckhard Meier wäre dann Don Eckhardo, oder italienischer: Don Enrico.

Der Film begann.

Don Enrico: »Ich bewundere Ihr Hintergrundwissen bezüglich polizeilicher Ermittlungen. Ich ziehe allerdings vor, mich mit Wein zu beschäftigen.«

Don Giuliani: »Bevor wir zum Geschäftlichen kommen, möchte ich Ihnen gern noch eine amüsante Theorie von mir zu dieser Geschichte erzählen, die Sie sicher interessieren wird.«

Don Enrico: »Vielen Dank für das freundliche Angebot. Aber geschäftliche Gespräche sind doch das Erfreulichste, vor allem wenn sie mit einem so angenehmen Geschäftspartner wie Ihnen geführt werden.«

Don Giuliani: »Ah, da kommt der zweite Gang! Beim Essen sollte man nicht über Geschäfte reden. Also speisen Sie in aller Ruhe, und ich erzähle von der Theorie. Genießen Sie es wie ein Hörbuch. Ich sprach ja eben vom Drahtzieher. Dieser muss einen Vorteil aus der Reblaus-Aktion gezogen haben. Aber wem könnte eine solche Zerstörung Nutzen bringen? Dem Weingut Ninnat schadet es, aber die Familie hat so viele Parzellen mit Pfropfreben, dass sie es ausgleichen kann. Ich habe übrigens erfahren, dass in den letzten Monaten auch in vielen anderen Weingütern plötzlich die Reblaus aufgetreten ist. Einige Moselbetriebe stehen nahe am Ruin, aber das sind die Ausnahmen. Die meisten werden es finanziell überleben. Der Drahtzieher kann also kein Winzer sein, der Konkurrenten *endgültig* ausschalten wollte.«

Don Enrico: »Zu diesem Schluss würde ich auch kommen. Ich muss Ihnen ein Kompliment für den zweiten Gang machen. Und ich tue es gerne. Er ist deliziös und steigert das Vergnügen des ersten noch.«

Don Giuliani: »Freut mich zu hören. Zurück zum Drahtzieher. Da entledigt sich niemand seiner Winzerkollegen per se, sondern nur seiner Weinkonkurrenten im Bereich der wurzelechten Reben. Nur so macht es Sinn. Der Drahtzieher muss also ein Winzer sein mit einem großen Besitz an wurzelechten Reben. Gibt es eigentlich jemand, der einen ähnlich großen Besitz an solchen hat wie Sie?«

Don Enrico: »Eine faszinierende Theorie. Aber soweit ich weiß, gibt es keine Hinweise, dass der Reblausbefall bei anderen Winzern durch diesen Mann – ein Italiener, sagten Sie? – verursacht wurde. Zum anderen glaube ich nicht, dass einer meiner Winzerkollegen auf eine solch abstruse Idee kommen würde.«

Don Giuliani: »Das glaube ich natürlich auch nicht.«

Don Enrico: »Dabei gibt es bestimmt viele, die unzählige Parzellen mit wurzelechten Reben haben. Leider habe ich dazu keine Zahlen. Aber nun würde ich Ihnen doch gerne mitteilen, dass ich vorhabe, der ›Alten Eiche‹ einen großzügigen Rabatt bei der Weinlieferung einzuräumen. Sie sollen doch Freude am Weinverkauf im Restaurant haben, dann müssen Sie sich auch nicht mehr mit so unerfreulichen Geschehnissen wie dieser Mordsache auseinander setzen.«

Don Giuliani: »Das mache ich doch gern! Und meine Überlegungen gehen noch weiter: Ein gesundes Weingut würde sich niemals der Gefahr aussetzen, bei einer solchen Sache erwischt zu werden. Um ein solches Risiko einzugehen, muss man unter Druck stehen, finanziell. Natürlich weiß niemand außer dem Besitzer und seinen Banken, wie gut es einem Weingut geht. Aber es gibt doch … Hinweise. Wenn ein Winzer, der seine Kunden früher niemals besuchte, ganz plötzlich sogar kurzfristig kommt, ist das schon merkwürdig.«

Don Enrico: »Er könnte dies auch nur bei ihm besonders wichtigen Kunden machen.«

Don Giuliani: »Natürlich. Die wären dann sicher geschmeichelt. Aber nehmen wir an, es ist nur ein kleiner Koch, den der Winzer besucht. Ein Meister am Herd, aber sein Restaurant ist noch keine Pflichtadresse, auf deren Weinkarte man unbedingt stehen müsste.«

Don Enrico: »Sie haben eine bewundernswerte Vorstellungsgabe, Herr Eichendorff. Aber die Sache ist ja nun beendet, da dieser Reblausaussetzer tot ist. Wir sollten uns lieber den Lebenden zuwenden.«

Don Giuliani: »Genau das ist meine Absicht, Herr Meier junior! Wie ich das sehe, hat der Mörder dem Drahtzieher – der lebt ja noch und genießt das Leben – einen Gefallen getan. Dazu muss ich etwas ausholen. Ich habe Ihnen ja eben berichtet, dass in letzter Zeit vielerorts wieder Rebläuse aufgetreten sind – allerdings ausnahmslos bei berühmten Winzern, die in Ihrer Spielklasse zu finden sind. Sie sagten vorhin vollkommen richtig, es gäbe keinen Beweis dafür, dass Agamemnon Despoupoulos – so heißt der Italiener – auch andere Weinberge mit dem Schädling infiziert hat.

Allerdings geschah der Befall peu à peu von Süden nach Norden und übersprang dabei etliche Weinberge zweit- und drittklassiger Winzer. Da nördlich der Ahr nichts mehr kommt, zumindest nichts, was den Weinen des Drahtziehers etwas von ihrer Einzigartigkeit rauben könnte, ist der Plan nun erfüllt. Agamemnon Despoupoulos hatte seine Schuldigkeit getan und konnte gehen. Soll es wirklich nur ein glücklicher Zufall sein, der dieses Happy End für den Drahtzieher herbeigeführt hat, oder steckt mehr dahinter?«

Don Enrico: »Ich liebe Geschichten mit Happy End.«

Don Giuliani: »Ich auch, ich auch. Aber sehen Sie, ich glaube nicht, dass diese Geschichte schon zu Ende ist. Ich habe mich gestern gefragt: Wie könnte ein kleiner Koch herausfinden, ob derjenige der Drahtzieher ist, den er dafür hält? Nun, er müsste ihn zuerst einmal anrufen, so wie ich Sie angerufen habe, und ihn bitten, ins Ahrtal zu kommen. Dann wäre er sicherlich nervös, aus Angst, dem Mörder seines Handlangers zu begegnen. Das würde bedeuten, er selber hätte die Tat nicht begangen. – Warum waren Sie eigentlich gestern so nervös? Immer wieder kamen Sie ins Stottern, so kenne ich Sie gar nicht. Na ja, und dann würde der kleine Koch den nervösen Drahtzieher mit einem großen Scheinauftrag ködern. Und da es ihm finanziell schlecht geht, würde er kommen. In seinem Wagen säße sicherlich ein Bodyguard. – Wer sitzt eigentlich bei Ihnen im Auto?«

Don Enrico: »Das ist mein Kellermeister.«

Don Giuliani: »Natürlich, warum sollten *Sie* auch einen Bodyguard mitbringen? Und ich finde es ausgesprochen nett, dass Sie Ihren Kellermeister mit zu wichtigen Kunden nehmen und er dann entspannt im warmen Wagen sitzen darf, während Sie die harten Verhandlungen führen und dazu immer diese schweren Dinge essen müssen.«

Don Enrico: »Wobei Ihre Menüs stets ausgezeichnet sind – da kommt ja auch der dritte Gang! Mein Kellermeister hat zurzeit übrigens Magenprobleme.«

Don Giuliani: »Der Arme. Wie auch immer, der Drahtzieher würde damit rechnen, dass der Mörder auch ihm an den Kragen will. Entweder weil er nicht nur das Werkzeug, sondern auch die Hand, die es führte, zerstören will. Oder weil der Mörder sich mit dem Drahtzieher, der ihm den Auftrag zur Ermordung des nutzlos gewordenen Despoupoulos gab, überworfen hat. In letzterem Fall sollte jener der Polizei lieber sagen, um wen es sich beim Mörder handelt, sonst könnte es ihn nämlich erwischen. Im ersten Fall sollte er allerdings erst recht zur Polizei gehen. Eine Gefängniszelle ist ein sicherer Ort. Das wäre auch ein Ende für die Geschichte. Nicht wirklich ein Happy End. Aber der … Held? Nein, der Bösewicht, der Drahtzieher, überlebt zumindest. Und dem Publikum bleibt der Glauben an Läuterung.«

Don Enrico: »Sie sind ein schlechter Geschichtenerzähler.«

Don Giuliani: »Ich bin ja auch Koch.«

Don Enrico: »Sie reden sehr viel, mancher könnte meinen zu viel, Herr Eichendorff. Hat Ihnen das schon mal jemand gesagt?«

Don Giuliani: »Müsste ich überlegen … Ich finde, es ist deutlich zu viel geredet, wenn jemand einem Autohändler sagt, er soll Rebläuse aussetzen.«

Don Enrico: »Würden Sie den so genannten Drahtzieher der Polizei melden?«

Don Giuliani: »Ich hätte keine Beweise.«

Don Enrico: »So hat der Drahtzieher es vermutlich auch eingerichtet. Ich dachte mir, dass Sie sich nicht lächerlich machen wollen.«

Don Giuliani: »Aber ich würde es allen Winzern erzählen, denen vor kurzem die Reblaus ihre besten Weinberge zerstört hat. Die würden sicher einen Beweis finden. Oder andere Wege. Ich glaube auch, der Drahtzieher würde in seinen Weinbergen bald einen Haufen Untermieter haben. In Form von Rebläusen natürlich. Das wäre nur gerecht.«

Don Enrico: »Ein kleiner Koch, ich spreche jetzt natürlich nicht von Ihnen, würde wirklich das renommierteste deutsche Weingut zerstören wollen? Das schadet dem ganzen Land! Der Mann müsste in großen Dimensionen denken.«

Don Giuliani: »Nein, hätte er nicht nötig. Er würde auch gar kein Weingut zerstören, sondern höchstens den Täter. Die Weingutsleitung würde ein anderer übernehmen, die Schande verschwände mit ihm. Wäre ich der Drahtzieher, ich würde mich der Polizei stellen, ansonsten könnte es hässlich werden. Und er sollte zu Kreuze kriechen vor den Kollegen.«

Don Enrico: »Was ginge den Koch die Sache überhaupt an?«

Don Giuliani: »Ach, wissen Sie, ich glaube, er bildet sich gern ein, dass es noch so etwas wie Gerechtigkeit gibt. Er weiß, dass er sich da was vormacht, aber er mochte schon als Kind die Märchen am liebsten, bei denen sich der Böse am Ende in Rauch auflöst.«

Don Enrico: »Wäre es nicht ein viel schöneres Märchen, wenn der kleine Koch am Ende viel Geld von einem unbekannten Mäzen bekäme und sich alle Wünsche erfüllen könnte?«

Don Giuliani: »Bestimmt. Das klingt schon schön. Aber wenn er ein Koch wäre wie ich, dann hätten sich nahezu alle seine Wünsche bereits erfüllt. Mein lieber Eckhard Meier junior, wenn ich auf die Uhr sehe, wird mir schmerzlich bewusst, dass Sie mich ja schon verlassen müssen. Die Geschichte von diesem Ökoterroristen hat mich erschöpft. Nebenbei, solche Leute würden wir hier niemals bewirten. Ich bin vielleicht auch nur ein kleiner Koch, aber meine Gäste suche ich mir doch immer noch selber aus.«

»Sag bloß nicht, dass du mein Maître d'Hôtel und nicht mein Chauffeur bist!«

»Ich bin dein *Freund* und net dein Chauffeur«, erwiderte FX nach kurzer Denkpause.

»Geht doch!«, sagte Julius. »Man muss nur wollen.«

Den Zeitpunkt, an dem er Hermann Horressens imposantes Bingener Schloss aufsuchen würde, hatte Julius exakt ausgewählt.

Der berühmte Glatzkopf würde jetzt nicht da sein.

Schon von der A61 aus konnte er dessen Domizil erspähen und den beflaggten Turm, auf dem der Schriftzug »Burg Horressen« prangte. Doch es war kein einschüchterndes Gemäuer in erdrückender Pracht. Das Bauwerk aus dem 12. Jahrhundert war ein kleines Schloss und doch groß genug, um Besuchern anerkennende Pfiffe zu entlocken.

FX brachte seinen Wagen quietschend vor dem Gut zum Stehen. Julius brauchte keine Hilfe mehr beim Aussteigen und wandte sich direkt zum Nebengebäude, wo, wie er wusste, neben der Probierstube der lange Weingutsgang lag, in dem stets die Michelin-Proben Horressens gestellt wurden. Mit den Fenstern zum gepflegten, von einer Mauer eingefassten Garten wirkte er wie ein kirchlicher Kreuzgang. Der hallende Klang der hohen Decke verstärkte das sakrale Gefühl.

Auch heute Abend würde es eine Probe in der Burg Horressen geben, und erst zu dieser würde der Hausherr erscheinen.

Julius wäre dann längst weg.

Der Grund dafür war einfach: Ein Gespräch war ein Spiel, und Horressen war meisterhaft darin. Er betrieb es wie Schach. Der Gegner ahnte nie, dass nur noch drei Züge bis Matt fehlten. Julius hatte nicht die Druckmittel, um schon vor Beginn Horressens Dame vom Spielfeld nehmen zu können und dessen Springer gleich mit. Deshalb brauchte er diese Partie mit ihm erst gar nicht zu beginnen.

Aber Horressens Tochter Stéphanie hatte kein Interesse an den vierundsechzig schwarz-weißen Feldern.

Und sie war die Vertraute ihres Vaters. Mit ihr würde Julius reden können. Als er in den Gang trat, stellte sie gerade die Weinflaschen für die Finalprobe des Weinbaugebiets Nahe. Dann würde heute Abend auch Frederick Lotte da sein, der Verantwortliche für die Region. Schade, den Burschen hatte er schon lange mal persönlich kennen lernen wollen. Und umgekehrt war es wohl genauso.

»Hallo, Herr Eichendorff. Vorsicht mit den Krücken, der Boden ist uneben!« Die große blonde Frau, ein Ebenbild ihrer Mutter, strahlte Julius an. Sie war gemeinsam mit ihrem Bruder die Zukunft des Gutes. Mit siebzehn hatte sie ihr Abitur in Kalifornien gemacht und in den USA auch die Liebe zum Wein entdeckt. Ihr Vater hatte seine Kontakte spielen lassen, und sie konnte danach bei den Besten der Besten lernen. Das Önologiestudium in Geisenheim war ein Klacks für sie gewesen. Stéphanie war kein Greenhorn, das war Julius klar, aber Gesprächskunst nach Art ihres Vaters lernte man in keinem Weinkeller der Welt, dafür musste man wie er Jura studiert haben.

»Ich wollte deinen Vater besuchen, ist er da?«

»Leider nicht. Er ist gerade unterwegs, neue Schuhe kaufen. Es ist immer besser, vorher anzurufen. Aber in einem Viertelstündchen wird er wohl wieder hier sein.«

Dann musste er sich beeilen. Sonst wären die lange Fahrt und das Ertragen des zum Chauffeur umfunktionierten FX völlig umsonst gewesen.

Die Flaschen der Klassenbesten von der Nahe, Güter aus Oberhausen, Monzingen, Bockenau, Traisen und Langenlonsheim, konnte er in der ersten Flaschenreihe ausmachen.

Vielleicht sollte er doch länger bleiben.

»Ich dachte, ich überrasche ihn.«

Stéphanie zuckte mit den Schultern und begann die wenigen Rotweine aufzuziehen. »Wie geht es Ihrem Bein? Mein Vater hat mir von dem Unfall erzählt.«

»Was hat er denn gesagt?«

»Na ja, dass Sie in Ihrem Garten-Weinberg ungeschickt gefallen sind. Die Geschichte wäre viel dramatischer, wenn es im Steilhang passiert wäre.«

»Ich werde dran denken, wenn ich mir beim nächsten Mal ein Gipsbein besorge.« Julius setzte sich auf einige Weinkartons, die übereinander gestapelt neben einem großen offenen Kühlschrank standen, in dem die Weine für die zweite Verkostungsrunde auf Temperatur gebracht wurden. »Dir kann ich es ja sagen, Stéphanie, ich mache mir ein bisschen Sorgen um deinen Vater.«

»Wieso das? So fit wie jetzt hab ich ihn schon lang nicht mehr erlebt. Rank und schlank, nicht mehr so barock wie vorher. Er sprüht zurzeit doch nur so vor Lebenskraft.«

»Ich hab das vom Michelin gehört, dass Carl Knuzius die Lizenzrechte aufkaufen und deinen Vater rausdrängen wollte. Das muss ihn mitgenommen haben.«

Hermann Horressen hätte sich nun um eine Antwort gedrückt. Und seine Tochter?

»Ich will nicht zynisch sein, aber das Thema hat sich ja nun erledigt.«

Sie wusste davon, also hatte Horressen davon gewusst! Von wegen »absolute Geheimhaltung«.

»Und hat ihn das nicht bedrückt?«

»Viele halten meinen Vater für einen Dickhäuter, dabei ist er sehr sensibel. Aber die Sache hat ihn eher zum Schmunzeln gebracht. Sie wissen doch, wie blöd die Situation mit dem Michelin ist. Unser Weingut wird nicht bewertet, weil mein Vater der Herausgeber ist. Frederick Lotte verkostet zwar all unsere Weine, aber drucken dürfen wir die Zahlen nicht. Wenn mein Vater aufhören würde, könnten sie rein. Für das Weingut wäre das sicher gut. Wenn Knuzius das Ganze übernommen hätte, wäre es eben so gewesen.«

Julius nahm eine Flasche Eiswein aus der Lage Oberhäuser Brücke in die Hand und strich über das Etikett, auf dem sogar der Wochentag der Lese vermerkt war. »Dann hat es ihn also nicht mal erleichtert, als Knuzius das Zeitliche gesegnet hat?«

»Er hat nicht viel drüber geredet. Ich hab ihn mal gefragt, ob er Genaueres wüsste, aber da kam nichts. Na ja, solange er nicht weniger singt, und das tut er nicht, ist alles mit ihm in Ordnung. Oder wenn er weniger Skat spielen oder sich weniger für Fußball interessieren würde. Aber wenn das alles wie jetzt nicht der Fall ist, geht's meinem Vater prima.«

»Also *mich* bedrücken diese Morde, Stéphanie. Mich nimmt das alles sehr mit.«

»Sie leben ja auch vor Ort. Und trinken Wein – was der Mörder anscheinend gar nicht gut findet.«

»So steht es zumindest in der Presse.« Julius sah hinaus in den Garten. »Was ist eigentlich draußen bei euch los?«

»Ach, die bauen für die große Zweihundert-Jahr-Feier von Burg Horressen auf. Das Gebäude ist natürlich älter, aber unter dem Namen halt noch nicht. Sogar der Ministerpräsident kommt zur Feier. Sie sind doch bestimmt auch eingeladen?«

Nicht dass er wüsste.

»Zweihundert Jahre, das ist schon eine stolze Leistung.«

»Wie Philippine de Rothschild so schön gesagt hat: ›Es ist überhaupt kein Problem, ein Weingut über Generationen im Familienbesitz zu bewahren. Schwierig sind nur die ersten zweihundert Jahre.‹ Wir sind also aus dem Gröbsten raus.«

»Habt ihr eigentlich auch alte Parzellen mit wurzelechten Rebstöcken?«

»Nur eine ganz kleine, aus Sentimentalität. Der Ertrag ist winzig, und eigentlich müssten wir sie neu bestocken, aber es geht halt nicht immer nur ums Geld. Mich nervt das total, dass überall nur noch *maximiert* wird.« Sie hörte auf mit dem Öffnen der Weinflaschen, das Thema nahm sie zu sehr mit. »Denn was heißt das schon? Wein mit einem bestimmten Geschmacksprofil, der billig produziert wird. Dieses abartige Tanninpulver zum Beispiel kommt jetzt in Europa so richtig flächendeckend zum Einsatz. Es wird aus Galläpfeln hergestellt. Da fragt niemand, ob das jeder verträgt. Wissen Sie, was Galläpfel sind? Die haben überhaupt nichts mit Obst zu tun! Die entstehen an der Unterseite von Eichenblättern, als Abwehrreaktion auf abgelegte Wespeneier. Pfui Teufel!«

»Da kommst du ja richtig in Fahrt.«

»Django hat mich angesteckt. Wenn man einen Abend mit dem zusammensitzt, würde man am nächsten Tag am liebsten etliche Weingüter niederreißen.«

»Ich merk schon, die ganze Familie Horressen hat viel Energie.«

»Wenn ich das in grenzenloser Unbescheidenheit einmal so sagen darf: Da haben Sie verdammt Recht!«

Sie hatte auch viel von ihrem Vater, dachte Julius.

Noch ein paar Schüsse ins Blaue, und er wäre weg.

»So ich muss, zu Hause wartet noch ein ungelöstes Rätsel auf mich. Bist du gut in so was? Auf jeden Fall bist du weiter gereist als ich. Sagen dir ›Vinum Mysterium‹ und ›Nachrichten aus dem Totenreich‹ irgendwas?«

Stéphanie Horressen machte einen Schritt zurück und sah sich die von ihr in der richtigen Reihenfolge hingestellten Flaschen an. Der Aufbau im Garten trat in seine lärmige Phase.

»Hab ich noch nie gehört, das erste. Das zweite natürlich schon. Ich dachte, das wäre allgemein bekannt.«

Selbst die Polizei hatte nichts Konkretes dazu gefunden. Das Allgemeinwissen der Horressens schien einiges zu beinhalten. Vermutlich gehörten Apokryphen und Freimaurerpapiere dazu.

Vielleicht wussten sie sogar etwas über den UFO-Absturz bei Roswell.

Das würde er ein andermal klären.

»Ich höre.«

»Mein Vater hat mich mal damit aufgezogen, der interessiert sich ja für so historische Sachen. Ich hatte mich total gegruselt, als er mich damals fragte, ob ich ›Nachrichten aus dem Totenreich‹ lesen wolle. Und dann gibt er mir so eine alte vergilbte Zeitung aus Neuwied. Eine Art Widerstandsblatt der freien Meinungsäußerung, kann auch sein, dass es ›Nachrichten aus dem Reich der Toten‹ hieß oder Gespräche, ja genau, ›Politische Gespräche im Reich der Toten‹. Oder so ähnlich.«

Auf der Rückfahrt vom Horressen'schen Schloss versuchte er Anna anzurufen, doch wo immer sie steckte, ihr Handy war ausgeschaltet. So viel zum Thema Immer-erreichbar-Sein.

»Geht s' net dran?«

»Nur die Mailbox. Schon seit einer Stunde.«

»Vermisst du des Schneckerl, oder willst ihr nur was Wichtiges sagen? Ich mein die Sache mit dem Totenreich.«

»Beides. Eigentlich würde ich sie am liebsten zu einem richtig netten Abend einladen und vorher schnell die Mordserie beenden. Ich bekomme sie privat kaum mehr zu sehen …«

»Ihr arbeitet halt zu hart. Mach weniger, übergib die Geschäfte einfach an deinen Maître d'Hôtel.«

»Wann sind wir wieder in der ›Alten Eiche‹?«, versuchte Julius abzulenken.

»Des wurmt dich ganz schön, was, Maestro? Wir Wiener spüren des, wir haben ein Extraherz, des allein für die romantischen Seiten des Lebens schlägt.«

»Und einen Extramagen für Mehlspeisen. Ihr seid euer eigenes Ersatzteillager.«

»Verlier mir die Frau net, mein Lieber, die passt gut zu dir.«

»Ach ja? Nenn mir eine Gemeinsamkeit!«

»Warte! Da fällt mir sicher viel ein.«

FX justierte die Klimaanlage neu.

Spielte am Lautstärkeregler.

Klickte den Bordcomputer durch.

»Es gibt keine«, half ihm Julius. »Ich liebe gutes Essen, klassische Musik und Ordnung. Sie Jazz, Chaos und Mampfen auf der Couch, am besten mit den Fingern. Manchmal bekomme ich sie auch zu richtigem Essen. Es schmeckt ihr auch, aber es ist ihr nicht wirklich wichtig, verstehst du? Und dann diese Arbeitszeiten! Wenn du in der Gastronomie bist, such dir jemanden in der Gastronomie. Das wussten schon die alten Ägypter, da bin ich mir sicher.«

»So eine findest so schnell net wieder. Des sag ich dir!«

»Kannst du mir noch mal sagen, wofür gute Freunde da sind? Üble Prophezeiungen?«

»Na, anscheinend sind gute Freunde dazu da, um dicke Köche, die zu blöd zum Laufen sind, im Auto zu kutschieren.«

»Ach, hättest du was Besseres zu tun gehabt?«

»Ich muss heut zufällig noch nach Trier. Und wegen dir komm ich da jetzt zu spät!«

»Was Dringendes?«

»Geht dich des was an? Ich glaub net.«

Danach wurde nicht mehr übermäßig viel gesprochen.

Das änderte sich bei der Ankunft vor der »Alten Eiche«, aber nun war es jemand anders, der redete.

Pfarrer Cornelius lief vor dem Restaurant auf und ab, als hätte jemand seine Schuhe angezündet. »Da kommen Sie ja endlich! Wir müssen das jetzt ganz schnell zu Ende bringen, zack, zack, zack! Es ist doch schon alles gekocht, oder? Wenn nicht, dann fahre ich gleich wieder, dann müssen wir nicht weiterreden, wir haben ja Köche bei uns im Erzbischöflichen Haus und im Priesterseminar auch. Die kochen einfach, aber gut, wie es sich gehört. Wollen wir jetzt nicht endlich hineingehen? Ich muss auch bald wieder zurück!«

Julius wies wortlos zur Tür, in der Pfarrer Cornelius schneller verschwand, als ein Engel Hosianna sagen konnte.

Natürlich war alles schon fertig, und im Blauen Salon war auch bereits eingedeckt worden. Die Restaurant-Brigade hatte sich extra einen sakralen Leuchter von Winand Lütgens zur Dekoration ausgeliehen und weiße Blumen auf den Tisch gestellt.

»Nun, ich bin gespannt, Herr Eichendorff. Ich bin sehr gespannt. Es wird doch alles gut sein, oder? Das Essen ist ja nun schon sehr bald, und wir hinken meilenweit hinter unseren Planungen her. Das Menü hätte schon längst stehen müssen. Wir konnten ja nicht ahnen, dass es für Sie so kompliziert sein würde. Am Heiligen Vater, möchte ich sagen, liegt es nicht. Er hat doch gar keine hohen Anforderungen! Bringen Sie alle Gänge gleichzeitig? Das wäre mir sehr recht. Sehen Sie, wegen der Zeit! Ich möchte nicht unhöflich sein.«

Julius nickte, winkte FX herbei und instruierte ihn.

»Die Presse fragt schon die ganze Zeit nach dem Menü, und unser Küchenpersonal möchte auch wissen, was Sie in ihrem Reich fabrizieren wollen. Es freuen sich natürlich alle auf Sie, aber, nun ja, selbstverständlich hätten unsere Mitarbeiter gerne *jedes* Mahl für den Heiligen Vater gekocht. Aber wir haben uns damals anders entschieden! Wir werden sehen.«

FX, zwei Kellnerinnen und zwei Kellner trugen die Gänge herein.

Julius lächelte zufrieden. Er wusste, dass sie alle Qualifikationen erfüllten.

»Als Vorspeise Fagioli all'uccelletto, eine weiße Bohnensuppe mit Tomaten aus der Toskana. Wir sind uns sicher, dass er diese Suppe zur Feier seiner Papstwahl gegessen hat. Als Hauptspeise ein Alt-Eifeler Schmorbraten mit Buchweizenknödel, die sind eine Hommage an seine Heimat. Und zum Abschluss Heißer Ahr-Spätburgunderkuchen an Zimteis. Et voilà!«

Julius beobachtete zufrieden den ungläubigen Ausdruck in den Augen von Pfarrer Cornelius, der sich jede Speise lange ansah.

»Greifen Sie zu!«, ermunterte Julius ihn. »Ich erkläre Sie hiermit zum offiziellen Papstvorkoster.«

Der Geistliche nahm das Besteck in die Hände. Begann aber nicht zu essen.

Julius brach sich ganz unzeremoniell ein Stück des Kuchens ab. »Wissen Sie, dass ich eigentlich ganz dankbar für die Sonderwünsche des Papstes bin? Dadurch musste ich meine kulinarischen Denkstrukturen verändern. In der Sterneküche verwenden wir einige Lebensmittel nur deshalb immer und überall, weil sie selten oder teuer sind. Und sie sind meist nur deshalb teuer, weil sie selten sind.« Julius lachte und nahm eine Gabel Schmorbraten. »Es geht gar nicht zentral um die geschmackliche Qualität des Lebensmittels. Wir müssen Hummer einsetzen, Gänsestopfleber, Trüffeln, Safranfäden und eben nicht einfach Schweinefilet oder Rinderschulter. Wenn schon profanes Getier, dann aber bitte Hochlandrind und Salzwiesenlamm. Das gut genährte Eifeler Hausschwein reicht nicht mehr. Ich kann verstehen, dass man in ein Restaurant geht, um Dinge zu essen, die zu Hause nie auf den Tisch kommen oder die extrem schwer zuzubereiten sind. Aber sollte die Aufgabe eines Koches nicht eigentlich darin liegen, perfekte Paarungen zu finden? Und wenn es Speck mit Sauerkraut oder Hühnchen mit Äpfeln wären. Sollte das dann nicht reichen? Aber nein, wir tischen exotisch auf, damit auch jeder weiß, wo das Geld bleibt. Das ist ein Irrweg! Wir dürfen uns nicht von der Seltenheit unsere Gerichte vorschreiben lassen! Lachs war mal ein Arme-Leute-Essen, dann etwas für Reiche, jetzt ist es wieder Allerwelt. Und wir braten oder braten ihn nicht – nur deshalb! Ja, haben wir sie denn noch alle? Wir sollten uns nicht fragen, was ist gerade teuer, was ist gerade ›in‹, muss es Bärlauch oder Zitronengras sein? Nein, ganz andere Sachen müssen ergründet werden: Was passt ideal zur Salzkartoffel? Wie wird der perfekte Matjes zubereitet?«

Pfarrer Cornelius ließ das Besteck fallen. »Das ist doch nicht wirklich Ihr Ernst?«

»Kein Grund, bleich zu werden! Es ist eben eine neue Kochphilosophie – und das dank Ihnen!«

»Dieses *Menü* ist doch nicht Ihr Ernst!? Ja, haben Sie denn gar nichts verstanden? Das ist doch wieder genau die raffinierte Küche, die wir nicht wollten. Schauen Sie doch, wie das schon aussieht! Wie *Sterneküche*, das sieht nicht nach einfachem Essen aus. Das ist alles viel zu abgehoben. Wir wollten das Essen des einfachen Mannes, denn ein solcher ist der Papst, ein bescheidener Diener Gottes. Das hier ist Völlerei, Herr Eichendorff, nichts als Völlerei!« Er wechselte chamäleonschnell von kreidebleich zu puterrot. Julius konnte nicht anders, als davon begeistert zu sein. Trotz der vorhergehenden Tirade. Die er nicht wirklich ernst nahm.

»Probieren Sie doch erst mal! Wir haben den Eigengeschmack der *einfachen* Zutaten in den Vordergrund gestellt, ganz schlicht, wie Sie es wollten. Wir können alles ja plumper anrichten, wenn

Sie unbedingt möchten. Aber gutes Essen sieht häufig halt auch gut aus, was soll man machen?« Julius lächelte, denn das war doch wirklich das perfekte Papstmahl, oder? Eines für die Geschichtsbücher. Thema perfekt getroffen, Eichendorff Eins, setzen.

»Ich werde unsere Zusammenarbeit beenden«, sagte Pfarrer Cornelius, nun flüsternd und wieder bleich. »Noch ist es nicht zu spät …«

Jetzt erst schaltete Julius und war im Bruchteil einer Sekunde von null auf hundertachtzig. »Sie wollen *jetzt* noch alles abblasen? Nachdem Sie mich und mein Team die ganze Zeit verrückt gemacht haben mit Ihren tausend Wünschen? *Sie* haben sich nicht klar genug ausgedrückt, mein lieber Herr Gesangsverein! Sonderschichten haben wir eingelegt, etliche Rezepte studiert, Leute auf offener Straße belästigt wegen einfacher, typischer Gerichte. Wir haben uns mehr Gedanken gemacht als bei einem Sieben-Gang-Gala-Menü! Und Sie wollen alles jetzt einfach so abblasen? Das können Sie vergessen! Wir kochen für den Papst, und wenn wir zur Vorspeise einen öden gemischten Salat und als Hauptgang, warten Sie … Forelle mit Reis oder noch schlimmer: Omelett mit Gemüse kochen müssen. Und als Nachtisch, was ist denn so ganz besonders einfallslos? Genau: Apfelstrudel mit Zimt. So richtig kantinös! Selbst wenn wir so einen Mist zubereiten müssten, wir stehen in der Küche, unser Essen isst der Papst!«

»Fabelhaft!« Pfarrer Cornelius stand auf und küsste Julius auf die Halbglatze. »Genau so machen wir es! Der Hauptgang ist frei wählbar: Fisch oder Omelett. Wunderbar, Menü besprochen! Mir fällt ein Stein vom Herzen.« Jetzt sah er farblich auch wieder gesund aus, dafür fühlte sich Julius, als hätte jemand seinen Magen umgestülpt und sein Hirn gleich mit.

Das kirchliche Handy klingelte, das hieß, eine Glocke schlug.

Pfarrer Cornelius wurde nach wenigen Sekunden wieder bleich, tatsächlich sogar noch bleicher als zuvor. Wie lange die Haut solche Farbwechsel wohl mitmachte?

Den nächsten Satz schrie er.

»Der Papst ist eingetroffen!«

Kaum war Pfarrer Cornelius zur Tür, kam der nächste Besucher herein. Es war Maximilian Löffler, und er sah schlecht aus. Wie ein gramgebeugter alter Mann stand er in Gärtnerkluft mit schweren Schuhen wortlos in der Tür.

»Haben die Bienen das Stäuben vergessen?«, fragte Julius, der sich entschieden hatte, zumindest fürs Erste, das Papstmenü mit Humor zu nehmen.

»Du hast doch hier irgendwo ein Klavier stehen, oder, Jules?«

»Im Blauen Salon, weißt du doch. Was ist denn los?«

»Entschuldige mich. Ich brauche zwei Minuten, um mich zu erholen. Kann jetzt nicht reden.«

In voller Montur begann er an dem alten verstimmten Klavier einen Boogie Woogie zu spielen. Vom Feinsten. Während des Spielens, dem Julius gespannt lauschte – wie auch ein Großteil der Restaurantbrigade, die herbeigeschossen kam –, entspannte sich Löfflers Körper, die Frische kam zurück, der Ärger verflog. Er warf seine schmutzige Jacke nach dem Musikstück wie Ballast von sich.

»Wir müssen reden, Jules! Allein.«

»Ist das erste Mal gewesen, dass ich erleben durfte, wie einem Mann die Worte fehlen, der sechs Sprachen spricht.«

Maximilian Löffler antwortete erst, als alle außer Julius den Raum verlassen hatten.

»Ich hab Angst, Jules. Eine verdammte Angst.«

»Möchtest du was trinken? Kannst natürlich auch was essen. Oder naschen. Ich habe Pralinen, die streicheln die Seele.«

»Das Tal ist wahnsinnig geworden.«

»War es das nicht immer?« Julius sah Maximilian Löfflers ernsten Blick. »Entschuldigung. Deine Blumenarrangements gefallen mir übrigens sehr.«

»Natürlich, was auch sonst? Jules, bei mir steht das Telefon nicht mehr still, aber nie ist einer dran. Dann kommen ständig Leute zu mir und sagen, ich wäre mit zweien der Mordopfer in Kontakt gewesen, das wäre auffällig. Und fragen, was ich über Gottfried weiß und wer ihn ausgeknipst hat. Natürlich alles ganz freundlich, ohne offene Drohung. Alles mit einem Lächeln und in Komplimente für meine Arbeit gepackt.«

»Wer sind ›sie‹?«

»Dein Verein, Jules! Die Weinbruderschaft! Ihr habt sie doch nicht mehr alle. Ich habe schon drauf gewartet, dass *du* ankommst.

Der Terror ging los, als ich Gerdt Bassewitz nichts sagen wollte. Wir kennen uns schon seit Jahren, sind Freunde, ich habe Gestecke für die Hochzeit seiner Tochter gemacht.«

»Kommen die Weinbrüder nur zu dir?«

»Ach was! Zu meiner Familie, zu Gottfrieds Familie, zu der vom Knuzius auch. Und das sind nur die, von denen ich weiß. Ich komme mir vor, als wäre ich zum Freiwild erklärt worden. Aber warum tust du jetzt so überrascht?«

»Ich lasse jetzt doch einen Wein holen– aber keinen von Gerdt Bassewitz.« Julius rief François herbei, der eine für den Abend vorgekühlte Flasche entkorkte.

»Nur was zum Rachenputzen für dich, Maximilian. Das hellblaue Etikett kennst du ja sicher, deren Erstes Gewächs ist dieses Jahr großartig.«

»Ja, danke. Trotzdem ein billiger Bestechungsversuch. So einfach bin ich nicht zu besänftigen!«

»Ich bin ausgetreten, ich muss dich nicht bestechen. Gerdt hat jetzt die Zügel in der Hand, deshalb veranstalten sie auch eine Hexenjagd auf den Mörder.«

»Dann hoffe ich, dass sie ihn bald haben.«

»Wenn du was für Lynchmord übrig hast, ist deine Hoffnung angemessen.«

»Du meinst …?«

»Ich meine gar nichts mehr. Ich sehe nur, wie sich die Dinge verändert haben.« Julius stieß mit Maximilian Löfflers Glas an, das noch unangetastet auf dem Tisch stand. »Bist du nur zu mir gekommen, um dich zu beschweren? Das hättest du doch bei einem der Weinbrüder machen können, die dich unter Druck setzen.«

»Mache ich ja auch, bringt aber nichts! Nein, ich wollte dir was sagen, was die anderen Brüder besser nicht hören sollten und was ich der Polizei gegenüber auch nicht sagen darf. Floristische Schweigepflicht, du verstehst. Wenn meine Kunden hören, dass ich aus dem Nähkästchen plaudere, sind die schönen informellen Geschäftsabschlüsse futsch, Jules. Und ein anonymer Anruf von mir hätte nicht halb so viel Gewicht und Glaubwürdigkeit wie eine Aussage des kulinarischen Detektivs.«

»Trink was, trink auf deine Gesundheit! Und als Dankeschön für meine Botendienste bringst du meinen Restaurantgarten in Schuss.«

»Du bist so selbstlos, Jules. Mir kommen gleich die Tränen.«

»Jetzt sprich, Blumenbinder!«

Löffler setzte sich wieder ans Klavier. Julius betrachtete traurig die neuen Schmutzspuren auf dem Parkett, welche die Floristenschuhe hinterlassen hatten. Sie ergaben noch nicht mal ein gleichmäßiges Muster.

»Ich muss was dazu spielen, sonst bekomme ich's nicht raus.« Er begann ein ruhiges Stück Barjazz, es klang wie improvisiert. »Du musst mal mit deiner Bratsche vorbeikommen, Jules. So wie früher, das vermisse ich.«

Julius goss sich etwas des Rheingauer Weins ein und bewunderte die Balance aus goldener Fruchtigkeit und kraftvollem Körper. Er schmeckte wie ein großes Stück Morgensonne über einer Tropeninsel.

»Okay, Jules. Der Gottfried trank ja nicht gern allein. Er brauchte Publikum. Einmal pro Jahr war ich fällig. Als hätte er Buch darüber geführt. Vorletztes Mal fragte er mich, ob ich nicht mit ihm und der Weinkontrolle, also dem Knuzius, zur Fassprobe in die Bachemer Genossenschaft kommen will. Ich hatte Zeit, also klinkte ich mich ein.« Maximilian Löfflers Hände wirbelten ein kleines Zwischenspiel in die Tasten. »Es lief auch alles bestens, soll heißen, wir näherten uns zügig dem Punkt vollkommenen und glückseligen Deliriums. Da kam Gottfried auf eine Idee ...«

Jetzt wurde das Klavierspiel langsamer und moll-lastiger, es klang wie ein Trauermarsch. Julius schloss die Türen des Blauen Salons, da sich Mithörer eingefunden hatten.

»Gottfried hatte also einen Einfall mit besoffener Birne?«, fragte Julius und erntete ein Lächeln von Maximilian Löffler. Gottfried Bäckers Ähnlichkeit mit dem obstförmigen Altbundeskanzler war schließlich nicht zu übersehen gewesen. Das hatte auch die Kopfform betroffen.

»Jawohl, Jules. Williams-Christ-Birne, wenn du so willst. Wir waren gerade bei einem Barrique-Fass, Drittbelegung, das weiß ich noch ganz genau, eins, das für Rotsekt gedacht war. Ein saurer Tropfen mit weichen Tanninen, also genau, was du dafür brauchst. Und da hat er, na ja, da hat er, also zuerst er und dann auch der Knuzius, aber ich nicht, ich hab mich rausgeredet! Es hätte keinen Sinn gehabt, sie davon abbringen zu wollen, du kennst ... du *kann-*

test Gottfried ja.« Sein Klavierspiel wurde nun tänzelnder, er war hörbar froh, es hinter sich gebracht zu haben.

»Und *was* haben Gottfried und Knuzius gemacht?«

»Hatte ich das nicht gesagt?« Maximilian Löfflers Spiel tippelte nun auf den hohen Noten. »Also, Jules, sie haben reingepinkelt. Durchs Spundloch. Von einer Leiter. Als keiner von der Genossenschaft in Sichtweite war.«

Frage: Der Teufel scheißt immer auf den größten Haufen, und was macht sein Vertreter auf Erden? Antwort: Er entleert sich ins Fass.

Nicht alles, was Natur ist, ist es wert, getrunken zu werden.

Das war es also.

Sie urinierten in den Wein. Und obwohl danach immer noch alles im Weinfass natürlich war, entsprach es überhaupt nicht mehr dem Lebensmittelgesetz.

Das war es gewesen.

»Wer wusste davon?«

Maximilian Löffler spielte mit einer Hand weiter, während er mit der anderen ein Stück Dreck von seinem Kinn piddelte. »Gottfried hat bestimmt damit geprahlt, aber sicher nicht hier im Tal. In verschworenen Zirkeln, wo so eine Schweinerei als Kavaliersdelikt gilt. Ich fühl mich jetzt besser!« Er klappte den Deckel des Klaviers herunter. »Danke für Ohr und Wein, Jules. Deinen Garten mache ich, wenn die Sache vorbei ist und die Polizei nicht bei mir angeklopft hat. Ich muss los, ein paar Blumengestecke für den Papstauftritt nach Köln bringen. Gott sei Dank sind die vom Erzbistum nicht kompliziert. Die haben meinen ersten Vorschlag kommentarlos abgenickt. Es lebe die römisch-katholische Kirche! Gott mit dir, Jules.«

Es war gut, dass der Abend frei und der Morgen lang war. Julius' Akkus mussten dringend aufgeladen werden, um nicht irreparable Schäden davonzutragen.

Außerdem musste er ausgeschlafen sein.

Und im Vollbesitz seiner geistigen und olfaktorischen Kräfte.

Denn der Nasenwettkampf stand an.

Uhlen selbst hatte ihn gut gelaunt am Morgen abgeholt. Oliver Fielmann bereitete währenddessen akribisch alles in dessen Dieblicher Weingut vor, wobei er ungestört sein wollte.

»So hab ich ihn noch nie erlebt. Wie ein kleiner Junge, der scheint irre Spaß an der Sache zu haben. Dir macht's bestimmt nichts aus, wenn ich was schneller fahre?«

Das hieß Lichthupe, drängeln, schneiden. Vielleicht war dies Teil der psychologischen Kriegsführung mit dem Ziel, Julius' Nase in Schockzustand zu versetzen.

Für Julius war die Sache mehr als ein sportlicher Wettkampf. Nämlich ein willkommener Anlass, zwei der Hauptverdächtigen nahe zu sein – ohne dass es auffällig wirkte.

Er kam ja nur zum Riechen.

Die A61 wies wie immer eine Großbaustelle auf, an der traditionell niemand arbeitete. Nur so war klar, dass man auf der richtigen Autobahn fuhr. Ein aufmerksamer Service des Bundesverkehrsministeriums.

»Für einen Weinrevoluzzer, der sich den Kampf gegen die Schnelllebigkeit auf die Fahnen geschrieben hat, fährst du einen rasanten Wagen.«

»Ich seh nicht ein, warum *ich* irgendwelche Klischees erfüllen müsste. Mir macht sportlich zu fahren Spaß – trotzdem kann ich mich doch für mehr Geduld in Weinberg und Keller einsetzen! Willst du mich nervös machen?«

»Macht dich *so was* nervös? War doch nur eine einfache Feststellung. Außerdem hab ich es überhaupt nicht nötig, dich nervös zu machen.«

»Klingst ja siegessicher.«

»Fahr ruhig noch schneller. Ich kann kaum erwarten, dass es losgeht.«

Das tat Uhlen dann wirklich. Der Kies spritzte auf wie Wasser, als er seinen Wagen kurze Zeit später am Weingut zum Stehen brachte. Im Fasskeller fanden sie Oliver Fielmann, der einen großen Tisch für die Probe vorbereitet hatte. Gläser oder Weine waren keine zu sehen, nur zwei Taucherbrillen, mit schwarzem Klebeband blickdicht gemacht.

Der Weinsammler begrüßte sie nur mit einem kurzen Nicken, bevor er mit dem Zeigefinger gegen eine kleine Glocke schnippte.

»Duellanten! Ihr habt nach eurem Eintreffen jetzt eine Viertelstunde Zeit, um euch an den Geruch des Kellers zu gewöhnen. Dann werde ich die fünf präparierten Gläser hereinbringen. Und ihr verkostet blind.«

»Ich dachte, du machst mit?«, fragte Julius überrascht.

»Einer muss den Unparteiischen geben. Ich trete zu einem späteren Termin gegen den Gewinner an.«

»Dürfen wir im Keller noch was rumstrolchen, oder müssen wir uns schon setzen? Was sagt das strenge Reglement dazu?«

Fielmann verschränkte die Arme. »Geht, wohin ihr wollt, nur nicht in den Gang hinter mir. Sonst droht *Dis-qua-li-fi-ka-tion*.«

Julius begann durch die hohen Kellergänge zu wandern, um die feuchte, alte Luft so lange einzuatmen, bis er sie nicht mehr als Duft wahrnahm. Würde der Mensch, so hatte Julius es einst in einem Sensorikseminar gelernt, in jedem Moment stets alle Gerüche wahrnehmen, würde die Nase im Ernstfall nicht mehr helfen können. Sie würde einen neuen, Gefahr signalisierenden Geruch, aus dem Chaos der Aromen nicht herausfiltern können. Deshalb roch man nach einiger Zeit in einem Raum nur noch das, was sich änderte. Julius sog tief ein und schnupperte sich blind.

Die großen Fuderfässer ruhten gelassen auf ihren Plätzen, ihr schwarzdunkles Holz wirkte wie die Finsternis alter Wälder. Obwohl er hier in einem Keller war, fühlte er sich doch wie draußen in der Natur. Er flanierte zwischen Weinozeanen, die so wie Meere ihr Wasser an den Himmel ein wenig feinsten Weines an die Luft abgaben. Sie trug einen Hauch des Schieferrieslings in sich, den Django Uhlen so anbetete.

An einer Wand zwischen zwei Fässern hing ein altes Foto in goldfarbenem Rahmen. Der von Kellermeistern wegen seiner mikroklimatischen Eigenschaften erwünschte schwarze Pilz »Cladosporium cellare« hatte sich in der klammen Kellerluft darauf gebildet und den beiden abgebildeten Männern die Füße weggefressen. Die Farben hatten an Intensität verloren, sie waren vermutlich genauso geschwunden wie die Erinnerung an diesen Augenblick.

Uhlen stand vor dem Bild.

»Sonst hab ich nie Zeit, wieder mal einen Blick draufzuwerfen. Ist lange her. Der rechts bin ich.«

Der rechts hatte lange Haare, ein Palästinensertuch um den Hals und einen Ziegelstein in der Hand.

»Ich hatte dich politisch immer für einen … *Theoretiker* gehalten.«

»Eine Frage der persönlichen Evolution. Steine können keine Blüten tragen Julius, Worte schon.«

»Du meinst Stilblüten?«, sagte Julius und putzte sich lächelnd die Nase.

»Ich glaub, du weißt, was ich meine. Lass mich doch auch mal meinen Poetischen haben. Erkennst du meinen Kameraden?«

Julius ging einen Schritt auf das Bild zu. Auch der andere Mann hatte lange Haare, allerdings dunkle Locken, und er war groß, schlaksig, trug eine Brille und wirkte gut gelaunt. Ein sympathischer Bursche mit Flugzetteln in der Hand.

»Das Gesicht kommt mir bekannt vor …«

»Ist Wolf Kiefa, so jung war der mal.«

»Ihr kennt euch schon so lange? Das wusste ich gar nicht.«

»War eine andere Zeit, Julius. Ein anderes Leben. Aber prägend und wichtig für alles, was danach kam.«

Es war Zeit, die drängende Frage zu stellen. »Warum hast du der Zeitung wirklich von dem gefrorenen Wein erzählt?«

»Hab ich das?«

»Du bist ›Ein Freund, der meint, alle sollten wissen, wie Panscher sterben‹. Die Polizei hat dem Zeitungsredakteur Stimmproben vorgespielt, und er hat deine ohne Zögern identifiziert. Und dich haben sie deswegen auch schon längst befragt. Ich will es nur noch mal von dir hören.«

Stattdessen hörte Julius nun Oliver Fielmanns Stimme, die streng im Weinkeller hallte. »Auf die Plätze, alles ist fertig, gleich geht's los.«

Es war wie beim Schulaufsatz. Django Uhlen und Julius setzten sich brav an die Querseite des Tisches.

»Seid ihr so weit?«, fragte Fielmann mit sichtlicher Freude in den Augen.

Eigentlich nicht, dachte Julius. Aber das Vier-Augen-Gespräch mit Django musste eben warten.

»Sekunde noch!« Uhlen hob die Hand. »Um was wetten wir, Julius?«

»Du willst unbedingt was verlieren? Wie wäre es mit einem Karton Wein von deinem Besten? Und falls ich wirklich verlieren sollte, stell ich dir einen mit dem Feinsten der Ahr zusammen.«

»Das geht aber besser. Ich will die Hand deiner Tochter.«

»Ich hab keine Tochter, und wenn ich eine hätte, würde ich sie dir nicht geben.«

»Jetzt hast du mein kleines Herzchen aber arg verletzt.« Uhlen zog eine Schnute. »Ist schon gut, ich musste nur an eine wunderbare Geschichte von Roald Dahl denken.«

»Es sei dir gegönnt. Aber meine Tochter muss natürlich einen Koch heiraten. Wenn du umschulst, ist noch alles möglich.«

»Das lass ich durchgehen. Dann dein Restaurant.«

»Als Wetteinsatz?«

»Als Wetteinsatz.«

»Gegen dein Weingut?«

»Klingt fair.« Uhlens Gesicht blieb unbeweglich.

»Das ist nicht dein *Ernst*! Dann wäre einer von uns ruiniert.«

»Ich stell dich als Geschäftsführer der ›Alten Eiche‹ an.«

»Ich finde das albern. Lass uns *zwei* Kartons sagen, wenn es dir dann besser geht.«

»Dein Restaurant, Julius. Sonst blasen wir alles ab, und ich erzähle rum, dass du verloren hast.«

»Oliver wird etwas anderes bestätigen können.«

»Ich halte mich da raus«, sagte dieser jetzt. »Das ist eure Sache, ich bin neutral und verschwiegen.«

»Jetzt hör aber auf! Habt ihr euch abgesprochen?«

»Setzt du dein Restaurant?«, fragte Uhlen. »Du hast doch die beste Nase Deutschlands, oder?«

»Die ›Alte Eiche‹ ist mein Lebenswerk!«

»Wenn ich mich einmischen darf«, sagte Fielmann nun. »Julius, du hast das Duell angenommen. Es ist eine Frage der Ehre.«

»Wir sind doch hier nicht im 17. Jahrhundert! Nein, das mache ich nicht. So was macht man einfach nicht.«

»So ein Feigling bist du?«

»Und so überheblich bist du, Django? Es geht um dein Weingut! Was willst du überhaupt mit meinem Restaurant?«

»Ich will vor allem echten Nervenkitzel.«

Julius wusste, dass er gewinnen würde. Seine Nase hatte er über die Jahre geschliffen wie ein Samurai sein edelstes Schwert. François stellte seinen Riechkolben regelmäßig auf die Probe. Er war voll im Training. Julius erkannte Weine mittlerweile so schnell blind, als sähe er das Etikett vor sich. Nur bei einem frisch gebackenen »Master of Wine« als Gegner, jemandem also, der die schwerste Prüfung der Weinwelt abgelegt hatte, müsste er sich Sorgen machen. Nicht bei einem Winzer, der genug damit zu tun hatte, ordentlichen Wein zu machen und komplett zu verkaufen. Er würde sich einverstanden erklären. Das war das Einfachste. Über den Wetteinsatz ließ sich immer noch reden. »Lasst die Spiele beginnen!«

Uhlen klatschte in die Hände. »Das nenne ich Sportsgeist! Dann legen wir direkt los, Oliver.«

»Ja«, bekräftigte Julius. »Du kannst den ersten Wein servieren.«

Fielmann blickte Django Uhlen fragend an. »Wein? Wieso Wein? Hast du es ihm nicht gesagt, Django? Es gibt keine Weine, Julius. Ihr müsst zwar Dinge in Weingläsern erriechen, aber nichts davon ist ein Wein.«

»Das ist doch kein Problem für dich, Julius, oder?«, fragte Uhlen. »'tschuldigung, dass ich es vergessen hab. Ist mir entfallen. Man wird halt älter.«

Julius' Mund stand offen.

Fielmann reichte den beiden die Taucherbrillen. »Bitte aufsetzen, dann knote ich noch einen Schal darüber. Hier geht es ja um einen hohen Wetteinsatz.«

Und dann war alles schwarz.

Julius hörte das Klirren aneinander schlagender Gläser.

»Django bekommt Glas Nummer eins zuerst und hat dann eine Minute Zeit, daran zu riechen. Dann muss er mir die Antwort ins Ohr flüstern. Danach komme ich zu dir, Julius.«

War das Ganze ein abgekartetes Spiel? Konnte Uhlen spinksen, oder würde Fielmann ihm die richtige Antwort sagen? Was hätte der Weinsammler davon? Was passierte hier?

Julius wartete in der Dunkelheit und hörte das Schnuppern seines Gegenübers, das dem eines Jagdhundes glich, der Fährte aufgenommen hatte.

»Die Zeit ist um, Django, sag mir die Antwort ins Ohr. Warte … jetzt kannst du flüstern.«

Julius hörte nichts mehr.

Fielmanns Stimme klang erfreut. »Die Antwort ist *richtig*! Jetzt du, Julius.«

Das Glas war in seiner Hand.

Julius führte es Richtung Nase, es stieß an die Taucherbrille.

Er begann zu riechen.

Es war kein Wein. Was konnte es dann sein? Ein Likör, ein Brand, ein Obstsaft?

Nein, es gab nichts zu schwenken. Der Inhalt des Glases war fest.

Es roch nach ... Spaziergang, also nach Boden, mit einer harzigen Note. Die Erde war schon längere Zeit trocken. Es hatte ja auch schon ewig nicht mehr geregnet.

Oder konnte es sich um eine alte Gewürzmischung handeln?

Julius überlegte lange.

Er war sich nicht sicher.

»Auch deine Zeit ist um, Julius. Sag mir die Antwort ins Ohr.« Julius spürte Fielmanns Haare an seiner Nase. »Jetzt kannst du flüstern!«

»Waldboden mit Tannennadeln«, sagte Julius.

»Deine Antwort, lieber Julius, ist ... ebenfalls richtig! Beim nächsten Glas darfst du beginnen.«

Noch bevor er durchatmen und seinen Puls herunterbringen konnte, hatte er die nächste Nasenaufgabe in der Hand.

Wieder ließ sich der Glasinhalt nicht schwenken.

Ein Fruchtaroma, ganz klar. Exotisch. Süß und nur von ganz leichter Säure durchwoben, kaum merklich. Doch war das nicht alles, der Duft schien wie unter einer Glocke zu liegen. Er hatte so etwas schon einmal gerochen, bei Regen, als der Obsthändler die frische Ware angeliefert hatte.

»Die Zeit ist um«, hörte er Fielmanns Stimme. Der Spaß war ihr deutlich anzumerken. »Lass mich hören, auf was du tippst. – Du kannst!«

»Mangostücke«, flüsterte Julius. »Und nasse Pappe.«

»Soso«, sagte Fielmann. »Gewagter Tipp! Ich will erst hören, was Django sagt, bevor ich auflöse.«

Eine lange Minute folgte, in der Julius sich nur auf seinen Atem konzentrieren wollte und doch ausschließlich darüber nachsann, ob er richtig getippt hatte. Mango und nasse Pappe? So absurd konnte es doch gar nicht sein! Sie stammten wahrscheinlich nur *aus* einer feuchten Pappe. Verdammt!

»Damit habe ich nun beide Antworten gehört. Leider sind ... beide richtig!« Fielmanns Stimme entfernte sich. »Ihr macht es ja wirklich spannend.« Sie kam wieder näher. »Hier kommt Nummer drei, und du bist noch mal dran, Julius. Ich nehme mir die Freiheit, euch zu überraschen.«

Oder mich hereinzulegen, dachte Julius.

Diesmal schwappte es, doch nur ein wenig. Es musste also vor allem etwas Festes im Glas sein.

Der Geruch war unheimlich süß, hatte aber auch etwas leicht Bitteres. Dazu Lakritz, Zitrone, darin lagen Röstaromen und Fett. Was konnte das sein?

»Die Minute ist um. Ich höre … *jetzt*!«

Das Ende kam viel zu schnell. Das war doch niemals eine Minute! Zeit war ein so kostbares Gut, Julius hätte es jetzt sogar in Safran aufgewogen.

»Julius?«

»Hustensaft mit Erdnüssen.«

»Die Antwort ist … *falsch*! Deine Chance, Django.«

Was konnte es dann gewesen sein? Er hatte so etwas noch nie gerochen, da war sich Julius sicher. Doch wenn er es nicht schaffte, dann Uhlen auch nicht. Niemals.

»Django, deine Antwort ist richtig! Du führst mit drei zu zwei. Noch ist nichts entschieden.«

»Was war es denn jetzt?«, fragte Julius.

»Cheeseburger mit Coca-Cola.«

»Und *so was* erkennst du, Django?«

»Ich bin offen für alles, wie es sich für den zukünftigen Besitzer der ›Alten Eiche‹ gehört. Man muss doch wissen, was die Kunden von morgen bevorzugen, nicht wahr?«

»Nicht schwatzen, riechen. Dein Glas, Django.«

Sollte er aufstehen und sich die Brille abreißen? Wenn es eine Farce war, dann konnte er sie auch gleich beenden! Die »Alte Eiche« würde er nie hergeben. *Nie, nie, nie!* Die Stimme in Julius' Kopf schrie so laut, dass er Oliver Fielmann erst hörte, als dieser neben ihm stand.

»Jetzt kannst du ausgleichen, Julius. Konzentrier dich!«

Ausgleichen? Django musste daneben gelegen haben!

Julius erhielt das Glas und roch daran.

»Ich weiß es. Und ich muss ja auch nicht flüstern, da Django eh schon geraten hat.«

»Du hast noch gute fünfzig Sekunden Zeit, Julius. Verschenke die bloß nicht!«

»Das ist ein Stück Epoisse. Einen burgundischen Käse errieche ich sofort. Hamburger-Esser kennen so was Gutes anscheinend nicht.«

Das war ein Tiefschlag, aber ihm war danach.

»Bist du dir sicher, Julius? Dann werte ich das nämlich. Wenn die Antwort falsch ist, kannst du den Rückstand nicht mehr aufholen. Es kommt nur noch ein Glas!«

»Natürlich bin ich mir sicher. Jetzt sag schon, dass ich richtig liege!«

»Mein lieber Julius, dann soll es so sein. Du liegst tatsächlich ... nicht falsch.« Fielmann räusperte sich. »Das letzte Glas entscheidet. Falls nicht, habe ich noch ein Stechglas, bei dem dann die Geschwindigkeit zählt.«

Julius musste wieder beginnen. Das Glas war federleicht anzuheben. Seine Nase wollte nicht hinein ins Glas, sie bockte wie ein junges Fohlen. Eine leicht muffige Wolke quoll heraus, mit einem Hauch schweißigen Odeurs, dazu stechendes Leder. Das Riechen war eine Qual. Julius musste sich immer wieder neu überwinden, einen Zug zu nehmen.

»Die Minute ist um. Verrat es mir, Julius.« Fielmann räusperte sich.

»Eine Socke«, flüsterte Julius.

»Schauen wir mal, was Django sagt.«

Nach einer Minute räusperte sich Fielmann wieder, sein Hals schien auszutrocknen.

»Nun meine Herren, wir haben ein Ergebnis. Da der Wetteinsatz so hoch ist, frage ich aber zur Sicherheit: Haltet ihr eure Tipps aufrecht? Noch könntet ihr widerrufen. Bleibt ihr dabei?«

Django und Julius bejahten die Frage.

»Dann muss ich leider, leider sagen, dass wir keinen Gewinner haben. Ihr liegt *beide* richtig!«

»Moment«, sagte Julius. »Gewinne ich, wenn ich sage, von wem die Socke ist?«

»Ach was!«, sagte Django. »Von Oliver, ist doch klar.«

»Das glaube ich nicht.«

»Bist du einverstanden, Django?«, fragte Fielmann.

»Wenn sein Tipp falsch ist, hat er verloren.«

»Genau so machen wir es«, sagte Julius. »Die Socke ist von Hermann Horressen.« Er zog die Taucherbrille samt Schal vom Kopf.

Fielmann zog die Socke aus dem Glas und roch daran. »Wie kommst du auf Hermann?«

»Sie riecht nach neuem, scharfem Leder. Hermann hat sich gestern neue Schuhe gekauft, und du hast heute auf dem Weg hierher bestimmt die Socke bei ihm eingesammelt.«

»Scharf kombiniert. Aber ich hätte an deiner Stelle diesen Tipp nicht gewagt, Julius. Viele Leute kaufen sich neue Schuhe. Auch ich.«

»Aber du schwitzt nicht. Du bist total temperaturunempfindlich.«

»Kannst du jetzt endlich sagen, dass er falsch liegt!«, verlangte Django, immer noch mit voller Augenmontur. Die sah wirklich albern aus, fand Julius.

»Das kann ich gerne, Django. Julius, du hast gerade ein Weingut gewonnen. Herzlichen Glückwunsch!«

»Das ist nicht wahr!«, rief Uhlen, riss sich die Augen frei und sprang vom Stuhl auf.

»Hier ist der vor der Probe von mir versiegelte Umschlag mit allen richtigen Antworten. Ich bin sehr detailliert gewesen. Hermanns Name steht auch darauf.«

»Hör doch auf, das war doch Schiebung!«

»Nein. Du hast verloren und stehst jetzt in Julius' Eigentum. Akzeptiere es. Reich Julius die Hand, so gehört es sich.«

Uhlen griff sie mit beiden Händen und zerquetschte sie fast. »Ich *hasse* dich, Weingutsbesitzer!«

Julius nahm Django Uhlen in den Arm und klopfte ihm aufmunternd auf den Rücken. Er hatte tatsächlich ein Weingut gewonnen. Einen Spitzenbetrieb noch dazu!

So was sollte er häufiger machen. Vielleicht hatte ja jemand ein Hotel in Heppingen zu verzocken.

»So, ich darf mich jetzt verabschieden«, sagte Fielmann, schon mit einem Arm in seinem langen Kaschmir-Mantel.

»Willst du nicht mit mir feiern?«, fragte Julius, noch vollends erschlagen von dem Ausgang des Nasenwettkampfs.

»Dringender Termin. Die Weinbruderschaft deines schönen Tals hat eingeladen.«

»Da weiß ich ja gar nichts von. Wozu denn?«

»Der neue Ordensmeister wird vereidigt und stellt heute Abend eine Probe. Du hast die Einladung zu Bassewitzens Krönung bestimmt nur übersehen. Komm mit, deinen Sieg feiern kannst du danach auch noch.«

Julius war ganz plötzlich nicht mehr nach Feiern.

Er nahm die Möglichkeit wahr, mit Fielmann an die Ahr zu fahren. Der Weinsammler sprach die ganze Zeit nur über den Nasenwettkampf. Wie er sich die einzelnen Aufgaben überlegt, wo er die Ingredienzien herbekommen hatte, wie die Antworten von Django Uhlen und Julius wortwörtlich ausgefallen waren. Und wie beeindruckt er war. Von beiden. Natürlich sprach er auch über Julius' neues Weingut. Eine ganze Reihe exklusiver Spitzenkreszenzen für die »Alte Eiche« konnte Julius nun füllen lassen oder das Weingut passend umbenennen. Und erst der Aufruhr im Blätterwald! Julius sollte ruhig die ganze Geschichte erzählen, mit Socke und allem.

»Danke fürs Mitnehmen«, sagte der frisch gebackene Weingutsgewinner beim Aussteigen. Er selbst konnte die ganze Zeit nur daran denken, dass die altehrwürdige Weinbruderschaft, immer schon schwankend zwischen Licht und Schatten, nun umgefallen war. Zur falschen Seite.

Der Ohrensessel war weich, doch fühlte er sich an wie aus Beton gegossen. Julius spürte seit langem wieder den Schmerz im Bein und das Unbehagen der von Gips umgebenen Haut.

Er saß lange da und suchte nach Antworten, während die Kater wie Haie um ihn zirkelten. Normalerweise gab es ein Leckerli für jeden zur Begrüßung. Julius hatte es vergessen.

Vier Morde waren geschehen. Er hatte sie nicht verhindern können. Er war dem Mörder nicht näher gekommen. Obwohl er davon ausging, dass nur einer von fünf Männern, die er gut kannte, der Täter sein konnte. Es war doch einfach, oder? Aber Uhlen war so wahrscheinlich wie Kiefa war so wahrscheinlich wie Horressen war so wahrscheinlich wie Bassewitz war so wahrscheinlich wie Fielmann. Oder besser: so unwahrscheinlich.

Das Wohnzimmer lag still, ohne Musik.

Als Julius auf die Original Schwarzwälder Kuckucksuhr blickte, die seinen Katzen stündlich ein wenig Nervenkitzel brachte, sah er, dass bereits gute fünf Stunden seit seiner Rückkehr vergangen waren. Die Dämmerung betrat das Tal schon aus allen Himmelsrichtungen.

Julius' Magen begann zu grummeln und verlangte nach einem großen Stück Rindfleisch, blutig gebraten und von einer Senfkruste umhüllt. Keine Beilagen.

Doch er musste warten. Julius selbst stand weder nach Essen noch nach Kochen der Sinn. Seine Laune hatte den absoluten Gefrierpunkt unterschritten.

Julius humpelte ohne Ziel im Erdgeschoss umher und endete schließlich auf schweren Beinen in der Haustür, blickte hinaus auf die menschenleere Martinus-Straße. In der Höhe über ihm, das wusste Julius, ohne in die Richtung zu blicken, thronte die erleuchtete Kapelle Mariahilf. Je tiefer die Nacht wurde, desto mehr schwebte sie im Dunkel über den Dingen. Um sie herum nur Schwarz, ein kirchlicher Fixstern. Als Kind hatte Julius geglaubt, da oben wohne Gott, die Kapelle sei der Eingang zum Himmel.

Zwei vertraute runde Scheinwerferaugen bogen in die Straße und hielten auf ihn zu.

Und die Welt war mit einem Mal wieder wohlig.

Denn Julius war in diesem Moment wieder jung, unbeschwert und optimistisch.

Der grauweiße Wagen hielt in Julius' Einfahrt, und FX stieg heraus.

»Du solltest des noch gar net sehen! Ich hab extra«, er bückte sich in den Wagen und holte eine rund einen Meter breite Schleife hervor, »des Ding hier besorgt, des ich oben drauf setzen wollt. Deshalb bin ich auch so spät.«

»Das ist ja ein *Brezelkäfer*!«

»Die Schleife passt farblich zum Innenraum dieses 1950er-Modells. Übrigens mit Faltdach, falls du des noch net gesehen hast.«

Julius ging näher an seine Blech gewordene Vergangenheit, die unfassbarerweise vor ihm stand. Der Wagen sah genau aus wie sein geliebter Toni.

Er war nur nicht in ganz so perfektem Zustand. Da musste noch viel Arbeit – ausgiebiges Saubermachen und Polieren, natürlich

Lackausbessern und etwas Felgenausdellen – reingesteckt werden. Aber man konnte ihn zum Strahlen bringen. Der Wagen wartete ja nur darauf. Das spürte man doch!

»Der ist doch nicht für mich?«

»Freilich.«

Julius strich über die wunderbar runde Form, die einem perfekt aufgegangenen Hefeteig glich. Das appetitliche kleine Brezelfenster am Heck war genau so, wie seine Fingerspitzen es in Erinnerung hatten.

»Aber womit habe ich das verdient?«

»Des ist nur so. Ich hatt halt Lust dazu.«

»Aber … du spekulierst auf eine Gehaltserhöhung?«

»Denkt immer nur des Beste von mir, der Maestro.« FX legte ihm die Schleife über die Schulter. »Ich bin dir schon lang was schuldig, und des war die Gelegenheit, mich mal dankbar zu erweisen.«

»Du bist mir überhaupt nichts schuldig – aber ich freu mich trotzdem wahnsinnig. Deshalb warst du also in Trier?«

»Ja … so kann man des sagen.« FX drehte seinen Zwirbelbart an beiden Enden mit Schwung.

»Da läuft was zwischen dir und dieser Gebrauchtwagenhändlerin, oder? Ich dachte, du wärst noch mit Bachems ehemaliger Weinkönigin liiert?«

»Liiert würd ich net grad sagen. Ich würd es so ausdrücken: Wir sind keine Turteltäuberl mehr. Sondern nur zwei Vöglein, die im selben Tal ihr Nest haben. Wenn du verstehst, was ich mein.«

»Du hast also zwei Fliegen mit einer Klatsche geschlagen? Mir soll's recht sein! Machen wir eine Spritztour?«

FX stopfte Julius den Schlüssel in die Hosentasche. »Na, ich muss jetzt rasch in die ›Alte Eiche‹. Der Chef – ein ganz ein hundsgemeiner – würd mich schön zusammenfalten, wenn ich zu spät käm. Des mit dem Käfer hat jetzt sowieso viel länger gedauert als gedacht.«

»Wegen der Schleife …«

»Genau! *Des* war der Hauptgrund, und man will sich ja auch mit den Einheimischen beschäftigen, wenn man in Trier ist.«

»Wie heißt es doch so schön? Wenn du in Trier bist, mach es wie die Trierer!«

FX hielt Julius die Wagentür auf. »Des kommentier ich net, aber beim Probesitzen helf ich dir gern. Zum Fahren müssten wir sowieso erst noch tanken. Dieser Käfer hat übrigens einen ganz besonderen Motor. Er fährt mit Sonnenblumenöl, wennst des im Discounter erstehst, kommt's dich billiger als Benzin. Fesch, net?«

Und wenn er nur mit Aceto balsamico tradizionale fahren würde, dachte Julius, das war jetzt sein Käfer!

Allerdings musste er schnell feststellen, in den Jahren etwas an Volumen zugelegt zu haben.

Der Wagen hatte das nicht.

Er quetschte sich trotzdem rein. Und schaffte es tatsächlich noch, die wunderbar leichte Tür zuzuschlagen.

Er passte haargenau ins Auto.

Nur den Ellbogen musste er rausstrecken.

Das sah heute bestimmt noch genauso lässig aus wie früher.

Das Beste am Käfer war, so hatte Julius es immer empfunden, dass man ihn selbst reparieren konnte. Wenn zum Beispiel der Keilriemen riss, musste er nur eine Frau um ihre Strumpfhose bitten.

Hoffentlich bot sich bald die Gelegenheit.

»Soll ich dich wieder rausziehen? Des schaut nur unwesentlich schwieriger aus, als einen großen Korken aus einem schmalen Flaschenhals zu bekommen.«

Es ging, und es machte überhaupt nicht Plopp.

Nach ausgiebiger Verabschiedung und Umarmung war Julius wieder im Haus, die Beine befanden sich in waagerechter Entspannungsstellung, und er konnte sein Glück kaum fassen. Ein Traumauto und ein Spitzenweingut an einem Tag! Er sollte bester Laune sein.

Jetzt traute er es sich auch endlich dazu. Diesen Tag konnte nichts mehr verderben.

Es klingelte an der Haustür.

Als er sie öffnete, blickte er einem Polizisten ins Gesicht, der aussah, als hätte man sämtliches Blut aus ihm abgelassen. Er war in Zivil, abgewetzte Lederjacke, schwarzes T-Shirt, Blue Jeans, entsprach genau dem Bild, dass jeder regelmäßige Tatort-Seher von einem Kripobeamten hatte. Der Mann sah zweifellos fern. Neben ihm stand sein Kollege im zwei Nummern zu großen Anzug. Beide zeigten ihre Polizeimarke, bevor sie ihm den Grund ihres Besuchs übergaben.

»Eben klopfte ein kleiner Junge bei uns an die Fahrertür«, begann der eine, bevor der andere übernahm. »Und er sagte höflich Guten Abend, wirklich ein vorbildlich erzogener Junge. Er hat uns dann erzählt, dass er gerade einen Mann getroffen hatte, der trotz des warmen Wetters einen Schal vor dem Gesicht trug und einen Hut tief in die Stirn gezogen. Dazu eine Sonnenbrille.«

Jetzt übernahm der Blue-Jeans-Träger. »Mit anderen Worten: Er kann seine Visage nicht beschreiben. Das ist der springende Punkt. Der Mann hat dem Jungen dann erzählt, er wäre sehr schlecht zu Fuß, jeder Schritt würde ihm wehtun. Doch er hätte da diese kleine Überraschung, die er den beiden Polizisten vor dem Eichendorff'schen Haus übergeben wolle.«

»Also uns«, ergänzte der andere. »Er wusste, dass wir da sind«, setzte er unnötigerweise hinzu, was ihm einen genervten Blick seines Kollegen einbrachte.

Der Blue-Jeans-Beamte übernahm wieder. »Er gab dem Jungen fünf Euro dafür, damit er uns diese unetikettierte Flasche hier und diesen Brief übergibt.«

»Das hat der Junge dann auch gemacht. Also wirklich ein anständiger Bursche. Er hätte den Wein ja auch selber trinken können und den Umschlag nach Geld untersuchen.«

»Nein, hätte er nicht. Denn unser Täter hat den fünf Euro Schein ja zerrissen, und ihm nur eine Hälfte gegeben. Die andere sollte er bekommen, wenn wir auf dem Umschlag die Annahme bestätigen. Quasi ein anonymer Einschreibebrief. Es überrascht Sie vermutlich nicht, dass der Mann eben dann nicht mehr da war.«

»Der Junge war ganz traurig«, sagte der kinderfreundliche Beamte. »Ich habe ihm als Trostpflaster erlaubt, sich mal auf den Fahrersitz in unseren Wagen zu setzen. Leider kein Einsatzwagen mit Sirene. Er war, glaube ich, nicht sonderlich begeistert.«

Julius hatte genug von der langatmigen Erzählung, wie der Täter die Polizeiüberwachung umgangen hatte. Er zog die Plastikhandschuhe an, die ihm der Polizist in Zivil hinhielt, nahm damit den Brief an sich und öffnete ihn vorsichtig in der Küche.

Die beiden Beamten standen wie Chorjungen im Türrahmen, als er ihn vorlas.

Es stand mehr drin als sonst.

Der Mörder musste ihn hastig geschrieben haben. Jede Zeile war verschmiert. Schlieren zogen sich wie Linien über das Blatt.

Lieber Julius,
da Du telefonisch nicht zu erreichen bist, kommen die »Nachrichten aus dem Totenreich« diesmal per Brief. Es ist mir leider unmöglich, Dir diesen exakt vierundzwanzig Stunden vor der Vollstreckung des Todesurteils zuzustellen, deshalb hier die entsprechende Uhrzeit: morgen Abend, 19.00 Uhr.
Dein Hinweis:
»Er ist einer von uns, und doch nicht.
Wer Weiß trägt, ist dadurch nicht unschuldig.
Er ist der Herr über jedes Getier, jedes Kraut.
Er ist nicht der Erlöser, aber ich werde ihn erlösen.
Wein ist weder Gold noch Blut, egal was darauf geschrieben steht.
Eine Lüge wird nicht wahrer, wenn man sie druckt.«
Dies ist das Ende des Kampfes. Dies ist das Ende eines Versprechens. Dies ist das Ende der zwei Herzen.

Pathos amüsierte Julius normalerweise. Doch dieses machte ihm Angst. Der Mörder schien jeglichen Kontakt zur Realität verloren zu haben.

Aber warum sollte er telefonisch nicht zu erreichen sein? Julius nahm sein Handy aus der rechten Jackentasche, wo es immer steckte. Es war aus. Er musste vergessen haben, den Akku aufzuladen. Das machte er sonst immer in seinem Wagen – aber mit dem fuhr er ja in letzter Zeit nicht mehr.

Und das Haustelefon? Julius drängte sich an den Beamten vorbei ins Wohnzimmer und hob es ab.

Kein Freizeichen.

Er musste nur kurz zur Steckdose blicken.

Das Kabel war durchgebissen. Eine Katzentat. Herr Bimmel kam zum Ort des Verbrechens und schnupperte an den Knabberspuren. Der Täter kehrte an den Tatort zurück.

Darum würde sich Julius später kümmern.

Die Uhr tickte wieder.

Der Mörder hatte bei einem der Telefonate angekündigt, dass sein letztes Todesurteil auf alles neues Licht werfen würde.

Das und die Worte im Brief ließen nur einen erschreckenden Schluss zu.

Dies war das letzte Todesurteil.

Und der Verurteilte war der Papst.

10. Kapitel

»Man kann nicht Speck haben und das Schwein behalten«

19:37 Uhr

Der Polizist schloss zackig den Reißverschluss seiner Jacke. »Wir müssen uns leider umgehend auf den Weg machen. Wir sind … zurückgerufen worden.« Sein Gesichtsausdruck verriet, dass eine äußerst unangenehme Unterhaltung auf sie wartete. »Die Hauptkommissarin, Sie kennen sie ja bereits«, er schürzte die Lippen, »kommt gleich zu Ihnen, um Wein und Brief abzuholen.«

Der im Anzug steckende Polizist drehte sich noch einmal kurz um, bevor er das Haus verließ. »Einen guten Rat, Herr Eichendorff. Machen Sie keine Blödheit! Schnüffeln Sie diesmal nicht an dem Zeug. Irgendwann wird der Bursche reinen Tisch machen wollen. Und damit meine ich Sie.«

Der Überwachungswagen fuhr zögerlich Richtung Hauptstraße. Eine rasante Rückfahrt sah anders aus.

Julius schloss die Tür und ärgerte sich über die vertane Chance. Es hatte keinen Telefonanruf gegeben, keine Möglichkeit für Rückfragen, keine neue Chance, die Tonmodulation zu erkennen. Sondern nur eine Schriftprobe. Vielleicht half die der Polizei ja weiter. Er hatte gehört, dass jede Handschrift verräterische Eigenheiten hatte, die man nicht ablegen konnte.

Darauf verlassen wollte Julius sich nicht.

Er besah sich die Flasche Wein auf dem Tisch und hielt das Kellnermesser lange in der Hand.

Dann legte er es daneben.

Der Polizist hatte Recht. Er würde seinen guten Rat annehmen. Bei diesem letzten flüssigen Hinweis konnte das Risiko zu hoch sein.

Zudem kannte er das Opfer, der Grund für den Mord war erst einmal unwichtig. Der Papst würde diesen sowieso nennen können. Viel Messwein war dessen Kehle sicherlich hinabgeflossen. Irgendein Mordmotiv würde da schon abgefallen sein.

Sollte er mit der Flasche vielleicht zur restauranteigenen Wahrsagerin gehen? Aber was würden ihm kryptische Botschaften bringen, selbst wenn sie sich im Nachhinein als richtig herausstellten?

Nein, die Flasche konnte die Polizei haben. Und er selbst musste zum Papst. Zu niemandem sonst.

Julius nahm die Bouteille trotzdem noch einmal in die Hand und hielt sie gegen das Licht, genau vor die Glühbirne. Sie schaffte es gerade so, durch das tiefdunkle Granatrot mit den orangen Reflexen zu scheinen, das in der Flasche eingesperrt war.

So sah kein Spätburgunder aus. Und auch kein anderer Rotwein aus dem Tal. Aber die Wahrscheinlichkeit, dass der Papst sich gerade am Ahrwein vergangen hatte, war sowieso gering.

Julius hatte bisher nach jeder Morddrohung versagt.

Ihn würde er retten.

Und wenn es nur war, damit er die elende Arbeit mit dem Menü nicht umsonst gehabt hatte. Auch ein Mann, der ein Gemüseomelett einer Périgordtrüffel im Blätterteig auf Cassoulet von Kalbskutteln und Lauch vorzog, hatte ein Recht zu leben. Das musste Julius eingestehen.

Welche Mordmethode hatte der Täter wohl für den Papst vorgesehen? Bisher hatte sie immer zum zugrunde liegenden Verbrechen gepasst. Auf zynischste Weise. Rolli hatte »falsches« Holz in den Wein gegeben, mit einem »falschen« Holzknüppel war er erschlagen worden. Agamemnon Despoupoulos hatte den Rebstöcken im übertragenen Sinne die Luft zum Atmen genommen – der Mörder dem Griechen später auch. Gottfried Bäcker und Carl Knuzius schließlich hatten etwas in den Wein gegeben, was dort nicht hineingehörte – der Mörder gab daraufhin Wein in die beiden. Und der wäre ebenfalls besser draußen geblieben.

Kannte er das Vergehen des Papstes, hatte er die Mordmethode.

20:06 Uhr

Die Haustür wurde ruppig geöffnet, und Anna stand im Raum, die Haare nicht gerichtet, kein Make-up aufgelegt. Sie sah toll aus.

»Gott sei Dank! Du hast das Zeug nicht getrunken! Ist doch noch ein bisschen Verstand in deiner verbohrten Kochrübe drin!« Sie küsste ihn auf diese. »Der geht direkt ab ins Labor.«

Julius deutete auf den Brief, der auseinander gefaltet neben den Plastikhandschuhen auf dem Tisch lag.

Bevor Anna ihn richtig las, sagte sie: »Vielleicht finden wir diesmal Spuren. Die Kollegen hätten dir Flasche und Brief gar nicht geben dürfen. Ich vermute, sie waren nach der Sache mit dem Jungen total durch den Wind.«

»Was sogar gut war, denn die Uhr tickt wieder«, sagte Julius. »Die Erfahrung hat gezeigt, dass wir es uns nicht leisten können, auch nur Sekunden zu verschenken.«

Sie las und setzte sich dafür auf einen Stuhl gegenüber von Julius. Ihre Augen rasten über das Papier, ihr Oberkiefer zerkaute die Unterlippe, als wäre diese an allem schuld. Dann sah sie Julius fragend an.

»Das kann nicht sein ...!«

»Du deutest die Hinweise also genau wie ich?«

»Er will den *Papst* umbringen?«

»Wir sind uns einig. Fahren wir los?«

Anna sprach leise mit, als sie den Brief noch einmal las.

Julius ging in die Küche. »Ich verdopple meine Ration an Notfallpralinen zur Sicherheit. Ich hab das Gefühl, wir werden heute viel Nervennahrung brauchen.«

20:58 Uhr

Köln war Sperrgebiet, denn die jungen Christen waren in die nächtliche Stadt einmarschiert. Für weltliche Dinge war im heiligen Köln kein Platz mehr.

Für Sirenen und Blaulicht aber schon.

Sie teilten die Fahnenmeere und spontanen Musikgruppen, die lächelnd durch die dunklen Straßen zogen. Dieses allgegenwärtige Lächeln, dachte Julius, und das obwohl in der Presse von großen Problemen mit dem Personen-Nahverkehr und der Essensversorgung berichtet wurde. Anscheinend fand sich in der katholischen Kirche niemand mehr, der die wundersame Brotvermehrung beherrschte.

So was sollte er als guter Katholik eigentlich nicht denken. Aber er war ja rheinisch-katholisch, beruhigte sich Julius. Sein Gott lachte gern.

Nur dank Annas Beamtenausweis kamen sie bis zum Erzbischöflichen Haus. Und natürlich wegen eines Anrufs des Koblenzer Polizeipräsidenten beim Kölner Erzbistum, aus dem sehr schnell mehrere wurden, an Eindringlichkeit stetig zunehmend. Ansonsten wäre es mit einem Panzerbataillon samt Luftunterstützung schwer gewesen, zum Mann in Weiß vorzudringen.

Aber so taten sich die sieben, acht, neun Pforten – Julius hatte irgendwann die Lust am Zählen verloren – vor ihnen auf. Schließlich parkten sie quer auf der weiträumig abgeriegelten und schwer gesicherten Kardinal-Frings-Straße vor dem Erzbischöflichen Haus, dem es nach Julius' Meinung erheblich an Prunk und Protz fehlte. Es war ihm zu nüchtern, fast evangelisch ernst. Ein bisschen mehr Gold, fand er, hätte dem Gebäude gut getan, das nach dem Krieg für das zerbombte Original erbaut worden war.

Anna hielt ihre Polizeimarke beim Aussteigen aus dem Wagen hoch und erntete bestätigendes Nicken der zahlreichen Kollegen.

Pfarrer Cornelius kam mit schnellem Schritt auf sie zu, die Hände vor dem Mund gefaltet. Das Bistum hatte ihn flugs herbeigerufen, da er schon Kontakt mit dem merkwürdigen Koch gehabt hatte, der so unwahrscheinlich dringend mit dem Papst sprechen wollte. Cornelius war so durcheinander, dass er ohne Begrüßung die Baugeschichte des Hauses erklärte. Schlichtheit, Vornehmheit und Klarheit hätten den Architekten Hans Schumacher und Willi Weyres vorgeschwebt. Nicht nur die Wohnräume des Erzbischofs fänden sich darin, auch die der Angehörigen seines Haushalts, dazu kämen Zimmer für das Sekretariat sowie einige Arbeits- und Empfangsräume.

»Muss es denn wirklich *persönlich* sein?«, fragte der Priester, als er mit der Erläuterung durch war.

Julius nickte nur.

»Der Terminplan des Heiligen Vaters ist sehr eng«, erklärte Pfarrer Cornelius.

»Meiner auch«, sagte Julius. »Ich muss nämlich für ihn kochen.«

Das Innere des Erzbischöflichen Hauses war genauso nüchtern wie die Fassade. Jede Grundschule aus der Zeit sah ähnlich aus. Während sie durch die Stein gewordene Trostlosigkeit stapften, überlegte Julius, was er dem Papst sagen würde. Heiliger Vater, Sie werden bald von einem Irren ermordet?

Zu direkt.

Es tut mir Leid, dass ich es Ihnen sagen muss, Heiliger Vater, aber Sie haben sich irgendwann übel an Wein versündigt, und dafür werden Sie nun sterben.

Das klang ja fast, als hätte der Gute es verdient!

Vielleicht sollte er es vorsorglich angehen: Lieber Papst, Sie sollten bis morgen Abend um neunzehn Uhr besser nicht ausgehen, sonst könnten Sie eventuell sterben.

Das ging jetzt in die richtige Richtung.

Pfarrer Cornelius bat ihn und Anna, kurz vor einem Zimmer zu warten, aus dem er kaum eine Minute später nervös seine Hände reibend wieder trat.

»Wir müssen uns noch etwas gedulden. Der Papst wird gleich Zeit haben. Kann ich Ihnen etwas anbieten? Kölsch ist leider tabu, aber einen Espresso vielleicht? Wir haben für den Papst extra eine Maschine angemietet. Sie würde auch Ihnen sicher einen Kaffee machen.«

»Sehr nett von der Maschine«, sagte Anna. »Aber wir müssen *sofort* zum Papst. Und wenn er mit dem Bundeskanzler Ringelrei tanzt. Wir haben keine Zeit zu verlieren. Wenn wir Pech haben, ist es nämlich die *Lebenszeit* des Papstes!«

Sie ging in das Zimmer.

Dort stand ein alter Priester, tief gebeugt vor der besagten Espressomaschine, und las die Bedienungsanleitung. Er drehte sich um und lächelte freundlich. »Sekunde noch, bitte! Ich will ja alles richtig machen. Das kann doch nicht gewollt sein, dass dieser Milchaufschäumer so einen Heidenlärm macht. Da denkt man ja, das Ding explodiert gleich.«

»Wo ist der Papst? Da durch?«, fragte Anna und nahm in Richtung der gegenüberliegenden Tür Fahrt auf. »Wir lassen uns *nicht* hinhalten! Ich dachte, der Laden hier hätte begriffen, dass es ernst und eilig ist!«

»Aber ja!«, sagte der alte Priester und lächelte. »Wenn er da wäre, könnten sie natürlich zu ihm.«

»Was soll das heißen? Wo ist er? Ist er beim Erzbischof?«

»Nein, bei dem ist er nicht. Unser Erzbischof teilt die sportlichen Vorlieben des Heiligen Vaters nicht. Zudem muss er selbst doch jetzt im Gästezimmer wohnen. Viel mitgenommen hat er ja nicht, müssen Sie wissen: Brevier, Talar, Mitra, Brustkreuz, Hirtenstab, Zahnbürste und Rasierapparat. Nun, es ist auch nicht für lang, und er macht es gern.«

»*Wo* ist der Papst?«, fragte Anna, und Julius spürte, dass sie nahe dran war, den Kopf des Priesters aufs heftigste zu schütteln, auch wenn das dessen Chancen minderte, jemals die Geheimnisse der Espresso-Maschine zu ergründen.

»Der Papst schwimmt.«

»Wie bitte?«

»Im Keller des Priesterseminars befindet sich unser Schwimmbad. Es gab damals starke Widerstände, als wir es bauen ließen. Aber körperliche Ertüchtigung ist auch für uns Geistliche wichtig. Ich selbst gehe gerne ab und zu dorthin. Mens sana in corpore sano – ein gesunder Geist in einem gesunden Körper!«

»Ist sie rot und lustig, sage: / Ich sei krank von Herzensgrund, / Weint sie nachts, sinnt still bei Tage, / Ja, dann sag: ich sei gesund!«

Der alte Priester lächelte. »Wann habe ich das letzte Mal einen jungen Mann Eichendorff rezitieren hören? Sie kennen sich doch bestimmt auch mit Espressomaschinen aus!«

Julius wollte dem Mann schon helfen, als Anna dazwischenfuhr. »Mit Espressomaschinen kennt sich der junge Mann überhaupt nicht aus, und rezitiert wird schon gar nicht mehr. Wir wollen zum schwimmenden Papst. *Sofort!*«

Das Kölner Priesterseminar fand sich direkt nebenan, bildete es doch mit Erzbischöflichem Haus, Offizialat und dem Historischen Archiv einen gemeinsamen Baukomplex.

Julius hatte sich seine erste Begegnung mit dem Papst anders vorgestellt. Als er ihn sah, dachte er nur: Seine Badehose ist ja gar nicht weiß.

Sie war blau, aber selbst in dieser sah er aus wie der Papst. Der Mann brauchte keine Soutane, um priesterlich zu wirken. Die bedächtige Art zu schwimmen, der selige Blick dabei und nicht zuletzt der leise gesummte Choral reichten.

»Habe ich dir eigentlich schon verraten, dass ich evangelisch bin?«, flüsterte Anna Julius kurz nach dem Eintreten zu.

»*Oh, Gott*! Du wirst unter seinem Blick verbrennen!«

Sie kniff ihn wütend in die Seite.

»Man sieht es dir nicht an«, sagte Julius dann beruhigend. »Er wird es bestimmt nicht merken.«

»Sag bloß! Und ich dachte, das Tattoo auf meiner Stirn wäre zu auffällig! Quatsch, mir geht es doch darum, wie ich ihn ansprechen soll!«

»Heiliger Vater natürlich«, sagte Julius ohne Zögern. Und aus Versehen laut. Dabei lief es ihm eiskalt den Rücken runter. Aus dem Wasser sah ihn nun das Oberhaupt der römisch-katholischen Kirche an. Offiziell war er damit auch Julius' geistiges Oberhaupt, wobei dieser schon vor geraumer Zeit beschlossen hatte, dass dies inoffiziell, dafür aber auf alle Ewigkeiten, der selige Kardinal Frings sein würde. Trotz dieser Entscheidung und obwohl er in einigen theologischen Fragen so gar nicht konform mit dem Mann im Wasser ging, packte ihn Ehrfurcht.

»Willkommen, meine Kinder«, sagte der Papst jetzt, als er an der Querseite vor Anna und Julius anschlug. »Ich hoffe, es macht euch nichts aus, wenn ich weiterschwimme, während wir uns unterhalten. Ich denke, ich bekomme noch beides gleichzeitig hin. Sie müssen Herr Eichendorff sein. Ich habe Ihren Namen im Ablaufplan gelesen und bin schon ganz gespannt auf das Essen. Machen Sie sich wegen mir nur nicht zu viele Umstände, etwas Einfaches reicht.«

»Wir machen uns doch keine Umstände. Ich koche einfach, was mir einfällt, ganz spontan.«

»Mein guter Freund, der Kardinal von Köln, sagte, Ihre Küche sei in der Region sehr berühmt. Er sprach aber auch von Ihrem unseligen Hang zu Kriminalfällen.«

Ruhig und gleichmäßig schwamm der Papst weiter. Anna und Julius wanderten am Rand neben ihm her, immer ein paar Schritte voraus, damit der Papst sie sehen konnte.

»Genau deshalb sind wir hier«, sagte Anna und stellte sich vor. »Ich möchte Ihnen gern alles erklären, denn die Zeit drängt. Vorbereitungen müssen getroffen werden.«

»Solange ich schwimme, können Sie gerne berichten. Ein paar Bahnen müssen es heute noch sein.«

Julius fand, der Papst machte einen wirklich netten Eindruck. Es war ihm nicht anzumerken, dass er das Zentrum weltweiten Medieninteresses und Hunderttausender angereister Pilger war. Es wirkte, als sei er nur zum Schwimmen vorbeigekommen.

Anna erzählte alles bis ins Detail, ließ nichts Blutiges aus. Julius merkte, dass es ihr darum ging, die Dramatik deutlich zu machen. Sie schien die stoische Gelassenheit des Papstes als Ignoranz zu empfinden.

Als sie fertig war, kam der Papst wieder zum Rand und machte eine Pause. Anna und Julius gingen in die Knie.

»Sehen Sie, ich bin wahrlich nicht der Herr über jedes Getier und jedes Kraut. Denn das ist Gott. Ich bin nur ein einfacher, demütiger Arbeiter im Weinberg des Herrn.«

»Aber der Rest, Heiliger Vater«, schaltete sich Julius ein. *»Er ist einer von uns, und doch nicht* – stehen Sie nicht über uns? *Wer Weiß trägt, ist dadurch nicht unschuldig* – tragen Sie nicht Weiß? *Er ist nicht der Erlöser* – das sind Sie nicht, aber Sie sind ihm näher als sonst jemand!«

Der Papst tätschelte Julius' Hand. »Ich hoffe doch sehr, dass ich ›einer von uns‹ bin, und ich trage nicht ausschließlich Weiß. Und niemand von uns ist der Erlöser. Ich verstehe gut, warum Sie auf mich gekommen sind, aber mit dieser Beschreibung muss jemand anderer gemeint sein. Sehen Sie, ich habe niemals etwas mit Wein zu tun gehabt.« Er stieß sich ab und schwamm weiter. Da er einen Zahn zulegte, war es mit Schlendern für Anna und Julius vorbei. Das Wasser gluckste laut in der leeren Schwimmhalle.

»Der Mörder könnte Sie für etwas bestrafen, das andere in Ihrem Namen getan haben. Schabernack mit Messwein zum Beispiel.«

»Rechtfertigt denn so etwas einen Mord?«

»Nichts rechtfertigt einen«, sagte Anna.

»Sehen Sie, mein gutes Kind. *Jetzt* sind wir uns einig. Ich möchte Sie gerne weiter beruhigen. Sie sagten, der Mörder würde seine Opfer stets mit Wein töten. Ich darf sicher nicht ausschließen, dass mich jemand bei einem öffentlichen Auftritt ermorden wird, schließlich kann ich nicht mein ganzes Leben im Pappamobil oder hinter Panzerglas zubringen. Ein Schuss könnte mich treffen, oder eine Bombe könnte detonieren, die trotz strenger Sicherheitsvorkehrungen übersehen wurde. Aber mir fällt wirklich keine Methode ein, wie man mich mit Wein aus dieser Welt reißen könnte.«

»Heiliger Vater, der Mörder hat seine Taten alle von langer Hand geplant. Auch den Mord an Ihnen wird er durchdacht haben – das heißt, er weiß von den Sicherheitsvorkehrungen. Sie sind nur geschützt, wenn es plötzlich mehr davon gibt oder Sie etwas anders machen, als im Ablaufplan steht.«

»Hieße das nicht, dem Terror nachgeben? Hieße das nicht sogar, Gott das Vertrauen zu entziehen?«

»Es hieße, vorsichtig zu sein, sonst nichts«, sagte Anna, die langsam mutlos wirkte.

Der Papst nahm die nächste Bahn in Angriff. »Mir ist im Gegensatz zu meinem seligen Vorgänger nicht prophezeit worden, dass ein Attentat auf mich verübt wird. Bei ihm war dies durch die Marienerscheinung von Fatima der Fall, auch wenn er sich das damals noch unveröffentlichte dritte Geheimnis erst nach der Tat bringen ließ. Ich bin Ihnen für Ihre Fürsorge sehr dankbar. Aber sorgen Sie sich nicht! Ich werde nun noch etwas schwimmen, es ist so herrlich erfrischend. Wenn Sie wollen, können Sie gerne einen Espresso in meinem Vorzimmer nehmen. Er ist wirklich fabelhaft, auch wenn der Milchaufschäumer noch nicht richtig funktioniert.«

»Wir können Sie nicht dazu zwingen, im Haus zu bleiben oder riskante Auftritte abzusagen. Aber an Ihren … an Ihre gesunde Vorsicht appellieren, das können wir. Und das mache ich hiermit sehr eindringlich.«

Doch Anna hatte innerlich bereits aufgegeben, Julius spürte es. Auch ihm fiel nichts mehr ein, was man diesem Mann sagen konnte. Er ruhte so sehr in sich, dass er durch nichts zu bewegen war.

»Ich bin hier, um mit der Jugend der Welt zu feiern und Gott zu preisen. Nichts wird mich davon abhalten.«

»Außer einem Mord«, sagte Julius.

»Wenn der Herr es will, wird es so geschehen.«

10:30 Uhr

Die Nacht war kurz gewesen – aber zumindest kuschelig. Herr Bimmel und Felix hatten gespürt, dass Julius Gesellschaft brauchte, und ihn in ihre Mitte genommen. Das Katzenschnurren war es schließlich gewesen, das Julius endlich in den Schlaf gewiegt hatte.

Den Samstag, der sich nun vor ihm befand wie ein hungriger sibirischer Wolf, hätte er lieber komplett verschlafen. Doch der Mord am Papst war nur zu verhindern, wenn er vorher den Täter stellte. Das erschien ihm zurzeit ungefähr so wahrscheinlich, wie eine Auster in der Ahr zu finden.

Er konnte immer noch nicht fassen, dass der Täter es wirklich auf den Papst abgesehen hatte. Es erschien ihm vollkommen unangemessen für ein wie auch immer geartetes Weinverbrechen den berühmtesten Katholiken über den Jordan gehen zu lassen. Das war einfach eine Nummer zu groß, der Papst war zudem in Köln und nicht im Ahrtal, und ein Mord an ihm war um ein Vielfaches riskanter als der an nahezu jedem anderen Menschen.

Doch es war die einzige Spur, die er hatte, und somit auch die beste.

Es war noch eine halbe Stunde bis zum Frühschoppen der Schokoholiker. Und während er seinen beiden Mitbewohnern das Essen in der Mikrowelle auftaute, festigte sich sein Entschluss hinzugehen. Er konnte Bassewitz dann zur Rede stellen. Vielleicht hatte die Amok laufende Weinbruderschaft ja eine Spur. Herr Bimmel schlug vorwurfsvoll mit der Tatze gegen den noch leeren Futternapf.

Ein Schlüssel drehte sich in der Haustür, und Anna kam mit einer prall gefüllten Brötchentüte zwischen den Zähnen herein. »Croissants und Zeitung«, brachte sie hervor und hielt mit einer Hand die Zeitung demonstrativ hoch, während sie mit der anderen den Schlüssel in ihre Jackentasche gleiten ließ. Sie wirkte erschöpft, dunkle Ringe hingen wie Gewichte unter ihren Augen.

»Komm, setz dich. Ich deck den Tisch ein«, sagte Julius und küsste sie zur Begrüßung.

»Keine Zeit. Ich wollte dir bloß deinen Morgen versüßen. Der Tag wird uns noch genug Nerven kosten.«

»Der Tee zieht gerade. Ist *gleich* fertig!«

»Aber ich bleibe nur zum Croissant. Bei uns im Kommissariat ist jetzt Land unter – ich hab die Nacht keine Minute Schlaf bekommen. Alle früheren Posten des Papstes gehen wir durch und fragen nach, ob es einen Weinvorfall gab. Natürlich ganz vorsichtig, um kein Aufsehen zu erregen. Das Polizeiaufgebot ist mittlerweile stark erhöht worden. Der Papst hält es vielleicht nicht für nötig, aber Deutschland hat kein Interesse daran, einen solchen Mord in den eigenen Grenzen zu haben.«

»Hier kommt der Tee. Warum isst du das Croissant denn trocken? Ich wollte dir doch noch Butter und Marmelade dazu bringen.«

Anna achtete gar nicht auf ihn. »Auf jeden Fall sind jetzt auch noch ganz andere mit im Boot. BND und BKA suchen ihre Karteien durch. Einen solchen Aufruhr habe ich noch nie erlebt. Aber heute Morgen ist es für mich mit einem Mal ruhiger geworden. Ich fühl mich wie im Auge des Hurrikans. Ich habe alles ins Wirbeln gebracht, und jetzt braucht mich keiner mehr, um weiterzuwirbeln.«

»Meinst du, wir kriegen ihn vorher?«

Anna schüttelte den Kopf und biss wieder ins Croissant, das auf Julius' Teppich bröselte. »Nein. Aber den Papst schützen können werden wir schon. Da hat sich der Mörder übernommen. Das ist eine Nummer zu groß. Ach was, hundert Nummern! So, ich muss wieder.«

»Jetzt bleib doch mal! Und wenn es nur ein Viertelstündchen ist. Wir haben ja überhaupt keine Zeit mehr füreinander. Ich weiß schon gar nicht mehr, ob wir überhaupt noch ein Paar sind.«

»Na, du suchst dir ja einen schönen Moment für eine Szene aus. Der Papst soll ermordet werden, aber Julius Eichendorff, Nachfahre des berühmten deutschen Dichters der Romantik, Meisterkoch und Hobbyermittler, denkt nur an sein privates Glück. Ich würde ja gern noch bleiben, aber ich muss da was erledigen. Das ist mir wichtig.«

»Wichtiger als ich.«

»Nein! Du willst das jetzt falsch verstehen.«

»Kannst du mir nicht sagen, worum es geht?«

»Iss dein Croissant und denk an mich!«

»Nun bleib doch noch hier. Lass uns wenigstens über den Fall reden.«

Aber Anna war schon weg. Sie hatte eine Bröselspur hinterlassen, die in Richtung Haustür zwar dünner wurde, Julius aber trotzdem Stiche ins Herz versetzte.

Nun war sie also verschwunden. Na ja, er hätte sowieso keine Zeit mehr gehabt, denn er musste zum Schokoholikertreffen.

Aber das wusste Anna ja nicht.

11:07 Uhr

Das Treffen fand in den Winzerkirche des »Sanct Paul« statt, und somit in der Höhle des Löwen namens Gerdt Bassewitz. Beim Eintreten beschlich Julius die Angst, er könnte ganz oben auf einer schwarzen Liste stehen und direkt wieder rausgeworfen werden. Nichts dergleichen geschah. Alle Angestellten des historischen Gasthauses aus dem 13. Jahrhundert begrüßten ihn höflich.

Die Schokoholiker saßen bereits an ihren Plätzen, vor sich Wein und Tafeln dunklen Goldes, denn schließlich war diese Kombination heute Diskussionsgegenstand.

Bassewitz war nicht da, doch zwei Stühle waren noch frei.

Als Julius genau hinsah, konnte er erkennen, dass die meisten Schokoladentafeln nicht mehr komplett waren. Die Verpackung war natürlich noch vollständig, aber verdächtige Knicke am Rand und fehlende Papierspannung zeigten, dass viele Anwesende vollkommen zu Recht Teil der Gruppe waren.

Plötzlich erklang Musik, und ein Raunen kam aus den zum Teil gefüllten Mündern. Alle erkannten Rachel Portmans Komposition zum Film »Chocolat«. Feinfühlig, mit Streichern und Holzbläsern arrangiert, drang mediterranes Flair in den Raum.

Gerdt Bassewitz kam die große Treppe herunter.

Und er war nicht allein.

Untergehakt bei ihm ging, Julius vergaß für einen Augenblick zu atmen, niemand Geringeres als Anna von Reuschenberg. Die Frau, die etwas Wichtiges erledigen musste und dafür einen Streit mit ihrem Leibkoch in Kauf genommen hatte.

Hatte Julius etwas verpasst?

Hatte er sie so vernachlässigt, dass sie sich nun mit einem anderen Ahrtaler Original einließ? Wäre nicht wenigstens ein Jüngerer, Drahtigerer möglich gewesen? Das hätte Julius ja irgendwie verstanden und sich einreden können, dass es der enttäuschend oberflächlichen Anna nur um den äußeren Schein ging.

Das konnte bei der Wahl Bassewitzens so nicht gesagt werden.

Er würde sich nicht so einfach geschlagen geben! Das Gipsbein hatte ihn vielleicht lahm gelegt, die Mordserie ihn gedanklich gefesselt, aber wenn das erst einmal vorbei war … konnte es zu spät sein.

»Liebe Mitleidende der AAS. Ich darf euch mitteilen, dass ein Mensch unseren Beistand sucht.«

Er klopfte Anna ermutigend auf die Schulter und nickte ihr zu.

»Mein Name ist Anna von Reuschenberg. Und ich bin schokoladenabhängig!«

Während des Applauses setzten sich die beiden auf die freien

Stühle. Anna würdigte Julius keines Blickes. Nachdem Bassewitz seine große Eröffnungsrede über die göttliche Verbindung von Schokolade und Wein gehalten hatte, stand Julius auf und stellte sich hinter ihn.

Er widmete Anna nun seinerseits keinen Blick. Das konnte er schließlich auch. Stattdessen lehnte er sich vor, um Bassewitz ins Ohr sprechen zu können.

»Gerdt, hast du einen Moment Zeit für mich? Wir müssen reden, meinst du nicht auch?«

Bassewitz begann ein Gespräch mit Anna. »Wie gefällt dir meine Winzerkirche? Schön, nicht?«

»Prachtvoll! Schade, dass ich nie in so schicke Restaurants ausgeführt werde.«

Julius tippte Bassewitz auf die Schulter, sprach nun etwas lauter. »Gerdt, lass uns doch mal kurz rausgehen zum Reden. Wir sind doch eigentlich auf derselben Seite.«

Bassewitz reichte Anna seine Schokolade. »Probier mal die zum Wein. Ich muss dir gleich unbedingt unser Feinschmecker-Restaurant zeigen. Und ich habe den Wink verstanden: Gerne lade ich dich ein. Unwahrscheinlich gern!«

Julius packte Bassewitz an den Schultern. »Gerdt, habt ihr etwas rausbekommen? Du musst es mir sagen, das Leben des Papstes hängt davon ab. Er soll das nächste Opfer sein!«

»Meine Güte!«, sagte Bassewitz. »Ich scheine eine Art Tinnitus zu haben. Eine nervige Stimme, die Unverständliches spricht. Ich hoffe, Wein und Schokolade lösen das Problem.« Er hob das Weinglas so schwungvoll, dass ein Großteil des Inhalts über seine Schulter schwappte. In Julius' Gesicht. Dann brach er einen Riegel Schokolade ab und führte ihn so rasant zum Mund, dass er seiner Hand entglitt und Julius ins Auge traf. »Wo ist er nur hin?«, fragte Bassewitz mit überraschter Stimme.

»Entschuldige mich bitte, ich müsste mich mal frisch machen«, sagte Anna und warf dem Herrn des »Sanct Paul« einen vernichtenden Blick zu.

»Soll ich dir den Weg …?«, fragte Bassewitz.

»Find ich schon. *Danke*, Gerdt.«

Anna fuhr Julius mit einem zerknitterten Taschentuch übers Gesicht und zog ihn weg vom Tisch.

»Was machst du hier mit ihm?«, fragte Julius und strich seine weinfeuchten Haarsträhnen zurück.

»Lass uns rausgehen.«

»Das hier ist dir also wichtiger, als mit mir zu frühstücken?«

»Bist du eifersüchtig?« Sie hielt seinen Kopf in Händen. »Du *bist* eifersüchtig!«

Sie hatten die Winzerkirche verlassen, und Anna platzierte Julius auf ein im Gang stehendes Sofa.

»Und? Hab ich Grund dazu?«

»Gerdt hat mir von den Schokoholikern erzählt. Im Gegensatz zu dir. Ich bin hier nur kurz zur Einführung – zurzeit läuft nämlich meine offiziell vorgeschriebene Ruhepause, und in der wollte ich gerade heute etwas besonders Angenehmes machen. Muss aber gleich wieder weg. Wir haben nämlich ein neues Problem.«

»Du duzt ihn schon.«

»Bei uns ist alles in Aufruhr, Julius! Jetzt lass die Sache mit Gerdt doch mal gut sein.«

»Wann hat er dir überhaupt davon erzählt? Trefft ihr euch jetzt öfters? Ist das was Festes?«

»Ich habe ihn zum Mord am Landrat befragt, die beiden waren doch sehr gut befreundet, und Knuzius kannte er auch. Jetzt beenden wir das Thema, damit ich dir erzählen kann, was los ist. Du hattest nämlich Recht.«

»Mit *Gerdt* machst du also was Angenehmes. Hättest mich ja auch wegen was *Angenehmem* fragen können. Aber du hast ja jetzt Gerdt. Mit dem gehst du demnächst auch essen, bei mir schmeckt es dir wohl nicht mehr.«

»Er hat mich *Schokolade* essen sehen! Und mit dem Essen wollte ich dich nur foppen.« Sie nahm seine Hände. »Glaubst du mir?«

Die Tür zur Winzerkirche ging auf, Bassewitz kam heraus und rempelte den am Rand sitzenden Julius im Vorbeigehen an.

»Untergehakt bist du mit diesem Rowdy die Treppe runtergekommen! Macht man so was, wenn man sich nur flüchtig kennt? Ich glaube nicht.«

»Langsam ist es genug! Ich geh jetzt wieder rein, trink kurz was, esse ein tolles Stück Schokolade, und dann bin ich weg, und du weißt nicht, was in der Mordsache passiert ist.«

»Wieso? Was ist denn passiert?«

»Darf ich es jetzt endlich sagen?« Anna schlug sich mit der Hand vor die Stirn. »Jetzt frag ich dich schon, ob ich dir vertrauliche Informationen weitergeben darf. Ich fasse es nicht!«

»Hat der Vergleich des Briefes mit den Schriftproben was gebracht?«

»Das dauert. Wir haben auch noch nicht alle Vergleichsproben zusammen.«

»Wieso nicht? Du hast doch genug Leute, die du zum Einsammeln rausschicken kannst.«

»Das schon. Aber nicht genug Leute, bei denen sie ankommen können.«

»Geht es noch kryptischer?«

»Wolf Kiefa und Django Uhlen sind verschwunden.«

15:58 Uhr

Julius meinte, sogar in der Küche der »Alten Eiche« Polizeisirenen zu hören, welche die Suche nach den Vermissten begleiteten. Warum war er nicht auf die beiden gekommen? »Dies ist das Ende des Kampfes. Dies ist das Ende eines Versprechens. Dies ist das Ende der zwei Herzen«, hatte im Brief gestanden. Das passte zum Foto an der Wand im Weingut Uhlen, und dieser Wahnsinn passte auch zum Spieler Django, der einen kühlen Analytiker wie Wolf Kiefa an seiner Seite brauchte. Es war Django Uhlens Handy gewesen, von dem Rolli vor seinem Mord angerufen worden war, Django hatte der Presse die Mordmethode gesteckt, Wolf Kiefa hatte in Kontakt mit Despoupoulos gestanden, als Ordensmeister der Bacharacher Weinzunft hatte er sicher auch von Rollis Tanninpulver-Einsatz erfahren. Alles passte.

Warum hatte er bloß immer nur nach einem Einzeltäter gesucht?

Wenn die beiden hinter den Morden steckten, wenn Django und Wolf die *zwei Herzen* waren, hatte sich die Situation des Papstes deutlich verschlechtert. Sie waren nirgendwo aufzufinden, sie konnten also überall auftauchen.

Und zuschlagen.

Julius versuchte krampfhaft, nicht alle Hinweise, Indizien und Motive in seinem Kopf durchzuspielen, sondern sich auf das Kochen zu konzentrieren. Um das Überleben des Papstes kümmerte sich nun die Polizei – viel besser, als er es könnte. Um das Überleben der »Alten Eiche« musste er sich selber kümmern. Das Papstmenü galt es perfekt zu gestalten.

Julius saß auf einem Barhocker und rührte einige Rosinen in den Reis. Das würde dem Papst sicher gefallen.

Es war das erste Mal, dass er für einen offiziellen Todeskandidaten kochte.

Falls das Urteil vollstreckt würde, hätte das Essen keinen Empfänger mehr. Doch darüber nachzudenken war müßig, noch lebte der Papst, und das letzte Probe-Essen stand an. Die Liste der Weinberater war kurz geworden. Nur Oliver Fielmann und Hermann Horressen würden jeden Moment erscheinen, Gerdt Bassewitz hatte sich von seiner Sekretärin entschuldigen lassen.

Der erste Apfelstrudel mit Zimt war bereits im Ofen, Julius roch die feinen Röstaromen. Sie strömten unaufhaltsam zu ihm wie Flüsse ins Meer. Der Duft karamellisierenden Zuckers war Balsam für seine Seele. Den brauchte er auch, denn sie war beim Eintreffen im Restaurant erheblich angeknackst worden.

Deswegen galt es jetzt noch etwas Unangenehmes zu erledigen.

»FX! Frau Trenkes! Kommen Sie doch *bitte* mal her!«

Beide kamen. Langsam. Zögerlich. Die neue Köchin hatte den Kopf gesenkt.

»Ich habe dir doch gesagt, er merkt es!«, zischte sie FX zu.

»Des mach ich schon.« FX begann Julius die Schultern zu massieren. »Immer locker, Maestro. Hast etwa eine Speiskarten in deine Patschehänderl bekommen?«

Julius nickte.

»Ja, des war so aber net geplant. Bei deiner Rückkehr hätt die wieder wie gewohnt ausgeschaut. Du hättest dich dann auch net aufregen müssen. Aber du musstest ja unbedingt spionieren.«

»Mit Spionieren meinst du, dass ich mir die Speisekarte meines eigenen Restaurants angeschaut habe?«

»Genau *des* mein ich! Ich dacht immer, du hättst Vertrauen zu deinen Mitarbeitern. Vor allem zu mir, ich bin da jetzt persönlich schon ein wenig beleidigt, aber bereit, dir zu vergeben.«

»Sehr großzügig. – Bist du fertig?«

»Na, ich muss dir noch detailliert beschreiben, was ich mir so gedacht hab.«

»Gedacht hast du, soso. Ganz allein? Oder vielleicht mit unserer neuen Köchin Rosi Trenkes, die noch in der Probezeit ist? Und an deren Station ich vor einiger Zeit ›Grünen Spargel mit Kürbiskernöl‹ und ›Marillenknödel an Aprikosensorbet und Aprikoseneis‹ gesehen habe.«

»Es tut mir so Leid, Herr Eichendorff. Der FX hat gesagt, das wäre okay. Sie würden es erlauben, weil zurzeit doch so wenig los sei. Experimente, hat er gesagt, kann man nur in Krisenzeiten machen.«

»Und Sie glauben, dass ein Maître d'Hôtel dazu die Befugnis hat?«

»Er hat mir von Ihrer dicken Freundschaft erzählt. Er redet ja so viel von Ihnen, und nur Gutes!«

»Dann habe ich ja wirklich großes Glück mit ihm.« Julius lächelte gefährlich. »Denn ohne FX – und Ihre *liebenswürdige* Unterstützung, Frau Trenkes – würden sich nicht so viele Neuheiten auf der Speisekarte finden, die ihren österreichischen Ursprung nicht verhehlen können. Lassen Sie mich überlegen, was es da noch alles gab. Ach ja, ein Sacher-Eisparfait zum Beispiel. Mit ›Kalbstafelspitz in Krensulz‹ sogar eine Hauptspeise. Dann ist eine Spätburgundersauce durch ein Zweigeltsößchen ersetzt worden …«

»Des passt einfach viel besser zur Entenbrust.«

»Ich dachte mir schon, dass du so was in der Art sagen würdest. Natürlich ist es vollkommen unwichtig, dass wir in einem der besten Spätburgundergebiete Deutschlands leben. Sag jetzt *nichts*, ich bin noch nicht fertig! Erwähnen möchte ich unbedingt noch die Nockerln, die es gleich bei mehreren Gerichten als Beilage gibt. Am schönsten finde ich, dass eine neue Linie in die Speisekarte gebracht wurde. Darf ich aufzählen? Kürbiskernöl in praktisch jedem Gang, Minikürbisse als Beilage, Kürbiskernmousse mit marinierten Orangenfilets und schließlich Kürbiskerncrostini.«

»Die sind besonders gut«, sagte Rosi Trenkes und ging zu einem Küchenschrank, in dem eine kleine Dose davon griffbereit stand. Sie bot Julius großzügig einige an. »Ein Rezept von FX' Mutter.«

»Des hat s' erst im letzten Jahr entwickelt. Ist schon ein verrücktes Huhn, meine Mutter.« FX nahm sich eine Hand voll Crostini.

Julius stand auf. »Ihr findet das also ganz in Ordnung so?«

»Die Änderungen kamen super an bei den Gästen«, berichtete FX.

»Der FX hat ja so kreative Ideen!«, sagte Rosi Trenkes und reichte weitere Crostini.

»Die Gäste finden FX' kreative Ideen also super? Aber wisst ihr was? Das ist mir völlig *egal*!« Julius' Stimme war nun so laut, dass alle in der Küche Messer oder Kochlöffel niederlegten und zu den dreien blickten.

»Das Restaurant heißt nämlich ›Zur Alten Eiche‹ und nicht ›Zum Kürbiskern‹! Und es ist *mein* Restaurant! Niemand nimmt Änderungen an der Karte vor, *niemand*! Niemand ändert auch nur eine Winzigkeit an einem Gericht, ohne mich zu fragen. Ich stehe nämlich für alles mit *meinem* Namen! Und ich komme nicht aus Österreich. Ich weiß auch nicht, was zu dieser Fehleinschätzung geführt haben könnte. Wir arbeiten mit besten lokalen Lebensmitteln, wir verarbeiten sie so, dass ihr Eigengeschmack besonders präsent ist. Wir kochen mit den Jahreszeiten. Dies ist eine Ahrtaler Küche durch und durch.«

»Du hast mir doch die Verantwortung für den Laden übergeben«, protestierte FX. »Des hätt dir klar sein müssen, dass ich hier neuen Schwung reinbring.«

Julius kochte nun stärker als der Reis. »FX – du hast einen Riesenbonus bei mir, weil du Österreicher bist. Und dafür kannst du nichts. Das ist genetisch. Aber wenn so was noch einmal passiert, fliegst du. Egal ob alter Freund oder nicht! Und mir ist klar, dass du mit dem geschenkten Käfer vorbauen wolltest, weil du wusstest, dass die Sache unweigerlich rauskommt. Aber ich bin nicht bestechlich. Das Auto behalte ich trotzdem. Zur Strafe!«

»Österreicher zu sein ist eine Auszeichnung, kein Fluch. – Aber ich halt ja schon meine Goschen …«

Julius wandte sich zur neuen Köchin, die versucht hatte, hinter FX' Rücken Schutz zu finden.

»Und was Sie angeht, Frau Trenkes: Sie haben Glück, dass ich FX so gut kenne und weiß, wie er Frauen beschwatzen, er nennt es bezirzen, kann. Aber wenn Sie sich in Zukunft den kleinsten Fehltritt erlauben, werden Sie entlassen. Haben Sie das *verstanden*?«

Sie schluckte und sammelte ihren Rest Mut zusammen. »Dann möchte ich fragen, ob Beziehungen zwischen Angestellten erlaubt sind. Ansonsten würde ich sofort mit FX sprechen müssen.«

»Sie haben eine *Beziehung*? Aber ich dachte, FX …?« Julius blickte zu diesem, der ihn flehend ansah und den Zeigefinger unauffällig vor die Lippen hielt.

Vor einiger Zeit, erinnerte sich Julius, waren sie noch wie Öl und Wasser gewesen. Aber was sich neckte, schien tatsächlich Chancen auf Zweisamkeit zu haben.

»Nicht nötig. Die ›Alte Eiche‹ ist schließlich kein Kloster. Jetzt machen Sie alle Änderungen rückgängig. Und wagen Sie bloß nicht, mich zu bitten, die Sachen zu probieren. *Alles* auf Anfang!« Gleich darauf korrigierte sich Julius, denn er war einfach zu gespannt, was die beiden ersonnen hatten. »Na gut, kleine Portionen für mich. Aber dann ist Schluss!« Eigentlich konnte er es gut leiden, wenn jemand sich so für Essen begeistern konnte, wenn es seinen Mitarbeitern wichtig war, etwas noch Besseres zu servieren.

Es musste halt nur in Bahnen gelenkt werden.

Und zuallererst war natürlich die Abreibung fällig gewesen.

Das gehörte sich so.

Julius atmete durch. Es hatte gut getan, einmal nicht an den Mörder denken zu müssen.

16:34 Uhr

François kam herein, triumphierend einen Karton über dem Kopf haltend. »Freiwein!« Er stellte ihn vor Julius ab. »Der kommt vom Sommelier des ›Frais Löhndorf‹ mit schönen Grüßen von Antoine Carême. Er lässt ausrichten, er könne das Zeug nicht mehr verkaufen, deshalb schickt er seinem neuen besten Freund – damit meint er dich, Julius – ein paar Flaschen als Kochwein.«

Antoine hatte bei ihrem letzten Treffen von dem Problem erzählt. Das Etikett behauptete, es sei ein exorbitant teurer Barolo. Julius öffnete die Flasche und goss sich etwas ein. Der Wein hatte ein tiefdunkles Granatrot mit orangen Reflexen.

Das hatte er schon einmal gesehen …

Um Gottes willen!

Er nahm das Telefon zur Hand und wählte Annas Nummer. Er tat dies im größten Triumphgefühl, das er in den letzten Monaten verspürt hatte.

Anna nahm nach nur einem Klingeln ab.

»Von Reuschenberg.«

»Stopp die Sache mit dem Papst! Der Mörder hat es nicht auf ihn abgesehen. Der Papst ist *sicher*!«

»Was redest du da?«

»Antoine Carême ist das nächste Opfer! Alles passt! *Er ist der Herr über jedes Getier und* vor allem *jedes Kraut* – Antoine ist doch unsere Kräuterhexe! Bei ihm landet einfach alles im Topf. *Er ist einer von uns, und doch nicht* – Er ist Ahrtaler, aber eben auch Normanne! *Wer Weiß trägt, ist dadurch nicht unschuldig* – Wir Köche tragen alle Weiß. *Er ist nicht der Erlöser, aber ich werde ihn erlösen* – Antoine propagiert eine neue Küche, die uns von schweren Speisen erlöst! Aber das Wichtigste kommt jetzt: Er hat mir vor Tagen von seinem italienischen Importeur erzählt, der ihn betrogen hat. Er hat Weine falsch etikettiert. Und Antoine hat sie aus Versehen verkauft. Du weißt doch noch, was im Brief stand? ›Wein ist weder Gold noch Blut, egal was drauf geschrieben steht. Eine Lüge wird nicht wahrer, wenn man sie druckt.‹ Ich habe den Wein hier vor mir im Glas, er sieht genau aus wie der letzte ›Vinum Mysterium‹. Haargenau! Anna, wir müssen Antoine schützen, schick sofort deine Leute zu ihm!«

Endlich hatte er ein Opfer retten können! Endlich war er schneller als dieser verdammte Mörder!

Es blieb still im Telefon, das in Julius' vor Aufregung zitternder Hand lag. Kein Wort kam vom anderen Ende.

»Anna? Bist du noch da? *Ist das nicht toll*?«

Ihre Stimme klang brüchig. »Toll? Julius, das kann das Ende meiner Karriere sein. Wir haben den Papst umsonst verrückt gemacht und eine wahnsinnige Maschinerie in Gang gesetzt. Die kann man nicht so einfach aufhalten, erst recht nicht ohne Gesichtsverlust.«

»Aber er ist *sicher*. Das sollte er wissen!«

»Ja, natürlich. Aber er fühlt sich doch sowieso sicher. Du hast ihn gehört.«

»Erzähl einfach, du hättest den Mörder gestellt.«

»Hab ich aber nicht, Julius.«

»Wir dürfen keine Zeit verlieren. Du musst Antoine in Sicherheit bringen. Und ihn befragen, vielleicht weiß er, wem er noch von den gefälschten Flaschen erzählt hat.«

»Hör zu, Julius, ich lasse den Wein bei dir abholen, und wir vergleichen ihn im Labor mit der vorliegenden Probe. Was Antoine angeht, kann ich nicht viel machen. Ich kann nur zwei Leute schicken, die sein Haus im Auge behalten.«

»Vergiss es!«, sagte Julius, legte auf und bestellte Antoine zu sich. Offiziell benötigte er Hilfe bei dem Spätburgunderkuchen.

Das schmeichelte dem kleinen Franzosen.

Nirgendwo würde er sicherer sein als in der »Alten Eiche«.

Er hatte sogar unauffällig einen Leibwächter zugeteilt bekommen. Sein Name: FX. Seine Stimmung seit Ernennung: sauer.

17:32 Uhr

Es war leicht gewesen, Antoine nach dem Backen zum Bleiben zu bewegen. Die Aussicht, Vorkoster für den Papst zu sein und die passenden Weine zu dessen Menü auszuwählen, war Lockmittel genug. Leider turnte der quirlige Normanne deshalb jetzt in Julius' Küche herum und spinkste in jeden Topf. Viele Köche verdarben vielleicht nicht den Brei, aber doch Julius' Laune. Trotzdem lächelte er. Immerhin ging es darum, Antoines Leben bis neunzehn Uhr zu erhalten, danach konnte er ihn immer noch aus der Küche werfen.

In aller Freundschaft natürlich.

Erstaunlicherweise hatte Antoine auf Julius' unverfängliche Frage bezüglich des falsch etikettierten Weins geantwortet, er hätte niemandem außer seinem Personal davon erzählt.

Der Sinziger Kollege wog Julius' Messer nun in der Hand und pfiff leise, weil sie hervorragend ausbalanciert und scharf waren.

Julius sah es aus den Augenwinkeln und schmunzelte. So verhielt sich ein echter Koch.

Anna hatte zwischenzeitlich noch einmal angerufen, sich entschuldigt und versprochen, jemanden zu Antoines Restaurant zu schicken, der ihn zum Kommissariat bringen sollte. Julius hatte seine Lösung erklärt und einen erleichterten Seufzer geerntet.

Oliver Fielmann und Hermann Horressen waren bereits im Blauen Salon und stellten ihre mitgebrachten Weine auf den Tisch, die weißen in tönerne Flaschenkühler. Es waren, wie vom Erzbistum gewünscht, einfache Weine – was die Vorfreude der Anwesenden nicht ins Unermessliche steigerte. Julius wusste, dass jeder anständige Weinkenner einen sauberen Schoppen schätzte, diesen manchmal sogar dem Meditationswein vorzog, der zur eingehenden Beschäftigung zwang. Aber bei einem Papstmenü?

Als er den Blauen Salon betrat, waren die beiden Weinexperten mitten in einer hitzigen Diskussion.

»Der klassische Bordeaux wird verschwinden. In spätestens fünfzig Jahren ist das wegen der Klimaveränderung nicht mehr zu vermeiden. Auch bei uns werden sich die Weine, und damit meine ich sowohl die Rebsorten wie den Weintypus, radikal ändern. – Da bist du ja, Julius!«

Hermann Horressen stand auf und reichte ihm die Hand. Die Kraft, die in seiner Stimme steckte, fand sich auf schmerzhafte Weise auch in seinen Fingern. Fielmann begrüßte ihn danach priesterlich, eine Hand unter, eine auf Julius' Pranke, und dann ganz oft geschüttelt.

»Ich hab noch einen Gast zu unserem letzten Wine-Matching mitgebracht«, sagte Julius. »Antoine Carême, er ist für einen der beiden Nachtische zuständig, und ich lege viel Wert auf seine Meinung.«

Man schien sich zu kennen. »Sie beiden waren doch vor ein Vierteljahr in mein Restaurant!«, sagte Antoine erfreut. »Sie haben unseren großen *Menu découverte* mit die elf Gänge und die korrespondierende Weine genommen. Diesen Gästen vergesse ich nie.«

»Hermann hatte Sie empfohlen. Dafür habe ich ihm noch gar nicht gedankt.«

Horressen winkte ab. »Kommt, Kinder, lasst uns anfangen, ich hab heute noch was vor. Oder willst du unbedingt auf die anderen warten, Julius?«

»Ich setz mich erst mal«, sagte dieser. »So, das kann ich nur im Sitzen erzählen. Gerdt ist ... verhindert. Was Django und Wolf angeht, die sind nicht auffindbar.«

Er blickte in überraschte Gesichter.

»Weshalb?«, fragte Fielmann.

»Wieso beide?«, wollte Horressen wissen.

»Es könnte sein, dass die zwei für die Mordserie im Tal verantwortlich sind. Vielleicht haben sie mitbekommen, dass die Polizei auf dem Weg zu ihnen war, und sind abgehauen. Es könnte aber auch sein, dass sie sich vor ihrer anstehenden Tat zur besseren Vorbereitung irgendwohin zurückgezogen haben.«

»Warum sollten sie denn jemanden umbringen?« Fielmann runzelte die Stirn, sie zeigte tiefe Furchen.

FX kam herein. Er führte die Kellnerschar mit dem ersten Gang an.

»Ah, da kommt der Salat! Ein einfacher gemischter Salat. Na ja, vielleicht nicht ganz so einfach – aber verratet es bitte niemandem.«

»Tomaten, Gurken, Prinzessbohnen, Artischocken, Paprika, Oliven, Sardellen und den Eier – das ist eine *Salade niçoise*. Du bist eine Tiefstapler, Julius! Aber den Papst wird die Unterschied sicher nicht bemerken – nur schmecken.«

»Dazu passt mein ›Horressen of Horressen‹ und sonst nichts, brauch ich gar nicht zu probieren. Und ab. Her mit dem nächsten Gang. Wir warten noch auf eine Antwort, Julius. Das muss doch ein blöder Zufall sein mit den beiden.«

Den Bissen erst in Ruhe zu Ende kauend, dachte Julius darüber nach, wie viel er erzählen konnte. »Ich halte einen gekühlten Gamay de Touraine von der Loire für passender, muss ich sagen. – Und jetzt zu deiner Antwort: Das Motiv könnte ein Feldzug im Namen des unverfälschten Weins sein. Rolli verwendete Tanninpulver, der Grieche Agamemnon Despoupoulos setzte Rebläuse im Weinberg aus, und Gottfried pinkelte zusammen mit seinem Spezi, dem Weinbaufunktionär Carl Knuzius, in ein Fass.«

Danach gab es viel für Julius zu erklären. Zwischendurch wurden Forelle blau und Reis serviert, was Fielmann nur mit langen Zähnen aß. Auf seinem Teller sortierte er alles auseinander. Schnell war man sich einig, einen halbtrockenen, gereiften Riesling auszuwählen, der die Zartheit des Fleisches betonte und die Buttrigkeit der Sauce hervorhob. Außerdem müssten es Kartoffeln als Beilage sein, nicht Reis. Zum Gemüseomelett favorisierten alle einen Auxerrois vom Bodensee. Antoine bezeichnete die Eierspeise als bestes Omelett aller Zeiten, war sich allerdings nicht sicher, ob Trüffel streng genommen als Gemüse galten.

Doch eigentlich schenkten alle dem Essen wenig Beachtung.

»Ich kann es mir immer noch nicht vorstellen«, sagte Fielmann. »Sie sind Kämpfer, ja, aber sie haben das Herz an der richtigen Stelle. Gerade Wolf ist einer der friedlichsten, ausgeglichensten Menschen, die ich kenne. Er hat die Maxime ›Leben und leben lassen‹ tief verinnerlicht. Sie fängt bei ihm im Weinberg an.«

»Also ich würde für niemanden meine Hand ins Feuer legen. Du bestimmt auch nicht mehr, oder, Julius? Selbst von den besten Freunden kann man enttäuscht werden. So ist das Leben, da muss man durch.«

»Ich glaube, jetzt können wir alle gut einen Apfelstrudel mit Zimt gebrauchen«, sagte Julius.

»Und dazu einen Edelsüßen von mir, da kann es jetzt aber keine Diskussion geben.«

»Ganz objektiv?«, fragte Fielmann.

»Um Gottes willen! Ich war noch nie in meinem Leben objektiv, sondern in höchstem Maße subjektiv.«

»Ich bin auch für den subjektive Meinung«, gab Antoine ihm Recht. »Zu diese sollte man stehen. Alles andere ist Schaumschlägerei!«

Julius ließ seine subjektiven Gäste allein und kümmerte sich objektiv um den Apfelstrudel. In der Küche waren nur Weißkittel – Julius überraschte sich dabei, wie er nach Wolf Kiefa und Django Uhlen Ausschau hielt. Wer Antoine Carême töten wollte, musste in die »Alten Eiche« kommen. Es würde dem Mörder nicht schwer fallen, das herauszufinden. Antoine hatte in seinem Restaurant stolz Bescheid gesagt, dass der berühmte Kollege aus Heppingen seine Hilfe benötigte. Julius hatte bei seiner Ankunft davon erfahren.

Aber sollte der Mörder doch ruhig kommen! Messer und Nudelhölzer gab es genug im Restaurant. Und auch der Entbeiner konnte sich als nützlich erweisen.

Julius gab den Zimt beinahe zärtlich auf den Apfelstrudel. Dies war der besondere Moment, der aus einer gelungenen Speise eine perfekte machte. Anfang des 16. Jahrhunderts brachte der portugiesische Seefahrer Vasco da Gama Zimt aus Ceylon mit, das hatte Julius in einem Kochbuch gelesen und behalten, da er das rostbraune Gewürz so liebte. Einheimische Lebensmittel ja, dachte Julius, aber bei Gewürzen ließ sich nicht auf Weitgereistes verzichten.

Er blickte kurz in den Spiegel, der über der Arbeitsplatte hing, damit er vor Ausflügen ins Restaurant sein Äußeres prüfen konnte.

Diesmal sah Julius mehr als das.

Im Hintergrund standen noch die abgeräumten Teller aus dem Blauen Salon. Neben einem saß Felix. Eigentlich durften die Katzen nicht in die Küche, aber manchmal eben doch, wenn nicht viel los war. Der kleine Kater hing mit Barthaaren und Nase dicht über einem kleinen Rosinenberg, der aus dem Reis sortiert worden sein musste. Nach einem kurzen Lecken entschied er, dass diese Speise katzenuntauglich war, und schubste den Teller gekonnt über die Kante.

Er fiel auf den Boden, zerbrach, Felix sprang weg, neuen Untaten entgegen, und Herr Bimmel kam neugierig angeschossen, um zu sehen, was da gerade passiert war.

Als Julius sich umdrehte, starrte der Kater ihn mit schuldbewusstem Blick an.

So hatte Julius diesen Ausdruck zumindest immer interpretiert.

In der letzten Zeit sehr häufig.

Aller Wahrscheinlichkeit nach völlig zu Unrecht. Das Verbrechen des Katers war nur die Neugier. Der wahre Übeltäter dagegen hatte schnelle Pfoten und einen ausgeprägten Fluchtinstinkt. Julius ging hinüber und kniete sich mühevoll auf den Boden, um den irritierten Herrn Bimmel am Köpfchen zu kraulen. Er dankte es mit Schnurren und einem genussvoll gereckten Katzenrücken.

Rosi Trenkes beseitigte übereifrig mit Handfeger und Kehrschaufel den Teller samt Rosinen.

Und plötzlich machte es »Klack« in Julius' Kopf.

Und noch einmal.

Dann ein drittes Mal.

Schließlich war alles genau da, wo es hingehörte.

Es war wie dieser magische Moment beim Zauberwürfel seiner Kindheit. Man dachte verzweifelt, es wäre noch eine Ewigkeit bis zur Lösung, und dann war sie nach drei Mal Drehen da.

Er kannte nun den Mörder.

Der Würfel war perfekt, die Farben am richtigen Platz, es konnte keinen Zweifel geben.

Julius ging in den Blauen Salon und tippte dem anonymen Anrufer, dem weinverschickenden Mörder, dem zynischen Spielchentreiber und brutalen Rächer in eigener Sache auf die Schulter.

Der drehte seinen Kopf.

»Ich weiß es jetzt. Nicht Wolf oder Django, du bist der Mörder.

Ich kann es vielleicht nicht beweisen, aber wenn die Polizei weiß, bei wem sie nach Indizien suchen muss, wird sie schon fündig werden.«

Zwei Sekunden später lag Julius auf dem Rücken.

Der Stuhl vor ihm war leer.

Der Mörder weg.

Rausgespurtet aus dem Blauen Salon, aus der »Alten Eiche«.

Antoine half Julius hoch, und sie rannten, so gut es mit den Krücken ging, hinaus. Ein erschrockenes Augenpaar blickte ihnen nach.

Sie liefen zum Parkplatz, wo der Wagen des Normannen stand. Die zwei Köche schafften es sogar noch, sich an den schweren Benz zu hängen, der geradezu gemächlich auf die Landskroner Straße Richtung Lohrsdorf fuhr. Es sah nicht nach Flucht aus, eher nach einer Sonntagsausfahrt mit Oldtimer. Da Antoine keine reißerischen Überholmanöver versuchen wollte, zuckelten die beiden Wagen wie eine Bimmelbahn durch Heppingen.

»So ein Verfolgungsjagd wollt ich schon immer einmal gemacht haben!«

Sie war für Antoines Geschmack viel zu kurz.

Nur am gewaltigen Vulkankegel der Landskrone fuhren sie vorbei und in Lohrsdorf in die Ritterstraße. Da hielt der Mörder, rannte zu einem unbeleuchteten schmucklosen Haus und versuchte hektisch, die Tür aufzuschließen.

Antoine half Julius zu diesem Zeitpunkt aus dem Auto.

»Warum holst du ihn nicht ein, wie ich dir gesagt habe?«, fragte Julius vorwurfsvoll.

Die Tür des Hauses fiel zu. Ein nur halb abgerissenes Plakat zeigte, dass es vor kurzem noch zum Verkauf gestanden hatte.

»Er ist deine Mörder, Julius. Diesen Ehre gebührt dir.«

»Da liegst du leider vollkommen falsch, Antoine. Er hat es auf dich abgesehen. Du sollst sein nächstes Opfer sein.«

»Aber ich habe nichts gemacht!«

»Du hast falschen Spitzenbarolo verkauft. Ich weiß, dass du nichts davon wusstest. Lass uns später drüber reden. Jetzt renn hinters Haus und guck, ob er da wieder rauskommt. Außerdem: Ruf die Polizei an, frag nach Anna, die müssen sofort kommen!«

Das Haus wirkte nicht wie eine Festung, uneinnehmbar war es

für Julius dennoch. Die Erdgeschossfenster lagen zu hoch, um sie einzuwerfen und durchzusteigen, die Haustür war aus massiver Eiche. Das reichte völlig.

Julius tat das einzig Mögliche, auch wenn er sich saublöd dabei vorkam.

Er klingelte.

Sturm.

Und erhielt sogar Antwort.

»Hast du es also doch noch rausbekommen, du Superhirn? Etwas zu früh, für meinen Geschmack.« Die Stimme klang erschöpft.

»Ich bin mehr als froh, dass du nicht auch noch Antoine erwischt hast.«

»Er hätte die Serie voll gemacht: Winzer, Handlanger, Funktionäre und Wiederverkäufer. Na ja, vielleicht wären mir danach noch andere eingefallen. Das möchte ich nicht ausschließen. Du fragst mich ja gar nicht, warum ich es getan habe? So ist das doch immer in Filmen.«

Das Licht der Straßenlaterne kam nur trübe bei Julius an, und er sah, wie vereinzelte Regentropfen an der Birne vorbei Richtung Boden fielen. Der erste Regen seit Wochen, der Himmel musste einiges aufgespart haben.

»Weil du es wegen deiner Frau getan hast, Oliver. Sie starb an einer allergischen Reaktion – auf das Tanninpräparat in Rollis Wein. Du hast mir am Telefon gesagt, dass im Ahrtal alles angefangen hätte, und im Brief geschrieben, der letzte Mord sei das Ende eines Versprechens, das Ende der zwei Herzen. Du hattest deiner Frau, deiner toten Frau, also versprochen, sie zu rächen. Und mit Antoine wolltest du den Rachefeldzug beenden.«

Hinter der Tür raschelte es.

Julius ließ sich auf der Eingangsstufe nieder. Etwas neben der Tür, falls Fielmann mit einer Waffe durchs Holz schoss.

Wann kamen bloß die Einsatzwagen?

»Wein ist Nahrung, und Nahrung nehmen wir zu uns. Die Nahrung *wird* zu uns, Julius. Es gibt nichts Intimeres als Essen und Trinken. Wein sollte nichts anderes als vergorener Traubensaft sein, mit einer Prise Schwefel, damit er nicht zu schnell oxidiert. Aber er wird pervertiert mit allerlei Pülverchen, Enzymen und

Maschinen. Und das schlucken wir dann alle. Es wird nicht drüber geredet, es geht nur noch um Verkaufszahlen. Meine Gabriele wurde schnell davon getötet, bei anderen dauert es länger. Gesund kann das alles nicht sein. Wir brauchen Ehrlichkeit im Wein – und im ganzen Leben.«

»Und das von einem vierfachen Mörder! Die Polizei wird gleich eintreffen, Oliver. Es ist zu Ende.«

Etwas knisterte hinter der Tür.

»Es war ein interessantes Spiel mit dir, Julius, mit dem großen kulinarischen Detektiv, den alle so bewundern. Meine Güte, hat mich das angekotzt, wie ein kleiner, dahergelaufener, bäuerlicher Koch zu Deutschlands größter Nase und zum brillantesten Kriminalhirn der Weinwelt hochstilisiert wurde. Während unsereins jahrzehntelang um den Erdball jettet und jede noch so hundsmiserable Plörre verkostet, um nur ja überall mitreden zu können, sich seine Kenntnisse also hart erarbeitet, soll einem übergewichtigen Ahrtaler einfach eine geniale Nase in die Wiege gelegt worden sein. Von wegen! Ich habe das Gegenteil bewiesen. Du hattest immer eine faire Chance. Doch nur bei einem Mord hast du sie genutzt. Vier zu eins für mich.«

»Hör doch auf, solchen Blödsinn zu reden. Das hier ist doch kein Fußballspiel!«

»Ich dachte mir vor dem ersten Mord, es könnte meiner Rache zusätzliche Würze geben, wenn ich dich dabei noch demütigen kann. Wie Recht ich hatte.«

»Mein Gott, Oliver. Ist dir dein Gerede nicht selber peinlich?«

Die Regentropfen wurden größer, wie Trauben, die ihrer Reife entgegeneilten.

»Wie bist du auf mich gekommen? Ich hab doch beim Essen nichts Falsches gesagt, oder? Einen solchen Fehler würde ich mir nie verzeihen.«

Julius klappte den Kragen hoch. »Du hast nichts Falsches gesagt, Oliver. Nur etwas Falsches getan. Die Rosinen aus dem Reis gepiddelt. Im Recher Herrenberg saß ich nahe dem Tatort auf einer Bank, neben der Rosinen lagen. Ich hab mir damals nichts dabei gedacht, erst eben. Ich kenne das Problem, wenn es in der Bäckerei nicht mehr das gibt, was man will. Ich mag Schokoweckchen, aber manchmal gibt es eben nur welche ohne. Du magst keine Rosinen, aber irgendetwas zur Verpflegung musstest du mitnehmen, weil du nicht wusstest, wie lange es dauern würde, bis Agamemnon Despoupoulos eintraf. Also hast du eins mit Rosinen gekauft und sie dann rausgeholt. Eigentlich haben meine beiden Kater mich darauf gebracht. Dafür gibt's noch eine ganz besondere Belohnung.«

»Rosinen! Obwohl es schon irgendwie passt, verdörrte Trauben.«

»Woher wusstest du eigentlich, dass Agamemnon Despoupoulos in genau dieser Nacht die Rebläuse im Recher Herrenberg aussetzen würde?«

»Ist das jetzt noch wichtig?«

»Für dich ist es doch auch wichtig, wie ich auf dich gekommen bin.«

»Von mir aus, Julius. Ich hatte ihn tagelang beschattet und sogar einmal die Chance bekommen, in seinem Terminkalender zu blättern, daher wusste ich von der VHS-Sache. Der Herrenberg war die einzige Lage, die er auskundschaftete. Damit ich dann nicht mehrere Nächte auf ihn warten musste, habe ich dafür gesorgt, dass er davon ausging, am nächsten Tag einen unglaublich wichtigen Termin mit einem Neureichen in Trier zu haben. Vorher musste er die Sache natürlich noch abschließen. Ich habe Glück gehabt, dass er deinen Auftritt im Weingut Sonnehang nicht ernst genommen hat. Er selbst konnte sich das kurz vor seinem Tod nicht verzeihen. Aber da war es halt zu spät.« Eine lange Pause entstand. »Also waren die paar Rosinen mein einziger Fehler. Lächerlich wenig, oder?«

»Es war auch dein Brief. Die Schrift war verschmiert, wie bei einem Linkshänder, der hastig mit einem Füller schreibt. Mir fiel ein, dass du bei einem Probeessen deinen Ärmel ins Spitzkohlpüree getaucht hattest, als du dein Weinglas greifen wolltest. Danach hast du den linken Ärmel hochgehalten. Das hat sich irgendwie bei mir eingebrannt.«

Fielmanns Stimme klang nun etwas außer Atem. »Spitzkohl und Rosinen. So was fällt auch nur einem Koch auf.«

Der Regen schlug nun bombengleich hernieder. Doch weder Blitz noch Donner begleiteten ihn. Es war nur Regen.

»Bei Django bist du vermutlich auf die Idee mit ›Vinum Mysterium‹ gekommen, der hört schließlich Choräle, darunter sicher auch ›Divinum Mysterium‹. Sein Handy zu klauen wird kein Problem gewesen sein. Über Wolf hast du von dem Reblaus-Aussetzer erfahren, du hast mir ja selbst davon erzählt, dass du dabei warst, als er darüber berichtete. Der gute Hermann wird von den ›Nachrichten aus dem Totenreich‹ erzählt haben, für einen großen Denker wie dich natürlich unglaublich passend, und eine falsche Spur legte es auch noch. Dass Gottfried Bäcker mit seiner Pinkelaktion geprahlt hat, wenn der Wein mal wieder seinen Verstand vernebelte, dafür brauch ich nicht viel Phantasie. Und du als Barolo-Fan wirst natürlich einen bestellt haben, als du bei Antoine essen warst, und dann direkt gemerkt haben, dass es sich nicht um den Wein handelte, der auf dem Etikett stand. Wofür Antoine nichts konnte, der übrigens deinen Hinterausgang bewacht. Du brauchst also gar nicht versuchen, da rauszulaufen. Bist du noch da?«

Der Regen rauschte laut in Julius' Ohren, fast stechend war jeder Tropfen, der auf seinem Kopf einschlug. Das kleine Vordach des Hauses bot keinen Schutz.

»Es ist aber seine Verantwortung, Julius«, antwortete Fielmann wieder. »Seine, und nicht die seines Sommeliers. *Er* muss für die Qualität der Weine geradestehen, die in seinem Haus ausgeschenkt werden.«

»Und für eine solche Lappalie sollte er sterben? Lächerlich!«

»Sein Tod wäre ein Symbol gewesen, ein Zeichen. Es ging nicht um Antoine. Ich mag ihn.«

»Warum lässt du mich nicht rein? Ich werde hier pitschnass, und wir können doch auch zusammen auf die Polizei warten, drinnen im Haus bei einem Glas Wein.«

Das Wasser war auf Julius' Haut angekommen, klebte alle Kleidung an ihn.

»Nein, ich muss allein sein.«

»Es sind deine letzten Minuten in Freiheit. Ich für meinen Teil würde die lieber mit einem … Bekannten und einem guten Schluck verbringen, aber bitte. Verrätst du mir, wie du Gottfried und diesen Knuzius dazu bekommen hast, mit dir zum Teufelsloch zu gehen? Unser guter Landrat muss geahnt haben, dass du es auf ihn abgesehen hast, er kannte deinen Hinweis auf das nächste Opfer von mir. Und an Waffen zur Verteidigung wird es unserem Freischütz auch nicht gemangelt haben, ebenso wenig an muskelbepackten Freunden.«

»Die zwei wollten sich beim hundertzwanzigsten Geburtstag wegen deines Hinweises aus dem Staub machen. Ich bin hinterher und hab die Ahrtaler Männeken Pis per Handy angerufen. Du darfst nicht vergessen, ich hatte die beiden in der Hand. Wäre die Sache rausgekommen und Laboranalysen hätten es sicher bestätigt, hätte das für beide Karrieren das abrupte Ende bedeutet. Ich habe ihnen erzählt, dass ich sie verschonen würde, wenn sie mir einen *Gefallen* täten. Ich konnte ihnen weismachen, dass es mir nur um Geld ginge und dass Rolli und Despoupoulos nur sterben mussten, weil sie nicht bereit gewesen waren zu zahlen. So was glauben einem die Leute, weil es in unseren Zeiten nur noch um Geld geht. Die Unterzeichnung eines von mir vorbereiteten Kontrakts sollte in Altenahr stattfinden, auf dem Parkplatz. Keine Waffen, keine Bodyguards. Da ich hinter ihnen fuhr, konnte ich das auch sicherstellen. Mit meiner Waffe habe ich sie dann den Weg hochgescheucht und … du weißt schon. Sie angemessen bestraft.«

»Wieso wolltest du mich eigentlich umbringen? Und warum hast du es nicht gemacht? Du warst es doch, den ich in der Kaiserhalle gehört habe? ›Eichendorff, Eichendorff wird sterben‹ hast du gesagt.«

»Das war in der Tat ich, ja. Aber du hast nur Puzzlestücke gehört. Die Akustik des Raums ist tückisch, Julius. Wem hätte ich denn von meinen Mordabsichten erzählen können? Ich saß mit Django an einem Tisch und habe etwas in der Art gesagt von ›Unser guter Julius *Eichendorff* ist wieder auf Mörderjagd.‹ So kennt man den berühmten, brillanten kulinarischen Detektiv *Eichendorff* ja. Aber wie ich den Mörder einschätze, wird es nichts nützen. Auch das nächste Opfer *wird sterben*. Ich habe dir damals schon am Telefon gesagt, dass du dir keine Sorgen zu machen brauchst.«

»Mördern kann man ja auch blind vertrauen.«

»Ich erzähle keine Lügen, Julius. Das ist nicht meine Art.«

»Dann sag mir doch, was du damit zu tun hast, dass Wolf und Django verschwunden sind. Liegen sie irgendwo tot im Keller?«

»Meine Mitstreiter? Meine *friedfertigen* Mitstreiter, muss ich natürlich hinzufügen. Damit du mich richtig verstehst, sie haben nichts mit den Morden zu tun, wissen auch nicht, dass ich sie begangen habe. Aber die Sache ist doch in ihrem Sinne. Warum sollte ich zwei so brillante Winzer und Denker umbringen? Ich bitte dich. Nur eine Spur zur Ablenkung habe ich zu ihnen gelegt. Gerdt Bassewitz berichtete mir bei seiner feierlichen Inthronisation vom Ausschwärmen der Weinbruderschaft, und ich erzählte ihm von meinem angeblichen Verdacht die zwei betreffend, dass ich sie gesehen hätte, wie sie Gottfried und Knuzius von der Geburtstagsfeier aus gefolgt seien. Dabei war Wolf noch nicht mal eingeladen! Aber Gerdt hat den Köder nur zu glücklich geschluckt. Ich vermute, er befragt sie zurzeit eingehend. Es tut mir ein wenig Leid für die beiden, andererseits könnte dieses Geschehen sie auch radikalisieren. Das würde mir gefallen.«

»Du wirkst ganz zufrieden dafür, dass alles vorbei ist.«

»Ich sehe meine Situation aus einer größeren Perspektive als du, Julius, und gehe leichten Herzens über die Grenze.«

»Könnte von meinem Vorfahren stammen.«

»Von dem du leider so wenig hast.«

»Dafür koche ich besser.« An Julius' Gesicht lief das Wasser herunter, als stünde er unter dem Duschkopf und hätte voll aufgedreht.

Aber das Wasser war lauwarm.

Ein tropischer Regen im Ahrtal.

»Sind damit alle deine Fragen beantwortet, Julius? Weißt du, ich habe heute noch etwas vor, wenn es dich nicht stört.«

»Deinen Terminplan für den Abend habe ich schon geschrieben: In wenigen Minuten kommt die Polizei und bringt dich ins Präsidium. Und ja, ich habe noch eine Frage: Wieso hast du Eckhard Meier junior nicht umgebracht anstatt seines Schergen?«

»Die erste gute Frage, Julius. Ich habe davon erst erfahren, als ich diesen unmoralischen Griechen aus der Welt nahm. Mit Eckhard wollte ich reden, wir kennen uns schon so lange. Für meine Serie brauchte ich keinen Winzer mehr. Ich wollte den Guten lieber davon überzeugen, dass er viel Geld für die Anpflanzung wurzelechter Reben in nicht betroffenen Gebieten spendet. Aber wie ich in der Zeitung las, hat er sich gestern der örtlichen Polizei gestellt. Jemand muss ihn überredet haben. Und damit hat dieser Jemand dem Deutschen Weinbau erheblichen Schaden zugefügt.«

Wie von exotischen Vögeln, die laut balzend ins Tal einfielen, waren nun unzählige Sirenen der Polizei zu hören.

»Hörst du es, Oliver? Da kommen unsere Freunde und Helfer. Dein großer Plan wird nicht mehr aufgehen.«

Etwas rastete hinter der Tür ein.

Von drinnen hörte Julius nun leisen Gesang, gewollt fröhlich, wie er fand: *»From the dark end of the street / To the bright side of the road / We'll be lovers once again on the / Bright side of the road.«*

Dann brach Fielmann ab und sprach wieder mit ihm.

»Da liegst du falsch, Julius. Er ist bereits aufgegangen. Ein Mord mehr oder weniger macht keinen Unterschied. Über meine Todesurteile wird geschrieben werden, nicht nur in der Presse. Es wird Bücher darüber geben. In Talkshows wird man das Thema Wein besprechen, nicht nur in Deutschland, weltweit. Filmrechte werden folgen, und dann bekommen es alle via Hollywood zu sehen. Ein Nachdenken wird stattfinden, nur durch mich, durch mein Opfer. Gabrieles Tod war nicht umsonst. Er hat einen Unterschied gemacht.«

Julius dachte darüber nach. Aus dem Haus drang wieder Gesang von Fielmann, leiser werdend, trauriger: *»Into this life we're born / Baby sometimes we don't know why / And time seems to go by so fast / In the twinkling of an eye. Let's enjoy it while we can / Won't you help me sing my song / From the dark end of the street / To the bright side of the road.«*

»Der Tod deiner Frau hat wirklich einen Unterschied gemacht, er hat zu weiteren Todesfällen geführt. Du hast ihr Schande gemacht, nichts anderes.«

»Sie hätte das nicht so gesehen, du kanntest sie ja überhaupt nicht. Ich freue mich wirklich darauf, sie wiederzusehen.« Er begann erneut zu singen, jetzt aus voller Brust, wenn auch sehr nasal, als habe er Schnupfen, als sei die Nase zu: *»We'll be lovers once again on the bright side of the road!«*

Wieder war das Geräusch einrastenden Metalls zu hören. Und dann war es still.

Was sollte das bedeuten, er freue sich darauf, seine Frau wiederzusehen? Was machte er da drin?

»Oliver? Bist du noch da?«

Es war ein Lied von Van Morrison gewesen, Fielmann hatte Julius einmal eine CD von diesem geschenkt, damit er sah, dass die Welt mehr als Klassik zu bieten hatte. Damals schon hatte Fielmann diesen unseligen Hang, andere erziehen zu wollen. Es hatte sich als tödliche Eigenschaft herausgestellt.

Gleich musste die Polizei da sein. »Willst du, dass die Tür aufgebrochen wird? Das ist doch unwürdig. Komm raus, das macht sich besser in der Biographie. Oder willst du mich auch noch auf dem Gewissen haben? Ich hol mir hier nämlich den Tod.«

Von drinnen war nichts zu hören, dann ein Stoß gegen die Tür.

Julius wurde unruhig. Was ging da vor? Er rief wieder, aber Fielmann antwortete nicht. Entweder war er nicht mehr hinter der Tür, oder er hatte sich … Aber hätte Julius dann nicht einen Schuss hören müssen? Es gab nur eine Möglichkeit, das herauszufinden.

Julius warf sich gegen die Haustür. Es schmerzte in seiner Schulter, aber die Tür rührte sich nicht. Er nahm erneut Anlauf, ohne Krücken mit dem Gips direkt auftretend, die rutschigen Stufen boten wenig Halt, wieder rammte er seinen schweren Körper seitlich gegen das Holz.

Nichts.

»Oliver!«

Julius versuchte es wieder. Und wieder. Doch die Tür bewegte sich keinen Millimeter.

19:04 Uhr

Als die Uniformierten neben ihm erschienen, schrie Julius sie an, die Tür aufzubrechen. Denn Fielmann gab keine Antwort mehr.

Der Anblick von Toten wurde nie zur Gewohnheit, dachte Julius, als es ihnen schließlich gelang. Die Polizisten mussten sehr drücken, denn die Leiche lag direkt hinter der Tür.

Julius wusste sofort, dass Fielmann die Methode gewählt hatte, die eigentlich für Antoine vorgesehen gewesen war. Er lag zusammengekrümmt seitlich auf dem Boden, wie ein Embryo. Der Notarzt brauchte nicht gerufen zu werden. Weit aufgerissene Augen und die entleerte Blase reichten als Zeichen für Fielmanns Ende.

Er hatte es sich nicht leicht gemacht.

Jetzt wusste Julius auch, was sich die letzten Minuten hinter der verschlossenen Tür abgespielt hatten.

Fielmann hatte sich Handschellen um die Fußgelenke gelegt.

Danach hatte er sich die Nasenlöcher mit einem Weinetikett verschlossen. So wie es die Flügel zusammenhielt, musste es mit extrastarkem Kleber passiert sein. Die halbleere Tube lag noch neben ihm. Die Atmung durch den Mund hatte er mit einer aufwendigen Bastelei unterbunden. Die Weinetiketten waren so übereinander geklebt, dass sie ein langes, breites Band ergaben. Es klebte wie eine zweite Haut zwischen Nase und Kinnspitze. Fielmann musste es an sich befestigt und direkt danach die Schellen hinter seinem Rücken um die Handgelenke gelegt haben.

Bevor er es sich anders überlegen konnte.

Er hatte sich selbst erstickt.

Die Etiketten hatte er extra drucken lassen. Sie sahen aus wie für Barolo gebräuchlich. Doch auf ihnen stand statt eines Weinnamens das Wort »Falsario«. Italienisch für Fälscher.

Die Etiketten waren zweifellos da, wo sie nicht hingehörten.

Genau wie zuvor beim Wein.

Antoine stand neben ihm, und Julius legte den Arm um den ebenfalls durchnässten Freund. Er zitterte, aber nicht wegen der feuchten Kleidung.

Der Franzose konnte die Augen nicht von dem Leichnam nehmen.

In diesem Moment hörte der Regen auf, und der Mond brach durch. Die Welt war silbern.

Epilog

»Liebe geht durch den Magen«

In seiner Ausbildung hatte Julius das letzte Mal eine solche Küche betreten. Dieser Nachkriegscharme, diese leicht verblassten Farben, die veralteten Gerätschaften, aber vor allem dieser Geruch.

Es war toll.

Julius bereitete im Moment zwar nur die Omeletts vor, aber es machte ihm einen Heidenspaß. Was auf kirchlichem Boden ungewöhnlich war.

Er hatte eine Köchin mitgebracht, die ihm nun die aufgeschlagenen Eier reichte.

»Hast du auch geprüft, ob keine Schalen drin sind? Ich meine, *wirklich* geprüft?«

Anna blickte noch einmal in die Schüssel. »Wenn ich alles richtig gemacht habe, ist ein scharfes Schalenstück drin, das den Papst erwischen dürfte. Ein teuflischer Plan und absolut nicht nachweisbar. Ich bin *so* clever!«

Julius warf einen Blick auf die noch nicht zerschlagenen Eier. Sie sahen bestens aus. Gut, er durfte sich jetzt keinen Fauxpas erlauben.

Anna legte von hinten die Arme um seinen Brustkasten. »Habe ich dir eigentlich schon richtig dafür gedankt, dass ich heute als Gehilfin dabei sein darf?«

»Ich werde dich die nächsten Jahre immer wieder daran erinnern, wenn's recht ist.«

»Aber nur, wenn ich den letzten Gang reintragen darf …«

Julius strich ihr über die Finger. »Handel das mit FX aus. Ich will Blut sehen!«

Sie knuffte ihn und wandte sich den Trüffeln zu. »Ich kann immer noch nicht fassen, dass die Kollegen mich durchgelassen haben.«

Julius ahmte den kühlen Tonfall des Sicherheitschefs nach: »Gegen die Dame liegt nichts vor, sie kann Ihnen beim Kochen assistieren. Aber nur *ohne* Dienstwaffe.«

»Ich könnte ja plötzlich Lust bekommen, ein wenig Amok zu laufen.«

FX kam mit leerem Geschirr in die Küche und hörte auf, seinen Bauch einzuziehen. »Alles haben s' weggespachtelt. Der Papst hat milde gelächelt, als ich seinen Teller abgedeckt hab.«

»Das kann er gut«, sagte Anna. »Hoffentlich macht er's auch, wenn ich den letzten Gang reintrage.«

»Was soll *des* heißen, Maestro? Bin ich jetzt so mir nix dir nix entmachtet worden?«

Julius reichte dem alten Freund eine vom Salat übrig gebliebene Olive. »Den letzten Gang bringen wir alle gemeinsam rein – auch François wird einen Teller anpacken müssen.«

Der gelangweilt in der Ecke sitzende Sommelier verschränkte die Arme. »Und *dafür* die lange Ausbildung!« Sein Gesicht blieb ernst, obwohl es zu den Pflichten des Sommeliers gehörte, bei Speisen und Gedecken mit anzupacken.

»Weißt du eigentlich, dass Sommeliers früher wie die Nibelungen in der Unterwelt hausten, oder besser: wie die Drachen bei ihren Schätzen?«, fragte Julius und schaute ihn herausfordernd an. »Erst in der zweiten Hälfte des 19. Jahrhunderts, zu Zeiten Prinz Edwards, änderte sich das. Da begann man, in den europäischen Metropolen und Kurorten das Mahl in größeren Gruppen einzunehmen und holte dafür die ›Schürzenkellner‹ an den Tisch.«

»Da kann man einmal sehen, wie spät die Barbarei endete. Ich mache ja schon mit, ansonsten sitze ich mir hier nämlich noch den Hintern wund.« Er schloss sich FX an, um die anderen Teller abzuräumen.

Anna sah zu, wie Julius' flinke Hände den Omelett-Teig schlugen. »Hat sich Gerdt Bassewitz schon bei dir gemeldet?«

»Interessante Frage. Dein guter Freund hat also zuerst bei dir nachgehorcht, ob die Wogen sich geglättet haben.«

»Kluge Menschen suchen meinen Rat.«

Julius ließ Fett in die Pfanne. »Er hat sich entschuldigt, zumindest etwas in der Art. Eigentlich hat er sich mehr bedankt, weil ich dem Tal einen großen Gefallen getan hätte. Das würde natürlich auch die Weinbruderschaft zu schätzen wissen. Er ist kein Schlechter, der Gerdt, aber manchmal etwas zu ... enthusiastisch.«

»Das haben Django Uhlen und Wolf Kiefa anders beschrieben.

Ich weiß nicht, ob er sich mit denen wirklich außergerichtlich einigen kann. Obwohl der rebellische Herr Uhlen sehr handzahm wirkte, als ich ihn zu allem befragte. Um ehrlich zu sein, sah er richtig jämmerlich aus. Ich dachte, sein Weingut läuft so gut.«

»*Mein* Weingut, Anna. Ich habe es bei einem fairen Nasenwettkampf gewonnen. Deshalb auch seine Laune.«

»Hast du mir noch gar nicht erzählt! Hätte ich dir sowieso nicht geglaubt. Tu ich übrigens auch jetzt nicht.«

»Ist auch gar nicht nötig. Rührst du mal weiter, es muss schön schaumig werden. Tu mal was für dein Geld.«

»Sklaventreiber!«

»Ich hab Django sein Weingut mittlerweile zurückgegeben. Verdient hat er es nicht, aber vielleicht ist es ihm eine Lehre. Zur Strafe muss er mir jedes Jahr bis an mein Lebensende einen Karton von jedem seiner Weine zuschicken, auch von den edelsüßen. Das ist Strafe genug, und mehr bekomme ich sowieso nicht in meinen Weinkeller. – Du musst lockerer im Gelenk werden, sonst stehen wir morgen noch hier und der päpstliche Magen grummelt im Fernsehen. So laut, dass keiner den Segen mehr hören kann.«

Anna stoppte augenblicklich. »Du kannst das doch nur so gut, weil deine Gelenke schon alt und mürbe sind. Bei mir ist eben noch Kraft drin. Soll ich jetzt weiterrühren oder nicht?«

»Rühr, das Essen ist ja nur für den Papst.« Vielleicht hätte er doch lieber professionelle Küchenunterstützung mitnehmen sollen. Aber er hatte ihr die zwischen zwei Küssen vorgetragene Bitte einfach nicht abschlagen können.

»Ich hätte ja gerne eine Gefängniszelle mit Bassewitz, Uhlen, Kiefa und Meier aufgemacht, das wäre thematisch so schön passend. Nur Winzer. Aber mir bleibt nur Meier. Der hat mir zwischenzeitlich auch verraten, warum er Agamemnon Despoupoulos in die Weinbruderschaft reindrücken wollte. Er sollte rausfinden, wer noch alles wurzelechte Rebstöcke hatte. Nicht jeder hängt das ja an die große Glocke. Gottfried Bäcker dazu zu bekommen, seinen Kandidaten zu unterstützen, war nur eine Frage von sechs Flaschen gewesen.«

»Gottfrieds Entscheidungen basierten immer auf glasklaren Fakten«, sagte Julius und dachte wehmütig an den unnachahmlichen Klüngeler zurück.

FX tippte nervös auf seine Armbanduhr. »Wo bleiben die Omeletts? Des Oberhaupt der römisch-katholischen Kirche darbt! Und diese handverlesenen jungen Leut aus aller Herren Länder auch.«

»Sind gleich fertig!« Julius begann den Aggregatzustand der Omeletts zu ändern: von flüssig zu fest. Was war Kochen anderes als Chemie?

Anna stellte die Teller zum Anrichten bereit. »Ich finde es ja sehr nett von Wolf Kiefa, dass er seinen Wein für das heutige Menü direkt hierher gebracht hat. Obwohl er immer noch so angeknackst von der Vernehmung durch Gerdt war.«

An dieser Stelle schaltete sich François ein. »Einen Wein, den wir überhaupt nicht benötigt haben. Wie alle anderen auch. Traurigerweise. Ach was, eine echte Schande ist das!« Er nahm die für den Anlass ausgewählten Flaschen eine nach der anderen in die Hand. »Die passen so perfekt zum Essen. Überraschend gut ausgewählt dafür, dass ein Winzer, ein Mörder und zwei Köche dafür verantwortlich waren. Und dann will plötzlich nur der Papst einen kleinen Schluck Wein, und ansonsten alle Wasser. Als würden lauter Kühe am Tisch sitzen!« Aus Trotz öffnete er den zum Salat vorgesehenen Gamay de Touraine. »Will noch einer einen Schluck?«

»Ich gebe eine Lokalrunde, François«, sagte Julius und wandte sich flugs dem nächsten Omelett zu. Sie würden alle rechtzeitig fertig sein und wunderbar heiß serviert werden. Bis jetzt lief alles glatt. Und morgen würde es in den Zeitungen stehen.

»Das hätte jetzt nicht unbedingt sein müssen, aber na gut«, sagte François missmutig. »Ich walte meines Amtes.«

Die bereitstehenden Gläser wurden endlich gefüllt.

»Und wo du dabei bist, François, mach doch gleich die Musik an, es ist so unheimlich leise hier.«

»Ich bin dein Sommelier und nicht dein Kapellmeister.«

»So ist es, und jetzt mach die CD an. Sonst hast du diesen komischen Ghettoblaster ganz umsonst mitgebracht. Und wenn ich ein böses Wort über Cecilia Bartoli höre, versetze ich dich zur Strafe ins Spülkommando.«

Von François war nur ein Murren zu hören, bevor das Timbre der italienischen Mezzosopranistin erklang.

»Bekomme ich auch ein Omelett?«, fragte Anna.

»Ist das hier ein Betriebsausflug oder der wichtigste Auftrag meines Lebens? Natürlich bekommst du ein Omelett!«

»Männliche Logik ist komisch.«

»Weibliche Gott sei Dank nicht«, sagte Julius und zwinkerte François zu.

»Wann fängst du denn mit der Forelle an? Wo liegt die überhaupt? Hast du die etwa vergessen?«, fragte Anna leicht panisch.

»Ich hatte gestern Abend so einen Hunger …« Julius sah Annas schockiertes Gesicht. »Ach was. Alle Jugendlichen haben sich für das Omelett entschieden, und da wollte der Papst nicht als Einziger eine Extrawurst, also eine Extraforelle, gebraten bekommen.«

Plötzlich ging die Tür zur Küche auf, und ein junger Priester kam gemächlichen Schrittes herein. »Entschuldigen Sie, dass ich Sie hier so einfach in der Küche aufsuche. Aber ich bereite die Pressemitteilung über das Essen vor, sie geht doch direkt danach raus. Ich müsste noch wissen, was der Papst für einen Wein getrunken hat.«

Bevor François antworten konnte, sagte Julius: »Schreiben Sie, es sei ein trockener Weißwein gewesen.«

»Aber …!« François stand auf, sein ganzer Körper ein einziges Ausrufezeichen.

»Das reicht mir völlig«, sagte der junge Priester und verschwand wieder.

François kam zu Julius und drückte ihm schnaubend das Glas Gamay in die Hand. »Ein *trockener Weißwein*? Zuerst will der Papst nur einen einzigen Wein und nicht zu jedem Gang einen anderen. Dann soll es auch nur ein winzig kleiner Schluck sein. Aber wir meinen es ja gut mit ihm und schenken ihm den letzten Tropfen unseres 1727er Rüdesheimer Apostelweins ein, des, falls du es vergessen haben solltest, ältesten trinkbaren Weins der Welt. Und dann dürfen wir das noch nicht mal in der Zeitung lesen? Wo bleibt da die Gerechtigkeit?«

Julius nippte seelenruhig an seinem kühlen Rotwein. »Es wäre einfach nicht in seinem Sinne gewesen. Wie sähe das denn aus: Der Papst trinkt einen der rarsten Weine der Welt, und die Jugendlichen schlürfen H^2O.«

FX kam kopfschüttelnd herein. »Der Papst sagt, der Wein sei sicher sehr gut, aber ihm doch etwas zu reif. Ob wir net auch ein Glas Wasser für ihn hätten. Leitungswasser würde reichen.«

François schrie. Aber hatte genug Anstand, sich schnell die Hand vor den Mund zu halten.

Der Papst stand trotzdem einige Sekunden später in der Tür.

»Ist hier etwas Schlimmes geschehen?«

Um Gottes willen!, dachte Julius. Ein Eklat – würde das auch durch die Medien gehen? Die stürzten sich doch auf so was! Er musste die Ruhe bewahren. Einen kühlen Kopf, auch wenn seiner gerade hochrot geworden war.

Neben dem Papst tauchten weitere Geistliche auf. Auch der Pressepriester war dabei. Aber sie blieben alle an der Tür stehen, als der Papst auf Julius zukam.

»Mein Sommelier hat nur einen Schrecken bekommen.«

Dieser knöpfte sich nun sein Hemd ordentlich bis oben zu und nahm eine unnatürlich steife Haltung an.

»Weshalb?« Der Papst ging zum offensichtlich geschockten François.

»Ein grauenhafter Alptraum«, sagte der Sommelier. »Also ein Tagtraum. Ich habe so etwas manchmal. Das ist angeboren. Aber nichts Ernstes.«

Julius presste die Lippen aufeinander und sah aus den Augenwinkeln, wie FX aus dem Raum rannte, die Hände vor den Mund drückend.

»Dann bin ich beruhigt«, sagte der Papst freundlich und wandte sich wieder zu Julius. »Ich freue mich, Sie wiederzusehen, Herr Eichendorff. Das Essen ist hervorragend. Und wie ich Ihnen bei unserem ersten Treffen versicherte, ist mir nichts geschehen. Ich habe erfahren, dass Sie den Mörder zwischenzeitlich fassen konnten und dass ein Kollege von Ihnen das letzte Opfer sein sollte. Sie haben mich also mit einem Koch verwechselt. Was soll ich davon halten?«

Julius musste nur kurz überlegen. Die Messdienerzeit hatte ihn einiges an weihevollen Worten gelehrt.

»Im Grunde ist es doch derselbe Beruf. Ein Koch versucht, aus Gottes Gaben das Beste herauszuholen, und Sie versuchen dasselbe mit Gottes größten Gaben, den Menschen.«

Alle hielten die Luft an. Galt so ein Schmarren schon als blasphemisch?

»Ich weiß nicht, ob dies einem theologischen Diskurs standhalten würde, aber Sie haben sich gut gerettet.«

Der Papst näherte sich neugierig einem Apfelstrudel, den Julius extra in eine Ecke gestellt und abgedeckt hatte. Er war nicht für den hohen Besuch gedacht. Das wusste der Papst allerdings nicht und hob die Alufolie ab. »Ist das der Nachtisch? Er duftet wunderbar, ich freue mich sehr darauf. Und Sie haben sogar eine Form darauf gepudert. Soll es ein Ring sein? Warum haben Sie denn gerade dieses Symbol für das heutige Essen gewählt?«

Jetzt würde es peinlich werden.

Aber da musste er durch.

Dieser Moment war genauso gut wie jeder andere.

»Sehen Sie, Eure Heiligkeit, dieser Apfelstrudel ist für Frau von Reuschenberg. Sie haben sie ja schon kennen gelernt, es ist die junge Frau neben Ihnen, die so entzückend im Kochhemd aussieht. Ich kenne sie nun schon etwas länger, aber gerade in den letzten Tagen ist mir aufgefallen, dass ich gerne viel mehr Zeit mit ihr verbringen würde. Aber wissen Sie, ohne festes Band sieht man die Frau, die man liebt, viel zu wenig. Wenn man sie jedoch mittels Heirat ans Haus kettet, dann hat man einfach mehr von ihr.«

»Ich kann Humor sehr gut erkennen, Herr Eichendorff. Auch als Papst habe ich schon davon gehört.«

»Es ist mir aber völlig ernst damit!« Julius' Zunge war trocken, denn Anna fixierte ihn mit ihren Katzenaugen.

»Für Frau von Reuschenberg habe ich diesen Ring auf den Strudel gemacht. Ich habe so schnell einfach keinen echten auftreiben können, aber ich wollte ihr unbedingt sofort einen Antrag machen und keinen Tag mehr warten. Ich will nicht, dass sie mir durch die Lappen geht. Wenn Sie verstehen, was ich meine?«

»Ich habe den Eindruck, Sie haben gerade um die Hand der jungen Dame angehalten. Vielleicht sollte sie jetzt etwas sagen statt eines alten Priesters.«

Julius nahm den Kuchen in die Hände und ging vor Anna in die Knie.

Gar nicht so einfach mit einem Gipsbein, wie Julius panisch bemerkte. Doch er schaffte es, in die für diese Situation angemessene Position zu gelangen.

»Anna, willst du … du *weißt* schon!« Meine Güte, klangen alle

Worte hohl, die Julius nun einfielen. »Mich zu deinem, also mich heiraten?«

Ein Lächeln stahl sich auf Annas Lippen wie ein vorsichtiger Sonnenaufgang. »Tja, das weiß ich noch nicht. Liebst du mich denn?«

»Aber sicher!«

»Und wirst du mich auf Händen tragen, mich verwöhnen und mir alle Wünsche von den Augen ablesen?«

»Na ja, die meisten. Wäre das okay?«

»Und was müsste ich machen?«

»Das Gleiche. Wäre nur fair.«

»Einverstanden!«

Julius merkte, wie seine Augen feucht wurden. Der Kuchen wurde ihm von Anna abgenommen.

»Aber ich muss doch jetzt nicht meinen Finger durch den Kuchen stecken, damit es bindend wird, oder?« Sie sah Julius fragend an. »Ich mach's *trotzdem*!«

Ihr Ringfinger glitt genau in den Zimtkreis. »Steht mir richtig gut! Aber jetzt will ich auch probieren.« Sie schleckte den Finger ab. »Mit Sicherheit der leckerste Verlobungsring aller Zeiten. Darf ich meinen Verlobten denn jetzt schon küssen, Eure Heiligkeit, oder doch erst nach der Trauung?«

Der Papst lächelte verschmitzt.

Und sie küssten sich. Anna schmeckte nach Apfelstrudel. Das Klatschen hörte Julius gar nicht, es kam von allen Seiten. Er sah auch nicht die Tränen in FX' Augen, nicht den dunklen Rauch aus dem Ofen, der von einem sehr gut durchgebackenen Strudel kündete.

»Meinen Segen habt ihr«, sagte der Papst und wandte sich ab, um wieder zum Gespräch mit den Jugendlichen zurückzukehren. Außerdem, vermutete Julius hinterher, war es ihm wahrscheinlich auch ein bisschen peinlich, weil Anna und er immer noch aneinander klebten wie zwei Gummibärchen.

In diesem Moment lugten Herr Bimmel und Felix aus der Kasserolle hervor, in welcher Julius sie hereingeschmuggelt hatte. Es hatte den beiden darin so gut gefallen, dass sie gar nicht mehr rausgewollt hatten. Der Lärm hatte nun ihre Neugier geweckt, und sie reckten die Köpfe.

»Da sind ja auch zwei Katzen in der Küche!«

»Kater«, sagte Julius. »Vater und Sohn.«

»Ist das heute üblich, dass Katzen in der Küche gehalten werden?«

»Nein, Heiliger Vater. Das ist eine ganz persönliche Eigenart. Die beiden haben es sich aber auch verdient.« Er kraulte seine Mitbewohner gleichzeitig. Das Schnurren erklang in Stereo. »Sie haben es sich *wirklich* verdient. Oder haben Sie schon von Katern gehört, die einen Mörder auffliegen lassen?«

»Nein«, sagte der Papst. »Ich muss sagen, dann sind es tatsächlich außergewöhnliche Tiere. Schön, dass sie bald in ordentlichen Verhältnissen leben.«

Jetzt war es doch gut, dass Julius so viel Wein mitgebracht hatte. Keiner der Küchenbrigade kam nüchtern aus dem Erzbischöflichen Haus. Und es war einer der besten Schwipse aller Zeiten.

ENDE

Rezepte

Ahr-Spätburgunderkuchen

(Ein Original-Rezept von Antoine Carême)*

Zutaten:
250 Gramm Butter
250 Gramm Zucker
1 TL Vanillezucker
4 Eier
250 ml Spätburgunder von der Ahr
1/2 TL Zimt
1 TL Kakao
400 Gramm Mehl (Antoine empfiehlt Kamut-Mehl!)
1 Päckchen Backpulver
150 Gramm Schokoladentropfen
1 Messerspitze Salz
Butterfett und Semmelbrösel für die Form
1 EL Puderzucker

Zubereitung:
Für den Teig Butter, Zucker, Vanillezucker und Eier schaumig schlagen. Zimt, Kakao, Salz, Mehl und Backpulver darüber sieben, Rotwein und Schokolade dazugeben und alle Zutaten mischen.
Eine Napfkuchenform gut fetten und mit Semmelbröseln ausstreuen. Teig in die Form geben und im vorgeheizten Backofen bei 170 Grad etwa 55 Minuten backen.
Den Kuchen auf einem Gitter abkühlen lassen und mit Puderzucker bestäuben.

Dazu passen Schlagsahne und »Beschwipste Trauben«. Für diese ein Kilo kernlose Trauben mit 500 ml Ahr-Trester bedecken und zwei Wochen im Kühlschrank ziehen lassen. 250 Gramm Zucker mit 250 Gramm Traubensaft aufkochen, abkühlen lassen und auf die Trauben gießen. Das ist dann gleich ein Vorrat für mehrere Kuchen!

TIPP: »Vanillezucker selber machen«
250 Gramm Zucker und eine aufgeschnitten Bourbon- oder Tahiti-Vanille-Schote zwei Wochen im Glas verschließen.

** In Form seines realen Vorbilds Jean-Marie Dumaine vom Restaurant »Vieux Sinzig«.*

Die höchstwahrscheinliche Papstsuppe

(In der Toskana bekannt als: Fagioli all'uccelletto)

Zutaten (für 4 Personen):
400 g getrocknete weiße Bohnen (wahlweise auch zwei mittelgroße Dosen weiße Bohnen in Salzwasser)
Salz
Pfeffer
6 El Olivenöl
4 Knoblauchzehen (traditionell sind diese ungeschält, davon ist aber abzuraten)
2 kleine Chilischoten
8 frische Salbeiblätter (zur Not gehen auch getrocknete)
400 g vollreife, saftige Tomaten (wahlweise 2 mittelgroße Dosen geschälte Tomaten)

Zubereitung:
Nimmt man getrocknete Bohnen, so müssen diese über Nacht gewässert werden und am nächsten Tag dann in Salzwasser weich gekocht werden. Bei Bohnen aus der Dose muss dagegen nur das Salzwasser abgeschüttet werden. Die zerdrückten Knoblauchzehen mit den klein gehackten Salbeiblättern und der ebenfalls gehackten und vorher entkernten Chilischote in einem großen Topf mit Öl leicht dünsten. Dazu kommen dann die Tomaten (die frischen müssen zuvor kurz in kochendem Wasser überbrüht und gehäutet werden) sowie die abgetropften Bohnen. Alles wird mit Salz und Pfeffer abgeschmeckt. Danach muss es nur noch rund 20–30 Minuten bei offenem Deckel köcheln.
In die Suppe können nach Belieben auch in Scheiben geschnittene grobe Bratwürste gegeben werden. Zur Fagioli all'uccelletto wird traditionell geröstetes Knoblauchbrot gegessen.

TIPP: »Geistvolle Erweiterung«
Da dieses Rezept nur aus wenigen Zutaten besteht, ist es wichtig, dass diese von guter Qualität sind. Zusätzlichen Pfiff bringt ein Schuss Grappa (1 cl) in die Suppe, der zum Schluss zugegeben wird.

Danke

Im letzten Buch nahmen die Danksagungen anderthalb Seiten ein. Bevor dieser Teil länger als der eigentliche Roman wird, habe ich mich entschlossen, diesmal in der Kürze mein Heil zu suchen. Besonderer Dank geht an:

- Meine Erstleser Hagen Range, Stefan Köhr, Stephan Henn (trotz Zeitnot), Gerd Henn & meine Frau. Vielen Dank fürs Fehlersuchen!
- Gisela Beyersdorf für die kulinarische Beratung.
- Die Familie Weigl für die großzügige Unterstützung bei der Fahndung nach empfehlenswerten Cafés im Ahrtal.
- Viele andere für Infos, Tipps und Anekdoten – ohne sie wäre ein solcher Roman nicht zu schreiben, und es würde nicht halb so viel Freude machen. Ich las vor kurzem auf dem CD-Cover einer deutschen Band: »Dank an alle, die uns unterstützt haben – Ihr wisst schon, wer gemeint ist.« Besser kann man es nicht sagen!

Die Fälle von Deutschlands erfolgreichstem Krimikoch im Überblick:
Alle Titel sind auch als eBook erhältlich.

In Vino Veritas
Der erste Fall für Julius Eichendorff
ISBN 978-3-7408-0702-3
Auch als Hörbuch erhältlich,
gelesen von Jürgen von der Lippe
ISBN 973-3-89705-425-7

Nomen Est Omen
Der zweite Fall für Julius Eichendorff
ISBN 978-3-7408-0703-0
Auch als Hörbuch erhältlich,
gelesen von Jürgen von der Lippe
ISBN 973-3-89705-690-9

In Dubio Pro Vino
Der dritte Fall für Julius Eichendorff
ISBN 978-3-7408-0704-7
Auch als Hörbuch erhältlich,
gelesen von Jürgen von der Lippe
ISBN 973-3-89705-547-6

Vinum Mysterium
Der vierte Fall für Julius Eichendorff
ISBN 978-3-7408-0705-4
Auch als Hörbuch erhältlich,
gelesen von Jürgen von der Lippe
ISBN 973-3-89705-458-5

www.emons-verlag.de

Vino Diavolo
Der fünfte Fall für Julius Eichendorff
ISBN 978-3-7408-0706-1
Auch als Hörbuch erhältlich,
gelesen von Jürgen von der Lippe
ISBN 973-3-89705-616-9

Carpe Vinum
Der sechste Fall für Julius Eichendorff
ISBN 978-3-7408-0707-8
Auch als Hörbuch erhältlich,
gelesen von Jürgen von der Lippe
ISBN 973-3-89705-986-3

Ave Vinum
Der siebte Fall für Julius Eichendorff
ISBN 978-3-7408-0708-5
Auch als Hörbuch erhältlich,
gelesen von Jürgen von der Lippe
ISBN 978-3-95451-468-7

Vino Furioso
Der achte Fall für Julius Eichendorff
ISBN 978-3-7408-0634-7

www.emons-verlag.de

Weitere Titel von Bestsellerautor Carsten Sebastian Henn:

Henkerstropfen
Kulinarische Kurzkrimis
ISBN 978-3-89705-484-4
Auch als Hörbuch erhältlich,
gelesen von Konrad Beikircher
ISBN 978-3-89705-584-1

Henkersmahlzeit
Kulinarische Kurzkrimis
ISBN 978-3-89705-712-8

111 Deutsche Weine, die man getrunken haben muss
Mit Fotografien von Tobias Fassbinder
ISBN 978-3-89705-849-1

111 mal lecker essen in Köln
Der andere Restaurantführer
ISBN 978-3-95451-214-0

Weinwissen für Angeber
Mit zahlreichen Zeichnungen
ISBN 978-3-95451-213-3

Henns Weinführer Ahr
Geschichte, Lagen, Weine und Reisetipps
ISBN 978-3-95451-215-7

www.emons-verlag.de